Perry Rhodan

H. G. Ewers

Die Fischer des Universums
Ein Teil der Ewigkeit

PERRY RHODAN-Planetenromane

www.zaubermond.de
Lektorat: Rainer Nagel
Titelbild: Arndt Drechsler
Satz: Zaubermond-Verlag
Druck und Bindung: Scandinavian Book

Internet: www.perry-rhodan.net

Inhaltsverzeichnis

H. G. Ewers

Die Fischer des Universums

Über die Verbindung der Menschheit zu »ihrer« Superintelligenz ES ist schon viel geschrieben worden. In diesem Text aber geht es nicht um den Einfluss von Superintelligenzen. Vielmehr befassen wir uns mit Wesen, die im Zwiebelschalenmodell der kosmischen Entwicklung irgendwo »zwischen« den noch körpergebundenen Terranern und den weitaus höher entwickelten Superintelligenzen stehen. Vergeistigt – ja; eingebunden in kosmische Zwänge und Pflichten – nein.

Statistisch gesehen kreuzen solche Wesen die Kreise der Menschheit eher zufällig, um schon bald wieder ihrer Wege zu ziehen. Manchmal erwecken die Menschen die Neugier solcher Wesen, sodass es zu wiederholten Begegnungen und in manchen Fällen gar längeren Beziehungen kommt.

Ein solcher Fall liegt bereits beim ersten Treffen mit einer solchen Wesenheit vor: Im Jahr 1983 alter Zeitrechnung trifft Sergeant Harnahan auf Goszuls Planet auf ein Energiewesen. Dieses ist sehr neugierig und fühlt sich schnell den Menschen verpflichtet, da diese ihm helfen, ein Energieversorgungsproblem zu lösen – es also vor dem Tode retten. Das später in Anlehnung an den terranischen Unteroffizier »Harno« genannte Wesen wird nach einiger Zeit zum treuen Begleiter der Terraner und streckenweise sogar zum Mitglied des Mutantenkorps. Im Jahr 3587 geht es zusammen mit einer ganzen Reihe seiner Mutanten-»Kollegen« in ES auf, um durch seine Lebensenergie der Superintelligenz die Flucht aus der Materiesenke Jarmithara zu ermöglichen.

Harno ist eigenen Angaben zufolge als Zufallsprodukt entstanden, einzigartig und somit auch keinem Volk zuzuordnen.

Ähnlich ist es auch mit einer anderen frühen Begegnung, die die Terraner in dieser Hinsicht hatten: dem Nebelwesen Axhalaisom, das im Jahre 2346 einer Delegation der nach NGC 5194 verschlagenen »goldenen Menschen« von Chromund den Kontakt mit der Erde ermöglicht. Keinesfalls so mächtig wie Harno, verfügt

Axhalaisom (ein Name, der ihm von einem Menschen gegeben wurde – anscheinend tragen Wesen dieser Entwicklungsstufe keine Namen oder keine Namen mehr) über erstaunliche Fähigkeiten: Er kann sich mit Überlichtgeschwindigkeit im Standarduniversum bewegen und jegliche Art von Energie als Nahrung verwenden. Axhalaisom entwickelt eine Art Bindung zu den Chromundern und hilft ihnen hin und wieder – wenn auch nicht so häufig, wie Harno dies bei den Terranern tut.

Auch Axhalaisom ist einzigartig. Er wurde aus unbekannten Gründen im Innern eines Dunkelnebels von kosmischen Ausmaßen »geboren«, in dem entstehende Sterne, entstandene Sterne und Riesensonnen lagen, deren Ränder ineinander griffen. Es war eine Brutstätte tödlicher Hitze, vernichtender Strahlung und turbulenter Ströme energetischer Wellen aller Skalen. Und wie in der organischen Welt eine komplizierte Eiweißverbindung entstanden war, scheinbar zufällig und absichtslos, so entstanden auch hier Lebenskeime.

Manche Begegnungen aber erfolgen nicht nur zufällig, sondern kommen zudem über einen kurzen, oft rudimentären Kontakt nicht heraus. Einer von jenen ist aus dem Juni 2114 alter Zeitrechnung überliefert, in den Aufzeichnungen eines terranischen Kontaktschiffes namens LANCET.

Wiederum hat das Wesen keinen Namen – doch es scheint kein Einzelgänger zu sein. Es gehört zu einer lose verbundenen Gruppe von Wesen, die sich die »Fischer des Universums« nennen und dieses, getrieben von unbändiger Neugier, auf der Suche nach Studienobjekten durchziehen. Im Gegensatz zu Harno und Axhalaisom haben die »Fischer« (oder zumindest derjenige aus der überlieferten Begegnung) große Probleme, die »niederen« Lebewesen zu verstehen.

(Aus: Hoschpians unautorisierte Chronik des 14. Jahrhunderts NGZ; Kapitel 3.0.3, Zwischen den Zwiebelschalen: Geistwesen, die keine Superintelligenzen sind)

Vorspiel

Der Planet gehörte zu einem irregulären Zwergnebel, den man in terranischen Sternkarten außergalaktischer Systeme unter der Bezeichnung NGC 6822 führte. Er umkreiste als vierter Planet einen gelben Stern vom G-Typ.

Bis zu dem Tag, an dem die unbekannte Macht zum ersten Mal zuschlug.

Wurgh zitterte vor unterdrückter Wut, als er den kleinen privaten Andro-Lenkraum betrat. Horghida hatte sich wieder einmal unmöglich benommen. Gewiss, die Auswahl des Partners lag bei ihr, aber in allen Matrikonen auf THUTA gehörte es zum guten Ton, eine bestimmte Reihenfolge des Partnerwechsels einzuhalten. Nur das Horghida-Matrikon machte immer wieder Ausnahmen.

Wurgh stellte sich vor den Spiegel und betrachtete sich.

Für terranische Begriffe war Wurgh sehr klein, nur etwa 1,30 Meter hoch. Arme und Beine waren dünn und muskelarm. Nur der runde Kopf machte eine Ausnahme. Er war ein wenig größer als der eines normalen Terraners. Zusammen mit dem rötlichen, faltigen Gesicht und den großen blauen Augen erweckte der Thuta den Eindruck eines Embryos.

Für thutasche Begriffe war Wurgh die Verkörperung männlicher Schönheit. Die weißen, buschigen Augenbrauen liefen zu den Schläfen hin in steife, sorgfältig gepflegte Pinsel aus. Die großen Ohren waren dünn und lagen fest am Kopf an, halb verdeckt vom weißen, straff nach allen Seiten gekämmten Haar. Und auch sonst besaß Wurgh alle thutaschen Attribute kraftvoller Männlichkeit.

Er begriff nicht, warum Horghida diesen unmöglichen Margh vorgezogen hatte. Margh war nach seiner Auffassung kein richtiger Mann, dazu besaß er viel zu stark ausgeprägte Muskeln. Außerdem war er einen Kopf größer als alle anderen Männer des Matrikons und damit fast so groß wie Horghida. Wurgh zischte verächtlich. Margh war ein halbes Weib!

Plötzlich huschte ein hämisches Grinsen über sein Gesicht.

Er besaß eine Möglichkeit, sich an Horghida zu rächen!

Wurgh schlurfte zum Drehsessel der Lenkapparatur. Er rutschte in die enge Sitzschale und schnallte sich fest. Danach legte er den Hebel des Individualspeichers um. Mit hastigem Klicken schalteten sich nacheinander dreißig Speicherbänder ein. Dreißig Psycho-Physiogramme flimmerten auf dem Kontrollschirm. Wurgh las die Symbole, verglich die Daten mit seiner Erinnerung und zwinkerte befriedigt mit den Augen. Alle gespeicherten Individualdaten waren stabil geblieben. Nichts würde ihn hindern, die Androinds nach seinem Willen zu lenken.

Er drückte den Aktivierungsknopf – und das Spiel begann.

Der Androind Wurgh rekelte sich faul in seinem Bett. Durch die breiten Fenster schimmerte das Licht einer blauen Sonne. Wurgh betrachtete geistesabwesend die tanzenden Staubkörnchen in einem Lichtstrahl, dann schüttelte er die Benommenheit mit einem Ruck ab.

Ein Knopfdruck aktivierte die Suchschirme.

Wurghs Augen glitzerten, als er seine dreißig Frauen erblickte. Die Suchapparatur arbeitete unabhängig von Empfangsgeräten, ohne dass jemand merkte, ob er gerade beobachtet wurde oder nicht. Wie es einer seelenlosen Maschine zukommt, nahm sie keinerlei Rücksichten, was die Intimsphären der Aufgenommenen betraf.

Wurgh konnte es nur recht sein.

Einige Augenblicke lang betrachtete er die makellose Gestalt Haghdas. Sie war groß und breit wie alle Thuta-Frauen – und dick. Aber die Speckfalten gehörten zum weiblichen Schönheitsideal aller Thutas.

Aller Thutas …!

Wurgh fand sich jählings im Andro-Lenkraum wieder. Seine Nase zitterte vor Ärger – vor Ärger über sich selbst. Natürlich wusste er, dass Haghda ebenso wenig eine richtige Thuta-Frau war wie der Androind Wurgh ein Mann. Allerdings hatte Wurgh

Haghda nach dem Psycho-Physiogramm einer wirklich existenten Person nachgebildet, genau wie sich selbst. Die Bezeichnung Androind hieß nichts anderes als Nachbildung eines wirklichen Individuums. Aber musste er gerade in dem Augenblick daran denken, als er Haghda beobachtete …!

Wurgh begann, die Individualdaten des Speichers erneut zu überprüfen. Natürlich waren sie durch seinen geistigen Rückzug verändert worden, und er hatte große Mühe, sie erneut auf den Ausgangswert zurückzuprogrammieren.

Doch endlich war auch das geschafft. Wurgh drückte erneut auf den Aktivierungsknopf.

Er knackte enttäuscht mit den Fingern, als er Haghdas Bildschirm sah. Sie befand sich nicht mehr im Bad, sondern beim Frühstück. Wurgh schloss angewidert die Augen, als er sah, welche Portionen Haghda verschlang.

Er musterte gierig die anderen Bildschirme. Doch er wusste schon im Voraus, was er darauf sehen würde. Am zeitlichen Ablauf des Programms hatte er nichts ändern dürfen, sonst wären die Individualdaten instabil geworden, und er hätte das Programm löschen müssen. Alle seine Frauen waren angekleidet; einige frühstückten, andere gingen im Garten spazieren, und die meisten lagen faul und träge in ihren Telefiktionsräumen.

Bis auf eine.

Die Androindin Horghida stand im Vorraum zu seinem Schlafzimmer. Heute war die Reihe an ihr, Wurghs Partner zu werden.

Wurgh verzog das Gesicht zu einer Grimasse.

Er würde sie noch einmal dreißig Tage lang warten lassen, so, wie es die richtige Horghida mit dem richtigen Wurgh getan hatte. Er schaltete den Außenlautsprecher ein.

»Horghida …!«

Horghida warf den Kopf zurück und blickte zum Lautsprecher. Sie lächelte verheißungsvoll.

Wurgh grinste hämisch.

»Ich habe die Reihenfolge …« Weiter kam er nicht.

Er hatte sagen wollen, dass er die Reihenfolge geändert hätte, doch etwas war dazwischengekommen.

Er fand sich zum zweiten Mal an diesem Tag im Andro-Lenkraum wieder, ohne dass er es gewollt hätte. Aber im Gegensatz zum ersten Mal fragte er sich diesmal vergeblich, welcher Fehler ihm unterlaufen sei. Er vermochte keinen Fehler zu entdecken.

Dennoch hatte sein Androind ihn nicht halten können!

Es dauerte eine Weile, bis Wurgh herausfand, dass die Lenkapparatur tot war. Nur begriff er nicht warum, denn die gespeicherten Individualdaten waren stabil geblieben. Stabiler hätten sie nicht sein können.

Wurgh knackte enttäuscht mit den Fingern.

In diesem Augenblick summte das Interphon. Wurgh schaltete das Gerät ein und blickte in die Augen eines guten Freundes, der sein Haus am Rand des Matrikongeländes hatte.

»Du …?«, rief er verwundert. Es war nicht üblich, außerhalb der dafür bestimmten Zeiten zu interphonieren. Der Zufall konnte es wollen, dass man damit einen anderen aus seinem Andro-Programm herausriss.

»Wie geht es deinen Andros?«, fragte der andere. Wurgh brauchte eine Weile, bevor er aus den Gesichtszügen des anderen herausgelesen hatte, dass dies nicht als die übliche Begrüßungsformel unter Männern gemeint war, sondern tatsächlich so, wie es gesagt wurde. Dann jedoch begriff er schnell.

»Deine Lenkapparatur hat auch versagt?«

»Vollständig, Wurgh. Ob Horghida dabei ihre Hände im Spiel hat?«

Wurgh schnippte verneinend mit den Fingern. »Sie hat sich niemals um technische Dinge gekümmert.«

»Aber woran liegt es dann? Die Speicherdaten sind stabil. Die Lenkimpulse gehen ebenfalls genau nach Koordinatenplan hinaus. Was also ist geschehen?«

Wurgh antwortete nicht gleich. Ihm war plötzlich ein fürchterlicher Verdacht gekommen.

»Überprüfe bitte deinen Impuls-Reflektor!«

Als der andere von der Sichtscheibe verschwunden war, schaltete Wurgh die Außenbilderfassung ein.

Im ersten Augenblick bemerkte er die Veränderung nicht. Doch dann erkannte er, dass das rötliche Licht, das die Gärten erfüllte und die Häuser einhüllte, nicht von der Sonne Zorrus kam.

Es kam von überhaupt keiner Sonne, denn die Sonne war verschwunden!

»Die Impulse werden nicht mehr reflektiert!«, kreischte es hysterisch aus dem Interphon.

»Ich dachte es mir«, erwiderte Wurgh ruhig. »Wahrscheinlich werden sie auch niemals mehr reflektiert werden. Schalte deine Außenschirme ein. Dann wirst du merken, dass Thuta sich nicht mehr an der alten Stelle befindet – Thuta oder die Sonne.«

Der andere schaltete nicht ab, aber sein Gesicht verschwand von der Sichtscheibe. Es kehrte nicht wieder zurück.

Wurgh bemerkte es nicht mehr. Er hatte sein Haus verlassen und sich von einem Elektromaten zum Observatorium am vierzigsten Breitengrad Thutas bringen lassen.

Die Wissenschaftler dort waren ebenso ratlos wie er. Aber sie wussten wenigstens, dass Thuta das System der Sonne Zorrus verlassen hatte und mit Überlichtgeschwindigkeit durch den Normalraum raste.

Doch das beruhigte niemanden auf Thuta, denn niemand wusste, welche Kraft den Planeten gepackt hatte und entgegen aller Naturgesetze zum Rand der Galaxis trieb …

1.

François Petit drehte unschlüssig die Visitenkarte in seiner Hand. Viel ließ sich daraus nicht entnehmen.

»A. Pastuchaja …«, las er nachdenklich, »Extra-Biologe.«

Das Wort Biologe war nicht voll ausgeschrieben, doch das störte François nicht.

»Pastuchaja …«, murmelte er noch einmal. Der Mann musste russischer Abstammung sein. Unwillkürlich brachte François die Karte dicht unter seine Nase und zog die Luft ein.

Nein, sie roch nicht nach Alkohol. François war ein Mann mit Vorurteilen. Er pflegte die verschiedenen Menschengruppen in spezifische Schemata einzuordnen, obwohl er genau wusste, dass man das nicht konnte. So vermochte er sich keinen Russen ohne Alkoholfahne vorzustellen. Umso erstaunter war er, dass der Visitenkarte nichts davon anhaftete. Im Gegenteil: Sie strömte einen schwachen Hauch von Parfüm aus.

»Parfüm! Du meine Güte!« François seufzte und verdrehte die Augen. »Ein Mann und Parfüm!«

Schon wollte er dem Robotpförtner befehlen, den Bewerber wieder wegzuschicken. Im letzten Augenblick fiel ihm ein, dass Pastuchaja der erste Bewerber für die Stelle des Expeditionsbiologen war.

Wäre François allerdings nicht ein so blutiger Laie gewesen, was die Besonderheiten russischer Namen anging, er hätte das Argument nicht gelten lassen. Doch so …

»Der Bewerber soll zu mir kommen!«, befahl er über Visiphon.

Der Robotpförtner bestätigte mit unmodulierter Stimme.

Eine Minute später öffnete sich die Tür zum Büro der Firma AISSA BHUGOL – GALAKTISCHE KONTAKTE Inc.

François beugte sich über einen aufgeschlagenen Aktendeckel und mimte den Vielbeschäftigten.

»Hallo!«, sagte eine dunkle Stimme.

François zuckte zusammen. Das war nicht die Stimme eines

Mannes gewesen! Wen hatte der Robotpförtner denn da eingelassen? Langsam hob er den Kopf und musterte das braun gebrannte Gesicht mit den leicht hervortretenden Jochbeinen und dem bis auf die Schultern hängenden, glänzend schwarzen Haar. Die dunklen Augen erwiderten unbefangen seinen Blick – und ein wenig spöttisch, wie es François schien. Rasch senkte er die Augen. Die Frau trug eine weinrote Leuchtplastikbluse und eng anliegende, schwarze Hosen.

Ein wenig altmodisch, konstatierte François. Aber sonst …! Vielleicht sollte er dem Robotpförtner dankbar sein für den Irrtum. In François erwachte der Kavalier. Er erhob sich zu einer leichten Verbeugung.

»Sehr erfreut, Madam! Was … ähem … führt Sie zu mir?«

Sie lächelte belustigt. In ihren Augen tanzten tausend kleine Teufelchen. Völlig unbefangen nahm sie im Besuchersessel Platz und schlug die Beine übereinander.

»Sind Sie Mister Bhugol?«

François räusperte sich verlegen. »Verzeihen Sie, Madam. Ich bin Mister Bhugols Stellvertreter, Petit ist mein Name, François Petit. Mit wem, wenn ich bitten darf, habe ich die Ehre?«

Sie ließ sich Zeit mit der Antwort. Erst zog sie ein Zigarettenetui aus Luron hervor und zündete sich mit der Umständlichkeit eines rituellen Brauches eine lange Zigarette an. Dann warf sie mit einer kaum sichtbaren Bewegung des Kopfes ihr Haar zurück und lachte leise.

»Ich verstehe Ihre Frage nicht, Mister Petit. Schließlich liegt meine Visitenkarte direkt vor Ihnen.«

François zuckte heftig zusammen. Wie wenn er sich davon überzeugen wollte, dass er nicht träume, hob er die Karte dicht vor seine Augen. Dann sah er seine Besucherin mit tieftraurig wirkendem Blick an.

»Sie sind A. Pastuchaja …!«

Es war eine rein rhetorische Frage gewesen, darum erwiderte die Besucherin nichts darauf.

»Tut mir außerordentlich leid, Madam«, murmelte François. »Wir hatten nach einem Extra-Biologen inseriert, nicht nach einer Biologin. Wenn Sie mich nicht mit Ihrer Visitenkarte irregeführt hätten …«

Die Biologin schüttelte vorwurfsvoll den Kopf. »Aber, Mister Petit …!«

»Warum haben Sie Ihren Vornamen nicht ausgeschrieben?«, fragte François mit plötzlicher Gereiztheit. »Wer soll denn wissen, was sich hinter einem Anfangsbuchstaben verbirgt?«

Sie zuckte mit den Schultern.

»Wir nennen uns alle Terraner, nicht wahr? Wir sind stolz darauf, recht viel über extraterrestrische Intelligenzen zu wissen. Leider weiß der eine Terraner vom anderen Terraner immer noch zu wenig. Wenn Sie, Mister Petit, auch nur die Grundzüge der russischen Sprache kennen würden, wäre es niemals zu einem Irrtum gekommen.«

»Ich weiß nicht recht«, sagte François gequält, »was die russische Sprache mit …«

»Lassen Sie mich bitte ausreden. Frauen hängen an ihren russischen Familiennamen neben anderen Silben immer ein ›a‹ oder ein ›aja‹ an. Wäre ich ein Mann, so hieße ich nur Pastuch.«

»Ich gebe mich geschlagen, Madam.« François seufzte und fuhr sich mit der Hand über sein glattes, dunkelbraunes Haar. »Wie lautet Ihr vollständiger Name?«

»Anna Pastuchaja; eigentlich Anna Katerina Pastuchaja. Aber Anna genügt, Mister Petit. Auf Raumschiffen von der Art der LANCET spricht man sich nur mit den Vornamen an, habe ich gehört.«

François' Stirn bedeckte sich mit feinen Schweißperlen.

»Es tut mir ehrlich leid, Madam. Aber … aber Mister Bhugol hat ausdrücklich gewünscht, dass ich einen Biologen anheure – keine Biologin! Bitte, verstehen Sie mich recht, Madam. Aissa … ähem … Mister Bhugol hat nichts gegen Frauen, aber unsere Expeditionen ziehen sich meist über längere Zeit hin. Kurzum:

Er möchte alles verhindern, das unser Team zerstören oder auch nur gefährden könnte …«

Das Schrillen des Visiphons unterbrach ihn. François war die Erleichterung über das unterbrochene Gespräch deutlich vom Gesicht abzulesen. Er griff nach der Schalttaste wie nach einem Rettungsring.

Verblüfft schaute er auf das Gesicht seines Chefs. »Aissa, du …?«

Kapitän Bhugol grinste über das ganze schwarze Gesicht. »Nicht, was du denkst, François. Ich habe die Genehmigung doch noch erhalten. Aber wir müssen schon in dreieinhalb Stunden starten. Deshalb rufe ich bei dir an. Hast du schon einen Biologen?«

»Ja«, erwiderte François zögernd. »Aber es ist …«

»Ich habe nicht viel Zeit!«, unterbrach Bhugol. »Es gibt noch eine Menge Papierkrieg zu erledigen, bevor ich zur LANCET kommen kann.«

»Aber Miss Pastuchaja ist …«

»Frauen interessieren mich jetzt nicht!«, brauste Aissa auf. »Die Hauptsache, wir haben einen tüchtigen Biologen. Wenn er etwas von seinem Fach versteht, stelle ihn ein und sorge dafür, dass er in spätestens drei Stunden vor der Schleuse der LANCET steht.«

»… eine Biologin!«, vollendete François den abgebrochenen Satz.

Doch sein Chef hatte bereits abgeschaltet.

»Himmel …!«, fluchte François, schlug sich jedoch erschrocken auf den Mund, als er sich an seine Besucherin erinnerte.

Die Biologin lachte. »Sie sehen, das Schicksal steht auf meiner Seite, Mister Petit.«

»François, bitte!«, berichtigte er mit grimmigem Gesichtsausdruck. »Nennen Sie mich François, Anna. Sie wissen ja, bei den Besatzungen dieser Sorte von Schiffen ist das so üblich.«

Er starrte sekundenlang unschlüssig vor sich hin. Dann begann er breit zu grinsen.

»Immerhin! Aissa hat selbst gesagt, wenn ›er‹ etwas von seinem Fach versteht …« Er räusperte sich. Seine Stimme klang entschlossen, als er sagte: »Bitte, zeigen Sie mir Ihre Zeugnisse, Anna. Sie haben selbst gehört, dass unsere Zeit knapp bemessen ist.«

»Gern, François.«

Anna öffnete eine kleine Mappe und legte einen ledergebundenen Ordner auf den Schreibtisch.

»Bessere Zeugnisse können Sie auch von einem Biologen nicht erwarten. Außerdem besitze ich das kleine Raumfahrt-Patent und bin berechtigt, alle Raumschiffe bis zur Space-Jet-Klasse zu fliegen.«

François überflog die Zeugnisse nur kurz.

»Ausgezeichnet, Anna. Hm …!«

»Nun, wie ist es, François? Nehmen Sie mich oder nicht?«

Petit kratzte sich hinter dem Ohr.

»Ich schon …«, sagte er gedehnt. »Und selbst wenn ich nicht wollte – ein Kontaktschiff ohne Biologen ist wie ein Hund ohne Flöhe. Aber Aissa! Wenn Aissa merkt, dass ich eine Frau an Bord bringe …!«

Sie näherten sich dem Privatsektor des Raumhafenareals von Terrania bei Sonnenuntergang.

Am Horizont stand eine schwarze Gewitterwand, nur durchbrochen von schmalen, blutroten Streifen. Gleich hingeduckten Riesen lagen ferne Berge, in düsterem, stumpfviolettem Schimmer.

Anna seufzte sehnsüchtig. »Man fühlt sich auf einen fremden Planeten versetzt, wenn man das sieht!«

François knurrte unwillig, als das Leitband den Gleiter in die spiralförmige Auffahrt zum MacDonnel-Highway hineinzwang. Er klammerte sich unwillkürlich an die Haltegriffe.

»Unsinn! Die Herren Meteorologen haben nur wieder einmal für Abwechslung gesorgt. Sie können schließlich nicht nur eitel

Sonnenschein und harmlos plätschernden Nieselregen liefern. Die Leute würden vor Langeweile sterben. Ein richtiges Gewitter ist …«

François brach jäh ab und zog den Kopf zwischen die Schultern. Er musste daran denken, welches Gewitter ihn in der LANCET erwartete.

Anna legte ihm die Hand auf den Arm. »Tragen Sie es wie ein Mann, François.«

François richtete sich kerzengerade auf und machte ein grimmiges Gesicht.

»Bei Gott! Aissa soll es nur wagen, mir Vorwürfe zu machen oder Sie schief anzusehen, Anna! Ich werde Ihnen beweisen, dass man so nicht mit uns umspringen kann.«

Der Bodengleiter schoss gleich einer Rakete aus der Spirale heraus, beschleunigte mit hell summendem Prallfeldgenerator und zielte mit dem stumpfen Bug auf eine ferne Lichtglocke. Zur Linken wuchs urplötzlich eine durchsichtige Wand knisternder Energie in den Himmel. Gleich darauf blinkten acht silbrig leuchtende Kugeln dicht unter der Wolkenwand auf und stießen durch die Gewitterfront hindurch. Sofort wurde das schwarze Wolkenmeer zu einer von blauweißen Blitzen durchzuckten, quirlenden Masse.

»Schwere Kreuzer der TERRA-Klasse«, stellte François sachlich fest.

Von der Grenze zum Weltraum her rollte grollender Donner heran, untermalt von dünnem Pfeifen und Heulen.

»Wenn die Energiebarriere nicht wäre, hätten uns die Druckwellen zurück nach Terrania geschleudert«, kommentierte François. »Haben Sie schon einmal ein Superschlachtschiff starten sehen, Anna?«

Anna nickte. »Auf Kallisto – ohne Energiebarriere. Es war ein halber Weltuntergang, so, als schleuderte ein gigantischer Vulkan einen kleinen Kontinent in den Weltraum.« Sie schüttelte sich.

Inzwischen war die Lichtglocke näher gerückt. Viel heller wurde es jedoch nicht. Anna erkannte bald den Grund dafür. Der Privathafen dehnte sich still und tot über eine viele Quadratkilometer durchmessende Fläche. Die grünen und roten Positionslichter glommen ruhig – ein unbewegtes, buntes Lichtermeer. Kein Raumschiff startete, keins landete.

»Sieht aus wie ein Raumschiff-Friedhof«, sagte Anna voller Enttäuschung.

François lachte humorlos.

»So ist das hier seit über einem Jahr. Die Lage in der Galaxis sieht nicht gerade rosig aus. Die Posbis und Laurins geben uns mit ihren scheinbar unmotivierten Vorstößen immer wieder Rätsel auf. Dazu kommt, dass wir in den Akonen nicht gerade die zuverlässigsten Bündnispartner gewonnen haben. Privatschiffe sind relativ schutzlos, wenn sie sich aus dem solaren System hinauswagen – und hier liegen nur Interstellar-Schiffe. Die Administration ist der Auffassung, jedes nach ›draußen‹ gehende Privatschiff gefährde das Solare Imperium. Stellen Sie sich vor, die Posbis oder die Laurins kapern ein solches Schiff. Im selben Augenblick würden sie die Position Terras kennen. Darum wurde ein generelles Startverbot für private Interstellarschiffe erlassen.«

»Aber die LANCET!«, erwiderte Anna. »Sie ist doch auch ein Privatschiff, oder …?«

»Natürlich«, gab François zurück. »Aissa hatte auch eine Menge Schwierigkeiten, die Starterlaubnis zu bekommen. Aber er kennt erstens den Hafenkommandanten, Oberst Goodrich, sehr gut und zweitens besteht unsere Besatzung aus ehemaligen Offizieren der Flotte. Wir wissen, was bei einem Angriff zu tun ist, um die Position Terras zu schützen.«

Er zog seine Papiere hervor, als das Leitband den Gleiter abstoppte. Zwei Kampfroboter standen reglos neben der Fahrbahn. Ihre überschweren Impulsstrahler waren gesenkt, aber François wusste, dass sie im Bruchteil einer Sekunde feuerbereit gewesen wären, hätte jemand versucht, den Kontrollpunkt zu durchbrechen.

Aus einem der beiden würfelförmigen Gebäude links und rechts der Straße trat ein Leutnant der Hafenpolizei. Er gähnte ungeniert. Als er Anna erblickte, machte er den Mund zu und lächelte verlegen.

»Verzeihung, Madam! Hier ist es furchtbar langweilig, seitdem das Startverbot für Privatschiffe erlassen wurde. Sie möchten zur LANCET?«

»Ja«, erwiderte François, »und wir haben kein Startverbot!«

Der Leutnant lächelte flüchtig. »Mister Bhugol hat mich bereits davon unterrichtet. Er muss gute Beziehungen haben, wenn der Hafenkommandant eine Ausnahme macht.«

Er nahm die Papiere in Empfang und prüfte sie. Als er Annas Arbeitskarte las, pfiff er durch die Zähne.

»Sie gehören jetzt zur Besatzung, Madam! Hat der alte Weiberfeind Bhugol sich bekehren lassen?«

»Warum auch nicht!«, sagte François kurz angebunden. Er blickte auf seine Uhr. »Wir haben es eilig, Leutnant. In einer halben Stunde müssen wir starten.«

Der Leutnant gab die Papiere zurück.

»Alles in Ordnung, Mister Petit. Ich wünsche Ihnen einen freien Raum. Passen Sie vor allem auf, dass die Laurins Sie nicht erwischen.«

»Danke! So long!«

François winkte lächelnd, als der Gleiter anfuhr und das Tor zwischen der Energiesperre in rascher Fahrt passierte.

Zu beiden Seiten der Straße türmten sich dunkle Silhouetten auf. Wie plumpe, schwarze Ungeheuer lagen Raumjachten und Charterkreuzer auf dem schwach beleuchteten Feld. Die Positionslampen glosten wie die feurigen Augen personifizierter Monstrosität auf den einsamen Gleiter herab.

François hatte nach der Kontrolle das Schiebedach des Gleiters offen gelassen. Der Fahrtwind pfiff schwül herein und ließ Annas Haar wie eine schwarze Mähne flattern. Ihre Augen leuchteten.

François blickte sie von der Seite an. Unwillig verzog er die

Lippen, als er fühlte, wie diese Frau ihn faszinierte. Er wandte den Kopf und blickte starr geradeaus. Annas spöttisches Lächeln entging ihm.

Eine blutrot glimmende Fahrbahnmarkierung zeigte das Ende der Leitstrahlsteuerung an. François ergriff den Lenker und trat den Beschleunigungshebel bis fast zum Anschlag durch. Das Pfeifen des Fahrtwindes schwoll zu schrillem, stoßartigem Heulen an. Die ruhenden Schiffsungetüme wurden zu verwaschenen Schemen, die Positionslichter zu verwirrenden Streifen.

Bei einer Kleeblattkreuzung bog François nach rechts ab. Plötzlich stand ein hoher, torpedoförmiger Schatten in Fahrtrichtung. Er hob sich deutlich gegen die am Horizont wabernde Lichtglocke Terranias ab. Seine Positionslichter blinkten in regelmäßigen, kurzen Intervallen.

»Die LANCET!«, sagte François, während er den Fuß vom Beschleunigungshebel nahm.

Anna blickte aus großen Augen zu dem schlanken Torpedo. Aus dieser Perspektive glich er der langen, zweischneidigen Lanze eines Massai-Kriegers.

François deutete ihr Staunen anders.

»Sie wundern sich, dass es kein Kugelschiff ist, Anna. Nun, die LANCET ist schon ziemlich alt. Sie wurde nach der GANYMED gebaut, wenn Sie wissen, welches Schiff ich meine.«

»Ja, ich weiß«, flüsterte Anna. »Die GANYMED war das Schiff, mit dem Perry Rhodan vor fast anderthalb Jahrhunderten nach Arkon aufbrach. So alt ist die LANCET schon …?«

»Anderthalb Jahrhunderte ist ein wenig übertrieben«, meinte François leicht gekränkt. »Rhodan brach zwar vor hundertdreißig Jahren nach Arkon auf, aber die LANCET wurde erst rund zehn Jahre später gebaut. Was sind hundertzwanzig Jahre schon für ein solches Schiff! Zugegeben, die Werften kamen bald wieder von dieser Bauweise ab. Aber die heute noch existierenden sechs Schiffe der GANYMED-Serie sind genauso zuverlässig wie die neuesten Kugelraumer.«

Er steuerte den Gleiter in eine Abzweigung hinein und beschleunigte erneut, als er aus der letzten Kurve herauskam. Als die LANCET nur noch zweihundert Meter entfernt war, begann er zu bremsen. Er handhabte Beschleunigungs- und Bremshebel mit unnachahmlicher Eleganz. Die letzten zehn Meter wurden zu einem gefährlich aussehenden Sidestep. Der Gleiter stellte sich quer und hielt mit dem Ausstieg unmittelbar vor der Schräge der Schleusenrampe.

Anna legte den Kopf in den Nacken und blickte an dem schlanken Raumschiff empor. Von diesem Platz aus wirkte die LANCET noch eleganter, weil die menschlichen Augen von der Perspektive getäuscht wurden. Auf vier wuchtigen Stützbeinen stehend, die aus den breiten Heckflossen ragten, die Auflageteller wie Tatzen eines Ungeheuers in den Boden gestemmt, sah es aus, als würde sie sich niemals von der Stelle rühren können.

»Hundertachtzig Meter!«, sagte François stolz. »Zwar war das Original achthundertvierzig Meter hoch, aber dafür brauchte sie auch eine bedeutend stärkere Besatzung.«

»Wie groß ist der Durchmesser?«, fragte Anna. »Fünfzig Meter?«

»Genau sechsundvierzig Meter am Heck und zweiunddreißig vor dem abgerundeten Konus der Bugspitze.«

Anna wollte noch etwas fragen, aber da krachte eine unfreundliche Stimme aus einem der Außenlautsprecher.

»Die LANCET startet in genau siebzehn Minuten, ob mit oder ohne Ersten Offizier.« Eine kurze Pause folgte. »Ich sehe dich auf der Außenbilderfassung, François. Wo ist der versprochene Biologe? Und wie soll diese Dame wieder zurückfahren?«

»Die Dame kommt mit!«, rief François mit dem Mut der Verzweiflung. »Miss Anna Pastuchaja ist unsere neue Biologin. Und nun öffne bitte die Schleuse. Oder glaubst du, wir wären Teleporter!«

Ein unterdrückter Fluch tönte aus dem verborgenen Lautsprecher.

Dann glitten die Schotten zurück. François steuerte den Gleiter die Rampe hinauf. Seine Augen zwinkerten nervös, als das Fahrzeug in die Schleusenvorhalle hineinschwebte.

Krachend fielen die Schotten hinter ihnen zu.

Aissa Bhugol stand breitbeinig und mit verschränkten Armen mitten in der Zentrale. Er war schlank, langbeinig und extrem schmal in den Hüften. Seine Hände waren lang und feingliedrig. Die schwarzen Augen in dem kaffeebraunen Gesicht strahlten beherrschte Willenskraft aus, und um die Mundwinkel lag ein Lächeln, das sowohl Überheblichkeit wie auch ironische Distanzierung ausdrücken konnte.

François tippte mit zwei Fingern gegen das Mützenschild. »Erster Offizier Petit meldet sich zurück. Darf ich vorstellen.« Er neigte den Kopf in Richtung der Biologin. »Extrabiologin Anna Pastuchaja – Kapitän Aissa Bhugol.«

Aissas Stirn furchte sich.

»Verzeihen Sie mir, Madam, wenn ich Sie nicht ganz ohne Bedenken willkommen heiße. Es ist auf Kontaktschiffen nicht üblich, Frauen anzuheuern. Aber es wäre unfair, Sie für François' Dummheit büßen zu lassen.«

»Einen Augenblick …!«, sagte François gedehnt. »Erstens einmal: Du solltest froh sein, dass ich überhaupt Ersatz für unseren pensionierten Fu-Yang gefunden habe – und zweitens hast du mir selbst befohlen, Miss Pastuchaja einzustellen.«

Aissa wölbte die Brauen.

»Jawohl!«, bestätigte François. »Beim letzten Visiphongespräch fragtest du nach einem Biologen und befahlst mir, ihn sofort einzustellen.«

»Ja, hör einmal!«, erwiderte Aissa entrüstet. »Woher sollte ich wissen, dass der Biologe eine Frau ist!«

»Ja, woher solltest du das wissen …!«, entgegnete François ironisch. »Wenn du mich nicht ausreden ließest. Das nächste Mal wirst du mich wahrscheinlich bis zu Ende anhören. Außerdem hat Miss Pastuchaja die besten Zeugnisse. Sie besitzt sogar das kleine Raumfahrtpatent.«

In Aissas Augen leuchtete es auf.

»Herzlichen Glückwunsch, Madam!« Er zuckte mit den Schultern. »Ich sehe, das Schicksal war auf Ihrer Seite, als ich anrief. Dennoch ist mit Ihrer Ankunft ein Prinzip durchbrochen worden, das sehr wohl einen Sinn hat. Fassen Sie es bitte nicht persönlich auf, wenn ich Ihnen sage, dass Frauen auf einem Kontaktschiff nichts zu suchen haben. Jedenfalls nicht dann, wenn die übrigen Besatzungsmitglieder ausschließlich Männer sind. Aber nun sind Sie einmal hier. Außerdem brauchen wir tatsächlich einen Biologen, und wir können den Start nicht mehr verschieben.«

Er machte eine Pause, strich über sein glatt nach hinten gekämmtes schwarzes Haar und lächelte schwach.

»Willkommen an Bord, Anna. Nennen Sie mich Aissa. Ich hoffe, Sie lassen sich nicht von einem Windhund wie François den Kopf verdrehen. Und nun kommen Sie. Wir haben nicht mehr viel Zeit. Ich möchte Sie noch den übrigen Besatzungsmitgliedern vorstellen.«

Samuel Peck war ein zur Fettleibigkeit neigender, glatzköpfiger alter Herr. Aissa stellte ihn als Kyberno-Mathematiker der LANCET vor.

Das nächste Besatzungsmitglied war nur über Interkom zu erreichen, da es sich im Maschinenraum aufhielt. Benjamin Tinskin blickte mit maskenhaft starrem Lächeln vom Bildschirm. Seiner Sprache fehlte nicht nur jeglicher Dialekt, sondern auch jener Hauch von Individualität, der gemeinhin die Sprache eines jeden Lebewesens auszeichnet. Er schien nicht im Geringsten überrascht zu sein, eine Frau an Bord der LANCET zu erblicken.

Anna fror innerlich, als sie mit Ben sprach. Sie übersah allerdings die bedeutsamen Blicke, die sich Aissa und François hinter ihrem Rücken zuwarfen. Sie hätte sie ohnehin nicht deuten können, noch viel weniger das spöttische Lächeln des Kapitäns.

»Ist das … die ganze Besatzung gewesen?«, fragte sie unsicher, nachdem Bhugol keine Anstalten traf, ihr noch jemanden vorzustellen.

Aissa nickte. »Fünf Personen. Das hat bisher genügt, und es wird auch weiterhin genügen, denke ich. Je weniger Menschen, desto weniger Fehlerquellen. Außerdem nimmt die Expeditionsausrüstung einen großen Teil des verfügbaren Raums ein.«

Er sah auf die Uhr.

»Noch zehn Minuten. Bitte nehmen Sie alle Ihre Plätze ein. Gestatten Sie, Anna, dass ich Ihnen Ihren Platz anweise!«

Der Kommandostand der LANCET glich in der Form einer unsymmetrischen Halbkugel. Unmittelbar vor den Kontrollbänken wölbte sich die Wand nach außen und wurde von einem einzigen großen Bildschirm eingenommen – dem Frontschirm. Links befand sich die ebenfalls nach außen gewölbte Seitenwand mit dem Hauptschott, rechts bog sich die Schaltwand der Bordpositronik leicht nach innen. Dort saß Samuel Peck in seinem Spezialsessel.

Anna erhielt den Kontursitz zur Linken des Kommandantensessels. Sie schnallte sich mit Bewegungen an, die Sachkenntnis und Erfahrung verrieten. Währenddessen überprüfte François noch einmal die programmierte Kursautomatik.

Bhugol hatte das Zählwerk eingeschaltet und verfolgte mit gespanntem Gesichtsausdruck den Lauf des Sekundenzeigers. Als sämtliche Klarmeldungen eingegangen waren, blieb noch eine Minute Zeit. Aissa befahl Ben, die Konverterkammern warmlaufen zu lassen. Gleich darauf drang ein tiefes Brummen an seine Ohren. Er lauschte mit zur Seite geneigtem Kopf, dann nickte er befriedigt.

Als es noch fünfzehn Sekunden bis zum Start waren, schaltete er den Telekom ein. Die Platzkontrolle Terrania meldete sich.

»LANCET, Kapitän Bhugol«, sagte Aissa knapp. »Startgenehmigung P-22-G-1. Bei mir sind es noch elf … jetzt zehn Sekunden. Bitte bestätigen Sie.«

Die Bestätigung kam sofort. Aissa legte die Hand auf den Startschalter.

Als die LANCET in den Nachthimmel über Terrania stieg, zeigte die Datumsuhr den 20. Juni 2114 terranischer Zeitrechnung, 23.25 Uhr.

Die gelbe Sonne stand genau im Zielkreuz des Reliefschirms. Aissa lauschte mit einem schwachen Lächeln auf den Lippen dem ruhigen, gleichmäßigen Brummen des Kalup-Konverters. Von Samuels Platz her drang das fortwährende Summen und hohe Zirpen der Positronik an seine Ohren. Der Mathematiker kontrollierte unablässig die energetische Verdichtung des Kalupschen Stabilisierungsfeldes.

Sehen konnte man das kugelförmige Stabilisierungsfeld allerdings nicht, obwohl es die LANCET lückenlos umhüllte. Genauso unfassbar wie das Stabilisierungsfeld war auch das Kontinuum, in dem man sich befand. Das, was im allgemeinen Sprachgebrauch als »Linearraum« oder »Zwischenraumzone« bezeichnet wurde, war nur rechnerisch erfassbar. Ein vom Kalupfeld eingehülltes Raumschiff befand sich weder im vierdimensionalen Einstein-Universum noch im fünfdimensionalen Negativ-Kontinuum des sogenannten Hyperraums. Die normal- und hyperphysikalischen Gesetzmäßigkeiten beider Kontinua wurden vom Kalupfeld abgeschirmt.

Die Sicht ins Normaluniversum war mit den normalen Teleoptiken nicht möglich. Schemenhafte, strichartige und wolkige Lichtgebilde huschten vorüber. Nur im Streukegel des paraoptischen Reflexstrahls herrschte verblüffende Klarheit. Die Sicht auf das Zielgebiet war einwandfrei.

Aissa blickte zu François hinüber.

Der Erste Offizier und Navigator sah von seinen Kontrollinstrumenten auf. Er nickte. Ein feines Lächeln umspielte seine Lippen. Mehr brauchte es nicht zur Verständigung.

Aissa zog den Schubhebel ein Stück vor. Die Skalenwalze des

Geschwindigkeitsmessers klickte schneller. Als die fünfhunderttausendfache Lichtgeschwindigkeit erreicht war, nahm Aissa die Hand vom Schubhebel zurück. Zwar war damit das erreichbare Fahrtmaximum noch nicht erreicht, aber bei fünfhunderttausend LG lag die wirtschaftlichste Geschwindigkeit der LANCET.

Entspannt lehnte Aissa sich zurück. Er wandte den Kopf und nickte Anna beruhigend zu. »Alles in Ordnung. Wie fühlen Sie sich?«

»Ausgezeichnet.« Anna schwang mit ihrem Kontursessel herum, bot Bhugol eine Zigarette an und bediente sich selbst. Nachdem er ihr Feuer gegeben hatte, rauchte sie genussvoll. Plötzlich lächelte sie.

»Wissen Sie überhaupt, wohin Sie wollen?«

Aissa blickte sie überrascht an. Dann lachte er jungenhaft.

»Sie denken, wir flögen einfach ins Blaue? Da irren Sie sich. Natürlich fliegen wir nicht zu einem bestimmten Planeten. Das könnten wir auch nicht. Unser Zielgebiet ist noch unerforschtes Neuland, ein Raumkubus von zwanzig Lichtjahren Kantenlänge hinter dem Perseus-Arm. Fünfzehn Sonnen sind astronomisch registriert, davon zwei vom Sol-Typ. Aber keines dieser Sonnensysteme ist jemals angeflogen worden, jedenfalls nicht von terranischen Raumschiffen. Die Menschheit hat sich bekanntlich in genau entgegengesetzter Richtung ausgebreitet, zum Kugelsternhaufen M 13 hin.«

Die Biologin runzelte die Stirn. »Woher wollen Sie wissen, dass es im Zielgebiet intelligente Wesen gibt, mit denen wir Kontakt herstellen können?«

Kapitän Bhugol zuckte die Schultern. Dann lächelte er ein unbekümmertes, siegesgewisses Lächeln.

»Wissen kann ich das natürlich nicht. Aber die Wahrscheinlichkeit dafür wurde mit sechzig Prozent errechnet. Wohlgemerkt: Die Wahrscheinlichkeit dafür, dort auf intelligentes Leben zu stoßen. Leben ist bei Sonnensystemen vom Sol-Typ immer zu erwarten.«

»Und Sie wollen mit den erwarteten Intelligenzen sofort diplomatische Beziehungen anknüpfen?«

Aissa lachte trocken.

»Diplomatische Beziehungen …! Da würde mir Terrania ganz schön auf die Finger klopfen. Schließlich bin ich kein offizieller Abgesandter, sondern ein privater Kontakter. Ich stelle lediglich fest, ob eine von intelligenten Wesen bewohnte Welt sich als Handelspartner eignet. Sind die Aussichten günstig, verkaufe ich den Eignungsbericht und die Koordinaten jener Welt an eine Handelsgesellschaft. Der Bedarf an Absatzmärkten und Rohstofflieferanten ist ungeheuer groß. Die Explorerschiffe der Flotte können den Bedarf des Handels an brauchbaren Partnern nicht decken; außerdem sind bei ihnen die militärischen Aufgaben vorrangig. Im Übrigen profitiert das Imperium nicht schlecht von meiner Arbeit. Wenn die Handelsbeziehungen ausgebaut sind, folgen die diplomatischen Beziehungen sozusagen automatisch.«

Er wandte den Kopf, als der Mathematiker ihn anrief.

»Was gibt es Neues, Sam?«

Peck klopfte mit dem Fingerknöchel gegen die Schaltwand der Positronik. »Der große Ngai behauptet, es wären nur noch zwanzig Minuten bis zum ersten Orientierungsaustritt.«

Anna schaute verwirrt von einem zum anderen.

François grinste breit und blinzelte Bhugol zu. »Ngai ist der Gott aller Massai-Krieger. Unser Chef verehrt und …«

»Unfug!«, knurrte Aissa unwirsch. »Ngai war der Gott meiner Vorfahren, aber er ist nicht mein Gott. Ich wurde in einer Missionsschule auf Ferrol erzogen und weiß, dass es nur einen einzigen Gott gibt. Hören Sie nicht auf das Lästern dieser Heiden, Anna. Sam hat die Bordpositronik lediglich Ngai genannt, um mich zu ärgern.« Anna lachte.

»Und Sie lassen sich tatsächlich ärgern, Aissa? Das war doch sicher nur als Scherz gemeint.«

»Ein geschmackloser Scherz«, erwiderte Bhugol mit zusammengepressten Lippen. »Aber reden wir nicht mehr davon.«

Aissa nickte und lehnte sich wieder zurück. Für einige Minuten herrschte Ruhe in der Zentrale. Die Rauchwolken der brennenden Zigaretten kräuselten sich über den Kontursesseln und wurden von der rastlos arbeitenden Klimaanlage abgesaugt.

Sam hüstelte und schimpfte leise über die schlechte Luft. Er war Nichtraucher.

»Die alten Sprungtriebwerke waren ein wenig strapaziöser«, bemerkte Aissa nach einiger Zeit. Er lächelte Anna zu.

Die Biologin drückte ihre Zigarette aus und zündete sich die nächste an. »Ich habe davon gehört«, sagte sie gleichmütig.

Aissa lächelte nachsichtig.

»Aber Sie sind noch nicht damit geflogen.« Er schloss die Augen. »Während meiner Ausbildungszeit bei der Flotte steckte man mich auf ein Schiff mit sogenannten Sprung- oder Transitionstriebwerken.« Er verzog das Gesicht, als löste die Erinnerung daran unangenehme Gefühle aus. »Können Sie sich vorstellen, dass Sie zu einem übergeordneten energetischen Impuls werden? Genau das geschieht beim Eintritt eines Sprungschiffes in den Hyperraum. Es ist nicht nur der starke physische Schmerz, der eine Transition zu einer Nervenbelastung werden lässt, sondern vor allem das Bewusstsein, körperlos durch einen Raum geschleudert zu werden, der nur rechnerisch erfassbar ist.«

»Aber Sie würden auch dann Raumfahrer sein, wenn es den Linearflug noch nicht gäbe …?«, fragte Anna.

»Allerdings! Der Mensch verzichtet niemals auf eine Möglichkeit, der Unendlichkeit ein Stück näher zu kommen. Wie unzulänglich seine Mittel auch sein mögen, spielt keine Rolle, wenn er damit nur sein Ziel erreichen kann.«

»Vor anderthalb Jahrhunderten soll es sogar einige Verrückte gegeben haben, die in winzige, zerbrechliche Blechkapseln an der Spitze einer chemischen Rakete krochen und sich in den Raum schießen ließen«, warf François ein.

Aissa lächelte sardonisch. »Einer dieser Verrückten war Perry

Rhodan – und das Ergebnis seiner ›Verrücktheit‹ sind die modernen Linearschiffe, in denen wir heute fliegen können.«

»Ich habe die STARDUST im Raumfahrtmuseum in Terrania gesehen«, sagte Anna leise. »Ehrlich gesagt, heute würde es kaum jemand wagen, damit auch nur einen Probestart zu riskieren. Ich jedenfalls hätte Angst, das Ding würde schon beim Start unter mir explodieren.«

»Noch fünf Minuten bis zum Austritt!«, meldete Sam.

Ein Robotzählwerk begann zu ticken. Auf einer Skalenscheibe vor Aissa wurden die Minuten und Sekunden angezeigt. Er presste den Daumen auf die Prüftaste der Programmierung. Eine grüne Lampe leuchtete an seiner Schaltbank auf. Der Steuerautomat war bereit, das Austrittsmanöver zu übernehmen.

»Ein Flug, wie er im Buch steht!«, rief François. »Nicht die geringste Abweichung, nicht die kleinsten Unregelmäßigkeiten im Kalupfeld. Der reinste Spaziergang.«

»Halt den Mund, François!«, protestierte Sam heftig. »Aissa, verbieten Sie ihm solche Äußerungen. Damit zieht er nur das Unglück herbei.«

»Sie haben ja Ihren Ngai!«, erwiderte Bhugol trocken.

Alle lachten. Niemand nahm Sams Bemerkung ernst.

»Noch zehn Sekunden«, sagte Aissa. Sein Gesicht wirkte angespannt, aber nicht beunruhigt.

»Drei Sekunden … zwei … eins … null!«

Abrupt brach die Stille wie eine Flut herein, als das Arbeitsgeräusch des Kalup verstummte. Auf allen Bildschirmen erschienen die Konstellationen des Normaluniversums.

»Geschafft!«, rief François.

Er hatte es kaum gesagt, da gab die Ortungsautomatik Alarm.

2.

Die Automatik hatte etwas geortet, was es eigentlich in diesem Raumsektor gar nicht geben durfte. Der grüne Reflex im Tasterschirm konnte nur durch Weitwinkelerfassung in seiner ganzen Ausdehnung betrachtet werden.

Das geortete Etwas besaß Marsgröße …!

Aissa hörte nur mit halbem Ohr auf die Vermutungen der anderen. Der erfahrene Flottenoffizier in ihm brach durch.

Scheinbar ziellos schlugen seine Hände auf die Schalter des Kommandopultes ein. Im Heck des Schiffes erwachten leistungsfähige Stromaggregate zu hektischer Betriebsamkeit. Wie eine Mauer erhitzter, zitternder Luft baute sich der dreifach gestaffelte Schutzschirm um die LANCET auf. Die Luken der beiden Geschütze glitten zurück. Spindelförmige Führungsläufe richteten sich auf die Quelle der Ortungsreflexe. Hochgespanntes Kernplasma glühte in den Feldmündungen der Waffen.

»Was macht die Auswertung?«, brüllte Aissa.

François hatte seine Messungen beendet.

»Einwandfrei ein Planet von etwa Marsgröße, aber um zehn Prozent höherer Dichte. Atmosphäre ist vorhanden, desgleichen Wärmeausstrahlung.«

Aissa begann hemmungslos zu fluchen.

»Mein Gott!«, rief Anna. »Was ist denn los?«

Aissa brach jählings ab. Er starrte auf den Ortungsschirm und presste dabei die Lippen zusammen.

»Welche Geschwindigkeit hatte die LANCET beim Wiedereintritt in den Normalraum?«, fragte er gefährlich ruhig.

»Das Übliche«, erwiderte François verwundert. »Knapp unter einfacher Lichtgeschwindigkeit.«

»So …!«, sagte Bhugol dumpf. »Und nun sagen Sie mir einmal, warum wir noch leben, François! Warum sind wir nicht längst auf dem Planeten zerschellt? Er liegt doch genau in Fahrtrichtung.«

François zuckte zusammen und streckte die Hände nach der Notsteuerung aus.

»Lassen Sie das!«, sagte Aissa. »Wie groß ist die Entfernung zu dem Planeten?«

»Rund hunderttausend Kilometer.«

»Und wie groß war sie vor einer halben Minute?«

»Auch hunderttausend … Aber das gibt es doch gar nicht!«

»Da draußen haben Sie den Gegenbeweis, François. Seien wir froh, dass es so etwas gibt, sonst lebten wir längst nicht mehr. Aber fragen Sie mich nicht, wie das zustande gekommen ist.«

Er beugte sich vor und ließ die Bugtriebwerke anlaufen. Die LANCET schüttelte sich unter dem plötzlichen Rückstoß. Blauweißes Feuer erschien im Frontschirm. Aufmerksam musterte Aissa den Massetaster.

»Na also!«, sagte er. »Wir entfernen uns von dem Planeten. Folglich gibt es nichts, das die Kraft unserer Triebwerke kompensiert. Die Triebwerke arbeiteten nicht, als wir den Linearraum verließen. Vielleicht war etwas mit dem Kalup nicht in Ordnung, dass wir mit Nullgeschwindigkeit im Normalraum auftauchten.«

Er schaltete die Bugtriebwerke ab und gab einige kurze Gegenschübe mit den Hecktriebwerken, bis die LANCET wieder in relativem Stillstand zum Planeten verharrte.

»Wir sind uns darüber klar, dass ein einzelner Planet an dieser Stelle des Raumes nichts zu suchen hat«, sagte er gedehnt. »Wenn also Sam mir nicht die falschen Kurswerte gab …«

»Meine Kurswerte stimmten!«, protestierte Sam erregt.

Aissa lächelte verkrampft. »… dann haben wir es hier mit einem Wanderplaneten zu tun«, beendete er den begonnenen Satz.

Er sah auf, als Anna sich erhob. Die Biologin zeigte ein geringschätziges Lächeln.

»Ich kann noch verstehen«, sagte sie in abfälligem Ton, »dass Sie sich über die Herkunft des Planeten streiten. Was ich nicht verstehen kann, meine Herren, ist, dass Sie dabei vergessen haben, die umliegenden Sternkonstellationen zu beachten.«

»Sie wird frech!«, stieß François hervor. »Du meine Güte, unser Baby wird frech!«

»Nein, sie hat recht«, sagte Aissa. »Wir haben uns tatsächlich benommen wie Anfänger.«

Er verstellte die Einstellung der Normaloptik und ließ von der Programmkontrolle gleichzeitig die Leitsternbilder auf einen Schirm projizieren.

»Vielleicht könntest du jetzt ausrechnen, mit welcher Geschwindigkeit wir uns bewegen, François. Ich bekomme kein klares Abbild der Konstellationen auf die Schirme. Alles nur verwaschene Konturen, Linien und Nebel.«

François erbleichte. »Dann befinden wir uns noch immer im Zwischenraum, Aissa! Sam, kontrollieren Sie sofort die Stärke des Kalupfeldes!«

»Der Kalup ist ausgeschaltet«, erwiderte Sam leise.

Aissa lachte. »Anna, welche Vermutung haben Sie?«

»Wir bewegen uns mit Überlichtgeschwindigkeit«, antwortete die Biologin, ohne zu zögern.

»Und der Planet?«, brauste François auf. »Wollen Sie mir einreden, er bewege sich ebenfalls mit Überlichtgeschwindigkeit? Oder wie erklären Sie sich sonst, weshalb wir relativ zu ihm stillstehen und zum Universum nicht?«

Aissa winkte ab. »Du solltest mit deinen Berechnungen beginnen, François. Aber führe zuerst eine Netztastung mit dem Hypertaster durch.«

Während François an die Arbeit ging und von Sams Platz her das ununterbrochene Summen der Positronik herüberklang, zündete Bhugol sich eine Zigarette an und starrte hinaus in den Raum.

»Haben Sie schon eine Theorie?«, fragte Anna flüsternd.

Aissa schüttelte den Kopf.

»Bevor wir nicht alle Daten erfasst und verarbeitet haben, ist das Aufstellen von Theorien sinnlos. So etwas wie hier hat es noch nie in der Geschichte der Raumfahrt gegeben. Zumindest hat niemals jemand davon berichtet.« Er lachte bitter. »Oder es gab keinen, der hinterher davon berichten konnte.«

»Wie meinen Sie das?«, fragte Anna ahnungsvoll.

»Ich will versuchen, Ihnen das zu erklären. Sicher wissen Sie, dass die durchschnittliche Dichte interstellarer Materie 10^{-26} Gramm pro Kubikzentimeter beträgt. Das ist wenig. Stellen Sie sich meinetwegen vor, durchschnittlich entfiele ein Staubkorn auf fünf Millionen Kubikmeter Nichts. Dieser Vergleich simplifiziert natürlich stark.

Bei Geschwindigkeiten unterhalb der des Lichts ist diese Dichte vernachlässigbar gering. Aber je näher man der Lichtgeschwindigkeit kommt, um so mehr und um so rascher nimmt die relative Dichte zu. Beim Überschreiten der LG-Grenze innerhalb des Normalraums käme es zur Katastrophe. Jedes Raumfahrzeug müsste infolge des Reibungswiderstandes zu einer Lichtkugel anschwellen und verglühen.«

»Aber wir existieren noch«, sagte die Biologin atemlos. »Also bewegen wir uns nicht mit Überlichtgeschwindigkeit!«

»Warten wir ab!« Kapitän Bhugol sah mit maskenhaftem Lächeln zum Ersten Offizier. François hielt einen Auswertungsstreifen in der Hand. Er schien jedoch seinen Augen nicht zu trauen, denn er schüttelte fortwährend den Kopf.

»Nun, mein Junge?«

François' Kopf ruckte nach oben. Er machte ein Gesicht, als wäre er seinem eigenen Geist begegnet. Seine Augen schienen durch den Kapitän hindurchzusehen.

»Das … das gibt es doch gar nicht!«, stammelte er.

Aissa spürte, wie alles Blut aus seinem Gesicht wich. Seine Handflächen wurden kalt und feucht. Schmerzhaft schlug das Herz bis zum Hals. Nur mühsam zwang er sich dazu, geduldig zu warten. Endlich vermochte Petit weiterzusprechen. Seine Worte waren allerdings kaum zu verstehen.

»Unsere Relativgeschwindigkeit zu den Leitsternbildern beträgt – zehnmillionenfache LG …!«

Aissa schloss die Augen.

Er versuchte sich vorzustellen, wie das Phänomen zustande kam. Die LANCET befand sich innerhalb des Normalraums. Soviel stand fest. Es schien aber auch festzustehen, dass sie sich mit zehnmillionenfacher Lichtgeschwindigkeit durch die Galaxis bewegte. Das waren zwei Unmöglichkeiten. Die dritte Unmöglichkeit bestand darin, dass der geortete Planet ebenfalls von dem Phänomen betroffen wurde …

Wortlos nahm Kapitän Bhugol den Auswertungsstreifen entgegen und studierte die Werte. Allmählich entspannte er sich. Ein Zusammentreffen so vieler Unmöglichkeiten war unwahrscheinlich.

Er wies Sam an, den Wahrscheinlichkeitsgrad der Phänomene von der Positronik durchrechnen zu lassen. Danach befahl er Ben zur Zentrale, damit er die Messinstrumente überprüfe.

Unterdessen hatte François eine weitere Beobachtung gemacht, die ebenso unwahrscheinlich erschien wie alle vorhergehenden.

Aissas Gesicht wurde grau, als François berichtete.

»Ich entsinne mich, dass die Taster eine Wärmeausstrahlung des Planeten registrierten, François. Du hast recht, es erscheint unwahrscheinlich, dass ein Planet mitten im leeren Raum konstante Wärmewerte zeigt, ohne von einer Sonne beschienen zu werden. Wie hoch, sagtest du, sei die Oberflächentemperatur?«

»Konstant zweiundzwanzig Grad Celsius.«

Aissa dachte nach.

Zweiundzwanzig Grad Celsius war eine geradezu ideale Temperatur für die Existenz von Leben, das auf der Grundlage von Eiweiß basierte. Warum sollte es dort eigentlich keine intelligenten Wesen geben, die ihre Atmosphäre mit Atomkraft aufheizten?

Doch dann schüttelte er den Kopf. »Wenn man dort Atomsonnen verwendete, müssten wir gewaltige Energiemengen anmessen können.«

»Eine Atmosphäre kann man auch anders aufheizen, Aissa.«

»Natürlich. Aber dann müsste die Vegetation auf Thermosynthese statt auf Fotosynthese basieren. Das macht mich neugierig auf diese Welt. Wenn man bedenkt: ein Planet ohne Sonne, mit einer Sauerstoffatmosphäre und konstanter Temperatur von zweiundzwanzig Grad Celsius …«

In diesem Augenblick betrat Ben die Zentrale.

Aissa erteilte ihm seine Befehle.

Ben gab keinen Kommentar dazu. Er wandte sich den Ortungsgeräten zu und nahm die Deckplatte ab. Dann fuhren seine Finger zielsicher in das Gewirr der Kabelstränge, Verbundschaltungen und Kleinstfeldleiter hinein.

Anna stieß einen Schrei aus.

»Was ist los?«, fragte Aissa ruhig.

Anna atmete heftig. Voller Entsetzen verfolgte sie Bens Hantierungen.

»Der Stromfluss ist nicht unterbrochen!«, stieß sie hervor.

Wie zur Bestätigung flackerten plötzlich die Kontrolllampen der Ortungsautomatik.

Anna sprang auf und wollte den Stromfluss zur Ortung ausschalten. Doch Ben drehte sich seelenruhig um und blickte sie mit einem maskenhaften, leblos wirkenden Lächeln an.

»Bitte, Madam, lassen Sie es sein. Sie sehen, eine kleine Aufladung schadet mir nicht, und einen Kurzschluss weiß ich zu vermeiden.«

Mit hilflos wirkender Gebärde drehte Anna sich zu Aissa um.

Der Kapitän nickte freundlich. »Nehmen Sie ruhig wieder Platz, Anna. Die Funktion der Ortungsgeräte lässt sich viel schneller überprüfen, wenn der Strom eingeschaltet bleibt. Andernfalls hätte ich die Überprüfung selbst vornehmen können. Und wenn es Sie beruhigt: Ben kann tatsächlich ein wenig mehr vertragen als wir. Er ist ein Roboter.«

Anna starrte ihn verblüfft an. Dann stieg ihr die Zornesröte ins Gesicht.

»Das erklärt vieles. Aber es war unfair von Ihnen, mir das erst jetzt zu verraten. Ich habe schreckliche Angst um Ben ausgestanden, als er in die Kabelverbindungen hineingriff.«

Ben legte die Deckplatte wieder auf und schaltete die Magnetbefestigungen ein. Dann richtete er sich auf und blickte Anna wohlwollend an. Diesmal wirkte sein Gesicht nicht mehr so starr.

»Ich danke Ihnen, Madam. Sie haben mir einen Teil des Selbstbewusstseins wiedergegeben, den diese Barbaren mir genommen hatten. Ich werde Ihnen das nie vergessen.«

Aissa grinste, wurde aber sehr schnell wieder ernst. »Was hast du herausgefunden, Ben?«

Ben blickte zuerst auf die Tasterschirme und danach in Aissas gespannte Miene.

»Die Ortung arbeitet fehlerlos, Sir.«

Es herrschte nach dieser Eröffnung wohl fünf Minuten völlige Stille in der Zentrale. Sam hatte die Positronik abgeschaltet und sich umgedreht. François blickte mit weit aufgerissenen Augen auf den Roboter. Aissa schien den Ortungsreflex des nahen Planeten mit seinen Blicken durchbohren zu wollen, und Anna sah verständnislos von einem zum anderen.

Samuel Peck war der Erste, der sich wieder regte. Mit einer Behändigkeit, die man seiner korpulenten Figur nicht zugetraut hätte, rutschte er aus seinem Drehsessel, lief zum Kommandopult und ergriff den Auswertungsstreifen des Navigators. Dann wirbelte er herum und eilte zur Positronik zurück. Eine Sekunde später erfüllte das Arbeitsgeräusch des Gehirns die Zentrale.

François erhob sich, vergrub die Hände in den Hosentaschen und marschierte hinter den Kontursesseln auf und ab wie ein gefangenes Raubtier. Nach einer Weile blieb er vor Bhugol stehen.

»Wir alle wissen, dass nur das unmöglich ist, was niemals geschieht. Aber die LANCET fliegt mit zehnmillionenfacher Lichtgeschwindigkeit, sie befindet sich im Normaluniversum – und die Distanz zu diesem verrückten Planeten bleibt konstant, solange wir die Triebwerke nicht arbeiten lassen!«

Er wandte sich um und deutete auf den Ortungsreflex des Planeten.

»Die Naturgesetze mögen diese Absurdität zulassen, aber sie verursachen sie nicht. Wir ebenfalls nicht, denn dazu sind wir nicht in der Lage. Was folgerst du daraus, Aissa?«

»Ich werde mich hüten, noch einmal voreilige Schlüsse zu ziehen, François. Aber ich weiß, was du daraus folgerst. Du bist der Meinung, die hypothetischen Bewohner jenes Planeten wären für alles Unbegreifliche verantwortlich.«

»Du etwa nicht?«

Aissa zuckte mit den Schultern.

»Woher kommt die Energie, die das alles bewerkstelligt, François? Dazu gehören Millionen von Gigawatt. Wenn die entsprechenden Kraftwerke auf jenem Planeten stünden, hätten die Energietaster uns das verraten.«

»Was uns unverständlich ist, muss noch lange nicht unmöglich sein, Aissa!«

Bhugol nickte bedächtig.

Er konnte sich François' Logik nicht verschließen. Schließlich war alles unbegreifbar, was seit dem Austritt aus dem Linearraum geschehen war. Irgendwo musste es eine Erklärung dafür geben. Warum sollte man sie nicht auf jenem Planeten suchen?

»Also gut«, sagte er entschlossen. »Wir gehen so nahe heran, dass wir Einzelheiten der Oberfläche erkennen können.«

»Halt!«, rief Sam plötzlich.

Aissa wandte sich um und wölbte die Brauen. Sam hielt eine Symbolfolie in der Hand. Das ausklingende Arbeitsgeräusch der Positronik bewies, dass er seine Berechnungen beendet hatte.

»Wir haben keine Zeit, den Planeten anzufliegen«, verkündete Sam mit vor Aufregung vibrierender Stimme.

»Warum nicht?«, fragte Aissa erstaunt.

Sam holte tief Luft und trat näher. Er sah kurz auf den Symbolstreifen in seiner Hand.

»Wir bewegen uns mit zehnmillionenfacher Lichtgeschwindigkeit, nicht wahr?« Er wartete die Bestätigung nicht ab, sondern fuhr fort: »Seit dem Wiedereintritt in den Normalraum sind etwa vierzig Minuten vergangen.«

»Oh, jetzt verstehe ich!«, sagte Aissa. »Weiter!«

»Die LANCET legt in der Minute 19,283 Lichtjahre zurück. Das wären seit dem Verlassen des Linearraums rund 771 Lichtjahre. In etwa zwölf Stunden und zehn Minuten werden wir unser Zielgebiet hinter dem Perseus-Arm passieren. Behalten wir unsere wahnwitzige Geschwindigkeit bei, verlassen wir weitere einunddreißig Stunden später endgültig unsere Galaxis. Einen Tag später wären wir von Terra so weit entfernt, dass wir niemals mehr aus eigener Kraft zurückkehren könnten.«

»Mein Gott!«, flüsterte Anna.

»Keine Ursache zur Aufregung!«, sagte François. »Wir wussten schließlich, dass wir nicht stillstehen. Jetzt wissen wir wenigstens, wie viel Zeit uns für die Untersuchung des Planeten bleibt.«

»Sie sind wahnsinnig, François!«, sagte Sam. »Glauben Sie wirklich, wir könnten uns so ohne Weiteres wieder aus dem unbegreiflichen Einfluss lösen und davonfliegen?« Er lachte hysterisch. »Ich habe die Positronik auch danach gefragt. Sie gibt mit vierundsechzig Prozent Wahrscheinlichkeit an, dass dieser Raumsektor von einer Blase übergeordneter Energie umgeben ist, die sowohl unsere Geschwindigkeit hervorruft als auch einen wirksamen Schutz gegen aufgestaute interstellare Materie bildet. Ganz abgesehen davon, dass man nicht mit zehnmillionenfacher Lichtgeschwindigkeit plötzlich diesen Schutz verlassen kann – sie ist außerdem zu groß für den Eintritt in den Linearraum.«

François ließ ratlos die Schultern sinken. »Wir können doch aber nicht einfach nichts tun, Sam …«

Aissa lächelte unvermittelt.

»Doch, wir können eine ganze Menge tun. Sam hat nur übersehen, dass seine Argumente einen weiteren Schluss zulassen.«

»Und der wäre?«

»Wir brauchen uns nicht zu beeilen, da wir aus der Energieblase sowieso nicht entkommen können. Also haben wir Zeit genug, den Planeten zu untersuchen. Befindet sich dort der Energieerzeuger, dann werden wir auch Mittel und Wege finden, ihn abzustellen – oder zu zerstören.«

»Sie können sich ganz auf meine Fähigkeiten verlassen, Sir«, sagte Ben, der Roboter.

Der Planet füllte den Frontschirm nahezu völlig aus.

Aissa schaltete die Sektorvergrößerung ein und ließ den kreisförmigen Ausschnitt langsam über die Oberfläche wandern. Als Erstes fiel ihm die üppige, dunkelgrüne Vegetation auf. Das ließ ihn stutzen. Wären die Pflanzen dort der Thermosynthese fähig gewesen, hätten sie des Chlorophylls nicht bedurft. Außerdem war es dort unten hell, ohne dass Aissa eine Lichtquelle erkennen konnte. Die Landschaft war in rötliches Licht getaucht.

Er kniff die Lider zu, als ein heller Lichtreflex ihn blendete. Dann öffnete er sie behutsam wieder. Kein Zweifel, das war eine Wasserfläche. Sie war zu klein, um mehr als ein Binnensee zu sein.

Aber wo war das Licht, das sie widergespiegelt hatte?

Die Sterne waren viel zu weit entfernt. Ihre Leuchtkraft konnte vernachlässigt werden. Was also leuchtete hier? Was gab den Pflanzen die grüne Färbung? Was ließ eine Wasseroberfläche zu einem Spiegel werden?

Plötzlich zuckte Aissa zusammen.

An einem Ufer des Sees war die Vegetation spärlicher. Zwischen kleinen dunkelgrünen Flecken lagen bunte und gelbe Inseln und dazwischen wieder weiße Vierecke. Aissa stellte die Sektorvergrößerung schärfer ein und holte ein solches Viereck näher heran.

Es war würfelförmig und besaß schmale, lang gestreckte Schlitze an einer der Seitenflächen. Die Schlitze waren ganz sicher keine Fenster, aber es konnten recht gut die Lüftungsöffnungen einer Klimaanlage sein.

Aissa blickte sich zu Anna um.

»Ein Haus, nicht wahr?« Anna lächelte zaghaft.

Aissa nickte. »Zwar nicht nach unserem Geschmack, aber ganz sicher mit vollendeten technischen Einrichtungen.«

Wieder wanderte die Sektorvergrößerung. Sie zählten zusammen dreißig würfelförmige Häuser mit Lüftungsschlitzen. Doch das war nicht alles. Mitten zwischen den weit auseinanderliegenden Gebäuden erhob sich ein mehrstöckiges, zylinderförmiges Haus, von dem mehrere rechteckige Seitenflügel strahlenförmig ausgingen.

»Ein Versammlungshaus oder so etwas Ähnliches«, sagte François. »Wenigstens scheinen diese Wesen sich nicht ständig in ihren verschlossenen Würfeln abzukapseln.«

»Was sagt der Energietaster?«, fragte Aissa.

»Die Energieerzeugung findet in jedem Gebäude für sich statt«, antwortete Ben. »Stündlich etwa fünfzig Megawatt, würde ich sagen.« Aissa runzelte die Stirn.

»Das ist eine ganze Menge, aber nicht so viel, als gäbe es dort unten große technische Anlagen. Kannst du feststellen, welcher Art die erzeugte Energie ist?«

»Eindeutig Kernenergie, Sir. Man benutzt HHe-Meiler.«

»Wie bitte?« Aissa starrte Ben an, als zweifelte er an dessen Zurechnungsfähigkeit. »Willst du behaupten, jedes dieser kleinen Häuser besäße einen eigenen HHe-Meiler? Weißt du auch, was du damit sagst?«

Ben verzog sein biosynthetisches Gesicht zu einer beleidigten Grimasse.

»Im Gegensatz zu organischen Intelligenzwesen weiß ich stets, was ich sage, Sir. Wir haben es mit einer Zivilisation zu tun, die offenbar ebenso leistungsfähig ist wie die irdische. Nur scheint man dort unten ein wenig reifer zu sein.«

Aissa wollte aufbrausen, doch er beherrschte sich noch gerade rechtzeitig. Er wusste, dass Ben in gewisser Beziehung recht hatte. Die Intelligenzen des einsamen Planeten verfügten über eine hoch entwickelte Technik. Aber sie mussten die Zeiten des Expansionsdranges schon hinter sich haben. Die Anordnung der Häuser und die bescheidene Anwendung einer hochstehenden Technik deuteten darauf hin.

Oder betrieben sie ihre Forschungen auf eine andere, vollendetere Art und Weise als die Menschen? Hatten sie ihren Planeten in eine gigantische Blase hyperdimensionaler Energie gehüllt und benutzten ihn und einen Teil des Alls als Raumschiff? Aissa zwang sich dazu, diese Gedanken aus seinem Bewusstsein zu verdrängen. Wenn sie zutrafen, mussten Menschen sich winzig gegenüber jenen Wesen vorkommen – winzig und unbedeutend.

Er befahl François, die LANCET in eine Kreisbahn zu zwingen. Danach setzte er seine Beobachtungen fort.

Das Ergebnis war so, wie er es erwartet hatte.

Der Planet war übersät mit ähnlichen winzigen Ansiedlungen. Manche zählten dreißig kleine und ein großes Gebäude wie die erste, andere waren größer und nur wenige kleiner. Allen aber war die Anordnung der würfelförmigen Häuser um ein größeres Gebäude gemeinsam. Überall dehnten sich gepflegte Parks und Gartenanlagen in und um die Ansiedlungen. Und alle lagen am Ufer eines Sees.

Der Planet besaß keinen einzigen Ozean. Dagegen wurde die zusammenhängende Landfläche von Millionen und aber Millionen Seen durchbrochen. Die Grünflächen außerhalb der Ansiedlungen bestanden aus dichten Wäldern, über denen an vielen Stellen riesige Vogelschwärme kreisten. Andere Tiere waren selbst mit der stärksten Ausschnittvergrößerung nicht zu entdecken. Dafür gab es überall eigenartige Maschinen, offenbar Roboter. Ihr Zweck wurde Aissa nicht klar, aber innerhalb der Ansiedlungen fehlten sie anscheinend.

Aissa ließ die LANCET zweitausend Kilometer über einer Ansiedlung schweben. Das Schiff kreiste jetzt mit der Rotationsgeschwindigkeit des Planeten, wodurch es stets über derselben Stelle der Oberfläche blieb.

Er bot Zigaretten an. Nur Sam und Ben rauchten nicht.

»Wir haben alle mitverfolgt, was die optische und energetische Beobachtung brachte. Ist Ihnen dabei etwas Besonderes aufgefallen?«

François meldete sich. »Es gibt keinen einzigen Raumhafen dort unten.«

»Und anscheinend nicht ein einziges Verteidigungsfort«, fügte Sam hinzu.

Aissa lächelte. »Sie tun recht daran, sich vorsichtig auszudrücken, Sam. Die Tatsache, dass wir kein Verteidigungsmittel entdecken konnten, beweist noch lange nicht, dass man keine besitzt.«

»Immerhin hat man uns während des Orbits nicht angegriffen«, warf Anna ein.

Aissa nickte.

»Auch das beweist noch nichts über den friedlichen Charakter der Planetarier. Doch wir können nicht ewig hier oben bleiben. Wir werden also landen. Ben, du gehst zurück in den Maschinenraum, François übernimmt das Feuerleitpult, und ich werde das Landemanöver ausführen.«

»Und ich?«, fragte Anna enttäuscht.

»Sie sind Ersatzmann für François. Sollte ich ausfallen, übernimmt Sam meine Aufgabe.«

»Sam …? Sam soll das Schiff steuern?«

Aissa lachte trocken.

»Glauben Sie nur nicht, er wäre ein schlechter Pilot, nur weil er wie ein Bankbeamter aussieht. Wir alle können die LANCET steuern.«

Er sah zur Uhr.

»In fünf Minuten schwenke ich die LANCET mit dem Heck nach unten.«

Die Antigravprojektoren unterstützten die Wirkung der Impulstriebwerke. Dennoch blieb von dem kleinen Waldstück, in dem die LANCET niederging, nicht viel übrig.

Als die emporgewirbelte Asche sich verzog, stand das Schiff in einer Schlackenmulde, deren Mittelpunkt von brodelnder Glut angefüllt war. Im Umkreis von etwa hundert Metern trat der nackte Fels zutage, dahinter lag ein flacher Ringwall glühender Holzasche. Zwischen dem Ort der Verwüstung und der Ansiedlung lag ein schmaler Waldstreifen. Die dem Schiff zugewandte Front bestand aus angekohlten, umgestürzten Stämmen. Dahinter standen einige relativ unversehrte Bäume.

»Das war nicht gerade die beste Einführung«, bemerkte Anna zynisch.

Aissa zuckte mit den Schultern.

»Die Antigravprojektoren allein schaffen es nicht. Wären sie nicht gewesen, läge auch die Siedlung in Trümmern.«

»Oder die LANCET wäre nicht mehr«, warf François ein.

»Wir sollten die Planetarier nicht überschätzen, mein Lieber«, sagte Sam. »Wahrscheinlich hocken sie jetzt zitternd in ihren Würfelhäusern und rufen ihre Götter an.«

»Wesen auf dieser Zivilisationsstufe glauben nicht mehr an Götter«, belehrte Aissa ihn. »Eine fortgeschrittene Wissenschaft bringt automatisch den Glauben an einen einzigen und allmächtigen Gott hervor.«

»Vor zwei Generationen behauptete man auf der Erde noch das Gegenteil.« François räusperte sich vielsagend. »Aber lassen wir das. Da es ruhig geblieben ist, hat man tatsächlich Angst vor uns. Wir sollten handeln, um die Gemüter wieder zu beruhigen.«

Bhugol nickte und öffnete den Mund zu einem entsprechenden Befehl. In diesem Augenblick schrillte der Interkom. Die Menschen sahen sich an, dann schaltete Aissa entschlossen das Gerät ein.

Bens Gesicht erschien auf dem kleinen Bildschirm.

Unwillig runzelte Aissa die Stirn. »Was gibt es so Wichtiges?«

Bens bioplastisches Gesicht wirkte undurchdringlich. Er sah sich um, aber offensichtlich erfasste das Aufnahmegerät der Zentrale nur einen kleinen Ausschnitt.

Es sah aus, als atmete Ben erleichtert auf. Er konnte zwar nicht wirklich atmen, aber die menschlichem Verhalten entsprechenden Scheinreaktionen waren seinem positronischen Nervensystem fest aufgeprägt.

»Sam ist nicht bei Ihnen? Dann hat sich mein Anruf erübrigt.«

»Natürlich bin ich hier!«, polterte Sam und trat in den Aufnahmebereich.

Ben zuckte zusammen.

»Dann war es ein Fremder! Sir, in der LANCET befindet sich ein fremdes Lebewesen. Ich hörte Schritte auf dem Gang vor dem Maschinenleitstand.«

Aissa blickte Bens Gesicht prüfend an. Doch dann kam ihm zu Bewusstsein, dass Ben niemals log. Er war ein Roboter, und Roboter können nicht lügen, jedenfalls nicht ihren Herren gegenüber.

»Kannst du die Schritte noch hören, Ben?«

»Nein, Sir. Sie bewegten sich in Richtung Ausrüstungssektor, dann brach das Geräusch ab.«

»Dann befindet sich der Fremde in einer Kammer des Ausrüstungssektors«, sagte Aissa. »Andernfalls hätten Bens hyperempfindliche Sinne ihn noch wahrnehmen müssen.«

Er wandte sich wieder dem Roboter zu.

»Du verriegelst den Maschinenleitstand und gehst den Mittelgang entlang, bis du den Ausrüstungssektor erreichst. Dort postierst du dich und lässt niemanden und nichts hindurch. Vergiss nicht, dass du nur so viel Gewalt anwenden darfst, wie unbedingt nötig ist!«

»Ich bin doch kein Kampfroboter, Sir!«, erwiderte Ben beleidigt.

»Schon gut, Ben. Wir kommen dir entgegen, während wir die einzelnen Räume absuchen.«

Der Bildschirm wurde dunkel. Aissa wandte sich an die anderen.

»Hören Sie, Aissa!«, sagte Anna. »Das Schiff ist verschlossen, und der Schutzschirm ist eingeschaltet. Wie soll da ein Fremder hereinkommen?«

»Ein terranischer Mutant könnte es, falls er die Teleportation beherrscht«, erwiderte Aissa. »Warum sollen andere Rassen keine Teleporter hervorgebracht haben? Vielleicht besitzen sie sogar alle diese Fähigkeit. Das würde die fehlenden Verkehrsmittel erklären.«

»Du meine Güte!« François stöhnte. »Wie sollen wir einen Teleporter fangen?«

»Wir wollen ihn nicht fangen, sondern Kontakt aufnehmen«, berichtigte ihn Aissa tadelnd.

Er befahl Sam und François, sich mit Schockblastern zu bewaffnen und ihn zu begleiten. Anna dagegen sollte in der Zentrale bleiben und die Außenbilderfassung beobachten. Außerdem würden sie alle durch die Armbandgeräte in Verbindung bleiben.

Die Schritte der drei Männer klangen dumpf auf dem Weichplastikbelag des Ganges. Aissa ging voran. Er hielt einen schweren Schockblaster in der Armbeuge. Zusätzlich steckte ein Impulsstrahler im Gürtelhalfter. Aissa war niemals unvorsichtig, trotz aller guten Absichten nicht. Er rechnete mit den abwegigsten Möglichkeiten.

Sie durchsuchten systematisch jeden Raum. Dabei blieb immer einer von ihnen vor dem Schott stehen, während die anderen beiden sich im Raum umsahen.

Es dauerte eine halbe Stunde, bevor sie den Ausrüstungssektor erreichten. Bisher hatten sie nichts gefunden. Anna meldete über das Armbandgerät, dass auch draußen alles ruhig geblieben war.

Die erste Kammer des Ausrüstungssektors enthielt Nahrungsmittel in Vakuum-Verpackung.

Aissa, der zuerst eintrat, stutzte. Dann blickte er François fragend an. »Du hattest zuletzt Küchendienst, nicht wahr?«

»Nein, es war Sam. Warum fragst du?«

Aissa antwortete nicht. Er ging zurück zur Tür und bat Sam, einzutreten. François nahm dessen Platz ein.

Sam stutzte ebenfalls, kaum dass er einen Blick auf die Vorratsregale geworfen hatte.

»Was ist los?«, fragte Aissa lauernd.

Sam sah sich um. Seinem Gesicht war anzumerken, wie ratlos er war.

»Es fehlen mindestens vierzig Kilodosen Fertiggerichte. Ich weiß es ziemlich genau, weil ich gestern noch daran dachte, dass ich beim nächsten Mal ein neues Regal anfangen müsste. Jetzt sind die beiden nächsten Regale leer. Ich begreife nicht ...«

»Es sieht so aus, als hätte der Hunger unseren ›Freund‹ ins Schiff getrieben, wie?«

Sam riss die Augen auf.

»Das kann doch nicht Ihr Ernst sein, Aissa! Vierzig Kilo Fertiggerichte! Du meine Güte! Nicht einmal ein Epsaler würde das schaffen.«

»Ganz meine Meinung, Sam. Aber vielleicht hat der Fremde die Büchsen mitgenommen ...?«

Sam verzog ärgerlich das Gesicht.

»Sie halten mich zum Besten, Aissa. Diese Welt wirkt wie ein Paradies. Sie ist auch nicht übervölkert. Wollen Sie mir weismachen, die Planetarier hätten es nötig, bei uns Lebensmittel zu stehlen?«

Aissa lächelte. »Nein. Ich wollte nur wissen, ob Sie der gleichen Meinung sind wie ich.«

»Wie bitte? Ich bin überhaupt keiner Meinung, Chef.«

»Eben!«, gab Aissa kurz angebunden zurück. Er wandte sich um und verließ die Kammer.

Sam folgte ihm kopfschüttelnd.

Sie durchsuchten sämtliche Räume des Ausrüstungssektors. Als sie auf Ben stießen, hatten sie immer noch nichts gefunden – wenn man das Fehlen von vierzig Kilo Lebensmitteln nicht rechnete. Mit dem Roboter zusammen durchstreiften sie den Heckteil des Schiffes.

»Nichts!«, sagte Aissa, nachdem sie den letzten Raum wieder

verlassen hatten. »Es scheint so, als hätte unser Besucher es wirklich nur auf die Lebensmittel abgesehen gehabt; trotzdem glaube ich nicht an diese Version.«

»Ich wüsste keine andere Version«, äußerte François.

Bhugol blickte ihn nachdenklich an. Dann winkte er zornig ab. »Ihr habt eben alle keinen Funken Fantasie.«

»Da muss ich Ihnen beipflichten, Sir«, sagte Ben.

Aissa sah ihn aus zusammengekniffenen Augen an. Plötzlich malte sich Beunruhigung auf seinem Gesicht. Er hob das Armbandgerät an die Lippen und rief nach Anna.

Die Biologin meldete sich nicht.

Anna sah immer wieder zur Uhr, während sie die Bildschirme beobachtete. Allmählich festigte sich in ihr der Verdacht, dass der Planet überhaupt nicht von intelligenten Wesen bewohnt sei. Sowohl innerhalb als auch außerhalb der kleinen Ansiedlung rührte sich nichts. Es erschien Anna absurd, dass intelligente Wesen die Neugier nicht kennen sollten. Vielleicht waren die Bewohner der Ansiedlungen längst ausgestorben, und nur die vom Orbit aus beobachteten Roboter hielten alles instand. Roboter konnten durchaus so programmiert sein, keine Neugier zu zeigen.

Als eine halbe Stunde vergangen war, und die Männer immer noch keine Spur eines Eindringlings gefunden hatten, begann Anna an Bens Wahrnehmung zu zweifeln. Von Anfang an hatte sie nicht recht daran geglaubt. Ben mochte das Arbeitsgeräusch eines Aggregats für Schritte gehalten haben. Schließlich konnten auch Roboter irren.

Anna zündete sich eine Zigarette an und lehnte sich zurück. Sie begann sich zu langweilen. Nur mühsam vermochte sie die Augen offenzuhalten.

Darum glaubte sie anfangs an einen Traum, als die kleine Gestalt vor ihr auftauchte.

Sie schnippte die Asche von ihrer Zigarette und lachte leise. So einen lustigen Traum hatte sie lange nicht gehabt.

Der Gnom war mit einem eng anliegenden, glitzernden Anzug bekleidet, was die Zierlichkeit seiner Gliedmaßen noch unterstrich. Und erst der Kopf! Er war größer als der eines Menschen. Es sah aus, als würde er jeden Augenblick von dem dürren, faltigen Hals herunterfallen. Die großen blauen Augen strahlten Gutmütigkeit und die Naivität eines Säuglings aus.

»Wer bist du? Warum blockiert ihr unsere Andro-Lenkimpulse?«, fragte der Gnom, und seine Stimme klang weder gutmütig noch naiv.

Anna glaubte immer noch an einen Traum, denn der Gnom hatte die terranische Sprache benutzt. Doch plötzlich fühlte sie einen brennenden Schmerz an der linken Hand. Mit einem Schrei ließ sie die abgebrannte Zigarette fallen und fuhr auf. Im selben Augenblick wusste sie, dass sie nicht träumte. Doch sie reagierte eine Sekunde zu spät.

Bevor sie ihr Armbandgerät aktivieren konnte, hatte der Gnom zugegriffen.

»Damit du nicht auf dumme Gedanken kommst«, sagte er und ließ es in einer Tasche seines Anzugs verschwinden.

Anna schüttelte den Kopf. Ihr Verstand fand sich noch nicht in der veränderten Wirklichkeit zurecht.

»Wo … woher kommen Sie?«, stammelte sie undeutlich.

Der Gnom verzog das Gesicht zu einem hämischen Grinsen.

»Du würdest es mir nicht glauben, wenn ich es verriete.«

»Sie …!«, sagte Anna, die allmählich ihre Sicherheit wiederfand. »Nur meine besten Freunde dürfen mich duzen.«

»Ich verstehe. Meine Kenntnis Ihrer Sprache weist noch einige Lücken auf. Verzeihen Sie bitte. Aber so amüsant ich es auch finde, mich mit Ihnen zu unterhalten, so bin ich doch aus einem anderen Grunde hergekommen.

Ich wiederhole meine Fragen: Wer sind Sie? Und warum blockieren Sie unsere Andro-Lenkimpulse?«

»Die erste Frage lässt sich einfach beantworten«, erwiderte Anna vorsichtig. Auf gar keinen Fall wollte sie dem Gnom verraten, woher die LANCET kam, nicht, solange sie nichts von seinen Absichten wusste.

»Ich heiße Anna Pastuchaja. Für Sie allerdings bin ich entweder Miss Pastuchaja oder Madam. Die zweite Frage verstehe ich nicht. Wir blockieren überhaupt nichts, also auch keine Andro-Lenkimpulse. Ich weiß nicht einmal, was das sein soll.«

Der Gnom wiegte den Kopf. Wieder sah es aus, als würde er jeden Augenblick abbrechen. Er knackte mit den Fingern.

»Ich verstehe zwar nicht, was die vielen Namen bedeuten sollen. Doch ich werde mir den kürzesten davon aussuchen. Ich bin Wurghs Androind, Madam, und Sie haben mich in meinem besten Programm gestört. Behaupten Sie nur nicht, Sie wären unschuldig daran. Es gibt nichts anderes, das an der Isolierung Thutas schuld sein könnte. Was haben Sie vor?«

Anna seufzte.

Es war einfach zu viel, was da alles auf sie zukam. Was faselte dieser dürrbeinige Zwerg nur alles zusammen? Er hieß anscheinend Wurgh – oder auch nicht. »Wurghs Androind«, hatte er gesagt. Was war ein Androind? Und was meinte er mit der Isolierung Thutas? Hieß dieser Planet so?

Anna wünschte, sie wäre wachsamer und misstrauischer gewesen. Es hätte dem Zwerg nicht gelingen dürfen, ihr das Armbandgerät zu entreißen. Wie sollte sie nur die anderen herbeirufen? Offenbar suchten sie immer noch nach dem Eindringling und wussten nicht, dass er hier in der Zentrale stand. Wie kam er überhaupt hierher? Das Schott hatte sich nicht geöffnet, das wäre ihr nicht entgangen. Außerdem hätte er den Männern genau in die Arme laufen müssen, wäre er auf normalem Wege hergekommen.

»Wie kommen Sie hierher?«, fragte sie, um dem Gnom die Initiative zu entreißen. »Sind Sie Teleporter?«

Der Gnom verzog das Gesicht zu einer breiten Grimasse. »Sie scheinen wirklich nicht zu wissen, was ich bin, Madam. Allerdings ist mir nicht klar, was Sie unter einem Teleporter verstehen.«

Er schwieg und musterte Anna ungeniert, bis die Biologin errötete.

»Starren Sie mich nicht so an!«, schrie sie empört.

Der Gnom schnaufte erregt.

»Sie sind zwar nicht ganz so schön wie Horghida, Madam. Aber Ihre Fremdartigkeit würde diesen Nachteil kompensieren. Ich bin ein freier Androind. Natürlich könnte ich mir so viel Androindinnen schaffen, wie ich wollte, aber für eine Weile würde ich mich mit Ihnen allein zufriedengeben. Wie denken Sie …«

Weiter kam er nicht.

Annas Gesicht hatte sich immer mehr gerötet, dann war es blass geworden. Sie sprang abrupt auf und stürzte sich mit erhobenen Fäusten auf den Besucher.

»Ich werde dir helfen, du lächerlicher Zwerg, du!«, schrie sie und hieb auf ihn ein.

Der Gnom schrie gellend auf, als die Schläge auf sein Gesicht herniederprasselten. Er versuchte sich mit den Händen zu schützen, doch Anna zerschlug die schwache Deckung mit einem einzigen Hieb.

Als er sich taumelnd und mit zerschlagenem Gesicht zur Flucht wandte, trat Anna mit aller Kraft zu. Der Zorn hatte ihre Kräfte verdoppelt. Der Gnom überschlug sich und kam erst an der Schalttafel der Positronik wieder zum Stillstand.

Anna blickte mit funkelnden Augen auf das jammernde Bündel, dann drehte sie sich um und zog eine Schockwaffe aus dem Sesselfutteral.

Als sie sich erneut umwandte, sah sie nur noch eine grünlich flimmernde Wolke, die sich rasch auflöste.

In diesem Augenblick stürmte Ben herein.

Als Anna ihren Bericht beendet hatte, hob Aissa den Kopf. Um seine Lippen spielte ein hintergründiges Lächeln.

»Interessant«, sagte er. »So ähnlich hatte ich es mir gedacht, nachdem wir die Lücke in unseren Vorräten entdeckten.«

François blickte ihn an, als zweifelte er an seinem Verstand.

»Ich wüsste nicht, was das Verschwinden von vierzig Kilodosen mit diesem lüsternen Giftzwerg zu tun haben soll, Aissa. Sein Magen kann kaum größer sein als ein Tennisball. Aber selbst wenn wir das Unwahrscheinliche annehmen wollten …« Er schüttelte den Kopf, dann lachte er unsicher. »Glaubst du im Ernst, er könnte auch die Plastikdosen mitgegessen haben?«

Bhugol lachte schallend. François sah ihn beleidigt an, dann wandte er sich an Sam, der der Unterhaltung mit offenem Mund gelauscht hatte.

»Wie denken Sie darüber, Sam?«

Sams Mund klappte zu.

»Das … das ist … direkt utopisch!«, stotterte er schließlich. Er wandte sich um und ging unsicheren Schrittes auf die Positronik zu. »Ich muss das unbedingt überprüfen.«

»Warten Sie noch, Sam!«, rief Bhugol ihm nach. »Zuerst einmal soll Ben in die Vorratskammer gehen und die Dosen nachzählen.« Er gab Ben einen Wink.

Der Roboter verschwand im Laufschritt.

»Du bist tatsächlich übergeschnappt, Aissa!«, stellte François fest. Er blickte Anna an.

»Ich freue mich, dass Sie es dem Kerl so gegeben haben. Schade, dass er so früh entwischt ist. Ich hätte ihn so zurechtgestutzt, dass er in eine einzige Kilodose hineingepasst hätte.«

Ben kam mit der Geschwindigkeit einer Rakete durch das offene Schott geschossen. Dicht vor den Männern stoppte er seinen Lauf.

Auf seinem Bioplastgesicht malten sich Verwunderung und Genugtuung.

»Nun …?«, fragte Aissa.

»Wir hatten recht, Sir«, erwiderte Ben ruhig. »Die fehlenden Dosen stehen wieder an ihrem Platz.«

»Soso! *Wir* hatten recht, Ben? Heißt das, dass du den gleichen Gedanken hattest wie ich?«

»Jawohl, Sir.«

»Ach, du meine Güte!«, rief François und griff sich an die Stirn. »Nicht genug damit, dass unser Chef durchdreht, jetzt hat er auch noch den Roboter angesteckt.«

Aissa grinste.

»Lass deine Theorie hören, Ben!«

Der Roboter räusperte sich auf verblüffend menschliche Art. Er brachte es sogar fertig, dem Ersten Offizier einen verächtlichen Seitenblick zuzuwerfen.

»Der Fremde konnte eigentlich nur auf zweierlei Weisen ins Schiff gelangt sein. Entweder war er ein Teleporter oder er benutzte eine Maschine. Ein Teleporter war er anscheinend nicht, da er den Begriff nicht verstand, obwohl er sich unsere Sprache angeeignet hatte. Dafür benutzte er den Begriff ›Androind‹. Ich zweifelte keine Nanosekunde daran, dass damit im Prinzip ein Androide gemeint war. Die Frage war: Wie brachte Wurgh seinen Androiden ins Schiff?«

Ben schwieg und blickte den Kapitän an. Als dieser lächelnd nickte, fuhr er fort:

»Um diese Frage zu beantworten, muss man eine logische Verbindung zwischen zwei scheinbar unzusammenhängenden Ereignissen suchen. Das erste Ereignis war das Verschwinden der vierzig Kilodosen – das zweite das Auftauchen eines Androiden, der von Teleportation keine Ahnung hatte. Als später der Androide verschwand, tauchten die verschwundenen Dosen wieder auf. Muss ich noch hinzufügen, dass der Androide nach Miss Pastuchajas Beschreibung etwa vierzig Kilo wog?«

François ließ sich in einen Sessel fallen.

»Eine etwas komplizierte Logik, aber so könnte es gewesen sein. Mithilfe einer Maschine löste der Fremde die organischen und anorganischen Stoffe der Dosen und ihres Inhalts auf und verband sie zu neuen Atomstrukturen und Molekülgruppen, bis er eine Nachahmung seiner selbst geschaffen hatte. Diese Nachahmung war offenbar von einer geistigen Verbindung mit dem

Original abhängig, sonst hätte der Zwerg sie nicht auflösen müssen, als sie angegriffen wurde. Anschließend ließ er den gleichen Vorgang umgekehrt ablaufen.« Er schüttelte sich. »Ein Androide aus Büchsenfleisch, Gemüse und Plastik! Pfui Teufel!«

Aissa zuckte mit den Schultern. »Wir sollten diese Seite der Angelegenheit mit mehr Gelassenheit betrachten. Aus den gleichen Grundstoffen baut schließlich auch der menschliche Körper seine Substanz auf. Nur dauert das etwas länger.«

»Ich stimme Ihnen zu, Sir«, sagte Ben. »Aber die wichtigste Erkenntnis des Zwischenfalls ist psychologischer Natur.«

»Entwickle deine Theorie, Ben!«, befahl Aissa. Zu Anna gewandt, fügte er hinzu: »Ben ist nebenbei in Fremdrassen-Psychologie geschult. Für den Kommandanten eines Kontaktschiffes stellt seine positronische Logik ein notwendiges Gegengewicht zu gefühlsmäßigen Schlüssen dar.«

»Die Bewohner von Thuta, wie diese Welt offenbar heißt, sind nicht aggressiv …«

»Wie bitte?«, unterbrach Anna ihn empört. »Wenn Wurghs Verhalten mir gegenüber nicht aggressiv war, dann weiß ich nicht …!«

Ben lächelte schüchtern.

»Sie verzeihen, Madam. Ich sprach nicht von den Beziehungen der Geschlechter. Dabei handelt es sich um eine naturnotwendige Aggressivität, wenn ich recht unterrichtet bin. Ich meine die Gruppenaggressivität anderen Gruppen gegenüber. So betrachtet erscheinen mir die Thutas als eine friedliebende, recht arglose Rasse. Für sie ist das Leben offenbar ein Spiel. Wäre es anders, hätte Wurgh Ihnen nicht diesen Antrag gemacht, Madam. Er kam nämlich ursprünglich mit einer ganz anderen Absicht. Das bewiesen seine ersten Fragen.«

»Ja«, sagte Aissa. »Und damit wären wir beim Hauptthema angelangt. Bitte, Anna, wiederholen Sie noch einmal die ersten Fragen des Gnomen.«

Anna runzelte die Stirn.

»Er sagte: Wer bist du? Warum blockiert ihr unsere Andro-Lenkimpulse?«

»Gut!«, sagte Bhugol. »Die erste Frage entsprang natürlicher Wissbegier. Wichtig ist allein die zweite Frage. Der Gnom brachte unser Auftauchen offenbar in Zusammenhang mit einem unangenehmen Ereignis für ihn.«

»Nicht nur für *ihn* unangenehm, Sir«, wandte Ben ein. »Er sprach im Plural. Es scheint, als wären alle Bewohner Thutas betroffen worden.«

»Vielen Dank, Ben.« Aissa setzte sich auf die Lehne seines Kontursessels und zündete sich eine Zigarette an. »Was sollen wir unter ›Andro-Lenkimpulsen‹ verstehen? Es sieht so aus, als hinge das mit diesen Androiden oder Androinds zusammen. Andererseits fühlte sich ›Wurghs Androind‹ ganz offensichtlich nicht behindert. Ich gestehe, dass ich mit dieser Frage vorläufig nichts anfangen kann.«

»Ich bestätige diese Feststellung, Sir«, sagte Ben.

»Gut!«, sagte Sam. »Es bleibt uns demnach nichts anderes übrig, als alle vorhandenen Fakten der Bordpositronik einzugeben und auf das Ergebnis zu warten.«

»Ich stimme Ihnen zu«, erwiderte Aissa. »Allerdings nur zur Hälfte. Während Sie an der Positronik arbeiten, werden Ben, François und ich zur Ansiedlung hinübergehen.«

»Ich würde abwarten, Aissa.«

»Nein, Sam. Wir sind mit einer bestimmten Absicht gelandet und haben durch das Auftauchen des Gnomen ohnehin Zeit verloren. Wenn es für uns jemals eine Rückkehr geben soll, müssen wir jetzt Zug um Zug handeln.«

Er wandte sich dem Roboter zu.

»Ben, du machst sofort einen leichten Shift startklar. Wir kommen nach. In zehn Minuten brechen wir auf.«

Anna seufzte, als Aissa und François verschwunden waren.

»Keine Sorge!«, rief Sam herüber. »In meiner Gegenwart wird Ihnen niemand ein unehrenhaftes Angebot machen.«

Anna zuckte die Schultern. Sie blickte dem davonschwebenden Shift nach, wie er zielstrebig auf die Ansiedlung zuglitt.

Ihre Sorgen waren ganz anderer Natur.

3.

Aissa wurde von den verschiedensten Gefühlen hin- und hergerissen. Einerseits wusste er, dass die LANCET und der Planet Thuta die einzigen messbaren Objekte innerhalb der hypothetischen Energieblase waren – andererseits kannte er inzwischen einen Grundzug der thutaschen Mentalität. Dieser Grundzug – Friedfertigkeit und erotische Verspieltheit – ließen nicht viel Raum für die Hoffnung, in den Thutas die Verantwortlichen für die bedrohliche Situation zu finden.

Ein heiserer Aufschrei François' ließ ihn wieder aufblicken. Unwillkürlich griff er nach der Steuerschaltung der Impulskanone.

Doch im selben Augenblick erkannte er, dass niemand sie angreifen wollte.

Dennoch war eine entscheidende Veränderung eingetreten.

Eben noch hatte der riesige Park zwischen den Würfelbauten still und leer dagelegen – jetzt drängte sich eine große Zahl gnomenhafter Wesen auf einem kreisrunden Areal. Unbewusst entsann er sich, dass dort, wo die Thutas standen, vor wenigen Augenblicken noch eine riesige, leere Plattform gewesen war.

»Eine Abart unserer Transmitter!«, kommentierte der Roboter das Ereignis. »Jemand hat die hiesige Bevölkerung neugierig gemacht.«

»Es sind Tausende …«, sagte François nachdenklich.

Aissa nickte, sagte jedoch nichts dazu. Auch er hatte die Zahl der Einwohner auf höchstens hundert geschätzt. Außerdem erschien es unwahrscheinlich, dass jemand einen Transmitter benutzte, wenn er nur wenige Schritte zu gehen brauchte. Die Thutas auf der Plattform mussten aus anderen Ansiedlungen gekommen sein. Wahrscheinlich war Bens Bemerkung so gemeint gewesen.

Ben steuerte den Shift so auf die Thutas zu, dass es aussah, als wollte er mitten zwischen ihnen landen. In einer anderen

Lage hätte Aissa dieses Vorgehen missbilligt. Doch sie hatten nur noch wenig Zeit. Wenn ein Erfolg Sinn haben sollte, musste er schnell erzwungen werden.

Die Zwerge wichen zurück. Über die Außenmikrofone drangen schrille Schreie in die Kabine des Shifts. Ben war jedoch nicht so leichtsinnig, auf dem geräumten Teil der Plattform aufzusetzen. Aissa registrierte es schmunzelnd. Auf seinen Spezialroboter konnte er sich verlassen. Das naturgetreue Äußere eines Menschen und die unbestechliche Logik einer Positronik waren in ihm zu einer glücklichen Symbiose vereint.

Unmittelbar vor der Plattform setzten die zwei Meter breiten Gleisketten des Shifts auf.

Ben wandte sich fragend um.

Aissa nickte ihm zu.

Der Roboter kannte seine Aufgabe. Er hatte sie viele Male mit Erfolg durchgeführt. Wenn es darum ging, nachhaltigen Eindruck hervorzurufen, war er das geeignetste Werkzeug dazu. Seine fast unschlagbaren körperlichen und geistigen Fähigkeiten brachten die verstocktesten Fremdintelligenzen dazu, friedliche Verhandlungen herbeizusehnen.

Ben öffnete das breite Luk und schwang sich mit einem gewaltigen Satz auf den Boden. Federnd schritt er auf die nächststehenden Thutas zu.

Lächelnd wartete Aissa auf die Reaktion.

Sie kam schnell, aber ganz anders, als er sie sich vorgestellt hatte.

Statt der erwarteten Ausrufe des Staunens, der Bewunderung oder auch der Furcht schlug Ben eine unsichtbare und unhörbare Welle eisiger Ablehnung entgegen.

Der Roboter blieb stehen. Er besaß eine umfassende Ausbildung in Psychosomatik. Jedes Lebewesen mit Intelligenz versucht zwar, seine Reaktionen zu beherrschen. Dennoch ist jeder neue Eindruck mit instinkthaften, unbewussten Muskelreaktionen verbunden. Jede Geste, Gebärde, jede Gesichtsbewegung ist für einen guten Psychosomatiker wie ein Buch, in dem er alles Wissenswerte über sein Untersuchungsobjekt findet. Das hat zudem den unschätzbaren Vorteil, dass vegetative Reaktionen nicht lügen können.

Da drang auch schon Bens Stimme aus dem Telekom.

»Sie empfinden Ekel und Abscheu vor mir, Sir. Ich habe den Eindruck, als wollten sie nichts mit mir zu tun haben.«

»Wahrscheinlich bist du hässlich in ihren Augen«, warf François ein. »Körperliche Kleinheit und degenerierte Muskeln könnten auf Thuta das Schönheitsideal darstellen.«

»Das ist eine Möglichkeit«, gab Ben zurück. »Sie wäre sogar logisch richtig, wenn da nicht etwas anderes wäre. Wurgh wollte Anna zu seiner Partnerin machen. Dabei ist sie nicht viel kleiner als ich. Oder besser umgekehrt: Sie musste Wurgh ebenso als Riesin erscheinen, wie ich seinen Rassegenossen als Riese erscheine.«

»Wohin sind wir nur geraten!« François stöhnte. »Die Thutas können doch nicht einmal so und einmal so empfinden!«

»Beruhige dich«, sagte Aissa trocken, »dort kommt soeben die Lösung anmarschiert.« Er deutete nach rechts, in die Richtung des großen Zentralgebäudes.

Eine Tür hatte sich in der scheinbar fugenlosen Wand geöffnet. Die einzelne Person war bereits einige Meter davon entfernt und näherte sich mit langsamen, unbeholfen wirkenden Schritten.

»Sie haben recht, Sir«, tönte Bens Stimme aus dem Telekom. »Die Frau löst das Problem für uns.«

Es handelte sich tatsächlich um eine Frau.

Sie war bedeutend größer als die männlichen Thutas, mindestens 1,80 Meter groß, schätzte Aissa. Aber eine andere Eigenschaft unterschied sie noch krasser von den Zwergen. Sie war unglaublich dick, und der lose hängende, halbdurchsichtige Umhang hob ihre Speckwülste eher noch hervor, als dass er sie verhüllte. Bei jedem Schritt gerieten die Fleischmassen in zitternde Bewegung. Aissa spürte, wie sich eine Gänsehaut auf seinem Körper bildete. Er stöhnte unterdrückt. Wäre die Frau völlig nicht-humanoid gewesen, er hätte ihren Anblick ungerührt ertragen. Doch so glich sie völlig einem menschlichen Wesen – nur war sie das genaue Gegenteil des terranischen Schönheitsideals.

Für eine halbe Minute waren Aissa und François unfähig zu handeln.

Ben dagegen blieb völlig unberührt. Er stufte die Thuta-Frau zwar als hässlich im terranischen Sinne ein, aber er besaß keinen Gefühlssektor, der gegen den Anblick revoltieren konnte. Dagegen erkannte er fast mit der Intuition eines Heiratsschwindlers seine Chancen.

Mit beinahe graziöser Bewegung drehte er sich um. Dann marschierte er federnd der Frau entgegen.

François begann nervös zu kichern. »Du lieber Himmel! So etwa muss es aussehen, wenn ein Auerhahn eine Riesenqualle umbalzt. Hat dieser Roboter denn keine Spur von Geschmack!«

Aissa lächelte. Er hatte sich wieder in der Gewalt. Nachdem die Außenmikrofone einreguliert waren, zündete er sich seelenruhig eine Zigarette an.

Draußen war Ben bei der Thuta-Schönen angelangt. Er verbeugte sich mit vollendeter Eleganz. Jedes seiner Worte war deutlich innerhalb des Shifts zu hören. Die Frau antwortete ihm. Allerdings sprach sie nicht Terranisch.

Im ersten Augenblick wunderte sich Aissa darüber. Doch dann sagte er sich, dass nur Wurghs Androind im Schiff gewesen war und die Sprache der Menschen analysiert hatte. Dass er seine Kenntnis nicht weitergab, ließ einen weiteren Schluss auf die Psyche der Thutas zu. Diese Leute mussten ausgeprägte Individualisten sein.

Aissa schaltete den Translator synchron mit dem Telekom.

Draußen musste Ben das Gleiche mit seinem eingebauten Translator getan haben. Jedenfalls benutzte er jetzt die Thuta-Sprache, und die Frau schien ihn zu verstehen.

»Ein ausgesprochener Charmeur!«, rief François voller ehrlicher Bewunderung aus. Doch dann verfinsterte sich sein Gesicht. »Er soll es nur nicht wagen, mit Anna genauso umzuspringen!«

Bhugol nahm sich im Stillen vor, mit François bald ein ernstes Wort zu reden. Der leicht entflammbare Franzose konnte eine Gefahr für den Zusammenhalt des Teams werden, wenn er sich in die Biologin verliebte. Nach Aissas Meinung gehörte Liebe nicht in den Weltraum und schon gar nicht in ein kleines Kontaktschiff.

»Horghida heißt sie«, murmelte François. »Auch Wurgh hatte Anna gegenüber etwas von Horghida erwähnt.«

»Ich erinnere mich«, erwiderte Aissa. Sein dunkles Gesicht glänzte vor Freude darüber, dass er François einen kleinen Seitenhieb verpassen konnte. »Und er sagte, dass Anna nicht so schön wäre wie Horghida …«

François wurde rot wie ein ertappter Schuljunge.

Ben hatte sich unterdessen wieder von der Schönen abgewandt. Er packte vier Thuta-Männer zugleich und hob sie mit ausgestreckten Armen hoch. Horghida gluckste vor Vergnügen.

Bhugol dagegen vermochte dem Verlauf der Ereignisse plötzlich keine heitere Seite mehr abzugewinnen. Immer öfter sah er auf die Uhr. Instinktiv fühlte er, dass sie ihre Zeit nutzlos vertaten. Diese Horghida wusste bestimmt nichts von einer hyperdimensionalen Energieblase. Aus der Unterhaltung zwischen ihr und Ben konnte entnommen werden, dass auf Thuta keine Zentralregierung existierte. Jede Ansiedlung lebte für sich allein als autarkes Staatsgebilde. Anscheinend gab es auf dem Planeten nur die matriarchalische Gesellschaftsform; und jedes Gemeinwesen war eine Familie für sich, bestehend aus einem einzigen weiblichen Wesen und einigen Dutzend Männern.

Die Folgerung, die Aissa aus den bisher bekannten Fakten zog, reichten aus, ihn niedergeschlagen und mutlos zu stimmen.

Wie sollte die Bevölkerung einer extrem dezentralistisch organisierten Welt eine Leistung vollbringen, wie es der Aufbau eines gigantischen hyperenergetischen Feldes darstellte …?

Aissa Bhugol bemerkte, dass die Thuta-Männer sich nacheinander wieder entfernten.

Er vermochte den Mechanismus nicht zu durchschauen, der den Transmitter so steuerte, dass jeweils nur eine oder mehrere Personen versetzt wurde. Doch dieses Problem hielt er für zweitrangig.

Er gab François Anweisungen, dann kletterte er aus dem Shift.

Horghida begrüßte ihn mit einem freudigen Wortschwall. Sie war jedoch schon ein wenig außer Atem.

Aissa hielt sich nicht lange mit konventionellen Floskeln auf, sondern steuerte sofort auf sein Ziel los.

»Ich suche einen Mann mit Namen Wurgh«, sagte er. Der Translator übersetzte augenblicklich.

Horghida zeigte wenig Neigung, auf den Wunsch einzugehen. »Ich habe Wurgh lange nicht gesehen, und ich will ihn auch nicht sehen. Er ist ans Ende der Liste gerückt.«

Aissa überlegte, ob er Horghida mit Drohungen zum Sprechen bringen könnte. Rechtzeitig fiel ihm der Ton auf, mit dem die Thuta-Schöne von dem Zwerg gesprochen hatte. Sie schien ihn nicht besonders zu schätzen. Er beschloss, das für seine Zwecke auszunutzen.

»Ich habe noch eine Rechnung mit ihm zu begleichen, Horghida.« Er verzog sein Gesicht zu einer finsteren Grimasse. »Er hat eine Frau belästigt.«

Horghida schnaufte asthmatisch. »Was für eine Frau? Eine richtige oder eine Androindin?«

»Eine richtige Frau!«

»Dann hat er Strafe verdient.«

»Zeigen Sie uns, wo er wohnt, Horghida. Wir werden ihn so bestrafen, dass er so etwas nie wieder wagt!«

Horghidas feistes Gesicht glänzte plötzlich vor freudiger Erregung. Ihr Dreifachkinn begann zu beben. Mit hastigen Worten beschrieb sie den Weg zu Wurghs Würfelhaus.

Aissa verstand so gut wie nichts. Schon wollte er Horghidas Redefluss Einhalt gebieten.

Doch da sagte Ben: »Ich habe verstanden, Sir.«

Er verneigte sich vor Horghida. »Vielen Dank, schöne Frau.«

Horghida juchzte. Doch als Ben und Aissa sich schnell von ihr entfernten, begann sie hysterisch zu kreischen und mit den Füßen zu stampfen. Offenbar hatte sie Ben und Aissa schon als ihr Eigentum betrachtet.

Bhugol hatte Mühe, mit Schritt zu halten. Unterwegs versuchte er wieder einmal, die Herkunft des rötlichen Lichtes zu ergründen. Doch es gelang ihm nicht besser als vom Orbit aus.

Vor einem Würfelhaus am Rande der Ansiedlung blieb Ben stehen.

»Hier ist es, Sir.«

Aissa musterte enttäuscht die Wände. »Vielleicht kannst du mir verraten, wie wir hineinkommen. Freiwillig wird Wurgh uns kaum einlassen.«

Ben zuckte vollendet menschlich mit den Schultern und schickte sich an, die nächstliegende Wand zu untersuchen. Doch bevor er noch die Hand auflegen konnte, klaffte plötzlich ein rechteckiges Loch in der Wand. Von innen drang helles Licht nach draußen.

»Nanu?«, entfuhr es Kapitän Bhugol.

»Wahrscheinlich ist jeder Thuta innerhalb seines Hauses unantastbar«, folgerte Ben. »Wir täten gut daran, uns danach zu richten.«

»Treten wir ein«, sagte Aissa. »Ich habe ohnehin nicht die Absicht, dem Zwerg auch nur ein Haar zu krümmen.«

Sie mussten sich bücken, als sie durch den Eingang traten. Auch das Innere zeugte von der Zwergenhaftigkeit seines Bewohners. Immerhin war es so unkompliziert angelegt, dass sie nach einer halben Minute die offene Zimmertür gefunden hatten.

Ein unglaublich dürrer Gnom mit runzligem Kindergesicht sah ihnen interessiert entgegen. Er saß in einer engen Sitzschale, in die ein terranisches Kind nur mit Mühe hineingepasst hätte.

»Ich bin Aissa Bhugol, und das ist Ben«, sagte Aissa.

»Sagen Sie ›Sir‹, das ist kürzer!«, warf der Roboter ein. »Sie sind Wurgh, nicht wahr?«

Der Gnom klatschte in die Hände, was offenbar eine Bestätigung sein sollte. Er zeigte weder Scheu noch Furcht, obwohl er wissen musste, dass er es mit Leuten aus dem Raumschiff zu tun hatte.

»Wir kommen wegen der Frage, die Sie Miss Pastuchaja gestellt haben«, sagte Aissa.

Wurgh zwinkerte mit den Augen. »Ich bin erfreut, dass Sie Ihren schlechten Scherz korrigieren wollen, Sir. Wir Männer von Thuta müssen sehr darunter leiden.«

Aissa schüttelte bedächtig den Kopf. »Bevor wir Ihnen helfen können, müssen Sie uns schon näher erklären, was Andro-Lenkimpulse sind und wie sich die Blockierung bemerkbar macht, Wurgh.«

Wurgh knackte enttäuscht mit den Fingern. Es hörte sich an, als hüpften einige Dutzend Schnellkäfer auf einer glatten Tischplatte umher.

»Ich verstehe, Sir. Sie haben den Effekt also nicht absichtlich hervorgerufen. Dann wird es schwer sein, Ihnen etwas zu erklären, das Sie gar nicht kennen.«

»Fangen Sie immerhin an!«, sagte Aissa ungeduldig.

»Wir Männer auf Thuta haben ein schweres Los zu tragen, Sir. Wir müssen stets geduldig warten, bis unser Name auf der Partnerliste aufrückt. Um diese Wartezeit zu überbrücken, schufen wir uns auf Planeten umliegender Sonnensysteme Androind-Programme, bei denen die Verhältnisse genau umgekehrt sind wie auf Thuta. Von unseren Andro-Lenkräumen aus steuerten wir die Ereignisse, denn nur so konnten wir alles erleben, als wären wir selbst in der Programm-Welt. Vor einiger Zeit jedoch wurden alle Programme abrupt unterbrochen. Wir bekamen keine Verbindung mehr mit unseren Androinds.«

»Wann war das?«, fragte Aissa.

»Wann …?« Wurgh dachte angestrengt nach. »Ich war damals Nummer dreißig. Jetzt bin ich Nummer fünf.«

»Hier hat anscheinend jedes Individuum seine persönliche Zeitrechnung«, warf Ben erklärend ein.

Aissa nickte. Ihm war ein bestimmter Verdacht gekommen.

»Ist es so, dass damals der Planet Thuta aus seiner Bahn gerissen wurde?«

»Sie wissen also doch Bescheid«, sagte Wurgh vorwurfsvoll. »Ja, so muss es gewesen sein. Genaueres ließ sich nicht erkennen, da Thuta sich mit Überlichtgeschwindigkeit bewegte. Unsere Observatorien können augenblicklich weder unsere Position noch die genaue Geschwindigkeit bestimmen. Sie sind auf derartige Zwischenfälle nicht eingerichtet.«

Aissa vermochte vor Enttäuschung kein Wort hervorzubringen. Er hatte gehofft, auf Thuta die Quelle des unerklärlichen Einflusses zu finden. Nun erfuhr er, dass die Thutas selbst davon betroffen waren. Anscheinend waren sie unfähig, das Problem überhaupt richtig zu verstehen.

Er erhob sich. »Es tut mir leid, dass wir Ihnen nicht helfen können, Wurgh. Wir glaubten, von Ihnen Hilfe zu erhalten. Für die Blockierung der Impulse sind wir nicht verantwortlich.«

»Aber so kann es nicht weitergehen, Sir!«, stieß Wurgh hervor.

»Nein!«, erwiderte Aissa hart. Er blickte auf seine Uhr. Dann wandte er sich an Ben. »Wir müssen zum Schiff zurück und einen letzten Versuch wagen.«

Als sie sich zum Gehen wandten, rief Wurgh hinter ihnen her: »Aber Sie besuchen mich doch wieder einmal?«

»Ich hoffe nicht!«, murmelte Aissa. Aber er begann zu ahnen, dass sie eines Tages froh sein würden, überhaupt einen Planeten in ihrer Nähe zu wissen.

Die LANCET beschleunigte mit Höchstwerten, sobald sie die Atmosphäre Thutas verlassen hatte. Der Planet blieb rasch hinter dem Schiff zurück.

Die Ortungsautomatik setzte sämtliche verfügbaren Mittel ein, um einen Hinweis auf Einwirkungen hyperenergetischer Art zu bekommen. Aber außer dem Rauschen interstellarer Radioquellen und den Energiemustern vorüberhuschender Sternsysteme konnte nichts aufgefangen werden.

Aissa hatte das Linearflugmanöver als letzten Ausweg angesehen. Er ging dabei von der Voraussetzung aus, dass die hypothetische Energieblase ein natürlich entstandenes Gebilde sei. In diesem Falle musste es möglich sein, die Blase auf dem gleichen Weg zu verlassen, auf dem man in sie eingedrungen war, nämlich im Linearraum.

Ben war nicht in den Maschinenleitstand zurückgekehrt. Der Kapitän hatte ihn als Piloten eingesetzt. Er wollte kein unnötiges Risiko eingehen. Es bestand die Möglichkeit, dass der geplante Ausbruch physische und psychische Überbelastungen für den menschlichen Körper mit sich brachte. Ein Roboter dagegen war relativ unempfindlich. Wenn Ben ausfiel, dann war ohnehin alles zu Ende; der komplizierte Mechanismus des Raumschiffes war nicht widerstandsfähiger als ein Roboter.

»Noch dreißig Sekunden, Sir!«, meldete Ben. Er hatte die LANCET in Manuellsteuerung übernommen. Seine bioplastverkleideten Finger huschten so schnell über die Kontroll-Tastatur, dass kein menschliches Auge zu folgen vermochte.

»Helme schließen!«, befahl Aissa. Seine Stimme klang rau und fremd. Doch obwohl er wusste, dass es nun auf Tod und Leben ging, zitterten seine Hände nicht.

Anna dagegen bebte am ganzen Körper. François ging zu ihr hinüber und half ihr beim Schließen des Helms.

»Noch zehn Sekunden!«

»Überlebensautomatik ein!«, ordnete Aissa an.

Er warf einen Blick zu Anna. Die Biologin war fest angeschnallt. Unter der Sichtscheibe des Druckhelms schimmerte matt ihr blasses Gesicht. Befriedigt registrierte Aissa, dass die Überlebensautomatik ihren Kontursessel in die Horizontale brachte und sich der Prallschirm über ihren Körper spannte. Erst dann schaltete auch er seine Überlebensautomatik ein.

Durch den Prallschirm hindurch sah er die aufrecht stehende Gestalt Bens etwas verschwommen. Die Arbeitsgeräusche des Schiffes sanken zu einem dumpfen Murmeln herab. Die Verständigung erfolgte ausschließlich über die Helmsender.

»Achtung …!«, klang Bens Stimme an sein Ohr. »Jetzt!«

Von den Schirmen verschwanden die verzerrten Bilder des Normaluniversums. Im ersten Augenblick glaubte Aissa, das Manöver wäre geglückt.

Doch dann erstarrte er in plötzlichem Entsetzen.

Hellgrünes Leuchten erfüllte übergangslos die Bildschirme der Normaloptik. Doch es blieb nicht draußen. Unaufhaltsam drang es durch den eingeschalteten Schutzschirm und durch die Terkonitwände der Außenhülle. Im Bruchteil einer Sekunde war es überall.

Aissa wollte schreien. Doch er brachte keinen Ton aus seiner Kehle.

Mit weit aufgerissenen Augen starrte er den Roboter an. Ben stand noch immer an seinem Platz. Er wandte Aissa den Rücken zu, und eigentlich hätte man die Kontroll-Tastatur unmittelbar vor ihm nicht sehen dürfen.

Aber Aissa sah die Tastatur und die Anzeigen dahinter so klar, als blickte er durch Kristallglas. Er konnte auch den Roboter erkennen, jedoch nur die etwas dunkleren Umrisse der Positronikhülle, des Fusionsmeilers und der Hauptleitungen.

Ben bewegte sich nicht. Aissa fragte sich, ob der Roboter ausgefallen sei. Irgendein rätselhafter Einfluss musste ihn stillgelegt haben. Er nahm an, dass Ben gar nicht mehr wirklich existierte, sondern nur noch ein schemenhafter Eindruck an seine verflossene Existenz erinnerte.

Doch diese Meinung schwand dahin, als er seine Hände sah.

Er konnte durch sie hindurchsehen wie durch den Roboter!

Aber er existierte! Er wusste, dass er nicht nur einen schemenhaften Eindruck von sich sah, sondern sich selbst. Andernfalls hätte er nicht mehr denken können.

Aissa wollte die Hand ausstrecken, um seine Anschnallgurte zu lösen. Doch seine Hand bewegte sich keinen Millimeter auf das Sammelschloss zu. Es schien, als erreichte der Willensimpuls die Nerven seiner Hand überhaupt nicht. Er versuchte, den Kopf zu drehen, um nach den anderen zu sehen. Nichts! Wehrlos, starr und durchsichtig lag er in seinem Kontursessel, umgeben von einem alles erfüllenden grünen Licht. Er fühlte keinen körperlichen Schmerz. Es war, als besäße er keinen Körper mehr – und dennoch konnte er seine Hände sehen.

Aber gehörten sie überhaupt noch zu seinem Körper?

Er wollte seine Füße betrachten. Es gelang ihm nicht. Da erst bemerkte Aissa, dass auch die Augenmuskeln seinem Willen nicht mehr gehorchten. Das, was er von Ben, von den Bildschirmen und sich selbst sehen konnte, befand sich innerhalb eines unveränderlichen Blickwinkels.

Aus!, dachte er.

Endgültig vorbei!

Aissa war gewiss nicht die Natur, die vorzeitig aufgab. Andererseits kannte er die Grenzen seiner Möglichkeiten genau. Er wusste, dass es sinnlos gewesen wäre, sich gegen das Schicksal aufzubäumen, wenn ihm sein Körper nicht mehr gehorchte.

Eine tiefe Stille erfüllte ihn. Die Stille kam nicht nur von außen, von dem grünen Licht, das alle Wahrnehmungen schluckte außer den optischen. Sie kam gleichermaßen von innen, aus der Tiefe der Seele.

Aissa betete, doch er flehte nicht um Errettung.

Seine Gedanken waren schon so weit von der Wirklichkeit entfernt, dass er das Schwinden des grünen Lichts nicht bemerkt hätte, wäre es nicht von einem anderen Effekt begleitet gewesen.

Erst nach geraumer Zeit nahm er bewusst das hintergründige Murmeln wahr – das Geräusch der Schiffsmaschinen!

Mit einem Seufzer richtete er sich auf und sah sich verständnislos um. Alles war so, wie es vor Beginn des Linearmanövers gewesen war.

Aissa schaltete die Überlebensautomatik ab. Sofort stürzte die Geräuschkulisse des Raumschiffes in voller Stärke über ihm zusammen. Undeutliches Gestammel drang aus seinem Helmempfänger.

Er betastete seine Glieder. Alles war normal. Er blickte zu den Bildschirmen. Draußen breitete sich wieder die schwarze Nacht des Weltraums aus. Streifen, Linien, wirbelnde Nebel zogen vorüber.

Es war alles so wie vor dem Versuch.

Und es war der einzig mögliche Versuch gewesen, aus einem unsichtbaren Gefängnis zu entkommen …

Aissa glaubte plötzlich, keine Luft mehr zu bekommen. Er klappte den Druckhelm zurück und atmete gierig ein.

Erst dann stutzte er.

Ben hatte noch keine Meldung erstattet!

»Was ist mit dir los?«, fragte er bestürzt. Er erkannte seine Stimme kaum noch. »Kannst du nicht mehr reden?«

Ben drehte sich langsam um. »Ich dachte, Sie hätten es selbst bemerkt, Sir.«

»Was hätte ich bemerkt …?«, fragte Aissa verblüfft. Er konnte sich das Verhalten des Roboters nicht erklären.

»Der Kalup gibt keine Leistung ab, Sir. Wir sind überhaupt nicht aus dem Normalraum herausgekommen.«

»Lieber Himmel!« François begann zu stöhnen. »Ich will die LANCET samt Besatzung schlucken, wenn das stimmt, was diese Maschine da erzählt. Oder bin ich vielleicht der Einzige, der in dieses grüne Lichtuniversum versetzt wurde?« Er sah sich mit gehetztem Blick um.

Aissa schüttelte den Kopf. »Beruhige dich. Wir alle waren dort, auch Ben. Ich verstehe nur nicht, warum er nichts davon gemerkt haben will.«

»Eine normale psychische Reaktion, Sir«, sagte Ben ruhig. »Ich schlage vor, Sie nehmen eine Homophon-Tablette, damit Empfindungen und reale Erinnerungen wieder auf einen Nenner gebracht werden. Für organische Intelligenzen ist es immer ein Schock, wenn scheinbar unausbleibliche Ereignisse nicht eintreten. Ihr Bewusstsein hat sich offenbar in eine Imago-Welt geflüchtet.«

Anna begann jählings zu lachen. Summend richtete sich ihr Kontursessel auf. Mit verzerrtem Gesicht starrte die Biologin auf den Roboter.

»Mir scheint, dein positronisches Bewusstsein hat sich in die Irrealität geflüchtet, Ben. Ich weiß jedenfalls genau, dass wir in grüner Helligkeit gefangen waren. Du warst durchsichtig wie Glas.«

»Prüfen wir doch erst einmal, ob der Kalup gearbeitet hat!«, ließ sich Sams Stimme aus dem Hintergrund vernehmen.

»Natürlich hat er gearbeitet«, entgegnete Ben. »Ich habe nur gesagt, er hätte keine Leistung abgegeben.«

»Hat er aber doch!«, behauptete Sam. »Meine Kontrollen beweisen klar, dass der Kalup genügend Energie abgab, um ein Stabilisationsfeld zu erzeugen.«

»Nun«, erwiderte Ben ruhig, »dann habe ich mich ungenau ausgedrückt. Der Kalup hat zwar Energie erzeugt und auch abgegeben, aber nicht an ein Stabilisationsfeld. Es gab kein Stabilisationsfeld. Es gab auch kein grünes Universum.«

»Einen Augenblick!«, sagte Aissa. »Bevor wir uns streiten, möchte ich noch etwas klären. Wir waren uns einig, dass dieser Raumsektor von einer Blase hyperenergetischer Art umhüllt wird. Wir wissen jedoch nicht, in welcher Dimension diese Energieblase existiert. Vielleicht ist sie sechsdimensional.«

»Jetzt begreife ich, Sir«, sagte Ben. »Ich selbst kann nur Eindrücke drei- bis fünfdimensionaler Art empfangen. Andere Dimensionen könnte ich also selbst dann nicht wahrnehmen, wenn ich mich darin befände. Aber das trifft auch für Sie zu, Sir.«

»Nicht ganz, Ben. Deine Wahrnehmungen entbehren jedes emotionellen oder unterbewussten Anteils. Das trifft auf uns Menschen nicht zu. Ein guter Beweis dafür sind zum Beispiel unsere Träume. Oder kannst du auch träumen?«

»Ich bin nicht dafür eingerichtet, Sir.«

»Das wollte ich damit sagen. Du bist auch nicht auf die Erfassung höherer als fünfdimensionaler Eindrücke eingerichtet.«

»Die ganze Unterhaltung darüber ist sinnlos, Sir. Verzeihen Sie bitte. Aber es war gar nicht möglich, dass wir in einem anderen Universum weilten. Der Kalup war nur den Bruchteil einer Sekunde eingeschaltet.«

Aissa lehnte sich erschöpft zurück. Er versuchte, Bens Argument kritisch zu verarbeiten. Er wusste, dass irgendwo eine Lücke darin war, dass es ein entscheidendes Gegenargument gab.

Plötzlich fuhr er auf. »Natürlich! Das ist die Lösung!«

Die anderen sahen ihn mitleidig an. Anscheinend glaubten sie inzwischen an die Unwirklichkeit ihres Erlebnisses.

Aissa konnte mit einem Mal wieder lächeln.

»Keiner von uns konnte sich bewegen, während wir im grünen Universum weilten, nicht wahr? Das ist die Erklärung – die Erklärung dafür, dass wir uns nur den Bruchteil einer Sekunde in einer anderen Dimension befanden. Es dauerte nur scheinbar länger. Der gleiche Effekt trat bei Bewusstseinswachheit im Hyperraum auf. Es schienen Minuten zu vergehen, während die Zeit in Wirklichkeit stillstand.«

»Eine scharfsinnige Erklärung, Sir«, sagte Ben. »Es tut mir leid, dass ich nichts mehr zur Klärung beitragen kann.«

Aissa winkte müde ab.

»Eigentlich ist es nicht so wichtig. Alle Erklärungen ändern nichts daran, dass wir gefangen sind wie Fische im Netz.«

Aissa hatte es ausgesprochen. Es änderte nichts an ihrer Lage, aber es zwang sie zum Nachdenken.

Sie waren in einem Netz gefangen, das zu einer übergeordneten Dimension gehörte. Sie vermochten nicht zu sehen, was sie festhielt, während es sie gleichzeitig mit zehnmillionenfacher Lichtgeschwindigkeit durch die Galaxis schleppte. Sie konnten es nur an seiner Wirkung innerhalb ihres eigenen Kontinuums erkennen.

Und daran, dass die flammenden Striche und Nebel in den Bildschirmen immer mehr abnahmen. Im Frontschirm erschien ein schwarzes Loch. Es nahm zu, während die Sterne ringsum weniger und weniger wurden.

Die LANCET war dabei, die Galaxis zu verlassen!

Einen Tag später hing das Schiff über dem endlosen Abgrund der Ewigkeit. Hinter ihr verblasste ein langsam rotierender Sternennebel. Vor ihr zitterte vage und unwirklich ein blasser Lichtfleck.

Das unsichtbare Netz aus fremder Dimension schien sich schneller zu bewegen. Die eigene Galaxis verblasste innerhalb von zwei Tagen, während der vage Lichtfleck vor ihnen den Frontschirm mehr und mehr ausfüllte.

Am nächsten Tag schlug das Sternengewühl einer fremden Galaxis wie eine ungeheure Woge über ihnen zusammen.

Und am übernächsten Tag tauchte die Stadt auf.

Sie war plötzlich da, ohne dass die Ortungsgeräte ihr Kommen vorher gemeldet hätten. Jetzt allerdings gellte der Alarm durch das Schiff.

Doch da war die Stadt nur noch tausend Kilometer entfernt.

Als bizarre Silhouette hob sie sich gegen den Backbordschirm ab. Sanfte Helligkeit umspielte dicht gedrängte Turmbauten und hauchzart wirkende Brückenkonstruktionen. Die Energietaster zeigten unwahrscheinliche Werte an. Unmengen atomarer Energie mussten dort drüben erzeugt werden.

Aissa erkannte bald, wozu die Energie verwendet wurde.

Langsam kippte die Raumstadt nach hinten weg. Zehn Minuten später war nur noch eine runde Plattform zu sehen. Ihr Durchmesser betrug achttausend Kilometer.

Plötzlich gleißten blendende Lichter an der Unterseite der Plattform auf. Automatisch schoben sich starke Filter vor die Bildschirme.

»Sie haben die Triebwerke angelassen!«, rief François.

Aissa nickte. Der Entfernungsmesser hatte anfänglich tausend Kilometer angezeigt. Nun wanderte er allmählich über die Zweitausend-Kilometer-Marke. Dann wurde das Klicken der Zählwalze zu schrillem Pfeifen. Kein Zweifel, die Stadt beschleunigte mit enormen Schubwerten.

Aissas Hand presste eine Schaltleiste nieder. Ein Signal ging zum Maschinenleitstand. Fast im gleichen Augenblick heulten die Triebwerksmeiler auf. Ben hatte so schnell reagiert, wie es nur ein Roboter konnte.

»Willst du sie verfolgen?«, fragte François skeptisch.

»Hast du einen besseren Vorschlag?«

»Was soll das für einen Sinn haben?«

Aissa zuckte mit den Schultern. Seine Lippen waren fest zusammengepresst. Er antwortete nicht. François hatte mit großer Wahrscheinlichkeit recht. Aber es bestand immer eine geringe Wahrscheinlichkeit, dass sie dort die Urheber ihrer persönlichen Katastrophe vor sich hatten. Zumindest wollte Aissa die Stadt nicht aus den Augen verlieren.

Seine Augen nahmen einen eigentümlich starren Ausdruck an, als die Konturen der Stadt zu verschwimmen begannen.

Offenbar hatte man dort eine Transition eingeleitet.

Doch die Stadt verschwand nicht ganz. Nur für den Bruchteil einer Sekunde war es, als stünde sie hinter einer bewegten Wasserwand, dann war das Bild wieder klar.

Und die Geschwindigkeit des monströsen Gebildes war null!

Aissa bremste mit aller Kraft. Dennoch wäre der Zusammenstoß unvermeidbar gewesen, wenn er nicht gleichzeitig ein

Ausweichmanöver durchgeführt hätte. Für wenige Sekunden vermochten die Absorber den Andruck nicht zu kompensieren. Einige Gravos kamen durch und pressten die Menschen tief in die Kontursitze. Die Zellverbindungen des Schiffes ächzten und stöhnten, als würde es im nächsten Augenblick zerbrechen.

Aissa blickte in die drohende Glut eines mächtigen Energieschirmes.

Dann waren sie vorbei.

»Das hätte schiefgehen können«, murmelte François. »Himmel …! Wenn wir dem Energieschirm nur auf tausend Meter nahegekommen wären …!«

»Dann brauchten wir uns deine Weisheiten nicht mehr anzuhören!«, knurrte Aissa.

»Was hatten Sie denn erwartet, Aissa?«, fragte Anna.

Er sah sie nachdenklich und ein wenig traurig an. Dann seufzte er. »Sie verfügen über bedeutend mehr Energie als wir. Wenn ihnen der Durchbruch gelungen wäre – vielleicht hätten wir durch die entstandene Lücke entfliehen können.«

Er kniff die Augen zusammen, als es bei der Raumstadt aufblitzte. Gleichzeitig hieb er mit einer Reflexbewegung den Schubhebel bis zum Anschlag. Die LANCET vollführte einen gewaltigen Satz, und wieder kamen einige Gravos durch.

Als er auf den Heckschirm blickte, entdeckte er einen blauweißen Energiestrahl. Rasch nahm er eine Messung vor. Dann wurde er blass.

Die Energien tobten dort, wo noch vor wenigen Sekunden die LANCET gestanden hatte!

Aissa ließ sich auf kein Risiko ein. Er beließ die LANCET in der gegenwärtigen Beschleunigungsphase und sorgte nur dafür, dass das Schiff einen weiten Kreisbogen beschrieb. Inzwischen kannten sie die Ausdehnung ihres unsichtbaren Gefängnisses und wussten, dass es kein Durchkommen gab.

Noch während sie die Heimatgalaxis verließen, hatten sie die Wandung der Energieblase systematisch abgetastet. Sie wussten, dass das Gebilde kugelförmig war und einen Durchmesser von anderthalb Lichtjahren besaß. Die nächsten Sonnen lagen außerhalb dieses Gefängnisses und waren zwischen sechs und achtzehn Lichtjahren entfernt. Das deutete darauf hin, dass die Energieblase nicht wahllos durch die Galaxien eilte, sondern sternenarme Gegenden bevorzugte. Bisher hatte sich daraus noch kein Schluss ziehen lassen. Dennoch war Aissa sicher, dass es dafür eine Erklärung geben musste. Ein solcher Kurs verlief niemals gradlinig, außer im Leerraum zwischen den Galaxien.

Augenblicklich jedoch gab es andere Sorgen.

Noch zweimal sandte die Raumstadt ihnen einen Energiestrahl nach. Nur der willkürliche Kurs der LANCET bewahrte sie vor einem Treffer. Immerhin rief der vorletzte Energiestrahl eine heftige Reaktion im Schutzschirm hervor, obwohl er die LANCET um hundertfünfzig Kilometer verfehlte.

»Was denken die sich dabei?«, fragte Anna fassungslos. »Sie müssen doch wissen, dass sie es mit intelligenten Wesen zu tun haben!«

»Hm!«, brummte Aissa. »Wir sind gefährlich nahe an ihnen vorbeigeflogen. Vielleicht hielten sie das für einen Angriff.«

Doch er glaubte selbst nicht recht daran. Wenn die Stadtbewohner etwas von Kosmonautik verstanden – und das war sicher –, mussten sie das verzweifelte Ausweichmanöver der LANCET richtig gedeutet haben. Er vermochte aber andererseits nicht an eine willkürliche Handlung zu glauben.

»Wir sollten uns von diesen Leuten fernhalten«, ließ Sam sich vernehmen.

Aissa runzelte die Stirn, sagte aber nichts dazu.

Sie alle befanden sich im gleichen Käfig. Wenn eine Seite die Absicht verfolgte, die andere zu vernichten, dann würde das früher oder später gelingen. Der Stärkere würde den Schwächeren besiegen. Aissa zweifelte nicht eine Sekunde daran, dass die Raumstadt der LANCET weit überlegen war.

Es sei denn …

Aissas Idee wurde aus der Verzweiflung geboren. Sie zeigte noch keinen Ausweg aus der bedrohlichen Lage. Aber vielleicht würde sich ein Ausweg finden lassen.

»Wir fliegen nach Thuta!«, entschied er.

Die LANCET setzte an der gleichen Stelle auf wie beim ersten Mal. Aissa wollte jede unnötige Verwüstung vermeiden.

Im ersten Augenblick sah es so aus, als ginge das Leben auf Thuta wieder seinen normalen Gang, unberührt von dem geheimnisvollen Geschehen. Aissa war enttäuscht, gab es jedoch nicht zu. Die Mentalität der Thutas gab ihm Rätsel auf.

Das merkte er bereits im nächsten Augenblick überdeutlich.

Soeben wollte er Ben den Befehl erteilen, einen Shift auszuschleusen, da öffnete sich in seinem Rücken das Hauptschott der Zentrale.

Er fuhr herum, den Impulsstrahler in der Hand.

Eine kleine Gestalt betrat den Raum. Wurgh …

»Verschwinden Sie!«, rief Anna empört. »Ich habe genug von Ihnen.«

Aissa winkte ab. Neugierig musterte er den Thuta.

»Bleiben Sie hier, Wurgh. Allerdings möchte ich Sie dringend bitten, Miss Pastuchaja nicht wieder zu belästigen.«

»Ich weiß, Sir«, erwiderte Wurgh. »Ich bin zwar nur Wurghs Androind, aber der richtige Wurgh fühlt und denkt genauso wie ich.«

Aissa nickte. Dann deutete er auf einen freien Sessel. »Bitte, nehmen Sie Platz.«

Wurgh setzte sich.

»Ich befand mich im Observatorium, als die Stadt auftauchte«, begann er. »Ich konnte auch erkennen, dass man versuchte, Ihr Raumschiff zu vernichten. Haben Sie Genaueres über die Stadtbewohner in Erfahrung gebracht, Sir?«

Aissa schüttelte den Kopf. Als ihm einfiel, dass diese Geste dem Thuta wahrscheinlich unbekannt war, sagte er: »Nein. Wir wissen nur, dass die Raumstadt keine Schuld an unserer Lage trägt – und dass man uns dort nicht leiden kann. Wir sind gekommen, um uns mit Ihnen zu beraten. Es ist anzunehmen, dass die Abneigung der Stadtbewohner sich nicht auf uns beschränken wird.«

»Das gleiche fürchte ich auch«, erwiderte Wurgh. »Deshalb bin ich hier. Mich interessiert, wie man mit den Stadtbewohnern verhandeln kann. Sie sind doch schließlich intelligente Wesen.«

Aissa verzog das Gesicht zu einer grimmigen Grimasse.

»Nicht alle Intelligenzen sind friedlich, Wurgh. Es gibt Rassen, die niemanden neben sich dulden wollen. Hoffentlich gehören die Bewohner der Stadt nicht in diese Kategorie. Ihr Handeln deutet jedenfalls darauf hin.«

Wurgh senkte den Kopf. Dabei vertieften sich die Falten in seinem Gesicht. Es sah aus wie ein zusammengeschrumpfter Apfel. Mit den Händen rieb er unablässig seine großen Ohren.

Als er wieder aufblickte, glitzerten seine großen Augen rätselhaft.

»Auch ihr seid nicht absolut friedlich«, sagte er leise. »Dennoch benehmt ihr euch einigermaßen vernünftig. Warum sollte es nicht gelingen, auch die Stadtbewohner zur Vernunft zu bringen?«

François lachte zornig. »Wie wollen Sie sie zur Vernunft bringen, Wurgh? Wollen Sie mit einem Schiff hinfliegen und sagen: ›Nun bleibt mal schön friedlich, liebe Leute. Wenn ihr uns nichts tut, tun wir euch auch nichts.‹ Vermutlich wären Sie längst in Energie verwandelt, bevor Sie die Stadt erreichten.«

»Sie sollten Ihr Gehirn zum Nachdenken benutzen«, sagte Wurgh freundlich. »Natürlich können wir die Stadt nicht selbst aufsuchen …«

Aissa schöpfte Hoffnung.

»Deshalb sind wir zurückgekommen«, sagte er schnell. »Ist es möglich, dass Sie Ihren Androind in die Stadt schicken?« Er räusperte sich verlegen. »Verzeihung! Ich vergaß, dass ich ja nicht mit Ihnen, sondern mit Ihrem Androind spreche.«

»Sie sprechen mit mir, denn der Androind ist ich. Ohne meine übertragenen Gedankenimpulse kann er nicht existieren. Meine Antwort auf Ihre Frage ist nein, Sir. Es wäre zu schmerzhaft, wenn mein Androind getötet würde. Vergessen Sie bitte nicht, dass ich alles fühle, was auch er fühlt. Wenn er stürbe, könnte mich dieses Erlebnis umbringen. Aber ich könnte Ihnen meinen Andro-Lenkraum zur Verfügung stellen, Sir …«

»Soll ich ihn verprügeln, Aissa?«, fragte François zornig. »Dieser Gnom will uns als Versuchsobjekte benutzen, weil er selbst zu feige ist.« Aissa schüttelte den Kopf.

Er war viel zu erregt, um François zurechtzuweisen. Seine Hoffnung schien sich zu erfüllen. Er hatte nichts anderes gewünscht, als dass die Thutas ihm halfen. Wurgh war seinem Wunsche entgegengekommen. Nur eine Frage beschäftigte ihn noch.

»Können Sie Androinds von uns schaffen, Wurgh?«

Wurgh schnippte verneinend mit den Fingern. »Das ist unmöglich. Außerdem würde es den Gesetzen meiner Rasse widersprechen. Kein Fremder darf die Andro-Lenkapparatur zur Erzeugung eines arteigenen Androinds benutzen.«

»Aber wie sollen wir dann …?«, begann Aissa enttäuscht.

»Was ich Ihnen vorschlage, ist ebenfalls verboten«, sagte Wurgh langsam. »Aber es kann Ihnen kaum etwas über unser größtes Geheimnis verraten. Wenn Sie damit einverstanden sind, dürfen Sie meinen eigenen Androind benutzen. Ich hoffe, dass Ihr grober Geist in der Lage sein wird, ihn wie den eigenen Körper zu steuern.«

Aissa wollte aufbrausen. Rechtzeitig wurde ihm bewusst, dass Wurghs Bemerkung rein sachlicher Natur war. Wahrscheinlich stimmte es sogar, dass der menschliche Geist gröber und ungeschliffener als der eines Thuta war.

»Ich bin einverstanden«, erwiderte er.

Sie hatten sich alle in Wurghs Andro-Lenkraum versammelt. Nur Ben war in der LANCET zurückgeblieben.

Aissa musterte die Aggregate und Kontrollen mit einem Gefühl der Hochachtung. Den Thutas war anscheinend so manches kein Geheimnis mehr, was für Terraner ein Buch mit sieben Siegeln darstellte. Aissa fragte sich, wie eine solche Kultur überhaupt nennenswerte wissenschaftliche Leistungen erzielen konnte. Die extreme Dezentralisierung mochte das Zeichen moralischer Reife sein – der Förderung wissenschaftlicher Leistungen war sie nur abträglich. Vielleicht stammten alle großen Errungenschaften aus einer Zeit, da die Thutas noch ein dynamisches Gesellschaftssystem besaßen?

Er schob alle diese Fragen beiseite. Man würde sie lösen können, sobald die von der Stadt drohende Gefahr beseitigt war. Zwar hatte die Stadt sich seit der ersten Begegnung friedlich verhalten, aber keiner mochte diesem Frieden trauen. Wenn intelligente Wesen auf so engem Raum existierten, gab es nur zweierlei Möglichkeiten: Entweder verständigten sie sich – oder es gab Krieg.

»Wollen Sie bitte Platz nehmen, Sir«, sagte die sanfte Stimme Wurghs.

Aissa nickte stumm und ließ sich vorsichtig in dem Sessel der Lenkapparatur nieder. Sie hatten eine größere Sitzschale aufmontiert, aber das Gestell sah so zerbrechlich aus wie zuvor.

Es war ein eigentümliches Gefühl, ruhig dazusitzen und darauf zu warten, dass man sich in einem anderen Körper wiederfand. Aissa spürte sein Herz laut gegen die Rippen hämmern. Seine Handflächen bedeckten sich mit kaltem Schweiß.

»Es ist alles in Ordnung«, sagte Wurgh. »Sind Sie bereit, Sir?«

Kapitän Bhugol räusperte sich, um seine Beklemmung loszuwerden.

»Es kann losgehen!«, sagte er betont forsch. Gleichzeitig jedoch fühlte er, wie sich die Angst in ihm ausbreitete, instinktive, kreatürliche Angst.

Im nächsten Augenblick verschwand das Lenkpult vor seinen Augen.

Es war kalt.

Als Aissas Augen sich an das ungewisse Dämmerlicht gewöhnt hatten, entdeckte er summende Apparaturen. Aus siebartigen Wandöffnungen strömte eisiger Hauch. In schmalen, durchsichtigen Behältern gluckste eine grünliche Flüssigkeit.

Er wollte fluchen, aber er zitterte so, dass nur ein heftiges Zähneklappern über seine schmalen Lippen kam. Er verwünschte den Gnom. Es gab natürlich nichts daran auszusetzen, dass er den Androind in einem Kühlraum hatte entstehen lassen. Aber es war schon ein makabrer Scherz, ihn nicht vorher zu informieren.

Vage nur spürte er den Kontakt zu seinem eigenen Körper. Er hatte das Gefühl, als wäre nicht der Androind, sondern sein wirklicher Körper ein synthetisches Erzeugnis. Schon fürchtete er, die Rückkopplung hätte versagt.

Doch da verschwamm die Umgebung vor seinen Augen. Gleich darauf stand er in einem schmalen Gang. Aufatmend ließ er sich von warmer Luft umspülen.

Doch obwohl er sich beständig einredete, es sei alles in Ordnung, ertappte er sich bei Fluchtgedanken. Oder waren das gar nicht seine Gedanken, sondern die Gedanken des Androinds ...?

Er sah an sich herab. Mit gemischten Gefühlen musterte er »seine« zarten, schwächlichen Glieder. Er würde Schwierigkeiten haben, sich darauf umzustellen.

Ein fernes, an- und abschwellendes Dröhnen weckte seine Neugier. Er wandte sich um und begann, auf die Quelle des Geräusches zuzugehen. Mehrmals stolperte er dabei. Er atmete heftig und versuchte, das Stechen in der Brust zu ignorieren. Seine ganze Willensenergie war nötig, um dem schwachen Synthokörper Wurghs ein erträgliches Tempo aufzuzwingen.

Als er etwa einen Kilometer gegangen war, musste er sich ausruhen. Er konnte inzwischen erkennen, dass das Dröhnen von einer viel befahrenen Straße kam. In ungefähr zwanzig Metern Entfernung mündete der schmale Gang ins Freie.

Aissa wunderte sich darüber, dass ihm bisher niemand begegnet war. Das war ihm jedoch nur recht. Er wollte zuerst soviel wie irgend möglich über die Stadt und ihre Bewohner wissen, bevor er einen Kontaktversuch unternahm.

Nach zehn Minuten schmerzten seine Muskeln immer noch. Dennoch zwang er seinen Körper dazu, weiterzugehen. Das Dröhnen wurde lauter, je näher er der Gangmündung kam. Als er sie erreicht hatte, schob er vorsichtig den Oberkörper um die Biegung.

Sofort zuckte er wieder zurück. Dicht an ihm schritten vier hochgewachsene, grellbunt gekleidete Gestalten vorüber.

Aissa hielt den Atem an.

Ob sie ihn gesehen hatten …?

Er wusste genau, dass zwei der Fremden in seine Richtung blickten, während er hinaussah. Dennoch kümmerten sie sich nicht um ihn. Nachdem der erste Schreck vorüber war, schob sich Aissa erneut um die Biegung.

Die Mündung des Ganges führte nicht direkt auf die Straße, sondern auf einen durch hohe Gebäude von drei Seiten umschlossenen Innenhof. Von seinem Platz aus konnte Aissa die freie Seite und die Straße erblicken. Vorläufig interessierten ihn die vorüberrasenden, eiförmigen Fahrzeuge allerdings wenig. Sein Hauptaugenmerk galt den vier Stadtbewohnern.

Unterdessen waren sie etwa fünfzig Meter weitergegangen.

Aissa bemerkte, dass sie äußerlich völlig humanoid waren. Es waren kraftvolle Gestalten. Sie federten beim Gehen in den Gelenken wie Menschen, die täglich Sport treiben.

Aissa schüttelte den Kopf.

Es wollte ihm nicht einleuchten, dass die Stadt von humanoiden Intelligenzen bewohnt war. Gewiss, es gab schon in der eigenen Galaxis Millionen Planeten, deren Bewohner dem Menschen äußerlich und in vielen anderen Dingen verblüffend glichen. Aber dies hier war eine fremde Galaxis, ebenso fremd wie die, aus der die Thutas stammten. Schon das menschenähnliche

Aussehen der Thutas konnte bei der Vielfalt intelligenten Lebens nur ein außergewöhnlicher Zufall sein.

Wie groß war die Wahrscheinlichkeit, dass die Bewohner dreier verschiedener Galaxien sich trafen – und kaum Unterschiede feststellten …?

Unmöglich ist es trotzdem nicht, sagte sich Aissa.

»Aber unmöglich ist es, dass sie mich nicht bemerkten«, murmelte er vor sich hin.

Er versuchte, sich etwas Ähnliches in einer der großen terranischen Raumstationen vorzustellen. Dort lebten manchmal fünfzigtausend Menschen. Wie würde ein Stationsbewohner reagieren, wenn er an einer Gangmündung vorüberginge und plötzlich den Oberkörper eines augenfällig fremdartigen Wesens entdeckte? Er würde sofort Alarm auslösen.

Halt, Aissa!, sagte er sich. *Du machst es dir zu leicht.*

In terranischen Raumstationen gab es markante Unterschiede zwischen den einzelnen Bewohnern.

Gewiss, sie alle waren humanoid.

Aber viele stammten von Kolonialwelten mit nur schwach erdgleichen Bedingungen. Sie waren durch biophysikalische Gen-Steuerung ihrer neuen Umwelt angepasst. Sie waren humanoid geblieben, aber was Körpergröße, Stärke, Umfang, Hautfarbe und Umgangsformen anging, unterschieden sie sich oft sehr krass von Erdgeborenen.

Konnte es in der Raumstadt nicht ähnlich sein?

Vielleicht gab es viel hervorstechendere Unterschiede als die zwischen den vier Fremden und seinem Zwergenkörper …!

Aissa fühlte sich erleichtert, wenn auch nicht völlig befriedigt. Immerhin gedachte er den Vorteil zu nutzen, den die Verschiedenheit der Stadtbewohner ihm gab.

Er trat hinaus auf den Innenhof.

Niemand war zu sehen.

Dennoch wurde Aissa beobachtet.

Sein Beobachter hatte ihn sofort nach der Formung des Androind-Körpers entdeckt – und Aissa hatte keine Chancen, ihm je zu entgehen.

Denn der Beobachter war überall zugleich …

4.

Aissa stand am Rande der zwölfspurigen Straße und kam sich recht überflüssig vor.

Ein unablässiger Fahrzeugstrom schoss gleich einem reißenden Fluss an ihm vorbei, dröhnte über Brücken und spiralige Rampen, wurde von Tunnels geschluckt und verursachte einen Luftwirbel, gegen den Aissa sich mit aller Kraft stemmen musste.

Es handelte sich bei den Fahrzeugen zweifellos um Gleiter. Sie bewegten sich dicht über der Fahrbahn. Aissa konnte nichts von Luftkissen entdecken. Er schloss daraus, dass es sich um gravitatorische Abstoßfelder handelte. Zudem mussten die Gleiter automatisch gesteuert werden, denn der Verkehr ging ohne jede Stockung vor sich. Noch etwas anderes deutete darauf hin. Nicht alle Gleiter waren besetzt. Die durchsichtigen Oberteile erlaubten einen ungehinderten Blick ins Innere. Ein Gleiter ohne Passagiere und ohne Fahrer konnte nur automatisch gelenkt werden. Entweder gab es eine Leitzentrale oder individuelle Robot-Fahrer.

Die anfängliche Freude darüber, dass man sich nicht um ihn kümmerte, war verflogen.

Aissa sah keine Möglichkeit, auf die andere Seite zu gelangen. Er hätte natürlich auch die Gebäude in seinem Rücken untersuchen können. Aber schließlich konnte er das nicht mit allen Gebäuden der Raumstadt tun. Er musste die Stelle finden, von der aus die Stadt verwaltet wurde. Aissa wusste, seine Annahme, diese Stelle müsse zentral gelegen sein, entsprach nur einem Schema. Die Stadtbewohner konnten völlig anderer Auffassung sein. Aber irgendwie musste er einen Anhaltspunkt finden, sonst war seine Mission gescheitert.

Eine Weile beobachtete er einzelne Stadtbewohner und ganze Gruppen, die an Straßeneinbuchtungen von Robotwagen abgeholt oder abgesetzt wurden. Er überlegte, ob er sich einen

Robotwagen nehmen sollte, ließ es aber doch sein. Er wusste nicht, worauf die Wagen ansprachen und wie er einen von ihnen veranlassen sollte, in eine Ausbuchtung zu fahren.

Was ihn verwunderte, war das völlig gleiche Aussehen der Fremden. Aissa fand keinen Anhaltspunkt für seine Annahme, sie könnten sich untereinander stark unterscheiden. Dennoch hielt er daran fest. Es musste ganz einfach Unterschiede geben! Wie anders war die Nichtbeachtung seiner Person sonst zu erklären!

Nachdem er etwa eine Stunde tatenlos ausgeharrt hatte, verlor Aissa die Geduld. Wenn er so weitermachte, war er in einem halben Jahr immer noch nicht weiter.

Aissa fühlte ein schmerzhaftes Brennen in seiner Brust.

In einem halben Jahr! Durch wie viele Galaxien würden sie während dieser Zeit geschleppt werden? Gab es überhaupt jemals ein Entkommen aus diesem gigantischen Netz? Und wenn, was würde es ihnen noch nützen?

Nichts!, sagte er sich bitter.

Aber Aissa war ein Mensch, und Menschen besitzen eine ganz spezifische Eigenart: Sie geben niemals auf, solange sie leben.

Zusätzlich kam bei Aissa noch etwas anderes, nicht weniger Wichtiges hinzu: Er besaß die Geduld, stets den ersten Schritt vor dem zweiten zu tun. Vielleicht kam das daher, dass seine Ahnen Viehzüchter und Jäger der Massaisteppe gewesen waren. Es gehörte Geduld dazu, einen Löwen zu beschleichen – und Mut, ihn mit der langen, zweischneidigen Lanze zu erlegen.

In seiner Situation war der erste Schritt die Verständigung mit den Stadtbewohnern. Wenn es gelang, die Fähigkeiten der Stadtbewohner, der Thutas und der Menschen zu koordinieren, gab es vielleicht einen Ausweg aus der energetischen Falle.

Leider rückte die Heimatgalaxis mit jeder verstreichenden Sekunde in immer weitere Fernen.

Aissa beschloss, den Lauf der Dinge etwas zu beschleunigen.

Er wandte sich vom Straßenrand ab.

Ein einzelner Stadtbewohner näherte sich vom Innenhof der

Straße. Er strebte offensichtlich einer der Ausbuchtungen zu. Für Aissa kam er wie gerufen.

Er trat dem Fremden entgegen und hob die Hand.

Dann schaltete er seinen Translator ein.

Der Fremde wich ihm aus und ging ruhig weiter, als wäre er nicht soeben einem anderen Wesen begegnet. Er kümmerte sich einfach nicht mehr um den Androind.

Das war mehr, als Aissa ertragen konnte.

Er wandte sich um. Trotz der Unzulänglichkeit seines Androind-Körpers holte er den Fremden ein. Er stellte ihm ein Bein.

Im nächsten Augenblick lag er auf dem Boden. Der Schmerz trieb ihm Tränen in die Augen. Er verfluchte die Empfindlichkeit des ausgeliehenen Körpers.

Der Fremde war gestrauchelt, als Aissa plötzlich sein Bein vorstreckte. Doch er war nicht gestürzt. Aber, was für Aissa viel schlimmer war, er blieb auch nicht stehen. Er lief weiter.

Als Bhugol sich mühsam aufgerappelt hatte, sah er den Fremden in einem Gleiter verschwinden. Sekundenlang wogten rote Schleier der Wut vor seinen Augen. Hätte er eine Waffe mitnehmen dürfen, in diesem Augenblick hätte er sie benutzt. Wenn der Fremde schon nicht auf ein gestelltes Bein reagierte – er würde etwas unternehmen müssen, wenn man seinen Gleiter beschädigte!

Allmählich beruhigte sich Aissa wieder.

Er schalt sich einen Dummkopf. Es war sein Fehler gewesen, sich vom humanoiden Äußeren der Fremden täuschen zu lassen. Wie hatte er annehmen können, die Bewohner einer anderen Milchstraße müssten auch in ihrer Mentalität dem Menschen gleichen? Ihm, dem Kommandanten eines Kontaktschiffes, hätte das nicht passieren dürfen.

Plötzlich prallte Aissa zurück, als wäre er mit nackten Füßen auf eine Feuerquelle getreten.

Jemand hatte gelacht!

Aissas Herz schlug bis zum Hals. Er drehte sich einmal um sich selbst. Seine Augen bewegten sich flink in den Höhlen.

Doch da war niemand!

Das Leben ging ringsumher seinen normalen Lauf. Er war immer noch Luft für die Fremden. Und doch hatte jemand Anteilnahme gezeigt, indem er gelacht hatte.

Aber wo war derjenige?

Das Lachen wiederholte sich nicht. Hatte er es sich vielleicht eingebildet? Aissa schüttelte bedächtig den Kopf. Er kannte sich gut genug. Seine Nerven waren immer in Ordnung gewesen. Er hielt es für unmöglich, dass eine Halluzination ihn genarrt haben könnte. Wenn er Lachen vernommen hatte, dann war dieser Eindruck real gewesen.

Oder vielleicht doch nicht?

Konnte er einige psychische Eigenarten des Zwergenkörpers übernommen haben? Wirkten sie jetzt auf seinen Körper und seinen Geist zurück bis zum Andro-Lenkraum auf Thuta …?

Er fuhr entsetzt herum, als von der Straße her schrilles Kreischen und ohrenbetäubendes Krachen ertönten.

Die ganze unabsehbare Masse der Gleiter war zum Stillstand gekommen. Die Fahrzeuge waren zum größten Teil aufeinandergeprallt und hatten mehr Ähnlichkeit mit schrottreifen Wracks als mit eleganten Prallfeldgleitern.

Aissa brauchte nicht lange, um die Ursache des Chaos zu entdecken.

Eine gigantisch wirkende, spiralige Auffahrt war zusammengestürzt und hatte die Straße einschließlich der Abzweigungen und Tunneleinfahrten blockiert. Aus dem Trümmerhaufen hervor drang noch immer vereinzeltes Summen von Gleitermotoren. Stadtbewohner wimmelten wie aufgestörte Ameisen über die Trümmer. Aus dem Himmel unter der Energiekuppel sanken große Fluggleiter, spien Rettungsmannschaften aus und nahmen Verletzte auf.

Aissa war betroffen. Aber er erkannte seine Chance.

So schnell ihn sein ausgeborgter Körper tragen konnte, eilte er auf die Stätte des Unheils zu.

Je näher er kam, desto unwirklicher erschien ihm alles. Gegen seinen Willen drängte sich ihm eine absurde Vorstellung auf. Er sah sich in einer Spielwarenausstellung – und ein Kind hatte soeben aus Spaß einen Teil seiner mechanischen Spielzeuge zerstört.

Aissa schämte sich dieser Vorstellung – ohne zu ahnen, wie nahe sie der Wahrheit gekommen war.

Er hatte seine Chance wahrnehmen wollen. Darum war er dorthin geeilt, wo die Rettungsmannschaften arbeiteten. Er legte sich zwischen bizarr verformte Trümmer und wartete.

Wenn man hier schon nicht auf Fremde achtete, dann würde man wohl kaum einen offenbar Verletzten liegen lassen.

Das war sein Gedankengang gewesen.

Inzwischen bereute er ihn schon wieder.

Die Rettungsmannschaften hatten völlig überraschend ihre Arbeit eingestellt. Der Grund dafür war Aissa schleierhaft. Überall lagen noch Verletzte umher. Außerdem mussten unter dem Trümmerberg der eingestürzten Spiralauffahrt noch Tausende andere verschüttet sein. Man konnte sie doch nicht einfach liegen lassen!

Als ein großer, elliptischer Flugkörper über dem Ort der Katastrophe erschien, atmete Aissa auf. Er hatte sich geirrt. Sicher handelte es sich bei der Flugscheibe ebenfalls um ein Rettungsfahrzeug.

Er änderte seine Meinung schnell, als er die Wirkung der Zugstrahlen wahrnahm. Ein vages Flimmern ging von der Unterseite der Flugscheibe aus. Sie schwebte in etwa dreihundert Meter Höhe über dem Trümmerberg.

Aber sie war nicht gekommen, um zu retten.

Sie räumte die Trümmer beiseite!

Aissa spürte, wie die Trümmer unter ihm sich verschoben. Etwa hundert Meter entfernt ballten sich Teile aus Metall und Plastik zu kugelförmigen Klumpen zusammen. Während ihr

Durchmesser schrumpfte, schwebten sie davon und blieben an der Unterseite der Flugscheibe hängen. Aissa konnte deutlich sehen, dass die Maschine wahllos vorging. Unter den sich zusammenballenden Trümmern befanden sich noch zahlreiche Überlebende des Unglücks. Sie wurden zerquetscht, als eine unsichtbare Kraft die Kugeln auf einen Bruchteil des ursprünglichen Durchmessers verkleinerte.

Erst nach einigen Minuten vermochte Aissa zu glauben, was er sah. Er versuchte zu fliehen. Doch die Trümmer unter ihm befanden sich in ständiger Bewegung. Er wurde umhergeworfen und schrie auf, als er mit der Brust gegen etwas Hartes und Spitzes prallte.

Gleich darauf fühlte er sich unsanft emporgerissen. Er ruderte wild mit den dünnen Armen – bis er keinen Platz mehr für Bewegungen hatte. Rasch wurde es völlig finster um ihn herum.

Dann presste eine ungeheuere Kraft seine Lungen zusammen. Der Schmerz stach wie mit tausend Nadeln in seinen Körper.

In metallischem Knirschen verhallten seine Schreie …

Etwas stieg ätzend in seine Nase.

Aissa fuhr hoch und stieß Annas Riechfläschchen beiseite. Die Biologin schrie auf und starrte ihn aus weit aufgerissenen Augen an.

Aissa betastete seinen Körper. Er atmete auf, als er alles heil vorfand. Deutlich stand ihm die Erinnerung an seinen Tod vor Augen. Er war zwischen zusammengepressten Trümmern zerquetscht worden!

»Sehen Sie mich nicht an, als wäre ich ein Geist!«, knurrte er Anna an.

Sie stieß einen Seufzer der Erleichterung aus.

»Gott sei Dank, Aissa! Ich fürchtete schon …« Sie errötete und senkte den Blick.

Erst jetzt bemerkte Aissa, wie hübsch Anna wirklich war. Beinahe wären seine Gedanken in eine Traumwelt abgeglitten. Er entsann sich im letzten Augenblick ihres dringenderen Problems.

»Nun, es war alles andere als schön!«, sagte er und lächelte. Er spürte keine Schmerzen. Er musterte Wurgh aus zusammengekniffenen Augen und musste daran denken, dass dessen synthetisches Ebenbild vor etwa einer Minute gestorben war.

»Sag endlich, was in der Stadt los war!«, forderte François mit rauer Stimme. »Wenn du Anna schöne Augen machen kannst, kann es dir nicht schlecht gehen.«

Aissa wollte ihn erst zurechtweisen. Aber er zog es vor, dies einmal in Annas Abwesenheit zu tun.

Er begann mit seinem Bericht.

Als er geendet hatte, war es still. Er sah seine Gefährten an und wusste, dass sie im Begriff waren, gänzlich mutlos zu werden.

»Zum Donnerwetter!«, fluchte er. »Wenn es beim ersten Mal nicht gelungen ist, müssen wir es eben noch einmal versuchen!«

»Nein!«, sagte Anna rasch – und unüberlegt. Sie biss sich auf die Lippen, als François sich nach ihr umwandte.

»Ich werde es versuchen!«, sagte François.

Aissa schüttelte den Kopf. »So gern ich dir eine Abfuhr gönnen würde – es wäre Zeitvergeudung. Wer zur Stadt ›geht‹, muss da ansetzen, wo aufgehört wurde. Das kann der am besten, der bereits dort war. Ich werde selbst gehen.«

Wurgh klatschte bestätigend in die Hände.

»Ich gebe Ihnen recht, Sir. Ihr Bericht hat mir gezeigt, dass Sie unbewusst den richtigen Denkweg gehen. Sie haben einige noch unfertige Schlüsse gezogen, denen sich ein anderer nicht anschließen könnte, da er nicht dasselbe erlebte.«

»Ich habe überhaupt keine Schlüsse gezogen!«, stellte Aissa fest und blickte den Gnom verwundert an.

»Nicht direkt, Sir«, erwiderte Wurgh vorsichtig. »Aber Ihr Bericht lässt durchscheinen, dass Sie auf dem besten Weg dazu sind. Außerdem denke ich, dass es der richtige Weg ist.«

»Wissen Sie mehr als ich?«, fragte der Kapitän nach kurzem Nachdenken. »Es wäre unfair, wenn Sie es mir dann verheimlichten.«

Wurgh schnippte verneinend mit den Fingern.

»Was heißt ›wissen‹, Sir? Ich kann nur logische Folgerungen ableiten, mehr nicht. Aber ich werde Ihnen nichts davon sagen. Sie müssen völlig unabhängig zum richtigen Schluss kommen, sonst wäre er wertlos. Ich könnte mich schließlich irren, nicht wahr?«

Aissa nickte. »Sie sind klüger, als ich dachte …«

Wurgh grinste breit. »Da sehen Sie, wie selbst Tatsachen täuschen und zu falschen Schlüssen verführen können. Aus der Tatsache, dass ich mich Miss Pastuchaja gegenüber scheinbar geistlos benommen habe, schließen Sie auf meinen beschränkten Verstand. Dabei haben Sie nur vergessen, dass ich einer anderen Rasse angehöre. Bei uns sind die Sitten ein wenig anders als bei Ihnen. Sie scheinen die Kompliziertheit zu lieben.« Er kicherte. Offenbar amüsierte er sich köstlich.

François starrte ihn wütend an.

Aissa lachte.

»Unser Freund hat recht, François. Im Grunde genommen benehmen wir uns nicht besser als er, nur komplizierter. Aber lassen wir das. Wir haben wirklich dringlichere Probleme zu lösen.«

Er starrte das Lenkpult an und schüttelte sich leicht.

»Wenn Ihr Androind nur nicht so schwach wäre …!«

»Mit meinem Geist wäre er es nicht«, erwiderte Wurgh. »Aber die Schwäche meiner Rasse ist die Furcht vor dem Schmerz. Versuchen Sie mich also nicht zu überreden. Sie müssen schon selbst gehen.«

»Gut!«, sagte Aissa entschlossen. »Fangen Sie an, Wurgh! Ich werde diesmal besser aufpassen!«

Sofort, als er in seinem Androind-Körper zu sich kam, wusste er, dass er einen Fehler gemacht hatte. Er hätte Wurgh sagen sollen, ihn diesmal an einer anderen Stelle der Raumstadt entstehen zu lassen. Doch nun war es zu spät.

Die Rückkopplung mit seinem richtigen Körper erfolgte sofort. Er fand sich wieder draußen im Gang. Wieder drang das an- und abschwellende Dröhnen an seine Ohren. Die Straße musste demnach wieder frei sein.

Als Aissa den ersten Schritt tat, kam ihm ein Gedanke.

Im gleichen Augenblick ärgerte er sich, nicht schon beim ersten Besuch der Stadt daraufgekommen zu sein. Er war ja gar nicht gezwungen, sich zu Fuß zu bewegen. Hatte Wurgh das gemeint, als er sagte, mit seinem Geist wäre der Androind nicht schwach …?

Aissa stellte die Rückkopplung mit seinem eigenen Körper her. Er tat damit das Gleiche, was er eben getan hatte, um aus dem Kühlraum hinauszukommen. Für Augenblicke war sein Geist gespalten: Zur Hälfte befand er sich hier, in dem synthetischen Gnom – zur anderen vor der Schalttafel in Wurghs Andro-Lenkzentrale. Sein richtiger Körper betätigte einige Schalter.

Der folgende Vorgang wurde nur von dem Teil seines Geistes auf Thuta registriert. Der im Androind befindliche Teil löste sich ebenso in eine grünlich flimmernde Wolke auf wie der Androind selbst.

Die Wolke tanzte eine Weile auf der Stelle. Dann kroch sie durch die nächste Wand hindurch. Mit ständig steigender Geschwindigkeit bewegte sie sich mühelos durch Wände und Mauern. Sie schwebte über den endlos brausenden Verkehrsstrom hinweg und verschwand in einem gegenüberliegenden Hochhaus.

Nach wenig mehr als einer Minute hielt die Wolke an. Sie befand sich jetzt hoch über einem flachen Kuppelbau. Vibrierend sank sie tiefer, durchdrang die Decke und hielt erneut an.

Der Teil von Aissas Geist, der sich im Andro-Lenkraum auf Thuta befand, erhielt nur schemenhafte Eindrücke vom Geschehen in der Raumstadt. Das war der Nachteil der Rückkopplungsbewegung. Ob der Androind gefahrlos rematerialisieren konnte oder mitten in einem Wasserbehälter wiedererstand, konnte vom Lenkraum aus nicht wahrgenommen werden. Lediglich feste Gegenstände und schnelle Bewegungen waren undeutlich zu definieren.

Als Aissa zu sich kam, hatte er das Gefühl, ersticken zu müssen. Er hielt den Atem an und sah sich um.

Er vermochte nichts zu sehen außer einem Wirbel grüner Schleier.

Unwillkürlich öffnete er den Mund zu einem Schrei. Warme, schleimige Flüssigkeit drang ein. Da wusste Aissa, dass er sich nicht in einer fremden Dimension befand, wie er zuerst gefürchtet hatte. Er presste die Lippen zusammen und stieß sich mit Händen und Füßen ab. Langsam glitt er nach oben. Doch die Flüssigkeit war zu zäh. Er spürte, dass er die Luft nicht länger anhalten konnte.

Diesmal entsann er sich rechtzeitig der Rückkopplung.

Eine Sekunde später fiel er erschöpft auf blanken, trockenen Boden. Sein Körper krümmte sich zusammen. Unter Würgen und Röcheln erbrach er die geschluckte Flüssigkeit. Dann lag er etwa eine Minute still.

Plötzlich hörte er das Schluchzen.

Im ersten Augenblick erschrak er. Dann blieb er liegen und lauschte. Es berührte ihn eigentümlich, dass jemand in dieser Stadt eine Gefühlsregung zeigte. Sein erster Verdacht, er hätte es entweder mit Robotern oder mit völlig gefühlskalten Wesen zu tun, zerrann. Er entsann sich wieder des unmotivierten Lachens beim ersten Besuch. Mit gerunzelter Stirn grübelte er darüber nach, was ihm sowohl an dem Lachen als auch an dem Schluchzen so eigentümlich vorkam. Er fand die Lösung nicht. Darum wälzte er sich nach einiger Zeit auf den Rücken.

Es war völlig dunkel.

Er tastete mit den Händen umher und bemerkte zu seiner Linken eine glatte Wand. Sie fühlte sich an wie Glas, und sie war warm. Er zuckte zurück, als das Schluchzen plötzlich lauter wurde. Im gleichen Augenblick sank es wieder auf die vorherige Lautstärke zurück.

Aissa stutzte.

Erneut betastete er die Wand. Das Schluchzen wurde lauter. Er nahm die Hand weg – es wurde wieder leiser.

Langsam erhob er sich. Er spürte, wie seine Knie zitterten. Ein eigentümlicher Geruch drang in seine Nase. Aissa schaltete die kleine Batterielampe an. Der Lichtkegel fiel auf einen schmalen, durchsichtigen Behälter. Hinter der völlig klaren Wandung stand eine trübe, grüne Flüssigkeit. Dort, wo der Lichtkegel auftraf, bewegte sie sich plötzlich. Konzentrische Ringe bildeten sich um einen dunkleren Mittelpunkt.

Aissas Herz klopfte so schmerzhaft, dass er glaubte, ersticken zu müssen. Der dunkle, kugelförmige Klumpen im Mittelpunkt der Ringe wirkte wie das Auge eines Ungeheuers. Aber das war natürlich nur Einbildung.

»Wer bist du?«

Aissa zuckte zusammen.

Woher war die Stimme gekommen? Erst jetzt bemerkte er, dass das Schluchzen verstummt war. Aber er wusste, dass er die Frage nicht wirklich gehört hatte. Es war still wie in einer Gruft.

»Warum sagst du nichts?«

Aissas Hand mit der Lampe begann zu zittern. Nicht, weil er feststellte, dass die Stimme aus ihm selbst herauskam. Er kannte das Phänomen der Gedankenübertragung. Darum wusste er, dass jemand direkt zu seinem Geist sprach. Sein heftiger Schreck hatte eine andere Ursache.

Wie nur wenige Menschen war Aissa mit einer Fülle fremdartiger Lebewesen zusammengekommen. Sein Beruf brachte das mit sich. Er wusste genau, dass für intelligente Wesen das gleiche galt wie für physikalische Erscheinungen: Alles war möglich, was nicht gegen fundamentale Naturgesetze verstieß. Doch es war ein Unterschied zwischen theoretischem Wissen und der Konfrontierung mit der Wirklichkeit. Aissa erlebte das nicht zum ersten Mal. Aber immer wieder war es das Gleiche. Man war überrascht, erschrocken – und ungläubig.

Aissa ließ den Kegel seiner Lampe umherwandern. Überall stieß er gegen die gleichen schmalen Glasbehälter. Er wusste, dass er sich in einer flachen Kuppel befand: etwa dreihundert Meter hoch und zwanzig Kilometer im Durchmesser. Außer ihm und der seltsamen grünen Flüssigkeit hinter den Glaswänden schien es nichts in der Kuppel zu geben.

Der Schluss war so einfach wie erschreckend:

Die schleimige Flüssigkeit lebte – und sie hatte zu ihm »gesprochen«. Folglich war sie intelligent.

»Ich bin dein Freund«, sagte Aissa laut.

»Ich weiß, dass du kein böser …«, hier kam ein Begriff, den Aissa nicht verstand, »… bist.« Die Stimme schwieg eine Weile.

Dann kam sie erneut – und mit solcher Wucht, dass Aissa schmerzlich die Lippen verzog. »Willst du mich nach Hause bringen?«

Es hatte nicht wirklich »nach Hause« gesagt. Aissa konnte den gefühlsmäßigen Impuls nicht genau übersetzen. Aber er nahm an, dass sinngemäß etwas Ähnliches gemeint war.

Wieder fiel ihm etwas an dem Ton und der Art der Fragestellung auf. Es war eine ganz eigentümliche Besonderheit darin. Doch wieder vermochte er nicht zu klären, worin diese Besonderheit bestand.

»Ich will es versuchen, wenn du mir hilfst«, sagte er vorsichtig. Instinktiv fühlte er, dass er sich mit seinem Gespräch immer am Rande eines Abgrundes bewegte. Jede falsche Formulierung mochte Gefahr bringen, wenn er auch diese Gefahr nicht definieren konnte.

»Ich will nach Hause!«

»Natürlich«, erwiderte Aissa. Verzweifelt suchte er nach den richtigen Worten, ohne genau zu wissen, welches in dieser Situation die richtigen Worte waren. »Wir gehen zusammen. Nenne mich Aissa. Ich bin von … von draußen gekommen.«

»Ich dachte es schon. Ich habe dich immer gesehen, aber dann warst du mit einem Mal weg – und dann kamst du wieder. Wie bist du durch die böse Energie hindurchgekommen?«

»Durch die böse Energie …«, wiederholte Aissa murmelnd.

Mit einem Mal blitzte der Funke des Begreifens in seinem Gehirn auf. Er glaubte plötzlich zu wissen, was ihm so eigentümlich, so sonderbar an dem Verhalten jenes Wesens erschienen war. Der Ton, die Formulierungen – alles war ausgesprochen naiv und kindhaft.

War es möglich, dass er es mit einem noch sehr jungen Wesen seiner Gattung zu tun hatte …?

»Hör zu!«, sagte er in entschiedenem Ton. »Ich verspreche, dir zu helfen. Aber es ist wichtig, dass auch du mir hilfst. Willst du das?«

»Wenn du mich nur schnell nach Hause bringst, will ich alles tun, was du verlangst, Aissa.«

»Gut!« Aissa überlegte, wie er die Frage nach der Herkunft und Funktion dieses Wesens formulieren konnte, ohne es die eigene Hilflosigkeit spüren zu lassen. »Du weißt sicher, dass es auch andere Lebewesen gibt als die deinen …?«

»Natürlich. Die Wiege« – wieder musste Aissa den nicht übersetzbaren Begriff gefühlsmäßig definieren – »sagt, im Universum gäbe es viele Formen des Lebens. Einige davon helfen uns – solche wie du.«

»Du bist sehr klug«, erwiderte Aissa. »Aber meine Lebensform kannte euch bisher noch nicht. Ich müsste genau Bescheid wissen, damit ich dir schneller helfen kann. Was weißt du über deine Art?«

Einige lange, bange Minuten war es still. Schon fürchtete Aissa, er hätte das Wesen mit seiner Frage überfordert, da begann es erneut zu sprechen.

»Du wirst sehen, dass ich noch klüger bin, als du denkst, Aissa. Wir haben viel von der Wiege gelernt, und Rool ist oft gelobt worden.«

Aha!, dachte Aissa. *Rool ist der Name des Wesens!*

»Rool ist mein Symbol, Aissa. Aber du darfst nicht zuviel dazwischendenken. Das stört mich.«

Aissa erschrak. Rool hatte also alles, was er bisher gedacht ...

Rasch schob er diese Gedanken beiseite und zwang sich zur Konzentration.

»Die ersten Wiegen entstanden auf Planeten. Damals, als das Urmeer die Welten bedeckte und noch keine Atmosphäre vor kosmischer Strahlung schützte, bildeten sich winzige Keime. Da das Urmeer reich an Nährstoffen war, wuchsen die Keime nach und nach zu den Wiegen heran. Das Land ringsum war heiß und wärmte angenehm. Nach und nach bildete sich eine Atmosphäre. Sie enthielt jedoch einen für uns giftigen Stoff, sodass die Wiegen sich mit einer schützenden Haut umgeben mussten.

Später, als das Meer zu klein für uns wurde, versuchten wir, andere Planeten zu erreichen. Doch das war nicht möglich. Wir waren zu schwer, um uns vom Schwerefeld unseres Planeten zu lösen. Nur einzelne Keime konnten in der Atmosphäre aufsteigen und sich vom Strahlungsdruck der Sonnen zu anderen Planeten treiben lassen. Dort begann der ganze Vorgang von Neuem. Es dauerte lange, bis wir unsere Helfer fanden.

Einige Keime landeten auf Planeten, auf denen die Helfer lebten. Die Helfer lebten auf dem Land und besaßen Gliedmaßen wie du. Doch sie waren noch dumm. Mit unserer Intelligenz konnten wir sie klug machen. Sie bauten Raumschiffe für uns und trugen die Wiegen zu immer neuen Planeten. Dabei stießen sie auf andere Helfer. Heute haben wir viele Helfer. Alle arbeiten für uns. Das ist ihr Dank dafür, dass wir ihnen Klugheit schenkten.«

Aissa brummte zufrieden. Rools Schilderung war zwar reichlich naiv gewesen, aber sie hatte doch das Wesentliche über diese seltsame Rasse enthalten. Offenbar hatte es auf den Entstehungsplaneten der Wiegen keine Evolution im üblichen Sinne gegeben. Die Meere mussten so reich an organischen Verbindungen gewesen sein, dass stets unmittelbarer Kontakt zwischen allen Einzelmolekülen herrschte. Eine Kollektivintelligenz war entstanden.

Wieder einmal bewunderte Aissa den Einfallsreichtum der Schöpfung. Er war jedoch nicht traurig darüber, dass es in seiner Heimatgalaxis solche Wesen nicht gab. Offensichtlich waren die »Helfer« nichts anderes als versklavte Intelligenzwesen, wahrscheinlich sogar Humanoiden.

Eine Frage fiel ihm ein, die ihm schon lange auf dem Herzen lag. »Die anderen Bewohner der Stadt – sind es Helfer?«

»Es gibt keine anderen Bewohner«, erwiderte Rool verwundert. »Nur mich. Ich bin überall. Nur manchmal stelle ich Teile zur Psychopflege ab. Bei einem solchen Teil bist du zuerst aufgetaucht.«

Aissa seufzte. Es war schwer, mit einem …

Gewaltsam unterdrückte er den Gedanken. Er musste sich hüten, Rool zu beleidigen. Kinder waren in mancher Beziehung sehr empfindlich.

»Ich meine die Wesen, die so ähnlich aussehen wie ich.«

»Oh!«, rief Rool aus. Dann lachte er. Er schien sich köstlich zu amüsieren. Aissa runzelte unwillig die Stirn.

»Du bist aber dumm!«, rief Rool. »Das sind doch keine Wesen. Sie gehören zu meinem Spielzeug. Die Wiege hat mir zur Auslösung eine Helferstadt geschenkt.«

»Eine Helferstadt …?« Aissa musste an den Unfall denken. Wie viele Helfer mochten dabei umgekommen sein, um die Laune eines Kindes zu befriedigen?

»Du denkst dummes Zeug, Aissa. Das sind doch keine richtigen Helfer. Die Helfer haben sie nur nach ihrem Aussehen gebaut. Sie … sie leben nicht wirklich. Verstehst du mich?«

Jaja!, dachte Aissa. *Ich bin auch nur ein dummer Helfer. Ein Kind muss mir erst die Augen öffnen.*

Jetzt begriff er. Das Rätsel wurde geklärt, wenn die Stadtbewohner Roboter waren. Deshalb kümmerten sie sich nicht um sein Erscheinen. Spielzeug zeigt für gewöhnlich kein Interesse an lebenden Wesen.

Aber er musste erst den ungeheuerlichen Gedanken verdauen, dass man einem Kind eine Raumstadt von achttausend Kilometer Durchmesser schenkte.

»Ich habe noch eine Frage, Rool«, sagte er mit belegter Stimme. »Als ich deine Stadt zum ersten Mal sah, befand ich mich in einem Raumschiff. Ich war neugierig, wer du seist. Aber ich wurde mit Energiestrahlen beschossen. Warst du das?«

»Ja«, gab Rool kleinlaut zu. »Aber ich habe dich nur erschrecken wollen. Bestimmt, Aissa! Ich habe absichtlich danebenschießen lassen. Du wirst mich nicht verraten, nicht wahr?«

Aissa schüttelte den Kopf.

Nein, er würde nichts verraten – weil er gar nicht in diese Lage kommen konnte …

»Wie meinst du das?«, fragte Rool.

Aissa errötete. Wenn man doch nur dieses störende Denken abschaffen würde!

Rool lachte. »Wenn es dich stört, warum benutzt du keinen Therapie-Projektor?«

»Therapie-Projektor …?«

»Du weißt nicht, was das ist, Aissa? Wir benutzen ihn schon lange, zur Psychopflege. Du musst ihn doch gesehen haben.«

»Dort, wo ich zum ersten Mal aufgetaucht bin …?«

»Richtig. Das war in meinem Therapie-Projektor. Ein Helfer hat ihn vor langer Zeit entwickelt. Er hilft uns sehr, denn manchmal wollen sich unsere Gedanken teilen. Dann müssen wir die eine Hälfte fortschicken.«

»Aha!«, murmelte Aissa. Er konnte sich vorstellen, dass ein so riesiges Wesen wie Rool zur Schizophrenie neigte. Es brauchten nur Molekülschichten undurchlässig für Gedankenströme zu werden. Dann war das Denken eines solchen Wesens nicht mehr einheitlich.

»Und wie arbeitet der Therapie-Projektor?«

»Er nimmt Gedanken auf und projiziert sie ins Nichts. Sie kehren dann nie mehr zurück.«

»Ins Nichts, sagst du? Was verstehst du darunter, Rool?«

Rool schwieg kurze Zeit, als müsse er angestrengt nachdenken.

»Ich weiß es nicht genau, Aissa. Die Wiege hat uns nicht viel davon erzählt. Aber es ist wahrscheinlich eine andere Dimension damit gemeint, ein Raum, zu dem wir keinen Zugang haben.«

»Ach so!«, meinte Aissa. »Jetzt verstehe ich dich. Ein anderes Kontinuum, vielleicht sechsdimensional …«

Er brach plötzlich ab.

Ein Gedanke begann sich in seinem Gehirn zu formen, so ungeheuerlich, so unvorstellbar, dass er davor erschrak.

Vielleicht gab es doch noch eine Hoffnung …

Aissa hatte das außergewöhnliche Wesen mit dem Versprechen verlassen, bald wiederzukommen. Rool war ganz und gar nicht damit einverstanden gewesen – bis Aissa ihm dann erklärte, dass er nur durch einen fremden, künstlich geschaffenen Körper zu ihm spräche. Wenn er helfen wollte, müsste er selbst erscheinen. Rool versprach ihm daraufhin, die LANCET durch den Schutzschirm zu lassen.

Doch Aissa war längst nicht so optimistisch, wie er sich Rool gegenüber gezeigt hatte. Es gab nur Vermutungen über das, was die LANCET, den Planeten Thuta und Rools Raumstadt gefangen hielt. Niemand wusste, was es wirklich war, denn es befand sich außerhalb der wahrnehmbaren Dimension.

Als Aissa in Wurghs Andro-Lenkzentrale zu sich kam, blickte er in Sams verlegenes, betrübtes Gesicht. Sofort wusste er, dass während seiner »Abwesenheit« etwas Unerfreuliches vorgefallen war.

Er stemmte sich hoch und schüttelte den letzten Rest von Benommenheit ab. Dann sah er sich um.

»Wo ist François?«, fragte er.

Plötzlich entdeckte er Ben.

»Habe ich dir nicht befohlen, im Schiff zu bleiben?«

»Jawohl, Sir«, erwiderte der Roboter. Er verzog sein Bioplastgesicht zu einer schuldbewussten Miene. »Aber Mister Petit befahl mir, unverzüglich den tragbaren Telekom herüberzubringen. Da bin ich gekommen.«

»Und wo ist François?«, wandte Aissa sich in vorwurfsvollem Ton an Sam.

Sams Miene verfinsterte sich. Er deutete mit einer Kopfbewegung auf den Bildschirm, der den Landeplatz zeigte.

In Aissas Augen trat ein gefährliches Glitzern, als er begriff, was der Bildschirm zeigte.

Die LANCET war verschwunden!

»Er verlor offenbar die Nerven«, sagte Sam leise und in einem Ton, als fühle er sich schuldig an dem Vorgefallenen. »Wir schöpften keinen Verdacht, als er einmal hinausging. In dieser Zeit muss er dann das Gespräch mit Ben geführt haben. Jedenfalls tauchte Ben plötzlich mit dem Telekom auf und fragte nach François.«

Er zuckte hilflos die Schultern.

»Bevor wir begriffen, was los war, startete die LANCET.«

»Verdammt!«, stieß Aissa hervor, und dieser Fluch drückte seine ganze Enttäuschung aus.

Da war er gekommen, um sich mit den Gefährten zu beraten, weil der erste Hoffnungsschimmer sich abzeichnete – und nun das! François war schon immer impulsiv gewesen. Dennoch hätte er ihm eine derartige Kurzschlusshandlung nicht zugetraut.

»Ich kann ihn verstehen«, sagte Anna. »Es ist nicht jedermanns Geschmack, tatenlos herumzusitzen und immer weiter ins Nichts zu fliegen.«

»Was heißt hier verstehen?«, brauste Aissa auf. »Natürlich können wir seine Gefühle verstehen. Das heißt aber noch lange nicht, dass ich seine Handlung billige. Er ist ein Narr, wenn er sich von seiner Panikhandlung einen Erfolg verspricht!«

»Wir haben inzwischen die zweite Galaxis verlassen«, warf Sam ein. »Ich frage mich, wie lange es noch so weitergehen soll.«

Aissa fühlte sich plötzlich müde und ausgepumpt. Er setzte sich und zündete eine Zigarette an. Auch Anna rauchte. Er sah, wie ihre Hände zitterten. Sein Gesicht bekam wieder einen entschlossenen Zug. Er hatte die Biologin mitgenommen. Nun fühlte er sich für ihr Schicksal verantwortlich. Er durfte nicht einfach aufgeben, nur weil sein Erster Offizier die Nerven verloren hatte.

»Habt ihr versucht, François mit dem Telekom zu erreichen?«

»Das können Sie mir glauben!«, sagte Sam grimmig. »Aber einfach lichtschnelle Funkwellen können die LANCET erst in einem Dreivierteljahr erreichen, wenn sie sich am Rande unseres Gefängnisses befindet.«

»Sie nehmen an …?«

Sam nickte. »Was sonst, Aissa? Was tut ein Tier, das in einem Käfig gefangen ist? Es rennt gegen die Gitterstäbe an.«

»Mein Gott!«, schrie Aissa. »Wir sind doch keine Tiere! Wie kann François denken, mit roher Gewalt gegen das Netz anzukommen?«

»Welche Möglichkeit bliebe uns sonst noch?«, fragte Anna aggressiv.

Aissa schüttelte vorwurfsvoll den Kopf. »Ich war dabei, nach einer realisierbaren Möglichkeit zu suchen. Und ich glaube, ich habe etwas Hoffnung mitgebracht.«

Er begann zu berichten.

Als er von seinem Zusammentreffen mit der »Hydrointelligenz« berichtete, klang ungläubiges Gelächter auf. Aissa wurde wütend, doch er sprach weiter.

Ben war der Erste, der nach ihm das Wort ergriff.

»Ich habe alle erwähnten Fakten geprüft und auf ihren Logikgehalt untersucht«, sagte er. »Wenn Sie nichts Wesentliches ausgelassen und keine Vermutungen als Tatsachen hingestellt haben, dann stimme ich Ihnen zu, Sir. Diese Lebensform ist an sich nichts Erstaunliches. Vielleicht kommt sie sogar viel öfter vor, als unserer Wissenschaft bisher bekannt ist.«

Aissa atmete auf. Wenn niemand seine Gefährten überzeugen

konnte, der unbestechlichen Logik des Roboters vermochten sie sich nicht zu entziehen.

»Gut!«, sagte Sam. »Sie haben also recht, Aissa. Aber was versprechen Sie sich von der Gedankenprojektion? Ihre Gedanken würden ins Nichts abgestrahlt und dort verschwinden. Glauben Sie denn, auf diese Art und Weise die Beschaffenheit unseres Gefängnisses prüfen zu können? Selbst wenn Ihre Gedanken in der fremden Dimension auftauchten, was könnte uns das nützen?«

Aissa zuckte mit den Schultern. »Der Ertrinkende klammert sich an den kleinsten Strohhalm, Sam. Ich gebe zu, dass die Erfolgsaussichten gering sind. Aber was könnten wir sonst tun?«

»Ich würde vorschlagen, den Therapie-Projektor zu untersuchen«, sagte Ben. »Vielleicht lassen sich einige Änderungen anbringen. Es müsste doch möglich sein, Verbindung mit den ausgeschickten Gedanken zu halten.«

Sam schnaubte verächtlich.

»Das ist doch lächerlich, Ben. Zugegeben, dein Positronengehirn ist leistungsfähiger als ein menschliches. Aber das hier geht wohl doch über dein Begriffsvermögen hinaus. Was sind denn Gedanken? Das Ergebnis, der Gehalt des Denkens, nicht wahr? Ich kann meine Gedanken in meinem Gedächtnis festhalten, aber wenn ich sie aus dem Gedächtnis entferne, sind sie für immer verschwunden. Ich kenne sie gar nicht mehr. Wie soll ich da Verbindung zu ihnen halten?«

»Ihre Logik ist nur Scheinlogik, Sir«, erwiderte Ben würdevoll. »Sie ignorieren die Tatsache, dass der Therapie-Projektor die unerwünschten Gedanken nicht einfach auslöscht, sondern sie in eine andere Dimension projiziert. Warum das bei einer Hydrointelligenz nötig ist, warum man die Gedanken bei ihr nicht einfach ›löschen‹ kann, ist sekundär. Für uns zählt nur die realisierbare Möglichkeit. Und wenn Gedanken irgendwohin projiziert werden, dann existieren sie weiter. Nehmen wir einmal an, es gäbe einen Reflektor, der in die gleiche Dimension wirkt wie der Therapie-Projektor. Dann wäre der Kreis geschlossen. Dann brauchten wir die reflektierten Gedanken nur wieder mit dem laufenden Denkvorgang zu verbinden. Es gäbe eine geistige Verbindung zu dem anderen Universum, der anderen Dimension – oder wie immer wir das nennen wollen.«

»Ich gestehe, dass ich dir nicht folgen kann«, murmelte Sam.

Aissa lachte leise. »Der Fehler jedes Roboters ist das abstrakte Denken. Es …«

»Nein!«, entgegnete Ben ruhig. »Es ist ein Fehler der Menschen, dass sie immer in bildhaften Vorstellungen denken müssen.«

Aissa winkte ab.

»Manchmal ist es ein Vorteil, Ben. Ich will versuchen, deine abstrakte Darstellung zu versinnbildlichen. Stellen Sie sich einen Ball vor, Sam. Sie stoßen ihn mit dem Fuß ab. Es ist dunkel. Sie können nicht sehen, wohin der Ball rollt. Aber er kommt zurück, weil er gegen ein Hindernis geprallt ist. Er ist nass. Was schließen Sie daraus?«

»Er ist ins Wasser gefallen«, erwiderte Sam trocken.

»Nein, denn dann käme er nicht zurück. Er ist durch eine Pfütze gerollt. Sie könnten das feststellen, indem Sie seine Oberfläche abtasteten. Wahrscheinlich würden Sie Schlamm finden. Nehmen Sie den Ball mit ins Labor, so können Sie noch mehr feststellen. Sie wüssten nach der Untersuchung mehr von der für Sie unsichtbaren Pfütze, als ein anderer, der zufällig hineinstolpert.«

»Ich verstehe, Aissa.« Sams Stimme klang erregt. »Wir sollten so schnell wie möglich damit beginnen, einen Reflektor zu konstruieren.«

»Zuerst müssen wir den Therapie-Projektor untersuchen«, erwiderte Aissa. »Aber das können wir nur, wenn François heil zurückkehrt. Ohne Schiff kommen wir nicht in Rools Stadt.«

»Ich glaube, es kommt zurück!«, rief Ben.

Die Menschen stürzten ins Freie, voller Hoffnung und bereit, ihrem Gefährten zu verzeihen. Nur Aissa teilte ihre Freude nicht ganz. Ben hatte nicht gesagt, dass die LANCET zurückkäme, sondern dass er das glaube. Das war ungewöhnlich. Entweder wusste ein Roboter etwas oder er wusste nichts. Glauben gab es für eine Maschine nicht.

Draußen, hoch über der Ansiedlung, dröhnte ein Raumschiff durch die Atmosphäre.

Schon wollte Aissa aufatmen – da sah er die Form des Schiffes.

Das war nicht die LANCET.

Das war überhaupt kein bekannter Raumschiffstyp.

Es hatte die Form einer mittelalterlichen Sturmhaube, eines hutförmigen Eisenhelmes mit abenteuerlich geschwungenem Rand und einer helmbuschartigen Raupe über der Scheitellinie.

Der Antrieb des Schiffes schien an der Außenkante des Randes untergebracht zu sein. Dort zitterte ein blauweißer Glutstreif.

Aissa war nur für Sekunden sprachlos, dann glaubte er Bescheid zu wissen. Das fremdartige Schiff musste ebenso im Netz der anderen Dimension gefangen sein wie sie alle.

Relativ langsam zog es am Himmel vorüber. Ben schätzte den Durchmesser des Randes auf fünfzig Meter, die Höhe des Gebildes auf etwa gleichviel. Die eigentliche Schiffszelle – ohne Rand und Raupenwulst – betrug höchstens dreißig Meter an der Unterseite und etwa fünfundzwanzig Meter in der Höhe.

Aissa wandte sich zu Wurgh um. »Können Sie Verbindung mit anderen Ansiedlungen Thutas aufnehmen?«

Wurgh klatschte bejahend in die Hände. »Sie möchten wissen, ob das Schiff irgendwo landet? Ja, ich werde es sofort tun, Sir.«

Er ging in sein Würfelhaus zurück.

»Hoffentlich gibt es keinen Ärger«, murrte Sam.

»Wir haben genug davon«, erwiderte Aissa. »Sie haben recht, Sam. Gerade jetzt können wir keine neuen Probleme gebrauchen.«

Es schien jedoch so, als wären die Fremden nur neugierig gewesen. Schon nach etwa zehn Minuten kehrte Wurgh zurück. Er teilte Aissa mit, dass die Fremden nach einer halben Umkreisung Thutas wieder abgeflogen seien.

Die Menschen waren beruhigt. Ben nicht. Den streng logischen Verstand seines Positronengehirns beschäftigte die gewaltige Ausdehnung der Energieblase. Mit normalen Ortungsgeräten oder optischen Mitteln konnte kein so ausgedehnter Raum überstrichen werden …

Er äußerte jedoch seine Bedenken nicht, denn die Menschen hatten ein wichtigeres Problem zu lösen.

Eine halbe Stunde später sank der schlanke Körper der LANCET aus Thutas Himmel herab.

François beschönigte nichts. Er hockte völlig apathisch im Pilotensessel und erwartete die Gefährten. Man sah ihm an, dass er eine schwere Krise hinter sich hatte.

Aissa war klug genug, auf massive Vorwürfe zu verzichten. Er bot dem Freund eine Zigarette an. Während sie rauchten, erläuterte er ihm den Plan.

Allmählich schwand François' Lethargie. Und als Aissa ihn zum Schluss nach seiner Meinung fragte, streckte er ihm begeistert beide Hände entgegen.

»Das ist wundervoll!«, rief er. »Mit Rools Hilfe sollte es uns gelingen, Kontakt mit den Fremden herzustellen!«

Aissa blickte ihn völlig verblüfft an. »Was sagst du da? Kontakt mit den Fremden? Ja, wen, zum Teufel, meinst du damit?«

François massierte nervös sein Kinn.

»Ich habe lange genug darüber nachgedacht«, begann er schließlich. »Wir befinden uns inzwischen in der dritten Galaxis. Das Netz, das uns eingefangen hat, musste auf seinem Weg unvorstellbar mächtige Schwerkraftfelder passieren. Es raste durch Milliarden von Tonnen interstellarer Materie hindurch – und es blieb trotz allem stabil.

Ich kann mir keine natürlich entstandene Energieblase vorstellen, die alle diese Belastungen aushielte. Zumindest müssten

Einwirkungen von außen zu erkennen sein, Strukturrisse, Formänderungen, Verkleinerungen oder Vergrößerungen. Als ich vorhin draußen war und mein Verstand wieder arbeitete, habe ich darauf geachtet. Aber es ist alles so, wie wir es am Anfang vorfanden. Das kann einfach nicht sein – es sei denn, die Energieblase wird künstlich stabilisiert.«

Aissa schüttelte den Kopf.

»Wir sollten die Sache nicht unnötig komplizieren, François. Es steht fest, dass sich die eigentliche Ursache außerhalb unserer Dimension befindet. Von dort aus wirkt sie in unser Kontinuum hinein, ohne selbst in Erscheinung zu treten. Sagen wir statt Ursache Energiequelle, dann begreifen wir besser, dass sie den Bedingungen unseres Raumes nicht unterliegt. Ich behaupte nicht, dass ich viel davon weiß, womit die Energiequelle auf unserem Raum einwirkt. Vielleicht schafft sie nur eine Krümmung. Aber fremde Lebewesen …« Er lächelte mitleidig.

»Wahrscheinlich haltet ihr mich jetzt alle für verrückt«, sagte François. »Das geschieht mir eigentlich recht. Aber ich bin von meiner Auffassung überzeugt.«

Er wandte sich an Ben: »Wie denkst du darüber?«

»Rein mathematisch betrachtet kann es in übergeordneten Dimensionen kein Leben geben – jedenfalls kein Leben in unserem Sinn. Doch das ist reine Theorie. Uns fehlen jegliche Erfahrungen auf diesem Gebiet. Um zu einem logisch fundierten Ergebnis zu kommen, brauchte ich mathematisch verwertbare Fakten.«

François lachte unnatürlich.

»Mathematisch verwertbare Fakten …!« Er wischte sich den Schweiß von der Stirn. »Woher willst du die bekommen, wenn sich unser Gefängnis nicht messen lässt? Wir können es nur testen, indem wir immer wieder gegen etwas anrennen, was es eigentlich gar nicht gibt.«

»Es tut mir leid, Sir.«

Aissa erhob sich.

»Mit Spiegelfechtereien kommen wir nicht weiter. Sicher kann François recht haben, aber die Wahrscheinlichkeit ist wohl sehr gering. Wir …«

»Noch nicht einmal ein Prozent, Sir«, warf Ben ein.

François schnellte aufgeregt von seinem Platz hoch.

»Aber das ist doch wenigstens etwas. Wie viel ist es genau, Ben?«

»Nullkomma zwei acht Prozent, Sir.«

Erregt blickte François sich um. »Wenn wir bedenken, dass wir keine mathematisch verwertbaren Fakten besitzen, ist das schon viel.« Aissa lächelte.

»Okay, mein Junge! Wir starten jetzt zur Raumstadt. Vielleicht gelingt es dir, deine These zu beweisen. Aber ich weiß nicht, ob wir dann besser daran wären, mein Lieber.«

Er nickte Wurgh zu. »Darf ich Sie bitten, sich zurückzuziehen!«

Wurgh schnippte verneinend mit den Fingern. Seine großen Augen glänzten wie blank geputzte Murmeln.

»Wenn Sie gestatten, komme ich mit Ihnen, Sir.«

Aissa sah ihn verblüfft an. Dann grinste er.

»Sie werden munter, wie? Ich vermute stark, der Therapie-Projektor hat Sie neugierig gemacht. Ihre Rasse kennt also doch nicht alle Geheimnisse …«

Sie orteten den Planeten beim Anflug auf Rools Stadt.

Es war ein Riesenplanet, ungefähr so groß wie der Jupiter des solaren Systems. Die Oberfläche war unter einer dichten Wolkenhülle verborgen. Zahlreiche äquatorparallele Streifen zeugten ebenso von einer schnellen Rotation wie die starke Abplattung. Die Feintaster wiesen gasförmiges Methan, Ammoniak und freien Wasserstoff nach sowie Wasser im festen Aggregatzustand. Der »Große Rote Fleck«, das Wahrzeichen des solaren Jupiters, fehlte allerdings völlig.

Mit den Hypertastern hätte man wahrscheinlich Genaueres über die Oberflächenstruktur erfahren können. Aissa verzichtete jedoch darauf. Ihm, wie auch den anderen, war klar geworden, dass zwischen dem Auftauchen des Planeten und des haubenförmigen Schiffes ein Zusammenhang bestehen musste. Da man keine Zeit hatte, wäre es sinnlos gewesen, die eventuellen Planetenbewohner auf sich aufmerksam zu machen.

Dennoch stimmte das Erscheinen dieser Welt Aissa sehr nachdenklich. Thuta kam aus einer Galaxis jenseits der heimatlichen Milchstraße. Die Raumstadt war beim Durchqueren einer anderen Nachbargalaxis eingefangen worden – und nun, in der dritten Galaxis, tauchte wieder ein Objekt auf.

Es hatte tatsächlich den Anschein, als zöge jemand oder etwas ein gigantisches Netz durch das Universum und sammelte von jeder Galaxis eine Probe ein.

Zehn Minuten später schwebte die LANCET über der Energieglocke von Rools Stadt. Bange Minuten vergingen. Wer kannte sich schon mit der Mentalität eines so fremdartigen »Kindes« aus. Wenn es ihm in seinem Spieltrieb einfiel, konnte es die LANCET einfach abschießen.

Doch Rool war anscheinend nicht zum Spielen aufgelegt. Vielleicht begriff er, dass er aus eigener Kraft nie wieder »nach Hause« käme. Jedenfalls bildete sich in der Mitte des Schirmfeldes ein schwarzer Fleck. Die LANCET tauchte hindurch und landete kurz darauf im Innenhof des Gebäudes, in dem sich der Projektor befinden sollte.

Im nächsten Augenblick krümmten sich die Menschen und der Thuta unter starker mentaler Ausstrahlung.

»Hör auf!«, stieß Aissa in einer Pause hervor.

Die Ausstrahlung hörte zwar nicht auf, aber sie wurde schwächer.

»Du hast mich sehr lange warten lassen«, vernahm Aissa die Stimme in seinem Gehirn. An den Gesichtern der Gefährten erkannte er, dass sie mithören konnten.

»Entschuldige bitte!«, sagte Aissa schnell. »Wir konnten nicht früher kommen.«

»Ich merke, du bist nicht allein. Das ist gut. Du kennst den Weg zum Projektor?«

»Ich kenne ihn. Aber du wirst uns noch einiges erklären müssen, bevor wir beginnen können.«

»Ja, natürlich. Aber beeilt euch. Ich habe Hunger. Mein Vorrat an Nahrung wird knapp. Ich muss schnell nach Hause.«

»Du lieber Himmel!«, entfuhr es Anna. »Wenn wir ihm seinen Wunsch nicht bald erfüllen, frisst er uns womöglich auf!«

»Seien Sie vorsichtig, Anna!«, warnte Aissa. »Rool kann alle unsere bewussten Gedanken verstehen. Machen Sie ihm nicht erst Appetit!«

Er überlegte, wen er als Wache im Schiff zurücklassen konnte. Sam löste das Problem für ihn.

»Lassen Sie mich hier, Aissa«, sagte er. »Wenn Sie mir laufend Daten durchgeben, kann ich Ihnen vielleicht helfen. Die Bordpositronik hat eine größere Kapazität als Ben.«

Aissa nickte erfreut.

Er wandte sich an Ben. »Du nimmst am besten Wurgh auf die Arme. Er würde uns nicht folgen können.« Der Thuta stimmte zu.

Aissa kannte die Örtlichkeit noch recht gut. Er wusste nur nicht, wo sich der Zugang zum Kühlraum mit dem Projektor befand. Bei seinen Besuchen war »er« einfach durch die Wand diffundiert. Das konnten sie jetzt natürlich nicht.

Doch es war leichter, als er es sich vorgestellt hatte. Als er glaubte, ungefähr auf gleicher Höhe mit dem Kühlraum zu sein, schob sich ein Stück der Gangwand zur Seite. Eine matt beleuchtete Schleusenkammer wurde sichtbar. Sie zwängten sich hinein. Gleich darauf schloss sich das Außenschott.

Eisige Luft schoss ihnen entgegen, als das Innenschott zurückglitt. Sie schlossen die Helme ihrer Raumanzüge. Wurgh, der Sams Anzug trug, verschwand völlig darin. Er setzte sich, denn in der Eile war er mit beiden Beinen in das linke Anzugbein geraten.

Anna starrte fasziniert auf die grüne Flüssigkeit in den schmalen Behältern.

»Eine kolloidale Lösung, würde ich sagen. Ich würde gern eine chemische Analyse durchführen. Ob das möglich ist, Aissa?«

Aissa zuckte mit den Schultern.

»Vielleicht. Bei meinem zweiten Besuch bin ich mitten in dieser Substanz gelandet und habe einiges davon geschluckt. Es scheint ihm nichts ausgemacht zu haben. Aber erst wollen wir unseren Versuch durchführen.«

»Ja, natürlich!«, murmelte die Biologin. Sie presste die Sichtscheibe ihres Helmes gegen die durchsichtige Wandung eines Behälters. »Fantastisch! Ein flüssiges Lebewesen – und noch dazu mit Intelligenz. Wenn wir hier fertig sind, möchte ich eine Probe mitnehmen. Vielleicht lässt es sich in einem Brutkessel züchten. Man könnte sogar einen irdischen Binnensee damit impfen …«

»Um Himmels willen!«, wehrte Aissa erschrocken ab. Er unterdrückte die Bemerkung, die ihm noch auf der Zunge lag. Er konnte schließlich Rool nicht sagen, dass er für die Erde unerwünscht wäre.

Aber, so dachte Aissa dann, darum brauche ich mir keine Sorgen zu machen. Selbst wenn wir uns aus dem Netz befreien, kommen wir doch nicht mehr zur Erde zurück.

»Wo steht der Projektor?«, fragte er rau.

Rool erklärte es ihm. Aissa betrachtete staunend das gewaltige Aggregat im Hintergrund des Kühlraumes. Es wirkte im Halbdunkel wie der glatt durchschnittene Hinterleib einer Spinne. Tausende von Kabeln zogen sich dort wie Spinnweben über die Flüssigkeitsbehälter. Sie klebten an ihnen, ohne dass eine mechanische Befestigung zu erkennen war.

»Es ist nur der Impuls-Gleichrichter«, sagte Rool. »Der eigentliche Projektor liegt unter euch.«

Aissa atmete schwer. Er musterte das Aggregat, aber er konnte nicht erkennen, wie es funktionierte. Es war alles fremdartig und wirkte wie in einem Gruselfilm. Aber ein Gruselfilm hätte es nie so echt und so bedrohlich darstellen können. Wieder einmal erkannte Aissa, dass die Wirklichkeit alle Spekulationen und Theorien weit übertraf.

Er nickte Ben zu. »Jetzt beginnt deine Arbeit!«

Dann fügte er hinzu: »Aber denke bitte daran, dass du ein Kind vor dir hast!«

Ben streckte seinen Körper. Er war äußerlich vollendet humanoid. Niemand hätte ihn nur nach dem Augenschein als Roboter identifizieren können. Dennoch besaß er alle Vorzüge einer positronisch gesteuerten Maschine.

Die Unterhaltung zwischen dem Roboter und der Hydrointelligenz begann.

Ben leitete das Gespräch von Anfang an. Er stellte knappe, präzise Fragen und ließ keine weitschweifigen Antworten zu. Mehrmals beschwerte sich Rool darüber bei Aissa. Doch Aissa vermochte das Wesen zu überzeugen, dass es besser war, wenn es sich nach Ben richtete.

Die Menschen verstanden nicht alles, was Rool erklärte. Aber Ben schien kaum Schwierigkeiten zu haben. Das Prinzip des Therapie-Projektors basierte offenbar nicht auf Konzentrierung von Energie, sondern auf Abbau der energetischen Strukturkomponente. Dadurch sollte, so erklärte Rool es jedenfalls, ein strukturell instabiler Hohlkanal entstehen, in den die fremde Dimension einbrach. Schaltete man danach den Projektor ab, zog sich die fremde Dimension zurück und nahm die projizierten Gedanken mit sich.

»Reichlich fantastisch!«, murmelte Aissa, als Ben seine Befragung beendet hatte.

»Was heißt fantastisch, Sir?«, gab Ben zurück. »Ich habe alle Angaben in hypermathematische Formeln verwandelt. Es würde für Sie vermutlich eine trockene Materie sein.«

»Kannst du denn etwas damit anfangen?«, fragte Aissa.

»Das sagte ich doch eben, Sir. Ich habe bereits etwas damit

angefangen, indem ich Rools oberflächliche Angaben präzisierte und mathematisch formulierte. Soviel ich überblicken kann, brauchen wir keinen Reflektor zu bauen. Die Gedankenverbindung erlischt ja erst dann, wenn der Projektor wieder abgeschaltet wird.«

»Wann können wir beginnen?«, fragte François.

»Das weiß ich nicht«, gab Ben zu. »Ich finde keine Möglichkeit, den menschlichen Gedankenstrom in die Gedankenprojektion einzuschalten. Es gibt einfach keine solche Vorrichtung. Es sei denn, wir könnten sämtliche Kabel, die an den Behältern befestigt sind, auch an das menschliche Gehirn anschließen. Doch dazu ist dessen Oberfläche viel zu klein.«

»Das wäre Arbeit für Sams Positronik«, sagte Aissa.

Ben winkte ab. »Ich habe alle vorhandenen Informationen schon direkt an die Bordpositronik abgestrahlt, Sir. Bisher liegt jedoch noch kein Ergebnis vor.«

»Es wird auch nie eines kommen«, erklang Wurghs Stimme undeutlich in den Helmempfängern. »Die Frage ist falsch gestellt.«

»Wollen Sie klüger sein als unser Roboter?«, fuhr François auf.

»Sei still!«, mahnte Aissa. »Wurgh, wie müsste Ihrer Meinung nach die Frage gestellt werden?«

»Sie müsste heißen: Wie schalten wir uns in Rools Gedanken ein, Sir.«

»Wissen Sie etwa auch die Antwort?«

»Nur eine Theorie, Sir. Einer von uns müsste in Rools Substanz eingehen. Ich bin sicher, dass sein Geist dabei als Ganzes erhalten bliebe. Aber er hätte dann Kontakt zu Rools Geist.«

»Sie sind verrückt, Wurgh!«, stieß François hervor. Er war leichenblass geworden. »Es würde für den Betreffenden den Tod bedeuten!«

»Tod …?«, erwiderte Wurgh. »Was ist der Tod denn? Solange der Geist überlebt, kann man kaum von Tod im üblichen Sinne sprechen.«

»Vielen Dank für den Trost!«, sagte François sarkastisch. »Wen von uns schlagen Sie denn als Opfer vor, Sie Großmaul?«
»Mich selbst«, erwiderte Wurgh ruhig.

5.

Sie starrten mit bleichen Gesichtern in den unergründlichen Schlund der Nahrungszufuhr. Vor fünf Minuten war Wurgh in den gigantischen Kessel der Aufbereitungsanlage geklettert. Wenn sein Vorhaben gelingen sollte, musste in den nächsten Sekunden die umgewandelte Körpersubstanz erscheinen.

Rool hatte sich lange dagegen gesträubt. Es widersprach der Ethik seiner Rasse, intelligente Wesen als Nahrung zu benutzen. Niemals hatten sie ihre Helfer verletzt. Das war erklärlich, wenn man bedachte, dass sie sich damit nur selbst geschadet hätten. Sie brauchten jeden Sklaven zum Bau der großen Transportschiffe.

Wurgh hatte das Hydrowesen schließlich überreden können. Als er ihm klargemacht hatte, dass sein individueller Geist auch nach der Aufnahme erhalten bliebe, war Rool sogar begeistert gewesen. Er konnte es nicht mehr erwarten, einen Gefährten zu bekommen.

Aissa zweifelte jedoch noch. Er konnte nicht glauben, dass der Geist an den aufgelösten Körper gebunden blieb. Die Gefährten dachten nicht anders. Er sah es ihren Gesichtern an. François kaute auf der Unterlippe. In seinem Gesicht arbeitete es. Anna hingegen schien mit Übelkeit zu kämpfen.

Nur Bens Züge blieben unbewegt. Aber das war nicht verwunderlich.

Aissa zuckte zusammen, als aus der Tiefe des Schlundes ein schwaches Zischen drang. Gleich darauf sprühte ein Regen grünlicher Flüssigkeit aus der Öffnung. Er schlug sich zum Teil an den Wänden des Aufnahmetrichters nieder, wurde aber dann von einem fauchenden Luftstrom in die Körpersubstanz Rools hineingetrieben.

Anna übergab sich.

François eilte zu ihr und streichelte sie.

Aissa schluckte trocken. Seine Mundhöhle war wie ausgedorrt, die Zunge lag wie ein Stein darin.

Das sollte alles gewesen sein, was von Wurgh geblieben war?

Er konnte es nicht fassen. Eben noch ein lebendes, hochintelligentes Wesen – und jetzt …

Ein paar Liter schleimige Flüssigkeit!

Panik wollte ihn ergreifen, bis er merkte, dass die Panik von etwas anderem ausstrahlte. Etwas war verzweifelt, suchte, tastete und fand sich nicht zurecht.

»Wurgh …?«, flüsterte Aissa.

Die Ausstrahlung blieb, aber die Panik verschwand daraus.

»Wer spricht?«, kam ein ängstlicher Gedanke.

»Ich bin es, Aissa Bhugol. Sie können mich verstehen?«

»Sehr gut sogar, Sir. Ich … es war zuerst alles so fremd, so unbekannt. Man muss sich wohl erst daran gewöhnen. Jetzt spüre ich Rools Gedankenströme. Er ist beunruhigt. Aber dazu hat er keine Ursache. Mir ist so leicht. Mein Körper war schwach, Sir, schwach und alt. Er konnte meinem Geist nur noch wenig Energie geben. Nun fühle ich mich gesund und stark. Wenn Sie wüssten, welche ungeheuren Energiemengen mir zur Verfügung stehen!«

Aissa atmete hörbar auf.

»Gott sei Dank! Sie haben sich also nicht nur Nachteile eingehandelt. Das freut mich. Das freut mich wirklich sehr, Wurgh.«

»Nachteile …?« Wurghs Ausstrahlung wurde immer stärker und deutlicher. »Ich sehe nur Vorteile, Sir.«

»Wenn ich eine Bitte aussprechen darf«, sagte Aissa voller Dankbarkeit, »dann nennen Sie mich Aissa. Bei meiner Rasse sprechen sich Freunde mit dem Vornamen an.«

»Einverstanden, Aissa. Aber jetzt wollen wir an die Arbeit gehen. Ich fürchtete anfangs, ich könnte mich mit Ihnen nur über Rool unterhalten. Doch so ist es besser. Wenn es möglich ist, dann sprechen Sie bitte laut aus, was ich Ihnen mitteile, Aissa. Der Roboter kann mich anders nicht hören.«

»Das ist ein guter Gedanke, Wurgh.« Er begann plötzlich vor Erregung zu zittern. »Möchten Sie wirklich schon … dorthin?«

Es kam keine Antwort mehr. Nur ein Raunen war in Aissas Gehirn. Er wusste, dass sich jetzt Rool und Wurgh unterhielten, zwei Wesen in einem gemeinsamen Körper. Wurgh würde Rool bitten, den Therapie-Projektor einzuschalten.

Und dann kam eine Stimme wie aus weiter Ferne …

Zuerst stieß Wurghs tastender Geist nur in kalte, gefühllose Leere.

Unendlich langsam aber wurde die Gedankenbrücke kompakter. Sie stabilisierte sich und glich bald einem stehenden Gedankenstrom, der weit hineinreichte in andere Dimensionen.

Vor Wurghs geistigem Auge entstand ein violetter, leicht pulsierender Ring. Der Gedankenstrom, vom Projektor zeitlos beschleunigt, wurde von diesem Tor ins Nichts abgebremst. Die Gedanken gerieten in Verwirrung.

Doch ununterbrochen führte Rools Körper dem suchenden Geist neue Energie zu.

Endlich überwand der Strom die Barriere. Im nächsten Augenblick floss er durch eine ovale, schwarz schimmernde Linse. Diesmal wurde er nicht gebremst. Hinter der Linse war etwas, das wie ein düster drohend gähnender Abgrund wirkte. Er zog den Gedankenstrom Wurghs unwiderstehlich an.

Wurgh hatte das Empfinden, wieder körperlich zu sein und hineingerissen zu werden in den Schlund unendlicher Angst. Er fühlte sich tiefer und tiefer stürzen. Vergeblich versuchte er sich zurückzuziehen. Die gewaltigen Energien der Hydrointelligenz trieben ihn weiter und weiter.

Plötzlich stieß er auf Widerstand.

Und dann klang die Frage auf, die typisch ist für Begegnungen grundverschiedener Intelligenzen.

Wer bist du?

Wurgh.

Wie kommst du hierher?

Ich weiß es nicht.

Du bist nicht aus diesem Universum. Du gehörst auch nicht zur nächsten Ebene. Du kommst vom gegenwärtigen Ursprung?

Ich glaube, ja. Aber ich weiß es nicht.

Verwunderung.

Du bist an organisches Leben gebunden?

Wurgh überlegte.

Ja.

Zweifel und Mitleid.

Was tust du hier?

Ich suche … Was suche ich eigentlich?

Jetzt wissen wir, was du suchst. Du suchst mich. Du möchtest wissen, woraus das Netz besteht, das dich fing.

Erschrecken; Zögern.

Das auch. Aber ich will mehr. Ich will, dass du dein Netz öffnest.

Verwunderung; zornige Entrüstung.

Das ist anmaßend.

Nein, das ist gerecht. Du bringst andere Wesen in Not und Gefahr.

Befremden.

Ich weiß, dass Leben des Ursprungs lügen kann. Du lügst. Niemand gerät durch mich in Not und Gefahr. Ich behüte das Leben. Geh zum Ursprung zurück!

Du verstehst mich nicht. Du meinst physische Not – ich meine aber die Not der Seele. Wir leiden, wenn wir gefangen sind, denn wir sind zur Freiheit geboren.

Freiheit …? Bei euch gibt es keine Freiheit. Niemand des gegenwärtigen Ursprungs kann frei entscheiden. Ihr seid abhängig voneinander und abhängig von unlogischen Regungen. Wie wollt ihr etwas fordern, das ihr nicht kennt?

Zögern; Schuldbewusstsein; Auflehnung.

Es gibt keine absolute Freiheit. Oder besitzt du die Freiheit, uns freizugeben?

Verblüffung; Lachen.

Ich besitze die absolute Freiheit. Deine Argumente überzeugen nicht. Du sprichst nicht nur für dich, also bist du unfrei.

Wir sind viele, das stimmt. Darum kann es keine absolute Freiheit geben. Bist du denn allein?

Ich bin allein und doch nicht allein. Wir sind viele, aber keiner macht den anderen unfrei. Jeder lebt für sich. Manchmal berichtet einer dem anderen. Wir sehen viel, was zu berichten sich lohnt. Wir legen unsere Netze in allen Universen aus.

Ihr sucht nach Erkenntnis?

Ja, denn es gibt keine absolute Erkenntnis.

Hoffnung.

Auch wir sind Sucher. Doch du hast uns gefangen. Wir können unsere Aufgabe nicht mehr erfüllen.

Verblüffung; Staunen; Erschrecken.

Schweigen.

Forderndes Drängen.

Antworte! Gib uns frei!

Enttäuschung.

Auch ihr seid Sucher …?

Ja!

Ich gebe euch frei. Aber ihr müsst Geduld haben. Ich darf keinen Schaden in der Struktur eurer Ebene verursachen. Rechne von jetzt aus zwölftausendmal die Zeit, in der ein Neutron zerfällt. Dann hört mein Netz auf, in deinem Ort eurer Ebene zu existieren.

Erleichterung; Freude; Nachdenklichkeit.

Ich danke dir. Aber das genügt noch nicht. Was nützt uns die Freiheit, wenn wir niemals mehr dorthin zurückkehren können, woher wir kamen?

Ich verstehe nicht. Ich lasse euch in eurer Ebene zurück. Was willst du noch?

Unsere Ebene ist groß. Doch unsere Heimat ist nur ein Punkt darin. Ohne deine Hilfe können wir nicht nach Hause.

Nichtbegreifen; Ungeduld.

Haben Sucher denn ein Zuhause? Ihr seid Sucher wie ich. Ich bin überall. Ihr seid es auch, oder ihr seid keine Sucher.

Verzweiflung.

Du verstehst mich nicht. Wir sind Sucher wie du, aber wir suchen und denken in anderen Maßstäben.

Schweigen.

Antworte mir!

Schweigen.

Bring uns dorthin zurück, woher du uns geholt hast!

Schweigen – völlige Leere.

Jähes Stürzen.

Ein Akkord ertönte, noch einer und noch einer. Gedankenfühler prallten gegen Hindernisse und gegen zarte, zusammenzuckende Fühler anderer Wesen.

»Rool …?«

»Ich bin hier. Nicht so heftig!«

»François, Anna, Sam, Aissa …?«

»Ja, wir sind alle da.«

»Ich habe eine Botschaft von ›ihm‹.«

»Also doch!«, sagte Aissa, nachdem Wurgh berichtet hatte. »François war auf der richtigen Spur. Aber, du lieber Himmel! Ich gestehe, dass ich es noch immer nicht glauben kann. Da macht mein Vorstellungsvermögen nicht mehr mit. Wenn wir wenigstens wüssten, wie das Wesen aussieht …«

»Es ist mit unseren Sinnen nicht wahrnehmbar«, raunte Wurghs geistige »Stimme«.

»Aber Sie haben es doch wahrgenommen, Wurgh!«

»Darf ich etwas dazu sagen, Sir?«, fragte Ben.

»Bitte!«

»Wurghs Gedankenstrom wurde durch die Einwirkungen der fremden Dimension umgeformt. Er war teilweise Bestandteil jener Dimension, darum konnte er überhaupt erst Kontakt mit dem Wesen erhalten.«

»Ich möchte die Betonung auf ›teilweise‹ legen«, erwiderte Wurgh. »Die Wahrnehmung war absolut unklar. Ich fühlte nur, da ist etwas. Aber ich konnte nichts erkennen. Ich weiß nicht, woraus dieses Wesen besteht und ob es überhaupt materiell ist.«

»Unsinn!«, sagte François.

Aissa blickte ihn vorwurfsvoll an.

François lächelte.

»Ich meinte nicht Wurghs Worte damit. Aber ich halte es für Unsinn, wenn wir uns überhaupt über die Struktur des ›Suchers‹ den Kopf zerbrechen. Offensichtlich gelten in seiner Dimension andere Naturgesetze als in unserer. Was hier Materie ist, kann dort etwas ganz anderes sein. Das Gleiche mag für Energie zutreffen. Für uns besteht der Sucher weder aus Materie noch aus Energie, sondern aus etwas für uns Unbekanntem.«

»Ich gebe Ihnen recht, Sir«, sagte Ben. »Wir können keinen zutreffenden Vergleich finden, weil wir nichts über die Verhältnisse in jener Dimension wissen. Wir werden auch niemals etwas darüber erfahren, denn wir gelangen nie dorthin.«

»Selbst wenn wir es könnten«, führte François den Gedankengang fort, »wären alle Wahrnehmungen wertlos für uns. Wir würden ja die Eindrücke nicht als Menschen aufnehmen, sondern als ein Zwischending von Normal- und Hyperwesen. Damit änderten sich unsere Begriffe so, dass wir – zurückgekehrt – nichts mehr damit anfangen könnten.«

Aissa zündete sich eine Zigarette an. Er hatte Mühe, das Zittern seiner Finger zu verbergen. Die Menschheit kam ihm plötzlich unendlich klein vor gegenüber den Wundern der Schöpfung. Und doch war sie in der Lage gewesen, eine geistige Verbindung zur Dimension des Suchers zu schaffen. Es spielte für Aissa keine Rolle, dass es Wurgh gewesen war, der die Verbindung knüpfte. Für ihn war Wurgh ein Mensch, auch wenn seine Rasse in einer anderen Galaxis entstanden war. Nach der Begegnung mit dem Hyperwesen hatte er gefühlt, dass es sogar falsch war, Wesen wie Rool als andersartig zu bezeichnen. Rool war anders als die Menschen, aber er war genauso in einem Urmeer entstanden wie der Vorfahr des Menschen. Darum konnte man ihn als ein verwandtes Lebewesen bezeichnen, genauso, wie beispielsweise eine Amöbe mit dem Menschen verwandt war.

Anna war es, die die Gefährten vom Luftschloss ihrer philosophischen Gedankengänge wieder herunterholte. Sie hatte zwar interessiert zugehört, sich aber nicht am Gespräch beteiligt. Es entsprach der weiblichen Psyche, dass für sie ein anderes Problem im Vordergrund stand.

Sie schlug mit der flachen Hand auf das Steuerpult und sagte: »Ich habe nichts gegen Ihre philosophischen Wortspiele, meine Herren. Aber ich denke, Sie sollten das verschieben, bis wir das Hauptproblem gelöst haben. Das Hauptproblem heißt: Wie können wir den Sucher davon überzeugen, dass er uns in unsere Galaxis zurückbringt!«

Aissa wölbte die Brauen. »Okay! Sie haben recht, Anna. Befassen wir uns mit dem Problem, das für uns am dringendsten ist und zugleich unlösbar erscheint.

Wurgh, wann wollte uns Ihr ›Superfischer‹ freigeben?«

»Nach zwölftausendmal der Zeit, in der ein Neutron zerfällt, Aissa.« Aissa nickte und sah sich nach Ben um.

»Das wären 147.000 Minuten oder umgerechnet 2460 Stunden beziehungsweise 102,5 Tage Erdzeitrechnung, Sir.«

»Also rund hundertdrei Tage.« Aissa überlegte. »Es scheint so, als bliebe uns genügend Zeit, um den Sucher zu überzeugen. Aber das ist eine Täuschung. Er – oder es – braucht diese Zeitspanne, um sein Wirkungsfeld aufzulösen. Je weiter dieser Prozess vorangeschritten ist, desto weniger Aussichten werden wir haben, den Sucher umzustimmen. Ich glaube nicht, dass er sein Netz noch einmal aufbaut, wenn es einmal aufgelöst ist. Aber das müsste er, um uns zurückbringen zu können. Sie sehen also, wir haben keine vierzehn Wochen Zeit, sondern allenfalls einige Tage.«

»Wobei«, gab Wurgh zu bedenken, »alles davon abhängt, ob der Sucher eine Verbindung zustande kommen lässt. Er hat jedenfalls den Kontakt einfach abgebrochen, als das Gespräch für ihn uninteressant geworden war. Wer sagt uns, dass er überhaupt gewillt ist, ihn wieder aufzunehmen?«

»Wir müssen es dennoch versuchen!«, rief Anna erregt. »Mein

Gott! Man kann uns doch nicht einfach in einer fremden Galaxis aussetzen!«

»Doch, Madam«, erwiderte Wurgh. »Man kann. Nämlich dann, wenn man das Problem überhaupt nicht sieht. Der Sucher kann sich nicht in unsere Lage versetzen. Für ihn gibt es derartige Probleme nicht. Offenbar hat er keine andere Aufgabe, als in seiner Dimension umherzustreifen und dabei sein Netz durch unser Universum zu schleppen – und zu beobachten.«

François schüttelte sich. »Wenn ich daran denke, dass ein solches Wesen einmal unsere gute, alte Erde mitnimmt …«

»Die Chancen dafür stehen eins zu siebenhundert Quadrillionen, Sir«, gab Ben bekannt. »Selbst wenn es Milliarden Sucher gibt, verlieren sie sich doch in der Unendlichkeit der Universen.«

»Schön! Lassen wir das jetzt!«, sagte Aissa.

Er zertrat seine Zigarette auf dem Boden des Kühlraums. »Wurgh, wir sind Ihnen sehr dankbar für das, was Sie bisher getan haben. Würden Sie es noch einmal versuchen?«

Plötzlich mischte sich Rools »Stimme« ein, die bisher geschwiegen hatte.

»Das zehrt an meiner Substanz, Aissa. Ich kann nicht sagen, wie lange ich das aushalte, ohne das Bewusstsein zu verlieren. Ich brauche viel Energie, um Wurghs Gedankenstrom zu stabilisieren.«

»Du musst dich anstrengen, Rool«, sagte Anna. »Schließlich möchtest du doch nach Hause, nicht wahr?«

»Gut. Ich will tun, was ich kann.«

»Ich beginne jetzt«, sagte Wurgh.

Wieder verstummten die fremden Gedanken in Aissas Geist. Nur ein schwaches Raunen blieb. Vornübergeneigt, mit angespanntem Gesicht, wartete er. Der Atem der Menschen ging keuchend.

Und plötzlich tauchte Wurghs »Stimme« wieder auf. Sie schien aus einem Abgrund zu kommen.

»Es ist vergebens«, sagte er. »Der Sucher sperrt sein Universum gegen mich ab.«

»Dann versuchen Sie es eben noch einmal!«, sagte Anna heftig. »Versuchen Sie es solange, bis Sie Erfolg haben!«

Wurgh schwieg. Die Menschen sahen sich bedeutungsvoll an. Hatte der Geist des Thuta bereits mit dem nächsten Versuch begonnen – oder schloss er sich jetzt ebenso ab wie der Sucher?

Sie versuchten, Kontakt mit ihm aufzunehmen. Ohne Erfolg. Es schien so, als könnten sie sich ohne Wurghs Entgegenkommen nicht einmal bemerkbar machen. Doch auch Rool meldete sich nicht mehr.

Endlich, nach Minuten, die den Menschen wie eine Ewigkeit vorkamen, meldete sich Wurgh.

»Ich habe eine schlechte Nachricht für Sie. Rool hat das Bewusstsein verloren. Ich erhalte keine Energie mehr von ihm.«

Aissa erschrak. »Glauben Sie, dass er bald wieder zu sich kommt, Wurgh?«

»Ich fürchte, nein, Aissa. Viel weiß ich noch nicht über Rools Metabolismus. Aber ich fürchte, er hat seine Energiereserven aufgezehrt. Wenn es Ihnen nicht gelingt, ihm neue Nahrung zuzuführen, wird seine Bewusstlosigkeit immer tiefer werden, bis sie schließlich in den Tod einmündet.«

»Wie konnte er sich nur so verausgaben?« Anna schüttelte den Kopf. »Warum hat er seinen Zustand nicht so krass beschrieben, wie er wirklich war?«

»Er ist noch ein Kind«, sagte Aissa. »Rool hat ganz einfach seine Kräfte überschätzt.«

»Was nun?«, fragte Anna, und es war ihnen allen aus der Seele gesprochen.

»Fragen Sie Wurgh, welche Art Nahrung Rools Körper verwerten kann«, meinte Ben.

Aissa gab die Frage weiter.

Die Antwort kam erst nach einigen Minuten.

»Ich sagte bereits, dass ich Rools Metabolismus kaum kenne. Auf gar keinen Fall kann er lebende Organismen als Nahrung verwerten. Meine Körpersubstanz befindet sich zwar jetzt in seinem Körper, aber größere Mengen davon wären schädlich. Soviel weiß ich. Offenbar ist das Urmeer seiner Rasse kein Wasserozean gewesen, sondern hat aus gesättigten Kohlenwasserstoffen bestanden.«

»Gesättigte Kohlenwasserstoffe …?« Aissa runzelte die Stirn. »Vielleicht Methan?«

»Wahrscheinlich auch Methan. Aber es müssen noch andere Verbindungen enthalten gewesen sein. Vielleicht ist Methan auch gar nicht in chemisch reiner Form vorgekommen. Ich weiß nur, dass Rools Körper gesättigte Kohlenwasserstoffe verarbeitet hat – bis der Nahrungsvorrat erschöpft war.«

Aissa stieß einen Fluch aus, der Anna erröten ließ.

»Wir sind Idioten gewesen! Warum haben wir seinen Nahrungsvorrat nicht untersucht? Dann wüssten wir jetzt, womit wir Rool füttern könnten.«

»Sie sind naiv, Aissa«, sagte Anna. »Können Sie sich vorstellen, welche ungeheuren Nahrungsmengen dieses gigantische Wesen braucht? Soviel könnten wir niemals beschaffen.«

François blickte zur Uhr und seufzte.

Aissa begann im Kühlraum hin- und herzuwandern. Plötzlich blieb er dicht vor François stehen.

»Nun, hast du eine Idee?«

François zuckte mit den Schultern.

»Ich weiß nur, dass ich hundemüde bin, Aissa.« Er gähnte. »Wenn ich nicht bald einige Stunden Schlaf bekomme, geht es mir wie Rool.«

Aissa wurde unwillkürlich von François' Gähnen angesteckt. »Schlafen? Kommt gar nicht in Frage!«, knurrte er unwillig. »Dafür haben wir keine Zeit.«

»In der LANCET befindet sich ein Vorrat an Ara-Stimulans«, sagte Anna.

Aissa nickte langsam. »Ich verwende es ungern, aber in diesem Fall bleibt uns wohl nichts anderes übrig.«

Er befahl Ben, für jeden eine Ampulle zu holen.

Nachdem sie sich die Injektionen verabreicht hatten, fühlten sie sich wieder hellwach und tatendurstig. Allerdings wussten sie, dass die Erschöpfung hinterher desto größer sein musste.

»Also!«, sagte Bhugol. »Wo bekommen wir Methan her? Wir müssen es damit versuchen.«

»Falsch!«, wandte François ein. »Die Frage muss heißen: Wo bekommen wir einige hundert Kubikkilometer Methan her.«

»Das dürfte kein Problem sein«, sagte Ben.

Sie starrten den Roboter an wie einen Geist.

»Auch das noch!«, stöhnte François.

»Sie irren, Sir«, erwiderte Ben. »Ich bin vollkommen in Ordnung. Aber Sie haben anscheinend vergessen, dass wir auf dem Wege nach Rools Stadt einen Methanplaneten geortet haben …«

»Ja!«, stieß Aissa dumpf hervor. »Einen *bewohnten* Methanplaneten. Die Leute dort werden uns ganz schön auf die Finger klopfen, wenn wir ihnen ihre Atmosphäre stehlen.«

Sie hatten sich schließlich doch für Bens Vorschlag entschieden, weil sie keinen anderen Ausweg wussten.

Die LANCET hing in den obersten Schichten der Methan-Ammoniak-Atmosphäre. Aissa musste die Antigravprojektoren fast voll einsetzen. Der Planet besaß die dreihundertfache Masse der Erde, die Dichte betrug jedoch nur durchschnittlich ein Fünftel. Die Schwerkraft war noch größer als die des solaren Jupiter. Sie betrug 5,9 Gravos. Die Atmosphäre musste unmittelbar über der Oberfläche einen enormen Druck ausüben. Er entsprach etwa dem Wasserdruck in zehntausend Meter irdischer Meerestiefe. Das schloss eine Landung von vornherein aus. Ein Schiff wie die LANCET konnte unter irdischen Bedingungen dem Wasserdruck noch in zweitausend Meter Tiefe standhalten. Sobald jedoch die Belastung über 400 Atmosphären stieg, würden die Wände nachgeben.

Aissa beobachtete unablässig die Instrumente. Von den Planetenbewohnern war jedoch nichts zu bemerken. Entweder wollten sie keine Kontaktaufnahme – oder sie hatten die LANCET noch nicht geortet. Auf die Anwendung der Relieftaster hatte Aissa bewusst verzichtet. Er wusste, dass andere Lebewesen oft sehr allergisch reagierten, wenn man zu neugierig war. Das aber wäre das letzte gewesen, was sie in ihrer Lage gebrauchen konnten.

Die Menschen würden bei ihrem Vorhaben auf die Hilfe der Fremden angewiesen sein. Der große Laderaum der LANCET fasste knapp dreitausend Kubikmeter Methan, wenn man ihn vorher ausräumte. Das würde für das Hydrowesen kaum mehr sein als eine Brotkrume für einen vor dem Verhungern stehenden Menschen. Wenn die Aktion Erfolg haben sollte, mussten die Fremden soviel Schiffe wie möglich einsetzen.

Vor den Bildschirmen wogten farblose Nebelschleier. Immer wieder musste die Peripherieheizung eingeschaltet werden, damit das Schiff nicht vereiste. Unterhalb der LANCET nahm die Dichte der Atmosphäre rasch zu. Die Sicht reichte nur knapp hundert Meter weit. Strudel und Wirbel tauchten ab und zu von dort unten auf. Sie langten mit gierigen Armen nach dem Schiff und brachten es ins Schwanken.

Aissa schüttelte sich.

Wie mussten die Bewohner einer so erschreckend fremdartigen Welt aussehen?

François blickte ungeduldig zur Uhr. »Wir müssen etwas unternehmen, Aissa. So geht das nicht weiter.«

Aissa schüttelte den Kopf. »Schwierigkeiten würden uns nur noch länger aufhalten, mein Junge. Nur Geduld. Intelligente Wesen sind immer neugierig.«

»Aber auch vorsichtig«, ließ Anna sich vernehmen. »Vielleicht fürchtet man sich vor uns.«

»Um so mehr Grund für uns, uns ganz ruhig zu verhalten.« Aissa lachte leise. »Wenn Sie ein ungezähmtes Tier anlocken wollen, müssen Sie auch stillhalten, Anna. Glauben Sie mir, wir haben unsere Erfahrungen mit Kontaktversuchen.«

François stöhnte. »Wir mussten manchmal ein halbes Jahr warten, bis die Eingeborenen ihre Scheu überwunden hatten …!«

»Es waren fast immer primitive Rassen, François. Intelligente Rassen warten nicht so lange.«

Er fuhr herum, als Anna einen erstickten Schrei ausstieß.

Auf dem Steuerbordschirm war ein dunkler Schatten aufgetaucht. Als die Nebelschleier den Blick freigaben, erkannten die Menschen die Form. Es war die gleiche helmartige Konstruktion, die vor vierzehn Stunden über Thuta aufgetaucht war. Sofort schaltete Aissa den Schutzschirm ein. Er spürte ein unangenehmes Kribbeln auf der Haut. Das fremde Schiff hing reglos neben der LANCET. Es wirkte plump und wuchtig, obwohl es kleiner als das eigene Schiff war.

Das Kribbeln auf der Haut wurde stärker. Aissa fühlte, wie ihm der Schweiß ausbrach. Bunte Kringel begannen vor seinen Augen zu tanzen.

Als der Interkom summte, war er kaum in der Lage, das Gerät einzuschalten.

Bens Gesicht erschien seltsam verschwommen auf dem kleinen Bildschirm.

Der Roboter bewegte den künstlichen Mund. Aissa sah es, aber er hörte keinen Laut. Überhaupt schien die Umwelt durch eine Mauer von ihm getrennt zu sein. Es herrschte völlige Stille.

Mit gespenstischer Lautlosigkeit zersprang die Scheibe eines Kontrollinstruments. Die Scherben fielen ebenso lautlos zu Boden.

Instinktiv witterte Aissa die Gefahr. Denken konnte er nicht mehr. Sein Kopf wollte vor Schmerzen schier zerspringen.

Er wollte den Arm ausstrecken. Er musste die Triebwerke einschalten! Aber die Glieder gehorchten den Nervenimpulsen nicht mehr.

Wie durch eine Mattglasscheibe nahm er die blitzschnell umherwirbelnde Gestalt wahr, dann verlor er das Bewusstsein.

Als Aissa erwachte, galt sein erster Blick den Bildschirmen. Auf dem Frontschirm funkelte die leuchtende Silhouette der Raumstadt. Der Heckschirm war leer.

Benommen richtete er sich auf. Er vermochte kaum einen klaren Gedanken zu fassen. Außerdem schmerzte ihn jede Faser seines Körpers. Neben sich entdeckte er die hohe Gestalt Bens. Er wollte ihn anrufen, brachte aber nur ein heiseres Krächzen heraus.

Ben hörte es und wandte sich um. Sein Bioplastgesicht war in ernste Falten gelegt.

»Man hat uns mit Ultraschall angegriffen, Sir. Noch eine halbe Minute länger, und ich hätte Sie nicht mehr retten können.«

Aissa gelang eine Kopfbewegung in Annas Richtung.

»Es ist niemand ernstlich geschädigt, Sir«, sagte Ben schnell. »Ich habe Ihnen allen zwei Kubikmillimeter Redrosin injiziert. In etwa zehn Stunden dürfen Sie wieder aufstehen.«

»Du … bist … verrückt!«, gurgelte Aissa. Er wollte sich hochstemmen, fiel aber sofort wieder zurück.

»Tut mir leid, Sir.« Ben machte eine bekümmerte Miene. »Mit Ultraschall haben wir nicht gerechnet. Bei uns gilt diese Waffe als veraltet und relativ wirkungslos. Aber die Fremden besitzen offenbar Projektoren, die sogar unseren Schutzschirm durchdringen.«

»Hat …« Aissa kämpfte sekundenlang mit einem würgenden Hustenreiz. »Hat man … uns verfolgt?«

»Nein, Sir. Ich hatte den Eindruck, als wären die Fremden über unsere Flucht überrascht.«

Aissa überlegte einige Minuten. Er hätte ohnehin nicht sprechen können. Die wenigen Worte hatten ihn total erschöpft. Als er wieder sprach, klang seine Stimme ein wenig kräftiger.

»Was hast du für einen Plan, Ben?«

»Ich bringe Sie zurück zur Stadt, Sir.«

»Und der Schutzschirm?«

»Wurgh müsste versuchen, ihn an einer Stelle zu öffnen, Sir. Danach bringe ich Sie alle unter und starte wieder.«

»Unmöglich!«

»Warum, Sir? Wir besitzen einen großen Vorteil. Die Fremden glauben, uns allein mit Ultraschall abschrecken zu können. Einmal ist es ihnen ja gelungen. Sie werden beim zweiten Mal die gleiche Taktik einschlagen – und eine große Überraschung erleben.«

Aissa versuchte, den Kopf zu schütteln. Eine Schmerzwelle raste ihm von den Zehen bis zum Scheitel. Er stöhnte unterdrückt.

»Was hast du vor, Ben? Willst du ...?« Er brach mit einem harten, trockenen Krächzen ab.

»Nicht, was Sie denken, Sir. Ich töte kein intelligentes Leben ohne absolute Notwendigkeit. Das wissen Sie. Da ich den Planeten anfliege, obwohl ich Schwierigkeiten erwarten muss, wäre selbst bei einem Angriff diese Notwendigkeit nicht gegeben.«

»Was willst du dann unternehmen?«

Ben lächelte. Er sah in diesem Augenblick aus wie ein Hochstapler, der einen ganz großen Coup vorhat.

»Ich werde versuchen, ihnen zu imponieren, Sir. Einzelheiten kann ich jedoch nicht vorher nennen. Es wird ein Stegreifspiel, wenn Sie diesen Vergleich erlauben, Sir.«

Aissa grinste schwach. »Ich bin einverstanden damit. Aber nur unter einer Bedingung: Du musst die LANCET heil zurückbringen.«

»Das auf jeden Fall, Sir. Ich hoffe aber, das wird nicht alles sein, was ich zurückbringe.«

Aissa brauchte eine Viertelstunde, bis er geistigen Kontakt mit Wurgh hatte. Eine weitere Viertelstunde dauerte es, bis Wurgh dahintergekommen war, wie er eine Lücke im Schutzschirm öffnen konnte. Danach sank die LANCET ohne weiteren Aufenthalt zu Boden.

Ben brachte die menschliche Besatzung in einem Wohnhaus der »Spielzeugstadt« unter. Er gab jedem eine weitere Injektion Redrosin und lud genügend Lebensmittel aus der LANCET aus.

Anna war noch immer besinnungslos, als das Schiff im Raum

verschwand. Sam und François dagegen konnten bereits wieder fluchen.

»Es war ein Wahnsinn, den Roboter allein losfliegen zu lassen, Chef«, krächzte Sam.

»Wollten Sie lieber mit?«, fragte Aissa voller Ironie. »Wenn Sie so scharf auf Ultraschall sind, kann ich ja die LANCET noch einmal zurückbeordern …?«

»Sadist!«

François lachte. Es klang allerdings mehr nach einem Hustenanfall.

»Wie ich Ben kenne, werden die Brüder von der anderen Fakultät in den nächsten Stunden nichts zu lachen haben.«

»Wer weiß, ob sie überhaupt lachen können!«, knurrte Sam unwillig. Er drehte sich auf die Seite und wäre beinahe aus dem Bett gefallen. »Verrückt, Betten für Roboter zu bauen!«, schimpfte er.

Aissa schloss die Augen und lächelte.

Was immer auch kommen würde, sie würden ihren Humor nicht verlieren. Terraner waren nicht so leicht unterzukriegen.

Ben dachte gar nicht daran, den Methanriesen anzufliegen.

Er steuerte die LANCET im Linearflug nach Thuta. Niemand ließ sich blicken, als er auf der alten Stelle landete. Das war ihm nur recht.

Bevor er ausstieg, aktivierte er die automatische Abwehranlage. Jeder, der unbefugt das Schiff betreten wollte, würde einen schwachen elektrischen Schlag erhalten. Diese Maßnahme dünkte Ben völlig ausreichend für thutasche Verhältnisse.

Im Vorbeigehen sah er in die Ausrüstungskammer hinein. Er warf sich einen der überschweren Raumpanzer über die Schulter. Dann ging er hinaus.

Ein Mensch hätte den Plan niemals durchführen können. Nur Ben mit seinem positronischen Gehirn war dazu in der Lage. Die Tür bereitete ihm keinerlei Schwierigkeiten. Sie war unverschlossen und öffnete sich, als er einen Meter davor stand.

Das Licht in Wurghs Würfelhaus schaltete sich beim Eintreten automatisch ein. Ben begab sich zielstrebig in die Andro-Lenkzentrale. Vor dem Schaltpult blieb er stehen und ließ das Schaltschema im Geiste ablaufen. Vom Prinzip der Anlage wusste er ebenso wenig wie die Menschen. Es handelte sich keineswegs um einen gewöhnlichen Transmitter, auch nicht um einen Fiktiv-Transmitter. Die Anlage war völlig anders. Aber eines hatte Ben den Menschen voraus. Sein positronisches Gedächtnis hatte alle Schaltvorgänge Wurghs unfehlbar genau aufgezeichnet. Es war relativ leicht für eine Positronik, daraus Schaltungen mit anderen Koordinaten abzuleiten.

Nur eines bereitete ihm noch Sorge.

Wurgh hatte behauptet, die Anlage könnte nur von Thutas Androinds schaffen, von anderen Wesen nicht. Ben glaubte nicht, dass Wurgh gelogen hatte. Er hoffte jedoch, die Anlage gewissermaßen zu überlisten.

Tote Gegenstände und Maschinen wurden genauso aus vorhandener Materie am Zielort nachgebildet wie der Körper eines Thuta. Damit hatte die Apparatur demnach keine Schwierigkeiten. Da er selbst im Prinzip nur eine Maschine war, musste das Vorhaben gelingen.

Ben kletterte in den Raumpanzer. Da er als Rettungsgerät konstruiert war, machten ihm hohe Drücke nicht viel aus. Dem Atmosphärendruck am Grunde des Methanozeans hätte er dennoch nicht standgehalten – wenn ein Mensch in ihm steckte. Ben jedoch konnte den Innendruck ganz erheblich erhöhen. Er hoffte, dass es genügte, um dem erwarteten hohen Außendruck Widerstand zu leisten.

So steifbeinig, wie man nur in einem Raumpanzer sein kann, bewegte er sich danach zum Schaltpult. Er ließ sich in die umkonstruierte Sitzschale sinken und hoffte, dass sie nicht unter seinem Gewicht zerbrach. Er selber wog immerhin unter Erdbedingungen acht Zentner. Der Raumpanzer hatte ein Gewicht von drei Zentnern. Das genügte, um bei einem Fall aus zehn

Zentimeter Höhe eine Zimmerdecke gleich einem Geschoss zu durchschlagen.

Bens Bioplastgesicht hinter der Vierschichten-Panzerplastscheibe war gänzlich ausdruckslos. Sein Mienenspiel wurde ohnehin nur willkürlich hervorgerufen. Wenn Ben allein war, benahm er sich wie jeder normale Roboter. Er zeigte keinerlei Regungen.

Als die positronisch gesteuerten Greiforgane des Raumpanzers über die Tastatur glitten, geschah das mit unheimlicher Geschwindigkeit. Es gab kein Zögern und kein Überlegen. Bens Programm stand fest.

Er brauchte sich auch nicht umzustellen, als er im Körper seines Androinds auftauchte. *Eigentlich müsste es Robotoind heißen,* dachte er, ließ es aber bei der herkömmlichen Bezeichnung.

Er warf einen Blick auf den im Helm angebrachten Außendruckmesser und reagierte sofort. Der Außendruck betrug 3400 Atmosphären. Das war mehr, als man zuerst angenommen hatte. Ben erhöhte den Innendruck auf zweitausend Atmosphären. Mehr hielt sein Robotkörper nicht aus.

Ben hoffte nur, dass der Raumpanzer hielt. Ihm selbst konnte zwar nichts geschehen. Er saß sicher in Wurghs Haus. Aber der Tod seines Androinds hätte das Scheitern des ganzen Planes bedeutet.

Einige Minuten lang blieb Ben reglos stehen und beobachtete. Seine Wahrnehmungen waren nicht auf den schmalen optischen und akustischen Bereich beschränkt wie beim Menschen. Er ortete das Reliefmuster eines zwanzig Meter hohen, wulstförmig verlaufenden Bergzuges. Überall war der Boden von grauweißen, spröden Kristallen bedeckt. Als Ben allerdings den ersten Schritt tat, stellte er fest, dass die Kristalle unnachgiebig wie Terkonitstahl waren. Der Himmel war eine schwach leuchtende, streifige Wolkenmasse. Der Sturm peitschte mit sechshundert Kilometern pro Stunde dahin. Ben war froh über sein Gewicht. Andernfalls wäre er einfach davongeweht worden.

Ben beschloss, den Berg zu besteigen. Von dort aus musste er eine bessere Übersicht haben. Vielleicht gelang es ihm, eine Ansiedlung zu entdecken.

Er stieß sich einfach ab und schwebte auf die wulstförmige Erhebung zu. Der Antigrav des Panzers unterstützte ihn dabei. Allerdings packte ihn der Sturm in dem Augenblick, in dem er den Antigrav einschaltete. Ben hatte damit gerechnet. Er ließ sich treiben. Über dem Wulst überlegte er. Dann ließ er den Antigrav eingeschaltet. Er beschloss, sich so lange vom Sturm treiben zu lassen, bis er die Bewohner dieser Welt entdeckt hatte.

Er brauchte nicht lange darauf zu warten. Nach zwanzig Kilometern tauchte eine unübersehbare Zahl flach hingeduckter schwarzer Hügel auf. Bens Mikrowellentaster arbeitete. Er stellte fest, dass die Hügel aus einer nicht natürlich vorkommenden Verbindung bestanden. Bald entdeckte er auch Unterschiede und ein gewisses System.

Er befand sich vor einer Stadt der Fremden!

Ben überlegte, ob er landen oder die Stadt überfliegen sollte. Er entschied sich für Letzteres.

Seltsamerweise gab es keine Reaktion auf sein Erscheinen. Er wurde weder mit Ultraschall beschossen, noch tauchten die Planetenbewohner auf, um ihn zu begrüßen.

Ben ließ sich weitertreiben, nachdem er die Stadt überflogen hatte. Nach zehn Minuten ortete er hinter sich etwas. Es war ein Objekt von etwa seiner eigenen Größe, und es bewegte sich in der gleichen Richtung wie er. Nur war es ein wenig schneller.

Ben entschied, dass er auf den Verfolger warten wollte.

Als das fremde Objekt sich bis auf zweihundert Meter genähert hatte, begann Bens Positronik schneller zu arbeiten. Er versuchte zu klären, warum der Verfolger die gleiche Gestalt hatte wie er selbst und trotzdem aus undefinierbaren Verbindungen bestand.

Ben war der Lösung noch keinen Schritt nähergekommen, als der Verfolger ihn erreichte. Knapp zwei Meter vor ihm sank er zu Boden. Reglos standen sie sich gegenüber – der eine das Spiegelbild des anderen.

Ben hob den rechten Arm. Der Verfolger hob den linken Arm. Äußerlich glich er Ben völlig. Sogar Form und metallischer Glanz des Raumpanzers stimmten. Nur, dass es sich eben nicht um einen Raumpanzer handelte. Bens Gegenüber schien aus einer kompakten Masse zu bestehen – eine eigenartige Masse, denn Bens Massetaster sprach nicht an.

Ben beschloss, alle Vorsicht fallen zu lassen. Er riskierte schließlich nicht mehr als eine Zeitverzögerung. Mit plumpen Bewegungen schritt er auf sein Gegenüber zu.

Der andere kam ihm mit gleicher Langsamkeit entgegen.

Ben streckte die Hand aus. Sein Verfolger tat es ihm nach.

Schon wollte Ben aufatmen. Es schien, als sei der andere an einer Verständigung interessiert.

Doch da erreichte Bens Panzerhand die »Hand« seines Gegenübers – und glitt hindurch.

Ein Mensch wäre vermutlich in panischem Entsetzen zurückgewichen und vielleicht sogar geflohen. Ben jedoch kannte weder Panik noch Entsetzen. Seine Reaktionen waren stets von Logik und Zweckmäßigkeit bestimmt. Aber er wusste, wie ein Mensch an seiner Stelle reagiert hätte. Dieses Wissen erlaubte gewisse Schlüsse.

Bens Hand stieß weiter vor. Sie bewegte sich durch den Körper des anderen genauso ungehindert wie durch dessen Hand. Die Hand seines Gegenübers indessen führte zwar die gleichen Bewegungen aus. Jedoch mit einem anderen Ergebnis. Sie glitt nicht in Bens Körper hinein, sondern verschwand einfach da, wo sie mit der Außenhaut seines Raumpanzers in Berührung kam.

Ben zog die Hand zurück. Er war nicht überrascht, als der andere seinem Beispiel folgte. Der Schluss war logisch. Der andere bestand weder aus Materie noch aus Energie. Dennoch warf er gewisse Ortungsstrahlen zurück. Bens Positronik errechnete die Wirkungsfaktoren eines hypothetischen Spiegelfeldes und verglich sie mit den Ergebnissen seiner Untersuchung. Er folgerte aus dem Vergleich, dass jemand versucht hatte, ihm einen Schreck einzujagen, indem er ein bewegliches Spiegelfeld projizierte.

Dieser Jemand hatte sich allerdings verrechnet.

Ben beschloss, die Vorzeichen der Begegnung umzukehren. Er umschloss mit der rechten Hand die Linke seines Spiegelbildes, als bestünde es tatsächlich aus fester Materie. Dann ging er langsam, gegen den Sturm ankämpfend, auf die Stadt der Fremden zu.

Von der Stadt aus musste es wirken, als schritten zwei gleichartige Wesen Hand in Hand nebeneinander her.

Ben war sicher, dass eine Reaktion der Stadtbewohner nicht ausbleiben würde.

Nur hatte er nicht mit der Mentalität der Fremden gerechnet.

Eigentlich hätte die Stadt schon vor zehn Minuten auftauchen müssen. Ben war seiner Sache so sicher, wie ein Roboter mit positronischem Gedächtnis es sein konnte. Dennoch schien die Wirklichkeit sein Gedächtnis Lügen zu strafen.

Ben versuchte dahinterzukommen, was wirklich geschehen war. Eine so große Stadt konnte niemand in derartig kurzer Zeit abbauen und fortbringen. Folglich war sie noch da. Aber er »sah« sie trotz seiner enormen Wahrnehmungsbreite nicht. Also hatten die Fremden sie meisterhaft getarnt.

Das war jedoch längst nicht alles. Es war nicht einmal Bens wichtigste Erkenntnis. Es gab noch eine wesentlichere Folgerung.

Man hatte die Stadt nicht schlechthin getarnt – sondern so, dass sie selbst für einen Roboter unsichtbar war.

Man wusste, was er war.

Ben nahm seine Niederlage gelassen hin. Er bemühte sich jetzt nicht mehr, die imaginäre Hand seines Spiegelbildes festzuhalten. Wenn die Fremden wussten, dass er ein Roboter war, dann wussten sie auch, dass er ihre Reaktion richtig gedeutet hatte. Sinnlos, noch weiter Theater spielen zu wollen.

Er stieß sich ab und schwebte mithilfe des Antigravs dorthin, wo die Stadt gestanden hatte – und noch stehen musste. Er war sich klar darüber, was ihn erwartete. Aber er wusste auch, dass die Fremden von seiner derzeitigen Unverwundbarkeit nichts ahnten.

Es kam so, wie er es erwartet hatte.

Kaum befand er sich über dem Stadtgebiet, als ein einzelner Energiestrahl ihn auflöste.

Sein positronisches Bewusstsein setzte nicht einmal für eine Nanosekunde aus. Er fand sich in Wurghs Andro-Lenkraum wieder – und wiederholte augenblicklich seine erste Schaltung.

Als er wieder über der Stadt auftauchte, war sie sichtbar. Ben stellte fest, dass sein Schachzug geglückt war. Er beschloss, die Verwirrung der Fremden auszunutzen. Die Rückkopplung ermöglichte die Strukturauflösung seines Androinds, und als grünlich flimmernde Wolke drang er in die nächste der flachen Kuppeln ein.

Dort rematerialisierte er. Der Kuppelraum war unbeleuchtet und leer, bis auf einige gleichmäßig summende Aggregate fremdartiger Konstruktion. Ben folgerte, dass er sich noch nicht im eigentlichen Gebäude befand, sondern in einer Art Eingang. Im Mittelpunkt der kreisrunden Bodenfläche schimmerte eine farblose Linse. Ben konnte hindurchsehen. Darunter fiel ein Schacht in die Tiefe, dessen vollkommene Dunkelheit selbst für seine Wahrnehmungsgeräte undurchdringlich war.

Er beschloss, die Funktion der Linse auszuprobieren. Ein solches Vorgehen widersprach zwar den Grundsätzen eines Roboters, aber er hatte einfach keine Zeit mehr für lange Überlegungen.

Der Sprung war etwas heftig gewesen. Mit dem vollen Gewicht seiner elf Zentner stürzte er auf die Linse herab – und prallte zurück.

Gleichzeitig tobte ein Geräuschorkan aus seinem Translator.

Ben versuchte, das Experiment zu wiederholen. Diesmal dehnte sich die schimmernde Linse aus, bevor er sie erreichte. Er erhielt einen Stoß, der ihn bis fast an die Innenwand des Kuppelraums zurückwarf. Die Geräusche in seinem Translator wurden lauter.

Ben verzichtete auf einen neuen Versuch. Er blieb stehen, wo er gelandet war und musterte die eigenartige Linse. Der Durchmesser betrug genau drei Meter. An den Rändern war das Gebilde acht Zentimeter stark, in der Mitte neunzig Zentimeter. Ben hatte ursprünglich angenommen, es handelte sich um ein energetisches Sperrfeld oder das Wirkungsfeld eines Transmitters. Aber in diesen beiden Fällen hätte er während seines Versuchs energetische Schaltvorgänge anmessen müssen. Das war nicht der Fall gewesen.

Wie konnte ein Gebilde reagieren, ohne dass in seinem Innern oder in einer Zuleitung Schaltvorgänge abliefen?

Als Ben alle Möglichkeiten durchgerechnet hatte, blieb nur eine davon übrig. Es war die einfachste. Er hätte sofort darauf kommen müssen.

Die schimmernde Linse war ein Lebewesen.

Nun konnte er sich auch die Geräusche im Translator erklären. Das Wesen hatte sich bemerkbar machen wollen.

Ben sprach ein paar Worte in seinen Translator. Dann wartete er. Wenn das Linsenwesen intelligent war, würde es vielleicht seine Absicht begreifen.

Es vergingen einige Sekunden.

Dann drangen schwach modulierte, brummende Laute aus dem Translator. Ben sprach weiter. Wenn die Sprache sehr fremdartig war, bedurfte es noch weiterer Anhaltspunkte, bevor das Gerät eine sachlich richtige Übersetzung liefern konnte.

Der Fremde tat ihm den Gefallen.

Und nach zehn Minuten lieferte der Translator die erste brauchbare Übersetzung. Ben war erschüttert.

Das seltsame Wesen versuchte ihm klarzumachen, dass er es nicht länger belästigen sollte …

»Aber Sie sind in der gleichen Notlage wie wir!«, erwiderte Ben heftig.

»Für das UUM gibt es keine Notlage, Fremder.«

»Das UUM?«, fragte Ben. »Sind Sie das?«

»Ich bin das UUM, und wir sind das UUM, alles andere ist OUUM. Kein OUUM kann das UUM in Not bringen. Doch nun gehe zurück. Du hast mich lange genug belästigt.«

»Und wenn ich nicht gehe …?«

»Du bist kein Lebewesen. Darum werde ich dich vernichten, wenn du dich weigerst. Entscheide dich schnell. Ich habe wenig Zeit.«

»Niemand kann mich vernichten. Deshalb werde ich bleiben.«

Im nächsten Augenblick löste sich Bens Körper auf.

Er blieb einige Sekunden reglos vor Wurghs Schaltpult sitzen und überlegte, wie das UUM seinen Androind zerstört hatte. Doch er fand nicht den geringsten Anhaltspunkt. Es war, als wäre die Zerstörung ohne äußeren Einfluss vor sich gegangen.

Ben schaltete erneut.

»Was sagen Sie nun, UUM?«, fragte er.

»Ich werde schon noch hinter deinen Trick kommen, Fremder. Bis dahin bist du für mich einfach nicht vorhanden.«

Ben stellte fest, dass seine positronischen Gedankengänge sich verwirrten. Das hatte er noch nicht erlebt. War dieses UUM überhaupt nicht neugierig? Interessierte es sich gar nicht dafür, dass sein Planet in einem hyperdimensionalen Netz gefangen war?

Oder wusste es noch nichts davon?

»Ihr Planet rast mit zehnmillionenfacher Lichtgeschwindigkeit durch das Universum …«, begann er. Als er keine Antwort darauf erhielt, fuhr er fort: »Sie werden nie wieder in Ihre Galaxis zurückkehren können.«

Das UUM schwieg immer noch.

»Wenn der Einfluss aus der fremden Dimension erlischt, wird Ihr Planet mitten im Nichts stehen. Jetzt sorgt der Sucher noch dafür, dass die alten Bedingungen weiter bestehen. Sobald er sich zurückzieht, erkaltet Ihre Welt bis zum absoluten Nullpunkt. Das wird auch ein UUM nicht überleben.«

»Selbst wenn es so wäre, was kümmert es dich«, erwiderte das UUM völlig überraschend. »Es ist doch unser Planet, nicht eurer. Noch können wir miteinander denken. Nur du störst uns.«

»Ich werde Sie so lange stören, bis Sie meine Bitte erfüllen«, sagte Ben entschlossen.

»Eine Bitte? Ich wüsste nicht, was eine Maschine für Wünsche haben sollte.«

»Es ist die Bitte meiner Herren. Sie sind organische Lebewesen. Aber Ihre Welt ist unzugänglich für sie. Deshalb bin ich gekommen.«

»Und du wirst mich in Ruhe lassen, wenn ich dir deine Bitte erfülle?«

»Ja.«

»Dann sage sie mir schnell. Es gibt nichts, was das UUM nicht vollbringen könnte.«

Mit dieser Wendung hatte Ben nicht gerechnet. Er versuchte, die Mentalität des UUM in ein vereinfachendes Schema zu bringen. Es gelang ihm nicht. Diese Rasse besaß offenbar sowohl Individualität als auch Kollektivbewusstsein. Sie fühlte sich durch das Auftauchen eines Fremden empfindlich gestört und nahm gleichzeitig die Entführung ihrer Welt mit erschreckender Gleichgültigkeit hin. Sie war schroff abweisend und erklärte sich im gleichen Atemzug bereit, eine beliebige Bitte zu erfüllen. Kurzum, sie personifizierte die Widersprüchlichkeit.

Der Roboter zwang sein Denken in eine andere Richtung. Hier ging es nicht darum, einen Kontakt mit seinen Herren zu vermitteln. Das Hauptproblem war viel profanerer Natur. Deswegen rangierte es trotzdem an erster Stelle.

Ben trug seine Bitte mit vollkommener Sachlichkeit vor. Die

Besatzung der LANCET hätte keinen besseren Anwalt ihrer Interessen haben können als ihn.

Die Antwort kam sofort.

»Warum hast du nicht gleich gesagt, was du brauchst? Es wäre viel weniger Zeit verloren gegangen.«

Die Antwort war unlogisch. Ben wollte schon seine Gegenargumente vortragen. Doch rechtzeitig fiel ihm ein, wie sinnlos das gewesen wäre.

»Sie erfüllen also meine Bitte?«, fragte er stattdessen.

»Warum nicht? Aber du musst mir noch euer Maßsystem erklären, damit ich weiß, was du mit tausend Kubikkilometern meinst.«

Der Roboter folgte der Aufforderung.

»Ihr müsst sehr zurückgeblieben sein, wenn ihr wegen einer solchen Kleinigkeit das UUM stört«, erwiderte das Linsenwesen. »Dazu braucht man doch nur einen Linearkanal.«

»Wann können wir das Methan bekommen?«, fragte Ben.

»Jetzt sofort. Das UUM ist schon dabei, die …«

»Halt!«, unterbrach Ben ihn. »So schnell können wir es nicht gebrauchen. Dazu gehören Vorbereitungen.«

»Auch das noch! Warum habt ihr eure Vorbereitungen nicht längst getroffen?«

»Wir wussten ja nicht, wie rasch Sie arbeiten«, entgegnete der Roboter.

»Dann seid ihr sehr dumm. Aber jetzt beeile dich. Das UUM ist ungeduldig. Schon zu viel Zeit ging verloren.«

Ben hätte dem Wesen gern einige passende Worte gesagt. Doch er verzichtete darauf. Er erklärte, wann das UUM mit der Entsendung des Methans beginnen könne. Dabei hoffte er nur, dass in seinem Zeitplan keine Panne eintreten möchte.

Das UUM-Wesen erklärte sich ohne weiteren Kommentar mit allem einverstanden. Wahrscheinlich nur, um von Bens Anwesenheit befreit zu werden. Doch der Roboter war in dieser Beziehung relativ unempfindlich.

Als er seinen Androind auflöste, musste er die Zweifel an der Zuverlässigkeit des UUM mit Gewalt unterdrücken.

Ihm blieben nur noch zweierlei Dinge zu tun: Schnell zu handeln und auf das Wort eines Wesens zu bauen, das fast nur aus Widersprüchlichkeiten bestand.

6.

Die LANCET wurde von Kapitän Bhugol bereits ungeduldig erwartet.

Die Menschen waren erholt. Doch Ben erkannte sofort, wie nervös sie waren. Rool dämmerte immer noch in tiefer Bewusstlosigkeit vor sich hin. Wurgh schilderte die Lage als bedrohlich. Er fühlte die rasch fortschreitende Ermattung der Hydrointelligenz bereits auf seinen Geist übergehen.

Niemand hielt sich mit dem Problem des UUM auf. Es blieb noch eine Viertelstunde Zeit. Dann würden tausend Kubikkilometer Methan eintreffen. Der Aufbereitungskessel fasste zehn Kubikkilometer. Falls die Aufbereitung des Rohstoffs nicht in Augenblicksschnelle erfolgte, würden mehr als neun Zehntel des kostbaren Stoffes verloren gehen.

Wurgh konnte keine genauen Auskünfte geben. Zudem verwirrten sich seine Gedanken mehr und mehr. Er verbrauchte die letzten Energiereserven, um den Rools Stadt umspannenden Schutzschirm abzuschalten. Danach verstummten seine Geistesimpulse.

Anna erwies sich als tapfer. Die Fahrt mit der LANCET war ihre erste größere Raumfahrt gewesen. Es hätte keinen der Männer gewundert, wenn sie unter der ungeheuren nervlichen Belastung zusammengebrochen wäre. Stattdessen war sie es oft, die den Männern Mut zusprach.

Als alle Vorbereitungen getroffen waren, sah Aissa zur Uhr.

»Noch eine Minute.« Seine Stimme klang belegt. Es war ein bedrückendes Gefühl, von so vielen Zufälligkeiten abhängig zu sein. Noch nie in seinem Leben hatte der Kontakter sich so hilflos gefühlt. Dennoch kam kein Zorn gegen den Sucher aus der anderen Dimension in ihm auf. Dieses Wesen dachte in ganz anderen Bahnen. Es würde nie eine richtige Verständigung zwischen ihm und den Menschen geben.

»Noch zehn Sekunden«, sagte Sam leise.

Aissa presste die Lippen fest aufeinander.

Noch zwei Sekunden – noch eine …

Unvermittelt dröhnte das Arbeitsgeräusch des Aufbereiters los. Der Boden unter Aissas Füßen erzitterte.

Diesmal war die Hauptzuführung in Betrieb. Deshalb konnten die Menschen nicht direkt verfolgen, wie schnell der umgewandelte Rohstoff dem Hydrowesen zugeführt wurde. Aber sie bemerkten, dass der Flüssigkeitsspiegel in allen Behältern gleichzeitig emporschnellte. Innerhalb weniger Sekunden erreichte er den Höchststand. Im gleichen Augenblick hörte der Aufbereiter auf zu arbeiten.

»Geschafft!«, schrie François begeistert. »Wir haben es geschafft!«

Er umarmte Anna stürmisch und drückte ihr einen Kuss auf die Wange.

»Deshalb brauchst du unsere Biologin nicht gleich zu erdrücken«, bemerkte Aissa sarkastisch. »Außerdem haben wir nur wenig Anteil an dem Erfolg. Wir konnten nur mit offenem Mund dastehen und warten, ob das UUM unsere Bitte erfüllt.«

Verlegen machte sich François von Anna los. Aissa sah missbilligend, dass die Biologin offenbar Gefallen an der Umarmung gefunden hatte.

Ein hallender Schrei war plötzlich in seinem Gehirn. Er hob die Hände an den Kopf und presste sie gegen die Schläfen. Der Schrei erzeugte Schmerz. Den Gefährten erging es nicht besser, stellte Aissa fest. Nur der Roboter blieb natürlich unberührt.

Im nächsten Augenblick wusste er, woher der Schrei kam.

»Aufhören, Rool!«, stieß er hervor. »Aufhören!«

Der Schrei brach ab.

Die darauffolgende Stille schmerzte nicht weniger. Kalter Schweiß bedeckte Aissas Stirn.

Wenn nur Rool nichts zugestoßen war! Vielleicht hatte er die plötzliche Nahrungszufuhr nicht vertragen. Niemand kannte seinen Metabolismus genau.

»Nein!«, drang eine Stimme in seinen Geist. »Nein, es geht mir gut, Aissa. Ich war nur erschrocken. Was waren das eben für Gedanken? Nahrungszufuhr?«

Aissa erklärte ihm, was sie getan hatten.

Die Antwort war Ekel.

»Haben wir dir nicht das Richtige gegeben?«, fragte Aissa erschrocken.

»Ich weiß es nicht. Scheinbar schadet es mir nicht. Aber es war nicht das, was mir die Helfer immer geben.«

Kapitän Bhugol fühlte Sorge und Erleichterung zugleich. Er erkannte, dass Rool selbst wenig über seinen Metabolismus wusste. Das Hydrowesen war ja auch noch ein Kind oder entsprach jedenfalls etwa dem gleichen menschlichen Entwicklungsstand.

»Was ist mit Wurgh?«, fragte er.

»Mir geht es bereits besser«, kam die Antwort. »Methan scheint für Rool etwa das gleiche zu sein wie synthetische Nahrung für uns. Allerdings synthetische Nahrung, die einige Bestandteile zu viel und andere zu wenig aufweist. Auf die Dauer können wir Rool nicht damit durchbringen.«

»Meinen Sie, dass die Energie ausreicht? Können Sie Verbindung mit dem Sucher aufnehmen?«

»Es ist eher zu viel Energie«, antwortete Rool. »Ich kann mich kaum konzentrieren. Alles ist etwas verschwommen.«

»Überfütterung«, kommentierte Anna sachlich. »Und hohe Beschleunigung der Stoffwechselvorgänge. Das Methan muss gleichzeitig wie ein Stimulans gewirkt haben.«

Aissa runzelte die Stirn.

»Könnte das die Kontaktaufnahme ungünstig beeinflussen?« Er wandte sich dem Roboter zu.

»Nein«, erwiderte Ben. »Schaden kann es kaum, wenn der Gedankenstrom mehr Energie bekommt.«

»Dann wollen wir beginnen. Wurgh! Sind Sie bereit?«

»Ich weiß nicht, Aissa. Ich fühle mich beunruhigt. Etwas Unerklärliches verwirrt mich. Es ist schwer zu erklären. Vielleicht …«

Er verstummte.

»Rools Energie ist irgendwie anders als vorher.«

»Aber wir können nicht länger warten!«, sagte Anna.

»Gut. Ich beginne.«

Aissa atmete schneller, als Wurghs Gedankenimpulse versanken. Unwillkürlich ballte er die Fäuste. Plötzlich wurde er von Schwindel ergriffen.

Wie aus weiter Ferne vernahm er Annas Schrei.

Er wollte sich umdrehen, wollte etwas sagen.

Da begann er, haltlos in einen unsichtbaren Abgrund zu stürzen.

Er sah nicht mehr, wie er auf dem Boden aufschlug. Er konnte auch nicht sehen, dass es den Gefährten ebenso erging.

Nur der Roboter Ben wurde verschont. Er bewahrte Anna vor dem Fall. Aber es gelang ihm nicht, sie wieder ins Bewusstsein zurückzurufen. Sie lebte, aber ihre Augen starrten blicklos ins Leere, als wäre der Geist durch eine Ewigkeit von ihrem Körper getrennt.

Ben rechnete – und wartete.

Die Gedankenbrücke spannte sich unsichtbar über den Abgründen von Raum und Zeit. Es war nicht der bekannte Raum, und es war nicht die bekannte Zeit. Es war etwas ungeheuer Fremdes.

Undefinierbare Einflüsse rissen die Gedanken vorwärts, stießen sie ab, lenkten sie um – und brachten sie endlich doch ans Ziel.

Im Sog des Gedankenstroms folgte ein Etwas, das sich über seine eigene Existenz noch nicht klar war. Das Etwas war nicht körperlich. Dennoch existierte es in Raum und Zeit. In Raum und Zeit einer fremden Dimension.

Augenblicklich schien es nur aus Angst zu bestehen. Es fühlte sich in einen unendlichen Schlund hineingerissen. Dann tauchte es in eine schattenhafte Welt ein. Unsichtbare Eindrücke umfingen es und schlugen über ihm zusammen.

Allmählich begann sich eine Vorstellung zu formen.

Ich bin Aissa!

Aber die Vorstellung war unvollständig.

Ich bin zugleich Anna, Sam und François!

Ich bin wir – wir sind ich!

Innerhalb des Etwas existierten noch Spuren einer Individualität. Aber das Etwas war sich klar darüber, dass es kein Einzelwesen mehr war. Es war WIR.

Das WIR spürte die schwache Verbindung mit fremden Gedanken. Zuerst glaubte es, den Sucher gefunden zu haben. Doch dann fing es einige Fetzen dieser Gedanken auf. Die fremden Gedanken gehörten Wurghs Geist.

Die Erinnerung kehrte zurück.

Die Gedanken des Thuta hatten das WIR gleich einem Strom mitgerissen. Ihre Körper waren zurückgeblieben. In einer Dimension, die dem WIR ebenso fremd erschien wie die Dimension, in der es sich augenblicklich befand.

Es versuchte, sich in seiner Umwelt zurechtzufinden.

Die »Welt« war erfüllt von einem sonderbaren Ton. Helligkeit ging davon aus wie von einem fernen Gestirn. Aber es war keine optisch wahrnehmbare Helligkeit. Das WIR wurde von dem Ton wie von einer gewaltigen Meereswoge davongetragen. Aus einem Abgrund stieg ein klagender Akkord auf und verwehte wieder. Ein zartrosa Gebilde streckte seine Fühler aus. Der Himmel der fremden Dimension wurde von einem leuchtenden Netz überspannt. Irreale Melodien drangen daraus hervor. Sie umhüllten das WIR und trugen es davon.

Es fand sich über einem violett glühenden See wieder. Silberne Punkte blinkten von unten herauf, beherrschten mit ihrem Gewimmel den Abgrund der Farbe. Das WIR glitt darüber hinweg wie ein Segelschiff über nächtliches Meer.

Im nächsten Augenblick begannen die silbernen Punkte zu kreisen. Sie rotierten schneller und schneller, flossen ineinander zu milchigen Streifen und Ballungen.

Das WIR wurde von dem Chaos angezogen, stürzte hinein und versank. Die verschmolzenen Gedanken der Individuen versuchten, die Umwelt zu verstehen. Es musste hinter den Erscheinungen ein Sinn verborgen liegen.

Und irgendwo, irgendwann oder irgendwie musste der Sucher seinen Platz haben. Das WIR begann zu »rufen«.

Melodische Klänge antworteten ihm. Waren es Echos der eigenen Rufe? Oder war es der Sucher? Wie viele Sekunden waren vergangen – oder wie viele Ewigkeiten …?

Das WIR fiel aus dem violettsilbernen Chaos heraus. Es schwebte auf eine leuchtend grüne Wand zu – und wurde zurückgestoßen. Eine liebliche Melodie brach mit einem Misston ab. Die Wahrnehmungen begannen zurückzuweichen.

Zurück blieb – Dunkelheit.

Die letzten Spuren einer Individualität fügten sich dem WIR ein. In einem trotzigen Sichaufbäumen wehrte es sich gegen die Verlorenheit. Es begann, nach dem Rückweg zu suchen. Doch überall lauerte das Unbekannte. Wohin das WIR sich auch wandte, es stieß immer und immer wieder ins Leere.

Was blieb, war das Wissen darum, dass es mehr gab als nur das Nichts. Mit der Erinnerung tauchten die unsichtbaren Eindrücke erneut auf. Töne, Farben, Bewegung, Angst, Hoffnung und Gedanken drangen auf das WIR ein.

Und irgendwo war etwas Neues – ein unglaublich fremder Geist.

Ihr seid Sucher! Ungläubigkeit. *Woher kommt ihr?*

Vom gegenwärtigen Ursprung. Wir müssen – den Sucher finden.

Verblüffung.

Vom gegenwärtigen Ursprung? Dann gehört ihr nicht hierher. Geht zurück. Dies ist nicht eure Ebene.

Der Sucher hat in unsere Ebene eingegriffen. Wir können nicht zurück, bevor wir nicht wissen, dass er seinen Eingriff rückgängig macht.

Ich erkenne in euch, wen ihr meint. Aber ich verstehe eure Motive nicht. Euer Sucher wird euch freigeben.

Das genügt nicht. Er hat uns aus unserer Gemeinschaft herausgerissen. Allein können wir nicht leben.

Verachtung und Mitleid.

Dann seid ihr sehr unvollkommen. Aber nun muss ich weiter, sonst entgleitet mir mein Netz.

Erschrecken.

Du …?

Heiterkeit.

Ja, ich bin auch ein Sucher.

Angst und Verlassenheit.

Wo ist der Sucher, den wir finden müssen?

Unverständnis.

Schweigen.

Fremdartige Eindrücke glitten in rascher Folge vorüber. Eine grellgelbe Spirale sprang mitten aus einer düsteren Wand. Sie drang in das WIR ein und hielt es fest.

Erleichterung.

Wurgh …?

Ich bin es.

Was ist geschehen? Warum sind wir hier? Sind wir …?

Nein. Nur eine geistige Brücke besteht zwischen dieser und jener Dimension. Ihr selbst seid noch in euren Körpern, obwohl ihr in dieser Dimension denkt und fühlt.

Wo ist der Sucher?

Eine halbkugelige Leuchterscheinung wölbte sich unter dem WIR und Wurghs Gedankenstrom. Ein Lichtnetz aus zitternden Wesenheiten spannte sich darüber.

Ein heftiger Impuls schwang zu den Wartenden hinauf.

Geht zurück!

Erkennen und Unwillen.

Wir bleiben hier, bis du unseren Willen erfüllst!

Unbändige Heiterkeit.

Ihr gefallt mir. Aber niemand kann mich zu etwas zwingen.

Auch du unterliegst einem höheren Gesetz. Du bist auf einer höheren

Stufe als wir, aber auch du bist nicht völlig frei. Niemand ist allmächtig außer dem einen.

Ihr habt recht. Aber ich bin ein Sucher. Diese Aufgabe ist wichtig genug, um individuelle Wünsche zu übergehen. Wenn ihr ebenfalls Sucher seid, werdet ihr mich begreifen.

Wir suchen nicht nur für uns. Wir suchen für die Gemeinschaft, denn unsere Existenz setzt die Gemeinschaft voraus. Wenn du dieses Band zerreißt, wird unsere Suche sinnlos.

Nachdenklichkeit – Bestürzung.

Eure Existenz ist auf der Gemeinschaft gegründet? Dann gefährdet mein Netz eure Existenz?

So ist es.

Schweigen.

Schuldbewusstsein.

Dann habe ich gegen das Gesetz verstoßen. Alle Sucher haben gegen das Gesetz verstoßen, ohne es zu ahnen. Ich werde mich ihnen mitteilen müssen.

Und was geschieht mit uns?

Geht zurück. Ich werde das Netz wieder stabilisieren. Dann setze ich euch dort aus, wo ich euch eingefangen habe.

Freude und Genugtuung.

Wir danken dir. Wenn du uns einmal brauchen solltest …

Vergnügtheit.

Wie wolltet ihr mir helfen? Ihr könntet es nicht, und es gibt nichts, was mich hilflos machen würde. Doch nun kehrt zurück. Ich habe noch einige Probleme zu lösen, bevor ich euch dahin bringe, woher ihr kamt.

Die halbkugelige Leuchterscheinung verschwand, indem sie sich zusammenzog. Nur das Nichts blieb übrig – und eine grellgelbe Spirale, die das verirrte WIR mit sich zog.

Als Aissa zu sich kam, lag er auf dem Konturbett seiner Kabine.

Einige Minuten lang starrte er gegen die erleuchtete Decke. Sein Verstand brauchte Zeit, um das Erlebte zu ordnen und darüber nicht wahnsinnig zu werden.

Dennoch blieb das Gefühl, es sei alles nur ein Traum gewesen.

Aissa war noch nicht mit sich ins reine gekommen, als der Interkommelder summte. Er schwang die Beine aus dem Bett, kämpfte einen Schwindelanfall nieder und ging zum Gerät, um es einzuschalten.

Annas Gesicht blickte ihn vom Bildschirm herab an. Die Biologin sah so gepflegt aus wie immer. Unwillkürlich fuhr die Hand des Kapitäns zum Kinn. Ein schabendes Geräusch ertönte.

Anna begann zu lachen.

»Lassen Sie das!«, brummte Aissa. »Sagen Sie mir lieber, ob ich nur geträumt habe oder ob alles Wahrheit war!«

Sofort wurde Anna ernst.

»Diese Frage wollte ich Ihnen auch stellen, Aissa. Und vorher hat François sie mir gestellt. Wie groß ist die Wahrscheinlichkeit, dass wir alle das Gleiche geträumt haben?«

Aissa überhörte die letzte Frage. Er blickte Anna finster an. »Wo steckt François?«

Der Kopf seines Ersten Offiziers schob sich neben Annas Gesicht. François hielt einen Kognakschwenker in der Hand.

»Hier! Darf ich dir mitteilen, dass wir uns soeben verlobt haben!«

Aissa brauchte eine Weile, um den neuen Schock zu verdauen. Seine Miene spiegelte die widersprüchlichen Gefühle in ihm wider, als er sagte:

»Unter diesen Umständen bezweifle ich, dass wir den gleichen Traum hatten, Mister Petit.«

Er brauchte seine Kenntnisse der Psychosomatik nicht. Er erkannte auch so, wie tief seine Bemerkung den Freund getroffen hatte.

»Entschuldige bitte!«, sagte er rau. »Ich bin anscheinend ein Narr. Aber ich bin trotzdem der Meinung, wir sollten uns zuerst über unser gemeinsames Erlebnis klar werden, bevor ihr euch der Zweisamkeit widmet.«

Er schwieg eine Weile. Dann schluckte er.

»Immerhin – herzlichen Glückwunsch, François.« Er seufzte. »Ich wollte, ich wäre der Erste Offizier …«

»Vielen Dank, Aissa«, erwiderte François verlegen. Er errötete. »Wie ist das? Sollen wir zu dir kommen oder kommst du zu uns?«

Aissa schüttelte den Kopf. »Keines von beiden. Wir treffen uns vor der Hauptschleuse. Ich bin der Meinung, dass Wurgh dazugehört, wenn wir über unsere Erlebnisse reden. Verständige du bitte Sam. Ich werde Ben mitbringen. In zehn Minuten dann.«

Er schaltete den Interkom aus und griff nach seinen Zigaretten. Gedankenverloren rauchte er. Diese Entwicklung hatte er nicht vorausgesehen. Natürlich war ihm klar gewesen, dass François' Herz für Anna entflammt war. Aber er hätte nie gedacht, die Biologin könnte dessen Gefühle erwidern.

Er fühlte einen schmerzhaften Stich in der Herzgegend, als er soweit mit seinen Gedanken gekommen war. Zornig über sich selbst drückte er seine Zigarette aus.

Nein, so durfte er nicht denken! François war sein Freund. Und Anna musste selbst wissen, ob er der Richtige für sie war. Was er selbst dabei empfand, war unwesentlich. Die Gedanken in der gleichen Richtung weiterzuspinnen, wäre nicht recht gewesen.

Kapitän Bhugol rief den Roboter an und beorderte ihn vor die Schleuse. Dann rasierte er sich. Aus dem Spiegel blickte ihn ein eingefallenes, melancholisch wirkendes Gesicht an.

Er riss sich gewaltsam zusammen.

Als er wenige Minuten später den Mittelgang entlangging, tat er es mit den elastischen Schritten, die für ihn typisch waren. Hoch aufgerichtet federte er von der Rampe auf den Boden. Die Gefährten erwarteten ihn bereits.

Er winkte lächelnd.

»Gehen wir zu unserem tapferen kleinen Freund!«

Rools Gedankenimpulse empfingen sie beim Betreten des Kühlraums. Sie strahlten Freude und Hoffnung aus.

»Wie geht es dir?«, fragte Aissa.

»Sehr gut. Jetzt darf ich nach Hause, nicht wahr?«

»Ja, natürlich. Aber ein wenig Geduld brauchen wir noch, Rool. Die Heimfahrt wird genauso lange dauern wie die Herfahrt. Und danach muss der Sucher sein Netz allmählich auflösen.«

»Das ist mir gleich. Vielen, vielen Dank, Aissa.«

»Du musst Wurgh danken, Rool. Ohne ihn hätten wir es niemals geschafft.«

»Das stimmt nicht ganz!«, protestierte Wurgh. »Wenn Sie nicht gewesen wären – ich hätte den Sucher niemals überzeugen können. Das Argument mit der Gemeinschaft war bestechend.«

»Es entsprach der Wahrheit«, fiel François ein. »Der Mensch ist undenkbar ohne die organisierte Gemeinschaft. Umgekehrt wirkt der Einzelne wieder fördernd auf die Gemeinschaft ein. Ohne diese Wechselbeziehung wäre der Mensch nicht über die tierhafte Stufe hinausgekommen.«

»Und der Sucher …?«, wandte Wurgh ein.

»Oh, gewiss!« François lachte. »Er lebt allein. Aber dennoch hält er eine lose Verbindung mit seinen Artgenossen – sicher ein Überbleibsel engeren Zusammenlebens.«

»Du hast das angesprochen, was mich besonders interessiert«, meinte Aissa. »Wir wissen nicht viel von dem Sucher. Es war alles sehr verwirrend.«

»Offenbar besteht er aus reiner Energie«, sagte Sam.

Anna schüttelte den Kopf.

»Nein, Sam. Da sind Sie im Irrtum. Erstens können wir gar nicht wissen, was in seiner Dimension Energie ist und was Materie – und zweitens bilden Energiewesen immer die große Ausnahme. So gut wie alles Leben hat sich auf der Basis fester Materie entwickelt. Es wäre leichtfertig, von anderen Dimensionen etwas völlig anderes anzunehmen. Ich bin sicher, dass der Sucher für die Begriffe seiner Dimension ein organisches Lebewesen ist. Auch wenn er energetisch auf die Struktur unseres Kontinuums einwirkt.«

»Ich möchte Ihnen recht geben, Madam«, mischte Wurgh sich ein.

»Zu welcher Dimension mag er gehören?«, fragte Sam.

»Das ist schwierig zu sagen«, antwortete Aissa. »Zum Hyperraum wohl kaum. Andernfalls hätte unser Ausbruchversuch durch den Linearraum gelingen müssen. Das Kalupfeld schützt bekanntlich gegen alle Einflüsse des Hyperraums.

Was meinen Sie dazu, Wurgh?«

»Ich gebe Ihnen recht. Aber mehr kann ich nicht sagen. Alle unsere und Ihre Vorstellungen von den verschiedenen Dimensionen sind rein schematisch. Ich will das an einem Beispiel erklären. Wir alle leben in vier Dimensionen – in den drei Dimensionen des Raumes und der einen der Zeit. Aber was verstehen wir denn unter einer höheren Dimension? Unsere vier Dimensionen plus einer weiteren? Oder fünf neue Dimensionen?«

»Raum und Zeit sind fundamental«, erwiderte Sam. »Auch der Sucher existiert meiner Meinung nach in Raum und Zeit.«

»Nur mögen Raum und Zeit dort ganz anders in Erscheinung treten«, fiel François ein.

»Nein!«, widersprach Sam heftig. »Wir konnten sie nur nicht in der vertrauten Form erkennen, weil die Wirkung einer oder mehrerer Dimensionen hinzukam. Die Frage ist nur, wie man die zusätzlichen Dimensionen benennen soll.«

»Sie sind der Mathematiker«, stichelte François. »Sie können doch mit beliebig vielen Dimensionen rechnen, nicht wahr? Warum bestimmen Sie dann die Dimensionen des Suchers nicht einfach rechnerisch?« Sam knurrte unwillig.

»Kindskopf! Niemand konnte beispielsweise den Hyperraum berechnen, obwohl Operationen mit fünf und mehr Koordinatenachsen schon zu dieser Zeit üblich waren. Erst als wir den Hyperraum benutzten, vermochten wir seine Wirkung mathematisch zu bestimmen. Aber das ist auch alles. Es geht uns praktisch so wie dem primitiven Eingeborenen, der das Feuer zähmt und benutzt. Er kennt die Wirkung, also die Erscheinung. Das Wesen des Feuers bleibt ihm verborgen. Auf der gleichen Stelle etwa sind wir heute beim Hyperraum. Und da wollen Sie das

Wesen eines höherdimensionalen Kontinuums rechnerisch erfassen?« Er lachte zynisch.

Kapitän Bhugol winkte heftig ab. »Ich stelle fest, dass wir nicht weiterkommen. Aber ich habe einen anderen Vorschlag.

Der Sucher scheint ein wenig weiter zu sein als wir. Er lebt in einem höherdimensionalen Kontinuum – vielleicht in einem sechsdimensionalen. Dennoch beeinflusst er unser vierdimensionales Kontinuum. Er durchstreift das Universum auf seiner Ebene und zieht auf unserer Ebene ein energetisches Wirkungsfeld hinter sich her. Ungefähr so, wie ein Fischer von der Meeresoberfläche aus ein Grundnetz hinter sich herzieht. Der Sucher zieht uns jedoch nicht zu sich herauf, sondern er beobachtet uns nur. Er ist ein Forscher, möchte ich sagen. Offenbar ist das die Lebensaufgabe aller Sucher: zu forschen und den Geheimnissen des Universums nachzuspüren. Das macht sie in gewisser Weise menschlich. Denn was tun wir anderes …?«

Er stutzte plötzlich. Die Gestalten der Gefährten verschwammen wie Spiegelbilder auf einer beschlagenen Scheibe. Das Ganze dauerte höchstens zwei oder drei Sekunden. Dann konnte Aissa wieder klar sehen.

Er beobachtete, wie Anna taumelte und sich an François klammerte.

»Mein Gott!«, schrie die Biologin unterdrückt.

Bhugol räusperte sich energisch. »Anscheinend haben wir alle die gleiche Wahrnehmung gemacht. Hat jemand eine Erklärung dafür?«

Er wandte sich zu Ben um. Der Roboter schien mitten in einer Bewegung erstarrt zu sein. Sein Gesicht wirkte schlaff und ausdruckslos. Er musste die Notschaltung aktiviert haben.

»Etwas hat die Energie meines Gedankenprojektors angezapft«, meldete Rool.

Aissa atmete keuchend. »Hat der Projektor gearbeitet?«

»Nein. Jedenfalls hat er nicht projiziert. Dennoch ist seine Speicherladung auf null abgesunken.«

In Bens Gestalt kam wieder Bewegung.

»Fünfdimensionale Streufelder!«, sagte er. »Wirkungsdauer drei Sekunden.«

Aissa verstand zuerst nicht, was der Roboter meinte. Als er es begriff, erschrak er heftig.

Es gab eine Menge Geräte, die Streufelder fünfdimensionaler Art erzeugten. Aber es gab kein Gerät, das ausschließlich Streufelder erzeugte. Wenn Ben nichts anderes geortet hatte als Streufelder fünfdimensionaler Art, so besagte das, dass das eigentliche Wirkungsfeld höher dimensioniert gewesen war.

Sam schien den gleichen Gedanken zu haben.

»Könnte der Sucher dafür verantwortlich sein?«, wandte er sich an Ben.

Der Roboter schüttelte den Kopf. »Seine Wirkungsfelder waren für uns niemals wahrnehmbar, Sir. Dazu kontrolliert er sie zu vollkommen. Es muss jemand herumexperimentiert haben, der nicht über seine Mittel verfügt.«

»Rool?«, fragte Aissa. »Wurgh?«

Beide verneinten.

»Nun, wir waren es auch nicht!«, stellte der Kapitän mit grimmigem Gesicht fest. »Aber wer war es dann?«

»Es gibt jemanden, den wir noch nicht gefragt haben, Sir«, stellte Ben sachlich fest. »Das UUM …«

Der Begriff UUM war ihnen bekannt. Mehr aber auch nicht. Nachdem Ben von seinem Einzelunternehmen »Methan für Rool« zurückgekehrt war, hatte er nur Zeit zu unvollständigen Bemerkungen gehabt.

Jetzt erst gab er einen zusammenhängenden Bericht.

Kapitän Bhugol hörte mit ernstem, verschlossenem Gesicht zu. Ihm behagte eine ganze Menge nicht. Er äußerte seine Zweifel, nachdem Ben mit seinem Bericht fertig war.

»Du hast«, sagte er langsam und betont, »keinen der UUM im Freien gesehen, Ben …?«

»Nein, Sir.«

Bhugol wollte noch etwas sagen, hielt aber inne, als Anna die Hand hob. Er nickte der Biologin auffordernd zu.

»Das ist mir auch aufgefallen«, sagte Anna. »Lebende Wesen hocken nicht ständig im Innern eines Gebäudes – und schon gar nicht nur auf ein und demselben Fleck.«

»Verzeihung, Madam!«, sagte Ben sanft. »Aber ich war nicht lange dort. Die UUM-Wesen könnten davor oder danach im Freien gewesen sein. Mein Erscheinen hat sie vielleicht in ihre Behausungen getrieben.«

»Du bist sehr von dir eingenommen«, erwiderte Anna ärgerlich. »Ich glaube nicht, dass sie Angst vor dir hatten. Außerdem erwähnst du in deinem Bericht weder Straßen noch Bodenfahrzeuge. Das beweist, dass man die Behausungen nicht verlässt.«

»Sie vergessen das Raumschiff, Madam. Eigentlich sind es sogar zwei: eines, das über Thuta auftauchte – und ein anderes, das die LANCET mit Ultraschall beschoss.«

»Das stimmt!«, fiel Aissa ein. »Worauf wollen Sie eigentlich hinaus, Anna?«

Die Biologin holte tief Luft.

»Ich möchte die Möglichkeit andeuten, dass die UUM sich nicht auf der Methanwelt entwickelt haben. Die Form der Kuppelbauten weist darauf hin, dass sie sich gegen den hohen Druck der Atmosphäre schützen. Sie benutzten Raumschiffe – gut. Aber offenbar fehlen andere Verkehrsmittel. Ich vermute, sie wollten sich nur vorübergehend auf dem Planeten aufhalten.«

»Hm!«, sagte Aissa und wiegte den Kopf. »Das ist eine Theorie, über die sich streiten lässt. Dazu haben wir jedoch keine Zeit. Falls die UUM mit sechsdimensionaler Energie experimentieren, könnte das großen Schaden anrichten. Wir werden also hinfliegen und nachschauen.«

Er runzelte die Stirn. »Ich setze ungern die Waffen der LANCET ein. Aber …«

»Das wird kaum nötig sein, Sir!«, unterbrach der Roboter ihn.

»Wir könnten die Struktur des Schutzschirmes entsprechend ändern.«

»Damit er die erste beste Abwehrrakete durchlässt, wie?«, bemerkte François sarkastisch.

»Das ist unwahrscheinlich, Sir. Bisher hat das UUM noch keine Geschosse eingesetzt. Gegen Energiewaffen aber bleibt das Abwehrfeld stabil, auch wenn wir die Struktur verändern.«

»Ein gewisses Risiko bleibt dennoch«, sagte Aissa. »Aber ich denke, wir müssen es auf uns nehmen.«

Die LANCET war so tief wie möglich in die Atmosphäre des UUM-Planeten eingetaucht. Im Unterschied zum ersten Mal arbeiteten alle Ortungs- und Messgeräte auf Hochtouren. Die Planetenoberfläche erschien deutlich auf dem Reliefschirm.

Viermal umkreiste das Schiff in zwölf Kilometer Höhe die öde Welt. Dabei wurden dreimal Städte entdeckt. Sie waren von der gleichen Art, wie Ben sie beschrieben hatte. Aissa fiel besonders auf, dass die Kuppelhäuser mitten in unbearbeitetem Gelände standen. Dadurch wirkten sie fremd, fremder als die kompakte Bodenformation.

Von den UUM ließ sich niemand blicken. Die Mikrowellentaster hätten bei der geringen Entfernung selbst noch Objekte von der Größe einer Fliege sichtbar gemacht. Es schien, als träfe Annas Vermutung zu. Die UUM verbargen sich vor einer feindlichen Umwelt.

Zu Beginn der fünften Umkreisung schlugen die Massetaster heftig aus. Das Ergebnis lag nach wenigen Sekunden vor. Dort unten befand sich ein Raumschiff. Die Taster zeichneten ein klares Bild auf den Reliefschirm. Es handelte sich um die gleiche Konstruktion, wie man sie über Thuta und beim Ultraschallangriff gesehen hatte.

Kapitän Bhugol brachte die LANCET zum Stillstand. Petit nahm Energiemessungen vor. Nach einer Weile drehte er sich mit erstauntem Gesichtsausdruck um.

»Ein Minimum an Reststrahlung. Das ist alles. Sieht so aus, als hätte man das Schiff vor einer Woche zum letzten Mal benutzt.«

»Als es uns angriff«, warf Anna ein.

Aissa schüttelte den Kopf. »Sie können doch nicht nur das eine Schiff haben.«

»Es sieht aber so aus«, meinte François. »Bisher haben wir kein anderes entdeckt.«

Bhugol wandte sich zu Anna. »Das passt nicht zu Ihrer Theorie, nicht wahr?«

Die Biologin zuckte hilflos mit den Schultern. »Warum nicht? Vielleicht sind sie mit einem einzigen Schiff gekommen.«

»Was macht die Auswertung, Sam?«, fragte Aissa statt einer Antwort.

»Das Material der Kuppeln kommt ebenso wenig dort unten vor wie das Material des Raumschiffes. Meinten Sie das, Aissa?«

»Genau das meinte ich! Was sagen Sie dazu, Anna? Kann irgendjemand das Material für die Kuppeln und die Bevölkerung der Kuppelstädte in einem so winzigen Schiff transportieren?«

»Ihre Frage ist unfair, Aissa. Das Schiff könnte mehrmals geflogen sein. Aber genauso gut könnten die UUM auch ein anderes Transportmittel benutzt haben. Denken Sie daran, wie man uns das Methan schickte!«

Kapitän Bhugol lachte rau. »Sie urteilen vorschnell, Mädchen! Meine Frage war nicht unfair, sondern bewusst provozierend. Ich wollte Ihre Meinung hören. Übrigens stimmt sie mit der meinen überein.«

»Oho!«, rief Sam. »Die Bevölkerung einer Kolonie wird ohne Raumschiff durch den Linearraum transportiert! Das machen Sie mir aber erst einmal vor, Aissa!«

Aissa lächelte und blinzelte Anna zu.

Die Biologin erwiderte das Lächeln, wurde aber sofort wieder ernst.

»Sie dachten an die gleiche Möglichkeit wie ich. Stimmt es, Aissa?«

Als der Kapitän nickte, fuhr sie fort: »Gehen wir einmal davon aus, dass die UUM mit sechsdimensionalen Energiefeldern operieren …«

François sprang von seinem Platz auf und starrte abwechselnd Anna und den Kapitän an.

»Wir müssen Ben hinunterschicken!«, stieß er endlich hervor.

»Das war auch meine Absicht«, erwiderte Aissa ruhig. »Ben, du musst es riskieren. Diesmal steigst du persönlich hinab. Ich denke, was dein Androind ausgehalten hat, hältst du auch aus!«

Der Roboter war von einem Orkan davongewirbelt worden. Auf dem Reliefschirm konnte man die Umrisse seiner Gestalt deutlich erkennen. Die ungeheuere Dichte der Atmosphäre ließ vergessen, dass Ben mitsamt dem Raumpanzer dreizehn Zentner wog. Er trieb ab wie ein gasgefüllter Ballon.

Doch François hatte die Windgeschwindigkeit einkalkuliert. Deshalb landete der Roboter schließlich unmittelbar neben dem fremden Schiff. Er meldete sich über Telekom und teilte mit, dass keine Reaktion der UUM erfolgt sei.

»Sie wird schon noch kommen!«, knurrte Sam.

Aissa zog das Mikrofon dicht an seine Lippen.

»Hallo, Ben! Umrunde das Schiff einmal. Untersuche es nach Öffnungen. Findest du keine oder sind sie alle verschlossen, verschaffst du dir gewaltsam Eintritt.«

»Jawohl, Sir!«, drang Bens Stimme deutlich aus dem Empfänger. »Ich beginne jetzt.«

In der darauffolgenden Wartezeit beobachtete Aissa aufmerksam die Ortungsanzeigen. Aber bis auf den Orkan blieb alles ruhig. Der UUM-Planet schien niemals Leben hervorgebracht zu haben. Er war eine unwirtliche, kalte Wüste mit giftiger Atmosphäre und unvorstellbarem Luftdruck. Berge hatten sich nie bilden können. Die höchsten Erhebungen waren hingeduckte, glatte Wülste von zwanzig Meter Höhe. Die Massetaster wiesen Ammoniakeis, kristallisierten Wasserstoff und Sauerstoff in festem Zustand nach. Wenn man davon ausging, dass der Sucher für gleichbleibende Bedingungen auf den eingefangenen Welten sorgte, musste der UUM-Planet wenig Sonnenwärme erhalten haben. Jedenfalls nicht genug, um organisches Leben zu entwickeln.

Kapitän Bhugol zuckte zusammen, als auf dem Reliefschirm eine Entladung aufflammte.

»Ben …?«

Der Roboter antwortete nicht. Dafür zeigte der Schirm plötzlich ein faszinierendes und erschreckendes Bild. Das helmförmige UUM-Schiff schrumpfte ganz allmählich zusammen, bis es nur noch ein Klumpen von etwa acht Metern Durchmesser war.

»Was ist mit Ben?«, fragte François. »Er wird doch nicht …«

»Mit mir ist alles in Ordnung«, meldete sich der Roboter. »Ich war nur vom Sog gegen die Schiffswand gepresst worden.«

Aissa atmete auf. »Hast du die Hülle zerschossen?«

»Jawohl, Sir. Daraufhin gab das Schiff dem atmosphärischen Druck nach. Die Schiffsatmosphäre habe ich übrigens nicht analysieren können. Kein bekanntes Element, Sir.«

»Komm zurück!«, befahl Aissa.

Bis der Roboter wieder an Bord war, schwieg der Kapitän. Sein Gesicht wirkte verkniffen. Es stand fest, dass die UUM – oder auch das UUM – nicht auf diesem Planeten heimisch waren. Aber sie konnten auch nicht mit dem kleinen Schiff gekommen sein!

Er steuerte die LANCET zur nächsten Stadt, nachdem Ben die Schleusenkammer betreten hatte.

Dort hielt er erneut an und schickte den Roboter nach unten.

Ben hatte den ausdrücklichen Befehl erhalten, keinerlei Rücksicht mehr zu nehmen. Systematisch zerschoss er mit seinem überschweren Impulsstrahler eine Kuppel nach der anderen. In keiner waren UUM zu finden. Jede Kuppel reagierte auf den Beschuss so wie das Raumschiff.

Der Versuch wurde noch in der nächsten Stadt wiederholt.

Dann befahl Aissa den endgültigen Abbruch der Versuche. Der Roboter kehrte zurück und entledigte sich des Raumpanzers.

»Dort unten befindet sich kein Lebewesen mehr«, sagte er nach dem Betreten der Zentrale. »Das UUM ist abgezogen und hat alles zurückgelassen. Anscheinend will es nicht wiederkommen.«

Aissa nickte.

»Aber du hast keine technischen Anlagen entdeckt, nicht wahr?«

»Nein, Sir.«

»Welchen Schluss ziehst du daraus?«

Der Roboter zuckte vollendet menschlich die Schultern.

»Ich weiß nicht, ob Sie der gleichen Ansicht sind, Sir. Sie könnten annehmen, das UUM hätte über keine Technik verfügt. Ich glaube jedoch nicht daran. Meiner Ansicht nach sind wir nur nicht in der Lage, seine technischen Einrichtungen als solche zu erkennen.«

Er schwieg eine Weile, als müsste er sich erst besinnen. Dann setzte er hinzu: »Weil sie einem anderen Kontinuum angehören …«

Einige Minuten lang herrschte Totenstille in der Zentrale. Auf den Gesichtern der Menschen zeichnete sich das Grauen ab – und die Furcht.

François brach die Stille als Erster.

»Darum war uns ihre Mentalität so fremd. Darum fühlten sie sich durch die energetische Blase des Suchers nicht bedroht. Sie wussten, dass sie jederzeit ausbrechen konnten.«

»Und dabei«, fuhr Sam fort, »haben sie möglicherweise die Struktur der Energieblase verändert. Wir können nur hoffen, dass der Sucher das Manöver durchschaut und nicht uns für die Urheber der Störung hält. Andernfalls wird er uns für Lügner halten. Was das bedeutet, brauche ich wohl kaum genauer zu sagen.«

»Er wird uns einfach zurücklassen«, sagte Anna mit bebender Stimme.

»Nein, Madam!« Ben deutete mit der Hand auf den Deckenbildschirm.

»Er lässt uns nicht zurück.«

Sie sahen hinaus, erkannten jedoch keine Veränderung. Erst die Spektrometer zeigten an, dass der Flug durch das Universum rückläufig verlief.

»Noch dreißig Tage«, sagte François und warf durch die Helmscheibe einen zärtlichen Blick zu Anna. »Dann sind wir zu Hause.«

»Wir nähern uns bereits Rools Galaxis.« Wurghs geistige Stimme klang dumpf in den Gehirnen der Menschen nach.

Aissas Gesicht verfinsterte sich. »Wir haben eine Unterlassungssünde begangen, fürchte ich. Wir hätten den Sucher bitten sollen, Wurgh zu helfen. Vielleicht wäre er dazu in der Lage gewesen.«

»Ich weiß nicht, ob ich es wirklich gewollt hätte«, erwiderte der Thuta. »Mein eigener Körper war schwach. Physische Schwäche aber ist stets ein Hemmnis für den Geist. Jetzt bin ich Teil eines jungen, energiegeladenen Körpers. Wenn ich es recht bedenke, möchte ich nicht wieder tauschen.«

»Es freut mich, dass Sie es so sehen«, murmelte Aissa. »Dennoch stehen wir alle in Ihrer Schuld. Wenn wir etwas tun können …«

»Sie können sehr viel tun. Leisten Sie mir Gesellschaft, so oft es Ihnen möglich ist.«

Kapitän Bhugol warf einen abschätzenden Blick auf François. Sein Erster Offizier schien von Wurghs Vorschlag nicht sehr erbaut zu sein.

Plötzlich klang gelöstes Lachen in seinem Gehirn auf.

Wurgh lachte!

Dann sagte er belustigt: »Miss Pastuchaja und Mister Petit! Für Sie habe ich eine andere Aufgabe. Mein Haus auf Thuta steht leer, aber es birgt eine Unzahl technischer Wunder. Ziehen Sie dorthin, bis der Sucher Ihre Galaxis erreicht. Mein Haus gehört Ihnen. Unter einer Bedingung: Sie sehen sich auf Thuta um und berichten mir später, wie es Horghida geht.«

François lachte erleichtert. »Das wollen wir gern tun, Wurgh.«

»Und ich werde wohl gar nicht gefragt, wie?«, fuhr Aissa ihn bissig an.

François stand stramm.

»Erster Offizier und Bordbiologin bitten um den offiziellen Auftrag, wissenschaftliche Untersuchungen auf dem Planeten Thuta anzustellen!«

Aissa konnte ein Schmunzeln nicht unterdrücken, als er antwortete:

»Betrachten Sie das als offiziellen Auftrag, Erster Offizier Petit. Für die Dauer der Expedition erteile ich hiermit der Bordbiologin Miss Pastuchaja die Kommandogewalt, da die Untersuchungen voraussichtlich biologischer Natur sein werden.«

Nachwort

Wir haben bereits im Vorgängerband kurz über H.G. Ewers geredet.

Der bürgerliche Name dieses beliebten und so fleißigen wie vielseitigen Autors ist Horst Gehrmann. Er wurde am 1. Januar 1930 in Weißenfels an der Saale geboren. Bereits seine berufliche Karriere vor der Schriftstellerei ist so schillernd wie die Historie mancher seiner Figuren:

Nach einer kaufmännischen Lehre, während der er nebenbei als Journalist kritisch-satirische Beiträge verfasste, wurde er Referent für das Kommunalstraßenwesen und Personalleiter im Schulamt seiner Heimatstadt. Dann holte er das Abitur nach und wurde Lehrer für Deutsch, Biologie, Physik und Astronomie an einer Polytechnischen Oberschule. Kurz vor dem Mauerbau floh er mit seiner Frau nach Westdeutschland.

Sein Interesse an Science-Fiction hatten ein Buch über die Relativitätstheorie, der russische Wissenschaftler Konrad Ziolkowski sowie der polnische Autor Stanislaw Lem geweckt. Bereits 1960, als Gehrmann noch in der DDR lebte, entstanden die beiden ersten Folgen von »Vermächtnis der toten Augen«, deren unveröffentlichte Manuskripte er vor seiner Flucht in den Westen allerdings verbrannte. Er schrieb sie 1961 in Köln aus dem Gedächtnis erneut nieder.

Seine erste professionelle Veröffentlichung war jedoch 1962 der Roman »Intrige auf Chibbu« (der 1984 in neuer Bearbeitung wieder in den Handel kam) über den Weltraumscout Lester Velie. Nach weiteren Romanen über diese Figur und der mittlerweile siebenteiligen Serie zum »Vermächtnis der toten Augen« in der Reihe TERRA erfolgte – nur folgerichtig – sein Kontakt mit PERRY RHODAN.

Im Jahr 1964 wurde sein erster Roman im Perryversum veröffentlicht – der Planetenroman 5, »Die verhängnisvolle Expedition«. Hier nimmt er eines der offenen Enden aus der frühen Heftromanserie auf, den in den Bänden 46 und 47 erwähnten Planeten Gom. Bereits ein Jahr später gelang ihm mit Band 198 »Die letzte Bastion« der Einstieg in die PERRY RHODAN-Heftromanserie.

Der Autor beschreibt dies so (zitiert nach »PERRY RHODAN – Die Chronik«, Band 1, von Michael Nagula, Seite 129): »Ich sah in Köln an einem Kiosk Heft 1, kaufte es mir und war sofort begeistert. Allerdings dachte ich damals noch nicht daran, mitzuschreiben. Aber ich las die Serie Heft für Heft. Bei PERRY RHODAN 40 schickte mir dann Kurt Bernhardt einige Ausgaben und fragte an, ob ich Lust hätte mitzuarbeiten. Ich überlegte nicht lange und sagte zu. Aber Günter M. Schelwokat meinte, ich sollte noch etwas warten; er würde von sich aus auf mich zukommen. Das tat er zwei Jahre später auch. Ich bekam den Auftrag, Band 198 zu schreiben.«

Karl-Herbert Scheer erinnert sich in seinem Artikel »PERRY RHODANS Technik« im PERRY RHODAN-Werkstattband von 1986 an seine Einarbeitung von Ewers in die Serie (Seite 48): »Horst Gehrmann war tagelang bei mir. Wir sprachen die Serie durch, und mit Exposé 198 stieg er ein. Nur er selbst konnte ermessen, welche Mammutarbeit er zu leisten hatte. Nach fast 200 Bänden PERRY RHODAN war es zum Problem geworden, den Stoff noch einigermaßen zu erfassen. Er hat es geschafft – und das mit Bravour.«

Von da an ging es Schlag auf Schlag. Ewers bewies rasch, dass er über eine unerschöpfliche Fantasie verfügte, und wartete mit immer neuen exotischen Schauplätzen und Figuren auf. Bald erwarb er sich aufgrund seiner vielen Eigenkreationen den Ruf, eine Serie innerhalb der Serie zu schreiben.

Auch sein ausgeprägter skurriler Humor kam bei den Lesern gut an. Heute noch sind seine literarischen Schöpfungen unvergessen; am beliebtesten wurden der Raumkapitän Guy Nelson, der Kamashite Patulli Lokoshan, der Oxtorner Omar Hawk und sein Okrill oder das »Psychoteam«, bestehend aus Dalaimoc

Rorvic und Tatcher a Hainu. Eigentümliche Weltraumvölker wie die Galaktischen Meisterdiebe oder die Söhne des Lichts sowie zahlreiche weitere Handlungsträger, Planeten oder Organisationen entstammen seiner Fantasie.

Im erwähnten Buch von Michael Nagula erzählt Ewers zum Thema »humorige SF« eine Anekdote (Seite 130): »Schelwokat hielt mich nämlich für einen Autor, der alle Themen zwar mit Eifer, aber todernst angeht. Deshalb wettete er mit mir um ein Fass Bier, dass ich niemals einen humoristischen Roman schreiben könnte. Er verlor selbstverständlich.«

Band 198 folgten 248(!) weitere Heftromane für die Serie – nur Kurt Mahr hat mehr PERRY RHODAN-Hefte verfasst. Von diesen insgesamt 249 Romanen schrieb Ewers 248 als Stammautor der Serie; sein letztes Werk, »Der gute Geist von Wassermal« (Nummer 2110, Januar 2002), war ein Gastroman. Hinzu kommen 60 Taschenbücher der Planetenroman-Serie, womit er hinter Hans Kneifel mit 84 klar auf Platz 2 liegt (danach kommt Kurt Mahr mit 42 Taschenbüchern). Wie schon im Nachwort zu Band 43 zitiert, entfallen allein in den Jahren 1964 bis 1976 78 von 150 Taschenbüchern auf Ewers und Kneifel!

In seinem Vorwort zu Band 1 von »PERRY RHODAN – Die Chronik« schreibt Ewers auf Seite 24 zudem zum Thema »Querverbindungen«: »Was ich alles in meine Romane hineingepackt habe, geht wahrlich auf keine Kuhhaut. Meine Gründe waren verschieden: Einmal musste ich meine Überzeugung darlegen, dass alles Leben im Multiversum verwandt ist, nicht nur aufgrund des Quantengedächtnisses, und dann wollte ich Handlungen der Serie ab und zu auch auf dem Niveau einzelner und nicht immer genialer Menschen und anderer Intelligenzen schildern.«

Aber H. G. Ewers schrieb nicht nur PERRY RHODAN – bei Weitem nicht! Er war zum Beispiel bei der Schwesterserie ATLAN aktiv, zu der er 92 Bände beisteuerte. Zudem hatte er ab Band 760 bis zur Einstellung dieser Serie mit Heft 850 zusammen mit Peter Griese die Exposéredaktion inne. Von seinem Kollegen Hans Kneifel übernahm er Mitte der 70er Jahre die Verantwortung für die Heftserie ORION und führte sie als Exposéchef, Redakteur, Lektor und als Romanautor weiter.

1996 erfüllte sich H. G. Ewers einen seit Jahrzehnten gehegten Wunsch: Er nahm an der Universität Basel und an einer Schweizer Heilpraktikerschule ein Medizin-Studium auf. Nebenher reiste er durch die Welt, trat zum Buddhismus über, eiferte in seinem Boxclub Muhammad Ali nach und ließ sich im Samurai-Schwertkampf ausbilden. Neben diversen Gastromanen (zum Beispiel für die Serie »Ren Dhark«) verfasste er mit »Asylwelt Roter Planet« einen Online-Fortsetzungsroman über die erste bemannte Marsexpedition.

Er war Mitglied der Mars Society, wodurch er sich zum »Hobby-Astronauten« ausbilden lassen konnte. Dies wiederum ermöglichte ihm, zwei Wochen lang mit fünf Kollegen die Mars-Simulationsstation der NASA in der Wüste des US-Bundesstaates Utah zu bewohnen, um all die Arbeiten zu verrichten, mit denen auch echte Mars-Astronauten einmal konfrontiert werden. Dem Mars hatte schon immer sein Interesse gegolten; viele seiner PERRY RHODAN-Handlungen spielten auf dem oder um den Roten Planeten.

Der Eintrag auf der PERRY RHODAN-Homepage würdigt H.G. Ewers mit: »Horst Gehrmann ist der vielleicht fleißigste und fantasievollste Autor der deutschen Nachkriegs-Science-Fiction: Er verfasste mehr als 420 Romane.«

In seiner kargen Freizeit züchtete Horst Gehrmann Rosen und pflegte seinen selbst angelegten botanischen Garten in Weil am Rhein, wo er seit Mitte der siebziger Jahre mit seiner zweiten Frau lebte. Dort verstarb er am 19. September 2013 sehr überraschend im Alter von 83 Jahren an einem Herzversagen.

Ein Nachruf findet sich in PERRY RHODAN 2723 (»Er war wohl der Autor, dessen Fantasie am wenigsten gebändigt wurde: H.G. Ewers hat die PERRY RHODAN-Serie über Jahre und Jahrzehnte hinweg beeinflusst. Ohne ihn wäre die Serie nie so erfolgreich geworden.«), sein Porträt ziert das Titelbild des Romans 2728, wo er über den vom Technogeflecht überzogenen Erdmond zu wachen scheint.

Rainer Nagel

H. G. Ewers

Ein Teil der Ewigkeit

Der Dekalog der Elemente war eines dieser Hilfsmittel der Chaotarchen. Wie so oft der Fall, spiegelte er eine Organisation der Kosmokraten, in diesem Falle die Ritter der Tiefe. Bunt zusammengewürfelt aus insgesamt zehn »Elementen« verschiedenster Herkunft, entfaltete er große Macht.

Im größeren Rahmen der Streitkräfte der Mächte des Chaos werden Teile des Dekalogs auch von der Terminalen Kolonne TRAITOR genutzt – beispielsweise Raumfahrzeuge, die den MASCHINEN des Elements der Technik ähneln (Kolonnen-MASCHINEN). Innerhalb der Kolonne wird der Dekalog umgangssprachlich als »Schnelle Eingreiftruppe« bezeichnet. Es ist allerdings unbekannt, ob er damit als Schnelle Eingreiftruppe speziell TRAITORS oder der Chaosmächte im Allgemeinen bezeichnet wird. Die Zahl der Elemente scheint immer bei zehn zu liegen, gleichwohl die tatsächlichen »Mitglieder« des Dekalogs sich immer wieder ändern.

Am Beispiel des »Elementes der Maske« lässt sich gut darstellen, wie die Mächte des Chaos arbeiten. Die Marganen, die ihre Gestalt wandeln konnten, waren letztlich versprengte Abkömmlinge der im Rahmen des kosmischen Geschehens an sich neutralen Gys-Voolbeerah. Ihr Raumschiff wurde von einer MASCHINE des Elements der Technik gekapert, die 50.000 Flüchtlinge einer Gehirnwäsche unterzogen und später als Element der Maske Bestandteil des Dekalogs. Als die Maskenelemente 427 NGZ im Kampf gegen die Galaktiker die Wahrheit über ihre Abstammung erkannten, lösten sie sich vom Dekalog, nahmen die Ursprungsform der Gys-Voolbeerah an und siedelten sich auf deren neuer Heimatwelt Targriffe in der Milchstraße an.

Bereits im Jahre 2043 alter Zeitrechnung waren die Terraner in ihrer Heimatgalaxis mit (als vergleichsweise degeneriert geltenden) Mitgliedern dieses Volkes zusammengetroffen, die sich auf Planeten wie Eppan oder Moluk zurückgezogen hatten.

Zu einer weiteren frühen Begegnung mit einer Splittergruppe dieses Volkes könnte es im Juni 2114 alter Zeitrechnung gekommen sein. Die Berichte darüber sind allerdings so widersprüchlich und ungenau, dass sich eine belastbare Einstufung von selbst verbietet.

(Aus: Hoschpians Chroniken des 14. Jahrhunderts NGZ, Kapitel 24.0.3.: Die Terminale Kontrolle – Elemente und Bestandteile)

1.

Die LANCET schlingerte in einem plötzlich aufkommenden Orkan. Kapitän Aissa Bhugol musste all seine Aufmerksamkeit auf die Kontrollen und die Steuerung des Raumschiffes richten. Darum bemerkte er die hereinbrechende Dunkelheit nicht sofort.

Aus dem Telekom drangen unmodulierte Wortfetzen. Aissa hörte sie, aber er reagierte nicht darauf. Es war immer wieder das Gleiche, was Ben berichtete. Die Oberfläche des UUM-Planeten barg kein Leben, weder intelligentes noch unintelligentes. Die rätselhaften Wesen, die sich UUM nannten, waren von dem Eisriesen verschwunden wie ein Wassertropfen, der in der Sonne verdampfte.

Erst dieser Vergleich ließ Kapitän Bhugol stutzen. Er erinnerte ihn daran, dass auch der Eisplanet nicht völlig kalt war, obwohl keine Sonne ihn erwärmte. Ebenso wie der Planet Thuta war auch der UUM-Planet durch einen unbekannten Effekt erwärmt worden. Die Temperaturen lagen auf beiden Welten ebenso hoch beziehungsweise tief, wie sie gewesen waren, bevor das imaginäre Energienetz des »Suchers« sie aus ihren natürlichen Lebenszonen herausgerissen hatte.

Gleiches galt für die Helligkeit.

In Aissas Gehirn schlug eine Alarmglocke an.

Warum wurde es plötzlich dunkel? Warum senkte sich Nacht über die Seite des Eisriesen, auf der noch für mindestens acht Stunden Tag herrschen sollte …?

Er richtete die stumpfe Nase der LANCET nach oben und gab für drei Sekunden Minimalschub auf die Heckdüsen. Wie eine Lanze schoss das Raumschiff aus dem quirlenden Sog wirbelnder Eiskristallmassen heraus. Auf und nieder tanzend, verharrte es über dem Chaos. Irgendwo dort unten befand sich Ben, der Roboter.

Der Kapitän wandte leicht den Kopf, als er die Schritte vernahm. Samuel Peck war ein zur Fettleibigkeit neigender, glatzköpfiger alter Herr – und der Kyberno-Mathematiker des Kontaktschiffes. Im Flackerschein huschender Kontrolllichter wirkte sein narbenbedecktes Bulldoggengesicht wie aus Stein gemeißelt.

Pecks Augen funkelten hart, als er seinen Chef anblickte und sagte:

»Wir sollten Ben heraufholen und nach Thuta zurückkehren, Aissa. Die Dunkelheit behagt mir nicht. Alles hat seine Ursache, aber wenn ich an die Ursache der plötzlichen Finsternis denke, beschleicht mich kaltes Grauen.«

Kapitän Bhugol lächelte dem Gefährten zu. Noch vor Kurzem hatte es zwischen ihnen nur das förmliche »Sie« gegeben. Beide waren Menschen, die das »Du« nicht unbedingt als Grundlage einer Freundschaft betrachteten. Doch inzwischen war viel geschehen. Während ihrer geistigen Reise in die Dimension des Suchers waren sie eins gewesen – zusammen mit François und Anna zum geistigen Volumen des WIR verschmolzen. Seitdem fühlten und dachten sie nicht mehr wie einst. Zwischen ihnen bestand ein unzertrennliches geistiges Band, das enger war als bei eineiigen Zwillingen. Angesichts dessen wäre es absurd gewesen, weiterhin beim »Sie« zu bleiben.

Nachdenklich nickte Aissa. Schon wollte er die Hand nach dem Mikrofon ausstrecken, als Ben sich von selbst meldete.

»Rapider Temperaturabfall, Sir. Die Atmosphäre beginnt sich kristallin niederzuschlagen. Ich rate zum sofortigen Aufbruch.«
Der Kapitän zog das Mikrofon zu sich heran.

»Komm herauf, Ben!«

Er schaltete den Peilstrahl ein und hoffte, dass der Roboter sich durch den Orkan nach oben kämpfen konnte. Mehr gab es nicht zu tun. Unterhalb dreißig Kilometer Höhe war die Methanatmosphäre des UUM-Planeten so dicht, dass ihr Druck die LANCET zusammengedrückt haben würde. Nur der Roboter durfte sich in diese Hölle wagen. Er allein konnte den

Innendruck seines Raumpanzers dem atmosphärischen Druck angleichen.

Das Warten auf Ben wurde zur Qual. Unter der LANCET tobten Hagelstürme, fegten Schneewände gleich schwarzen Ungeheuern dahin, nur erhellt durch ein Trommelfeuer blendender Blitze. Aber dort, wo das Raumschiff schwebte, wurde der Sturm schwächer und schwächer, bis er schließlich gänzlich verebbte. Die LANCET befand sich plötzlich wieder im Weltraum, ohne sich von der Stelle bewegt zu haben. Die absolute Kälte eines sonnenleeren Raumes ließ die gefrorene Atmosphäre Schicht um Schicht nach unten stürzen, wo sie sich wie ein Leichentuch über die sanft gewellten Ammoniakhügel legte.

Erschauernd erkannte Aissa, dass auch eine tote Welt sterben konnte …

Eine Stunde nach dem Einbruch der Finsternis tauchte der Roboter auf.

Die Aggregate seines Raumpanzers besaßen nur noch Schrottwert. Sie waren in dieser einen Stunde stärker belastet worden als während der beiden Tage, die Ben auf der Oberfläche gegen die normalen Stürme angekämpft hatte.

Kapitän Bhugol wartete nicht ab, bis der Roboter die Schleuse verließ. Er wendete die LANCET und nahm Kurs auf Thuta. Obwohl er sich immer für einen abgebrühten Raumfahrer gehalten hatte, gestand er sich nun ein, dass er sich fürchtete. Immer wieder hallten Sams Worte in seinem Geist nach: *Alles hat seine Ursache …*

Und die Finsternis auf UUM konnte nur eine Ursache haben: eine falsche Reaktion des Suchers. Dieses hyperdimensionale Wesen hatte seinen »Gefangenen« Licht und Wärme entzogen. Innerhalb der anderthalb Lichtjahre durchmessenden Energieblase würde der Tod seinen Einzug halten.

Aissa schloss geblendet die Augen, als lautloses Feuer in der Dunkelheit des Weltraums aufzuckte. Ein Gitterwerk greller Entladungen wölbte sich gleich einer gigantischen Kugel.

»Mein Gott!«, flüsterte Aissa beklommen. »Was soll das bedeuten?«

Doch es gab keine Antwort auf diese Frage.

Noch nicht …

Die beiden Männer in der Zentrale des Kontaktschiffes hielten unwillkürlich den Atem an, als der Planet Thuta als schwarzer Ball im Frontschirm auftauchte.

Wo war das rötliche, warme Licht, wo die quecksilberfarbenen Reflexe der zahllosen Seen? Wo waren die dunkelgrünen Wälder, die gelben Savannen und die weißen Farbkleckse der Siedlungen?

Erst der Panoramaschirm der Impulsortung enthüllte etwas von dem Drama, das sich auf jener friedlichen Welt abspielte. Die Atmosphäre war angefüllt mit gigantischen Schneewolken. Stürme trieben die Wolken über die Oberfläche, wirbelten sie im Kreis und rissen sie auseinander. Aber auch durch die Wolkenlöcher hindurch war nichts zu erkennen, außer dem gleichmäßig ausgebreiteten, weißen Tuch aus Schnee.

»Thutas Leichentuch …«, murmelte Sam.

Aissa biss sich auf die Lippen. Ein Blutstropfen rollte über sein Kinn; er bemerkte es nicht.

»Immer noch kein Kontakt, Ben?« Er warf dem Roboter einen ungeduldigen Blick zu.

»Nichts, Sir. Aber das hat wenig zu sagen. Mister Petit und seine Frau brauchen das Unwetter nicht zu fürchten. Mit ihrer Ausrüstung halten sie noch schlimmeren Katastrophen stand. Sie werden den Thutas helfen und deshalb unseren Funkspruch nicht gehört haben, Sir.«

»Du meine Güte!« Samuel Peck seufzte. »Was können zwei Menschen schon helfen, wenn ein ganzer Planet stirbt? Warum tun sie etwas derart Sinnloses!«

»Eben weil sie Menschen sind!«, gab Kapitän Bhugol scharf zurück. Er räusperte sich und fügte versöhnlicher hinzu: »Nicht, dass ich dir unrecht gäbe, Sam. Natürlich können sie nicht viel helfen. Aber wenigstens werden sie verhindern, dass die Rasse der Thutas völlig von der Katastrophe ausgelöscht wird – und wir werden sie mit allem unterstützen, was wir haben!«

Er überließ die Steuerung der LANCET dem Autopiloten, zündete sich eine Zigarette an und lehnte sich weit zurück.

Es hatte alles sehr harmlos begonnen. Vor einer Woche, am 20. Juni 2114 terranischer Zeitrechnung, hatten sie das solare System hinter sich gelassen.

Ihr Ziel war ein unerforschter Raumkubus gewesen – außerhalb des Perseus-Armes. Dort gab es zwei Sonnen vom Sol-Typ, was zu der Hoffnung berechtigte, auf erdähnliche Planeten mit intelligentem Leben zu stoßen.

Aissa Bhugol hatte es sich zur Aufgabe gemacht, Kontakt mit unbekannten intelligenten Rassen anzuknüpfen und festzustellen, ob sie sich als Partner des interstellaren Handels eigneten. Bisher war er nicht schlecht dabei gefahren. Die Handelsgesellschaften des Solaren Imperiums zahlten recht gut für brauchbare Eignungsberichte und die Koordinaten einer neuen Partnerwelt – und Kapitän Bhugol galt als der zuverlässigste aller Fremdrassenkontakter.

Leider hatte man das Zielgebiet niemals erreicht. Als die LANCET nach der ersten Linearflugetappe wieder in den Normalraum zurückkehrte, befand sie sich innerhalb einer unsichtbaren, nur durch die Wirkung zu erkennenden Energieblase. Diese Wirkungskugel hielt sie wie in einem Gefängnis fest und schleppte sie gleichzeitig mit zehnmillionenfacher Lichtgeschwindigkeit durch die Galaxis.

Aber die Menschen in der LANCET waren nicht die einzigen Gefangenen des Suchers. Die Bewohner des Planeten Thuta, einer erdähnlichen Welt, gehörten ebenfalls dazu. Sie kamen aus einer anderen Galaxis und waren von dem unsichtbaren Netz durch den Abgrund des extragalaktischen Raumes und durch die Milchstraße hindurchgeschleppt worden. Und es sah so aus, als würde die Reise ewig so weitergehen. Eigenartigerweise empfing Thuta Licht und Wärme mit der gleichen Intensität aus dem Nichts, wie er es früher von seiner Sonne erhalten hatte.

Später, nachdem mit weiter ansteigender Geschwindigkeit die nächste Galaxis erreicht worden war, fing sich Rools Stadt im Netz, eine Raumstadt von achttausend Kilometer Horizontaldurchmesser – Lebenssphäre und »Spielzeug« einer gigantischen Hydrointelligenz, die sich noch im Kindheitsstadium befand.

In der dritten Galaxis schließlich tauchte der UUM-Planet auf – und mit ihm die UUM, seltsame flimmernde Linsen von drei Meter Durchmesser, die gar nicht wie organisches Leben wirkten.

Mit dem Thuta Wurgh, der Hydrointelligenz Rool und der Hilfe der UUM war es schließlich gelungen, Verbindung mit dem Entführer aufzunehmen. Der Sucher, wie er sich nannte, war ein hyperdimensionales Wesen aus einem offenbar sechsdimensionalen Kontinuum. Es gehörte zu einer Rasse, die die Menschen »Fischer des Universums« genannt hatten. Mit genau berechneten Strahlen sechsdimensionaler Energie wirkten sie auf das Einstein-Universum ein und erzeugten einen eng begrenzten Krümmungseffekt, der eine Wirkungskugel schuf, ein Universum im Universum. Mit dieser Wirkungskugel fingen die »Fischer des Universums« Planeten, Raumstädte und Raumfahrzeuge ein, um sie zu beobachten und zu studieren. Wissbegier war ihr Motiv. Niemals war es ihnen zu Bewusstsein gekommen, dass sie mit ihren »Fischzügen« andere intelligente Wesen quälten und auf ewig von ihren Rassegenossen abschnitten.

Erst im Zusammenwirken der verschiedensten Rassen war es gelungen, die geistige Ballung des WIR, bestehend aus dem Geist Annas, François', Aissas und Sams, in die fremde Dimension zu projizieren. Es gelang, Kontakt mit dem Sucher aufzunehmen und das unbegreifliche Wesen davon zu überzeugen, dass es moralisch verpflichtet war, die Gefangenen dorthin zurückzubringen, woher sie geholt worden waren.

Alles schien in bester Ordnung zu sein. Die Wirkungskugel raste mit unvorstellbarer Geschwindigkeit ihren Weg zurück.

Unbewusst schüttelte Aissa Bhugol den Kopf, als er sich die Frage stellte, ob der Sucher die Katastrophe absichtlich ausgelöst hatte. Dieses Wesen kannte keine Falschheit. Es hatte ein Versprechen gegeben und würde dieses Versprechen einlösen.

Etwas musste in der fremden Dimension geschehen sein, was den Sucher an der Einlösung seines Versprechens hinderte und zugleich tödliche Kälte und Dunkelheit über die Gefangenen brachte.

Aber was konnte ein für menschliche Begriffe fast allmächtiges Wesen daran hindern, ein Versprechen zu erfüllen …?

Bens laute Stimme riss den Kapitän aus seinen Gedanken. Zusammenzuckend fuhr er herum.

Das täuschend menschenähnliche Bioplastgesicht des Roboters verzog sich zu einem triumphierenden Lachen.

»Kontakt, Sir!«, rief er. »Kontakt mit Thuta!«

Auf Aissas Telekom leuchtete der Rufknopf in purpurnem Rot, als Ben das Gespräch umlegte. Hastig schaltete der Kapitän sein Gerät ein.

François' Gesicht erschien auf der kleinen Bildscheibe. Aber wie sah es aus! Nichts von der sprühenden Lebendigkeit des Franko-Terraners war zu sehen. Sogar die Bräune des Gesichts war einem fahlen Grauweiß gewichen. In den Augen irrlichterte das nackte Entsetzen.

Aissa schluckte, um den Kloß aus seinem Hals zu verdrängen.

»Hallo, François!«, murmelte er schwach. »Wir wissen Bescheid. Wie geht es euch?«

Die Andeutung eines hilflos wirkenden Lächelns huschte über das Gesicht des Ersten Offiziers.

»Anna und ich sind wohlauf«, sagte er müde. »Aber die Thutas sterben, Aissa! Wir beide können nicht viel mehr tun, als untätig zuzusehen. Die Schneedecke wächst schneller, als irgendjemand die Transmitter-Plattformen freihalten könnte.«

»Wir müssen ihnen helfen«, erwiderte Bhugol fest. »Schalte den Peilsender ein, damit wir euch finden – und gib mir Landeanweisungen, sobald die LANCET auf eurem Ortungsschirm auftaucht!«

»Ich will es versuchen. Trotz der fünf Meter hohen Schneedecke, die auf der Ortungsantenne liegt. Mann, Aissa, was ist denn nur passiert?«

Kapitän Bhugol hatte nie gewusst, dass er schauspielerisches Talent besaß. Er erfuhr es erst in diesem Augenblick, als er dem Freund und Mitarbeiter ein hoffnungsfrohes Lächeln schickte. François' Schultern strafften sich fast im gleichen Augenblick. Etwas von Aissas plötzlicher Zuversicht spiegelte sich im Glanz seiner Augen wider.

»Ich denke, es handelt sich nur um eine vorübergehende Panne«, sagte er ruhig. »Wir müssen sehen, dass die Thutas die schwere Zeit überstehen. Lange kann es nicht so bleiben, François.«

Er fühlte einen schalen Geschmack im Mund, als die Bildscheibe erlosch. Warum hatte er gelogen? Er zuckte die Schultern. Vielleicht hatte er in jenem Augenblick selbst an seine Worte geglaubt. Und musste er nicht mit ganzer Kraft hoffen, dass es so wäre?

Er blickte auf und sah geradewegs in Sams starres Gesicht. Der Kyberno-Mathematiker hielt einen Symbolstreifen in der Hand. Sein Blick war unverwandt darauf gerichtet, als ginge eine hypnotische Kraft davon aus.

Aissa räusperte sich.

Sam Peck sah hoch. Die Starre verschwand aus seinem Gesicht und machte einer Grimasse der Verzweiflung Platz. Er knüllte die Symbolfolie zusammen und schleuderte das Knäuel in eine Ecke.

»Verdammt!«

Obwohl Bhugol fluchende Menschen nicht ausstehen konnte, schluckte er diesmal die scharfe Zurechtweisung hinunter.

»Was meint die Positronik?«, fragte er leichthin.

»Unsinn!«, stieß Sam hervor. »Die Positronik redet Unsinn! Wie kann eine fünfdimensional denkende Maschine die Vorgänge in einer sechsdimensionalen Existenzebene definieren!«

»Was hat sie errechnet?«, beharrte Aissa.

Peck schüttelte den Kopf. Er lachte, aber es klang irgendwie unecht. Furcht schwang in seiner Stimme mit, als er sagte:

»Die Positronik meint, der Sucher sei – erkrankt!«

Aissa Bhugol starrte den anderen verblüfft an. Dann verzerrten seine Züge sich, als begänne er die grausige Wahrheit zu ahnen.

Natürlich kann der Sucher nicht krank in unserem Sinne sein, schoss es ihm durch den Kopf. Aber etwas schien an seiner Energie zu zehren und ließ ihn die Kontrolle über sein energetisches Netz verlieren …

Nach den schwierigen Manövern in den Orkanen der UUM-Atmosphäre erschien Aissa Bhugol die Landung auf Thuta ein Kinderspiel. Mit Hilfe von François' exakten Anweisungen und des Echo-Schirmes fand er den alten Landeplatz wieder. Das Düsenfeuer fegte den fünf Meter hohen Schnee davon und schmolz die darunter liegende Eisschicht. Dann leuchteten die sechs Kontrolllampen in beruhigendem Grün und zeigten an, dass die Landeteller aufgesetzt hatten und die Teleskopstützen sich im Gleichgewicht befanden.

Der Kapitän schaltete den Schutzschirm ein und beobachtete auf den Bildschirmen der Rundsichtanlage, wie die Schneemassen vom Sturm gegen das unsichtbare Energiefeld geworfen wurden. Der Schnee schmolz sofort. Es sah aus, als ränne an einer unsichtbaren Mauer eine Sturzflut herunter. Das Licht der Scheinwerfer zauberte bunte Reflexe auf die Wasserwand. Rings um den Schutzschirm wuchs unaufhaltsam ein Eiswall in die Höhe.

Sam Peck stöhnte unterdrückt.

Aissa konnte die Gefühle des Mathematikers nachempfinden. Er gestand sich ein, dass er sich die Lage nicht so schlimm vorgestellt hatte. Eine ausgefahrene Sonde erbrachte die ersten Analysen. Noch war die Atmosphäre gasförmig, wenn sich auch fast hundert Prozent der Luftfeuchtigkeit in Schnee und Eiskristalle verwandelt hatten. Die Temperatur betrug zwei Meter über dem Boden minus sechsundachtzig Grad Celsius. Aissa knirschte unwillkürlich mit den Zähnen. Jeder, der sich dort draußen nur wenige Minuten ohne Raumanzug aufhielt, war dem Tode geweiht. Und die Thutas besaßen seines Wissens keine Raumanzüge.

Sein Gesicht verhärtete sich.

Er wandte sich Ben zu.

»Unter diesen Umständen müssen wir die Schildkröte benutzen, Ben.«

Der Roboter erhob sich und ging zum Schott.

»Jawohl, Sir.«

»Wir kommen sofort nach«, fügte Aissa hinzu.

»Heller Wahnsinn!«, murmelte Sam. »Wie sollen wir den Thutas helfen? Wäre es nicht besser, schnellstens zu Rools Stadt zu fliegen und einen neuen Kontakt mit dem Sucher herzustellen?«

»Vielleicht hast du recht«, gab Bhugol zu. »Aber ich könnte nie mehr ruhig schlafen, wenn ich zuvor nicht alles Menschenmögliche versucht hätte, um den Überlebenden dieser Welt zu helfen.«

»Ich auch nicht, Aissa!« Sam Peck erhob sich schwerfällig und seufzte. »Also los!«

Die beiden 1000-PS-Elektromotoren der Schildkröte summten bereits, als sie die Bodenschleuse betraten. Zwei Baby-Fusionsreaktoren versorgten die Motoren mit Strom. Der Antrieb war so konstruiert, dass selbst bei Totalausfall eines Reaktors und eines Motors mit voll beladenem Wagen noch achtzig Stundenkilometer erreicht wurden. Die zwei Meter breiten Gleisketten bestanden aus molekülverdichtetem Terkonitstahl und hatten eine theoretische Verschleißquote von zehn Millionen Fahrstunden. Praktisch waren sie unzerstörbar. Nicht umsonst galt die Schildkröte immer noch als das zuverlässigste Bodenfahrzeug für Expeditionen. In ihrem Frachtraum konnten sechs Mann relativ bequem längere Zeit wohnen, während das Fahrzeug die Oberfläche eines fremden Planeten abfuhr. Das Schnellfeuergeschütz in der drehbaren Panzerkuppel vermochte sowohl konventionelle Raketenprojektile wie auch kleine Atomraketen abzufeuern.

Die Stiefel ihrer Raumanzüge polterten auf dem heruntergeklappten Einstiegsluk. Sam verschloss das Luk und folgte dem Kapitän durch den erleuchteten Frachtraum. Sie stiegen durch einen kurzen Schacht zum Führerstand hinauf und ließen sich neben den Roboter in die bequemen Gelenksessel fallen. Noch konnten sie durch die Sichtscheiben aus Panzerplastex sehen, aber Ben hatte bereits die Radaranlage eingeschaltet.

Auf einem Peilschirm schimmerten die konzentrischen Kreise der Richtungsanzeige. Der Peilsender François' würde ihnen auch im dichtesten Schneesturm den Weg zu Wurghs Haus weisen.

Aissa nickte dem Roboter auffordernd zu. Ben betätigte die Schleusenfernsteuerung. Scharrend glitten die beiden Tore zur Seite, die Rampe fuhr heraus und stieß gegen den verbrannten Fels. Die Schildkröte setzte sich mit einem sanften Schnurren in Bewegung. Leicht schaukelnd rollte sie die Rampe hinab, auf den aktivierten Schutzschirm zu. Kurz davor betätigte Ben abermals eine Fernschaltung. Ein Tor, gerade groß genug, um die Schildkröte hindurchzulassen, öffnete sich in der Energiehülle. Hinter dem Fahrzeug schloss es sich wieder.

Kapitän Bhugol warf einen Blick zurück zum Schiff. Doch obwohl sie erst zehn Meter entfernt waren, zeigten die Sichtscheiben nur den tanzenden Wirbel körnigen Schnees. Nur auf den Radarschirmen waren schemenhaft die Konturen der LANCET zu erkennen.

Der Eiswall um das Schiff hatte bereits eine Höhe von acht Metern erreicht. Doch er war erst anderthalb Meter stark und hielt die Schildkröte kaum mehr als fünf Sekunden auf. Mit hohlem Dröhnen polterten Eistrümmer gegen die Wandung des Fahrzeuges, dann war es hindurch.

Nach zehn Minuten bereits musste Ben das Fahrzeug abbremsen. Die beweglichen Kettenkrallen stemmten sich gegen den festgefahrenen Schnee und brachten die Schildkröte fast augenblicklich zum Stehen. Einen halben Meter vor ihnen ragte der Würfel von Wurghs Haus auf – das heißt das, was davon noch nicht zugeschneit war. Mehr als ein Meter war es nicht, und in spätestens einer Stunde, schätzte Aissa, würde überhaupt nichts mehr davon zu sehen sein.

»Wie sollen wir die Tür finden?«, knurrte Sam Peck ärgerlich.

»Kommt zum Mittelpunkt des Daches«, meldete sich Annas Stimme. »François ist bereits zum Dachluk unterwegs und wird euch öffnen.«

»Okay!«, brummte der Kapitän wortkarg und schloss hastig den Druckhelm.

Er konnte das jähe Klopfen seines Herzens nicht unterdrücken. Anna! Wie lange hatte er sie nicht mehr gesehen! Erst jetzt kam ihm zu Bewusstsein, dass er die sinnlose Suchaktion auf dem UUM-Planeten nur unternommen hatte, um den ersten Schmerz zu unterdrücken. Es hatte ihn völlig überrascht, dass Anna und François sich verlobten. Erst da war er sich seiner Gefühle für die Biologin bewusst geworden. Aber, so hatte er sich gesagt, es ließ sich an der Situation nichts mehr ändern. Im Vergleich zu dem temperamentvollen, wortgewandten François war er ein Tölpel, was Frauen anbetraf.

Nacheinander passierten sie die Bugschleuse. Aissa verließ den Wagen als Erster. Sofort warf er sich auf den Boden, denn der Schneesturm riss mit furchtbarer Gewalt an ihm. Eiskristalle prasselten gegen den Druckhelm. So gut wie blind kroch der Kapitän auf das Dachluk zu. Er wartete, bis Sam und Ben neben ihm lagen, dann gab er über Helmfunk die Anweisung, das Luk zu öffnen.

Im nächsten Augenblick tasteten seine Finger ins Leere. Vage erkannte er die aus der Öffnung aufsteigende Nebelwolke. Der Wasserdampf der warmen Luft verwandelte sich sofort in Eiskristalle, als er mit der eisigen Außenatmosphäre in Berührung kam.

Aissa spürte den sanften Zug eines Antigravfeldes. Aufatmend ließ er sich in die Öffnung fallen. Hinter ihm wälzten sich Sam und Ben über den Lukenrand.

Als er das Luk zuschlagen hörte, hoffte er, seine Umgebung sehen zu können. Aber er sah sich enttäuscht. Auch die Luft innerhalb des Antigravschachtes war von Nebel erfüllt. Erst allmählich verdampfte das kondensierte Wasser wieder. Schattenhaft tauchten Gestalten auf.

Kapitän Bhugol erreichte den Grund des Schachtes und klappte den Druckhelm zurück. Die Luft war auch hier kalt, aber minus zehn Grad ließen sich ertragen.

Von irgendwoher blies die Klimaanlage mehr und mehr Warmluft in den Schacht. Der Nebel löste sich völlig auf.

Aissa blickte direkt in François' verkniffenes Gesicht. Der Erste Offizier sah bleich und abgespannt aus. Dunkle Schatten lagen unter seinen Augen, und um den Mund gab es zwei harte Linien, die vorher nicht da gewesen waren.

Sie drückten sich stumm die Hände. Zwischen den beiden Männern hatte sich nichts geändert.

Samuel Peck dagegen bewies wieder einmal seine schlechte Erziehung, als er fragte:

»Na, Kleiner, wie sind euch die ›Flitterwochen‹ bekommen?«

François' Gesicht verschloss sich augenblicklich.

Wie ein kleines Kind, dem man sein Spielzeug vorenthält, obwohl es auf dem weihnachtlichen Gabentisch gelegen hat, dachte Aissa. Für einen erfahrenen Psychologen wie ihn dauerte es dennoch ziemlich lange, bevor er François' Reaktion deutete. Er meinte zu begreifen, dass Anna zu den wenigen Frauen zählte, die scharf zwischen Verlobung und Heirat unterschieden und nur dem Ehegatten gewährten, was die meisten während der Verlobungszeit als selbstverständlich empfanden. Erneut spürte er sein Herz bis zum Halse klopfen. Doch dann schalt er sich einen sentimentalen Narren. Er hatte sich geschworen, ein guter Verlierer zu sein – und Annas löbliche Grundsätze sollten keinen Deut daran ändern.

»Wir haben jetzt, weiß Gott, andere Probleme!«, wies er Sam zurecht. Er nickte François zu. »Fangen wir an!«

Sie saßen um den niedrigen Tisch in Wurghs Andro-Lenkraum und rauchten nervös. Ebenso nervös verliefen ihre Gespräche. Keiner machte sich noch Illusionen, was die Rettung der Thutas betraf. Die Planetenbewohner hatten sich bei Ausbruch der Katastrophe größtenteils in ihre Würfelhäuser retten können. Dort waren sie relativ sicher – bis zu dem Zeitpunkt, an dem die Atmosphäre gefror und sich als kristallines Eis auf die Oberfläche ihrer Welt senkte. Es gab in den Würfelhäusern zwar ausgezeichnete Klimaanlagen, aber keine Aggregate zur Gewinnung von Sauerstoff aus festen Verbindungen …

Samuel Peck fluchte leise vor sich hin, bis Aissa sich energisch räusperte und dem Mathematiker einen verweisenden Blick schickte.

»Schon gut, schon gut!«, murmelte Sam. »Aber, zum Teufel, es muss doch eine Möglichkeit geben, den Thutas zu helfen!«

»Darf ich etwas dazu sagen?«, warf Ben ein. Der Roboter stand unbeweglich vor dem thutaschen Interphon und lauschte den verzweifelten Gesprächen, die zwischen den Würfelbauten hin und her gingen.

Aissa nickte ihm aufmunternd zu.

»Ich gehe davon aus«, begann der Roboter bedächtig, »dass jedes Haus auf Thuta einen eigenen leistungsstarken Fusionsgenerator besitzt. Außerdem enthalten die Andro-Lenkapparaturen genügend Material, das man ausschlachten und zum Bau einer primitiven Lufterneuerungs- und Aufbereitungsanlage verwenden kann. Wenn ich ›primitiv‹ sage, so meine ich damit in erster Linie den Energieverbrauch des Gerätes. Nach meinen Berechnungen wird es das Zehntausendfache an Energie verbrauchen als gleichwertige terranische Mikro-Aggregate. Aber die Fusionsgeneratoren haben genügend Leistungsreserve, um die Anlage zu versorgen. Wie denken Sie darüber?«

Kapitän Bhugol zündete sich eine neue Zigarette an und stand auf. Erregt schritt er in dem kleinen Raum auf und ab. Nach einer Minute warf er die kaum angerauchte Zigarette auf den Boden und trat sie mit zorniger Gebärde aus.

»Dein Vorschlag ist ausgezeichnet, Ben«, sagte er ironisch. »Leider hast du eine wichtige Tatsache außer Acht gelassen.« Er holte tief Luft und begegnete dabei Annas rätselhaftem Blick, was ihn erneut verwirrte. »Die … ähem … Thutas sind …« Er unterbrach sich und ballte die Fäuste vor Ärger über sich selbst. »Fast alle Thutas sind vollkommene Idioten, was technische Probleme angeht. Die meisten können ihre Geräte zwar bedienen; von ihrem Aufbau und den technischen Einzelheiten haben sie keinen Schimmer.«

»Na, hör einmal!«, sagte Sam entrüstet. »So etwas gibt es doch gar nicht!«

»Nein?«, fragte Aissa mit ätzendem Spott. »Um dich zu widerlegen, brauche ich nur an den Durchschnittsbürger Terras zu erinnern. Meinst du, er wüsste, wie es hinter der Bildscheibe seines 3-D-Videogerätes aussieht, auf die er ein Drittel des Tages wie ein hypnotisiertes Kaninchen starrt …?«

Er lächelte sardonisch und fuhr fort:

»Nicht anders ergeht es den Thutas, mein Freund. Sie haben von ihren Vorfahren eine wundervoll komplizierte Technik geerbt. So wunderbar sind ihre technischen Geräte, dass ihre Benutzer nicht einmal wissen, was eine Reparatur ist. Aber so etwas macht den Geist träge. Es ist ja so schön, sich am Leben erhalten zu lassen, schöner jedenfalls, als selbst sein Leben zu meistern. Ich weiß, der Vergleich mit uns Menschen hinkt. Bei uns ist es nur eine gewisse Schicht, die der Dekadenz verfällt. Das Gros geht durch die harte Schule der Raumfahrt und Kolonisation. Diesen Jungbrunnen kennen die Thutas aber nicht.«

Bhugol ließ sich in seinen Sessel fallen und zündete eine neue Zigarette an.

»Was ich damit sagen will, ist dies: Wir würden die Thutas durch noch so gute Anleitung niemals dazu bringen, das primitivste Lufterneuerungs- und Aufbereitungsgerät zu bauen. Sie könnten wahrscheinlich nicht einmal die erste Schraube von ihrer Andro-Lenkapparatur lösen.«

»Was also schlägst du vor, Aissa?«, warf Anna ein und lächelte dabei. »Wie ich dich kenne, würdest du diese Rede nicht gehalten haben, ohne über einen besseren Plan zu verfügen …«

Aissa nickte.

»Allerdings hat erst Ben mich auf den rettenden Einfall gebracht«, gab er ohne Umschweife zu. »Ben sprach von der großen Leistungsreserve der Fusionsgeneratoren. Es würde sie also kaum überbeanspruchen, wenn sie zusätzlich gefrorene Luft auftauen müssten. Wenn die Thutas abwarten, bis die Atmosphäre sich niederschlägt, brauchten sie anschließend nur dafür zu sorgen, dass die Eiskristalle in genügender Menge in den Anfeuchter der Klimaanlage kommen. Da der Anfeuchter mit einem Temperaturregler ausgerüstet ist, wird er die gefrorene Atmosphäre auftauen und die gewonnene Frischluft in die Belüftung blasen. Die Luftreiniger wiederum sorgen für eine gleichmäßige Sauerstoffkonzentration.«

»Alles schön und gut«, sagte François bedächtig, »aber du vergisst dabei, dass kein Thuta über einen Raumanzug verfügt. Wie sollten sie die gefrorene Atmosphäre aus dem Vakuum bergen?«

Kapitän Bhugol verzog keine Miene. Er drehte sich nur halb um und sah den Roboter auffordernd an.

Ben verstand sofort.

»Es käme auf einen Versuch an, Sir.«

Er wandte sich an François. »Erinnern Sie sich, dass wir vor unserer ersten Landung auf Thuta Hunderttausende von Robotern entdeckten …?«

François schlug sich mit der flachen Hand gegen die Stirn.

»Die Roboter …!«, rief er entgeistert. »Warum habe ich nicht gleich daran gedacht! Anna und ich konnten sie mehrfach bei ihrer Arbeit beobachten. Sie zählen in Wirklichkeit nach Milliarden und sorgen dafür … sorgten dafür«, verbesserte er sich, »dass der Planet im Zustand eines riesigen Parks gehalten wird.« Seine Miene verfinsterte sich erneut. »Aber ich fürchte, sie sind zu spezialisiert, um die ihnen zugedachte Aufgabe erfüllen zu können – falls sie überhaupt vermögen, sich unter dem Schnee zu bewegen.«

Aissa Bhugol nickte ernst.

»Wie Ben schon erklärte: Es kommt auf einen Versuch an. Und nun sollten wir uns schleunigst mit einigen Thutas in Verbindung setzen, um die Angelegenheit zu klären. Von Schnelligkeit hängt alles ab.«

»Wieso?«, fragte François erstaunt. »Es kann noch vierundzwanzig Stunden dauern, bevor die Atmosphäre gefriert.«

Aissas Gesicht wurde zur undurchsichtigen Maske, als er erklärte:

»Leider, so fürchte ich, kann der Sucher nicht so lange auf uns warten …«

2.

Die Motoren der Schildkröte summten ihr monotones, einschläferndes Lied. Wie die breiten Tatzen eines Schneeluchses schoben sich die Gleisketten über den körnigen Schnee, pressten ihn zusammen und schufen so eine harte Unterlage, über die das Fahrzeug ungefährdet hinwegrollte.

Der Sturm war fast eingeschlafen, der Schneefall spärlicher geworden. Die Scheinwerferkegel durchschnitten die Dunkelheit wie Lichterspeere und wiesen den Weg. Aber niemand in der Fahrerkabine freute sich darüber. Sie missdeuteten die Anzeichen kommenden Unheils nicht. Der Schneefall war nur deshalb so spärlich geworden, weil die Luft kaum noch Feuchtigkeit enthielt – und der Sturm schlief ein, weil es kaum noch Temperaturunterschiede innerhalb der Atmosphäre gab. Innerhalb kürzester Frist würde die Temperatur auf den absoluten Nullpunkt sinken – und dann gab es keine Luft mehr.

Aissa Bhugol versuchte, die Wartezeit zum Schlafen zu benutzen. Es gelang ihm nicht. Immer wieder musste er an den Sucher denken und daran, was ihn dazu veranlasst hatte, die Gefangenen seines Energienetzes im Stich zu lassen.

Ben steuerte das Fahrzeug mit einem Minimum an Energieaufwand. Infolge seiner völligen äußeren Menschenähnlichkeit wirkte er wie ein Fahrer, der die nötigen Handgriffe im Halbschlaf tut. In Wirklichkeit wandte er gerade soviel Aufmerksamkeit und Kraft an, wie unbedingt nötig war, nicht mehr und nicht weniger. Dafür war er schließlich ein Roboter.

Immer mehr näherten sie sich dem Ort, von dem der Hilferuf der Thutas ausging. Anfänglich hatte es so ausgesehen, als ob die Roboter ihre Aufgabe vollendet erfüllten. Probeweise hatten sie die Bewohner der Würfelbauten mit Schnee versorgt und damit ihre Eignung bewiesen. Fast überall war die künftige Luftversorgung gesichert – nur an einigen wenigen Stellen nicht.

Zu einer dieser Stellen waren sie unterwegs: Ben, Aissa und François. Sam und Anna sorgten unterdessen dafür, dass die Funkverbindung zu den anderen Hilfsbedürftigen nicht abriss.

Mit einer Mischung aus Ärger und Ironie dachte Aissa an die Funkmeldungen der Thutas. Sie waren nicht in der Lage gewesen, einen Grund für das Versagen ihrer Roboter zu erkennen.

Ab und zu zuckten Blitze über den Himmel. Die Entladungen waren jedoch nicht in der Atmosphäre entstanden, sondern viel weiter draußen im Raum – dort, wo die imaginäre Kugelschale des Suchernetzes sich wölbte. Die Tatsache, dass die Entladungen über ein dreiviertel Lichtjahr überhaupt zu beobachten waren, stimmte Aissa Bhugol noch nachdenklicher. Es konnte kein gewöhnliches Licht sein, das zeitweilig die Nacht zum Tage machte. Offenbar handelte es sich bei den Erscheinungen um eine unbekannte Energieart aus der fremden Dimension. Wenn es so war, dann stellten die Blitze gewaltige Strukturrisse in der Kugelschale dar.

Der Kontakter fühlte, wie seine Nackenhaare sich sträubten.

Was ging dort vor – in einem Kontinuum, das dem Menschen ewig fremd bleiben musste …?

Seine Aufmerksamkeit wandte sich wieder dem gegenwärtigen Problem zu, als Ben die Schildkröte heftig abbremste. Im nächsten Augenblick riss er das Steuer heftig herum und beschleunigte erneut.

Verblüfft starrte Aissa auf den violetten Lichtstrahl, der sich hinter dem Fahrzeug in den Schnee grub und eine Wolke kochenden Dampfes in den Himmel schießen ließ.

Im nächsten Augenblick war die Schrecksekunde überwunden. Wie ein Automat handelte der Kapitän. Die Geschützkuppel schwenkte herum, und als der zweite Energiestrahl aufblitzte, jagte die erste Serie der Sprenggeschosse aus dem Lauf.

Dort, wohin die Rauchspuren der Rakgeschosse wiesen, flammte ein greller Feuerball auf. Der Donner der Explosion wurde von den Außenmikrofonen in die Fahrerkabine übertragen.

Ben fuhr wie ein Irrer, um den nächsten beiden Energieschüssen auszuweichen. Hätte ein Mensch am Steuer der Schildkröte gesessen, wäre wahrscheinlich schon der erste Schuss ein Volltreffer gewesen.

Die Zielautomatik des Geschützes sorgte dafür, dass Aissa die Angreifer mit zwei kurzen Feuerstößen ausschalten konnte. Dann war es wieder still.

Im Zickzackkurs lenkte Ben das Fahrzeug auf die geschwärzten Krater im Schnee zu. In dem zischenden Dampf waren die metallenen Fetzen und Maschinenteile nur schwer zu erkennen. Aber der Roboter besaß weitaus bessere Augen als die Menschen. Er beschrieb, was er sah – und Aissa und François atmeten auf.

Der Gegenschlag hatte keine Lebewesen getötet.

François stieß ein erleichtertes Lachen aus.

»Kampfroboter! Wer hätte geahnt, dass es auf Thuta so etwas gibt!«

Aissa stimmte in das Gelächter ein – vor allem deshalb, weil nun das Rätsel der Hilferufe gelöst war.

»Nun wundert es mich nicht mehr, dass sie den betreffenden Thutas keine Hilfe waren. Sie kamen, als sie gerufen wurden. Aber sie wussten mit allen anderen Befehlen nichts anzufangen, da ihre Konstruktion eindeutig auf Kampf ausgelegt war. Demzufolge stellten sie sich als Wächter rings um das Würfelhaus auf.«

Er deutete mit der Hand nach vorn. Die Explosionskrater bildeten ein gleichschenkliges Dreieck – und im Mittelpunkt des Dreiecks ragte eine flache Plattform aus dem aufgewühlten Schnee: das Dach des Gebäudes.

»Die Thutas sind noch dümmer, als ich dachte«, brummte François ärgerlich. »Warum erkannten sie nicht, dass sie es mit Kampfrobotern zu tun hatten, und gaben ihnen die Anweisung, nicht auf uns zu schießen?«

»Ganz einfach«, erwiderte Aissa Bhugol trocken. »Sie wussten nichts von ihrer Existenz. Vielleicht stammen die

Kampfmaschinen noch aus einer prähistorischen Epoche, als die Planetenbewohner Schutz vor wilden Tieren benötigten. Einige Exemplare mögen die Zeit in irgendwelchen witterungsgeschützten Winkeln überstanden haben. Erst die Lenksignale haben sie aus ihrem ›Dornröschenschlaf‹ aufgeweckt. Andernfalls hätten wir schon vorher Schwierigkeiten mit ihnen gehabt.«

»Beinahe wäre es aus gewesen mit uns, Sir«, fügte Ben hinzu. »Wenn ich nicht gesehen hätte, dass der erste Roboter eine Waffe trug, wäre ich auf ihn zugefahren.«

»Sogar Roboter wie du haben ihre hellen Momente!«, gab François bissig zurück. Dann lächelte er. »Vielen Dank auch, alte Blechhaut!«

Bens Bioplastgesicht verzog sich zu einem Lächeln.

»Gern geschehen, Sir. Auch ein Roboter ›wie ich‹ hat einen gewissen Selbsterhaltungstrieb.«

Erst jetzt nahm Kapitän Bhugol die Finger von den Waffenschaltungen.

»Fahre näher an das Haus heran, Ben!«, befahl er. »Wir wollen den Leuten dort drin sagen, was mit ihren Maschinen nicht stimmte. Danach sollten wir uns überlegen, wie wir ihnen einige Arbeitsroboter zukommen lassen können.«

Sie stiegen aus und betraten das Haus durch das Dachluk. Verstörte und verängstigte Thutas erwarteten sie. Es waren mehrere Männer und eine Frau. Die Menschen erkannten daran, dass sie sich in einem sogenannten Frauenhaus befanden. Auf Thuta herrschte eine matriarchalische Gesellschaftsordnung. Zu jeder Ansiedlung gehörten einige zehn oder hundert Männerhäuser, aber nur ein einziges Frauenhaus. Das Ganze wurde Matrikon genannt. Eine einzelne Frau besaß auf einzelnen Gebieten Befehlsgewalt über alle Männer des Matrikons. Praktisch war das Matrikon ein Männerharem.

In der gegenwärtigen Lage interessierten sich die Terraner jedoch nicht für die fremdartige Gesellschaftsordnung. Ziemlich barsch erfragte Aissa das, was er wissen musste, um den Thutas zu helfen. Danach verabschiedeten sie sich flüchtig und kehrten zur Schildkröte zurück.

Während der Rückfahrt gab der Kapitän seine Anweisungen an Sam und Anna. Aus Wurghs Wohnung heraus, die inzwischen eine Art Befehlszentrale für die Planetenbevölkerung geworden war, veranlassten die Zurückgebliebenen, dass überzählige Arbeitsroboter von ihren Standorten abgezogen und zu allen Stellen geschickt wurden, wo man sie benötigte. Außerdem veranlassten sie, dass eine Anweisung an alle noch existierenden Kampfroboter, sich vollkommen passiv zu verhalten.

Damit war alles getan, was in dieser Lage getan werden konnte.

Doch den Menschen stand die schwierigste Aufgabe noch bevor. Einigermaßen gelassen trafen sie ihre Vorbereitungen. Sie wären weniger gelassen gewesen, hätten sie geahnt, was sie erwartete …

Die LANCET stieß durch eine Atmosphäre hindurch, die bereits keine Atmosphäre mehr war. Die niedersinkenden Eiskristalle bestanden nicht mehr aus gefrorenem Wasser, sondern aus gefrorener Luft.

Der Bug des Schiffes zeigte auf die Stelle im Raum, auf der die gigantische Raumstadt Rools schweben musste. Aissa steuerte. Anna hatte die Funktion des Ersten Offiziers übernommen, während François, Sam und Ben damit beschäftigt waren, die Messdaten der Ortungsinstrumente auszuwerten.

Nach einer Stunde stand fest, dass das Energienetz des Suchers sich nicht mehr durch den Weltraum bewegte. Es stand still. Die überlichtschnellen Reflexionsimpulse der Hypertaster zeigten an, dass die Kugel aus unsichtbarer und unmessbarer Energie unbeweglich zwischen zwei Galaxien schwebte.

Niemand konnte sich erklären, warum der Sucher versagt hatte. Dass er versagt hatte, stand für die Menschen fest. Sie trauten dem undefinierbaren Wesen aus der fremden Dimension keine Falschheit zu. Unbekannte Einflüsse mussten den Sucher gezwungen haben, seine Energie einer anderen Aufgabe zuzuwenden.

Sam sprach das aus, was allen schwer auf der Seele lag.

»Wenn der Sucher nicht in der Lage ist, uns zu helfen, wie sollen wir dann einzig und allein durch die geistige Kontaktaufnahme etwas daran ändern?«

»Ich weiß es nicht«, gab Aissa zurück. »Erst einmal müssen wir wissen, was mit dem Sucher geschehen ist, dann ...« Er schwieg, weil ihm die Weiterführung des Gedankens sinnlos erschien.

Anna dagegen spann den Faden mit typisch weiblicher Unkompliziertheit weiter:

»... dann wird uns schon etwas einfallen, womit wir ihm helfen können.«

François lachte schrill und hysterisch, verstummte jedoch sofort, als Aissa ihm einen finsteren Blick zuwarf.

»Na schön!«, brummte er verlegen. »Vielleicht ist der Sucher wirklich krank, und die Positronik hat recht. Aber wie sollen wir seine Krankheit diagnostizieren? Wie sollen wir ein Wesen heilen, von dem wir nicht viel mehr wissen, als dass es existiert?«

Der Kapitän machte eine wegwerfende Handbewegung und sagte unbestimmt:

»Schließlich gibt es noch mehr Möglichkeiten, nicht wahr ...!«

Einzig und allein Sam schien zu verstehen, worauf Aissa hinauswollte. Sein Bulldoggengesicht wurde plötzlich grau. Die Augen bekamen einen starren Ausdruck. Mit bebenden Fingern steckte er sich eine Zigarette zwischen die Lippen. Aber es gelang ihm nicht, den elektronischen Anzünder zum Munde zu führen. In sinnloser Wut griff er die Zigarette und zerkrümelte sie zwischen seinen fleischigen Fingern.

»Das hätte ich nicht getan, Sam«, sagte Aissa sanft. »Wir wissen nicht, woher wir neue Zigaretten bekommen werden, wenn die vorhandenen aufgeraucht sind.«

»Verdammt!«, fluchte Peck unbeherrscht. Er leckte sich über die Lippen und versuchte ein dünnes Grinsen. »Entschuldige,

Aissa. Ich fürchte, ich bin in meinem Alter diesen nervlichen Belastungen nicht mehr gewachsen.«

»Was du nicht sagst«, flüsterte Bhugol. »Deine Nerven werden noch mehr aushalten müssen als ein wenig Angst. Du solltest dich seelisch darauf vorbereiten.«

Er wandte sich abrupt wieder den Steuerkontrollen zu. Dabei fing er wieder einen seltsamen, undeutbaren Blick der Biologin auf.

Was starrt sie mich so an wie ein verwundetes Reh!, dachte er. Ich habe ihr doch nichts getan!

Mit zusammengebissenen Zähnen schob er den Beschleunigungshebel vor. Die LANCET begann zu vibrieren, als die Triebwerke voll belastet wurden. Ruckartig schoss das Schiff nach vorn. Doch die Besatzung spürte nichts davon; die Andruckneutralisatoren kompensierten im Innern des Schiffes alle Beschleunigungswirkungen.

Zwei Stunden später erschien ein zitternder grüner Reflex auf dem Ortungsschirm: die Raumstadt.

Sie befand sich noch immer dort, wo man sie beim letzten Mal verlassen hatte.

»Ich wette, dieser Rool ahnt nicht einmal, was in der Zwischenzeit geschehen ist«, bemerkte Sam.

Aissa erwiderte nichts darauf.

Im Stillen jedoch stimmte er dem Mathematiker zu. Die Hydrointelligenz befand sich noch im Kindheitsstadium. Ihr mochten die hyperenergetischen Entladungen des Netzes unverdächtig erschienen sein. Unter anderen Auswirkungen der Katastrophe hatte die Raumstadt nicht zu leiden, da sie ohnehin für den Aufenthalt im leeren Raum ausgestattet war.

»Glückliches ›Kind‹«, murmelte er. »Wenn wir nicht wären, du würdest nie erfahren, was geschehen ist. Du würdest dein sorgloses Leben weiterleben …«

Er unterbrach sich, als er seinen Fehlschluss erkannte. Nein, auch Rool würde unter der Katastrophe zu leiden haben – dann nämlich, wenn sein Nahrungsvorrat aufgebraucht war und nicht mehr ergänzt wurde. Die Hydrointelligenz war zum Hungertod verurteilt.

Er nickte Anna zu, und die Biologin schaltete den Impulssender ein. Ein geraffter Kodespruch jagte überlichtschnell aus den Antennen und informierte Rool über ihre Rückkehr. Das war notwendig, denn die Raumstadt wurde von einem superstarken Energieschirm geschützt.

Nach wenigen Sekunden öffnete sich der Schirm an der bekannten Stelle. Kapitän Bhugol bremste stärker und drehte die LANCET so, dass sie mit dem Heck auf die Lücke wies. Hundert Kilometer vor dem Ziel schaltete er die Triebwerke aus und aktivierte die Antigravprojektoren. Sanft wie ein welkes Blatt landete das Schiff im Innenhof des Gebäudes, in dem sich der Therapie-Projektor befand.

Noch bevor die Menschen das Schiff verlassen hatten, wurde ihr Geist von einer mentalen Freudenwelle überschwemmt. Nur schwach mischten sich Wurghs Gedankenimpulse darunter, die Geistesströme jenes Thutas, der seine körperliche Existenz geopfert hatte, damit der erste Kontakt mit dem Sucher hergestellt werden konnte.

Aissa wollte seine Gedanken verbergen. Doch da spürte er das erschrockene Zurückweichen der anderen Gedanken, das lähmende Entsetzen, das von Wurghs Geist Besitz ergriff. Auch Rool verstand plötzlich. Entsprechend seiner kindlichen Mentalität begann er zu jammern.

Aissa Bhugol presste die Lippen fest aufeinander.

»Beruhigt euch!«, flüsterte er. »Noch ist nicht alles verloren!«

Als sie ihre Füße auf den Boden der Raumstadt setzten, fühlten sie sich wie in einer anderen Welt. Das lag nicht etwa daran, dass die Roboter, die sich zu Fuß oder mit Gleitwagen durch die Stadt bewegten, nur Spielzeuge waren – Spielzeuge von der Größe und dem Aussehen von Menschen. Nein, etwas ganz anderes berührte die Menschen eigenartig: Unter der flimmernden Energieglocke war die Luft so warm und feucht wie an der Küste eines tropischen Meeres.

Sie klappten ihre Druckhelme zurück und atmeten tief durch. Es erschien ihnen wie ein Wunder, aber schließlich war alles an Rools Stadt künstlich und damit von der Hilfe des Suchers unabhängig.

Bis auf Rool, die gigantische, kindliche Hydrointelligenz …

Mit einem Anflug seines alten Humors dachte Aissa an den Tag zurück, an dem er die Raumstadt zuerst besucht hatte – als Androind aus Wurghs Lenkzentrale. Damals wusste er noch nichts davon, dass nicht die menschenähnlichen Roboter, sondern das verborgene Hydrowesen das gigantische Gebilde bewohnte. Er hatte sich gewundert, dass sein Erscheinen unbeachtet blieb. Erst beim zweiten Besuch war er auf Rool gestoßen.

Rool, das war eine grünliche, kolloidale Lösung, ein zusammenhängender, schleimig-flüssiger Körper, der gleichzeitig die Funktion eines Gehirns ausübte. Seine Vorfahren waren wahrscheinlich im Urmeer eines heißen Planeten entstanden. Ein für sie giftiger Bestandteil der Atmosphäre hatte verhindert, dass sie den Schritt vom Meer zum festen Land taten. Vielmehr übersprangen sie eine Entwicklungsstufe, indem sie winzige, abgekapselte Lebenskeime von den Aufwinden der Atmosphäre an die Grenze zum Weltraum tragen ließen. Der Strahlungsdruck der Sonne genügte, die mikroskopisch winzigen »Sporen« zu anderen Planeten und anderen Sonnensystemen zu tragen. Dort, wo sie ihre artspezifischen Lebensbedingungen antrafen, entwickelten sie sich zu neuen Hydrointelligenzen.

So kam es, dass sie sich in einem relativ frühen Entwicklungsstadium des Kosmos über ihre Heimatgalaxis ausbreiteten. Da sie stark ausgeprägte Telepathen waren, die sogar mit Nichttelepathen Kontakt aufnehmen konnten, fanden sie bald Helfer in den humanoiden Intelligenzen ihrer Galaxis. Sie lehrten die noch auf niedriger Stufe stehenden Humanoiden alles, was sie über den Kosmos und seine Gesetze wussten. Dafür leisteten die Humanoiden ihnen später technische Hilfe. Sie bauten riesige Raumschiffe, in denen die »Wiegen« fortpflanzungsbereiter Hydrowesen zu noch unerschlossenen Welten getragen werden konnten. Immer mehr Welten wurden von »Hydros« und Helfern gemeinsam besiedelt. Als ein Hochstand der technischen Entwicklung erreicht war, wurden selbst die jungen und jüngsten Wesen der Hydrorasse mit Raumstationen auf die Reise geschickt.

Rools Stadt war eine solche Stadt; die Helfer hatten sie gebaut.

Aissa Bhugol zweifelte nicht daran, dass beide Rassen sich gegenseitig ungeheuer viel gegeben hatten. Er war sich aber ebenso sicher, dass die eigentliche herrschende Rasse die der Hydrowesen war. Die Humanoiden waren um Jahrtausende zu spät gekommen.

Eisige Luft schlug den Raumfahrern entgegen, als sie den sogenannten Kühlraum betraten. Sie klappten eilig die Druckhelme zurück. Sogar Ben reagierte in gleicher Weise; er war so »erzogen«, dass er sich wie ein anfälliger und schwacher Mensch benahm.

Die grünliche Flüssigkeit in den schmalen, hohen Glassitbehältern wandelte die Beleuchtung in geisterhaft schimmerndes Licht um. Leises Glucksen drang aus den Behältern. Hier lebte ein Teil Rools, mit dem Hauptkörper durch eine Pumpleitung verbunden. Zwischen den Einzelmolekülen der Lösung herrschte stets unmittelbarer chemoelektrischer Kontakt. Manchmal allerdings wurden einzelne Schichten der Flüssigkeit undurchlässig für Gedankenströme. Dann bestand die Gefahr einer Zweiteilung des Bewusstseins; die Menschen hätten Schizophrenie dazu gesagt. Dieser Gefahr wirkte der Kühlraum entgegen – und natürlich der Therapie-Projektor. Mit dem Projektor konnten Gedanken aufgenommen und in eine andere Dimension abgestrahlt werden. Auf diese Weise wurde eine Bewusstseinsspaltung vermieden.

Zweimal schon hatten die Menschen sich des Projektors bedient, um ihren Geist in die Dimension des Suchers projizieren zu lassen. Beim zweiten Mal war ihnen Erfolg beschieden gewesen.

Nun wollten sie es zum dritten Mal versuchen.

Kapitän Bhugol berichtete Rool und dem in seinem Körper enthaltenen Geist Wurghs die Tatsachen und die Vermutungen. Beide waren sofort bereit, den Menschen zu helfen. Letzten Endes würden sie sich damit nur selbst helfen.

»Wir sind bereit!«, meldete Wurghs Geist nach einigen Minuten.

»Sofort!«, flüsterte Aissa. Er musste sprechen, wenn er sich verständigen wollte. Das erleichterte den gedanklichen Kontakt mit den beiden vereinten Wesen.

Die Menschen legten sich lang auf den Boden und fassten sich bei den Händen. Kapitän Bhugol fühlte seine Handflächen feucht werden. Er presste krampfhaft und unbewusst Annas Hand und schluckte, als sie den Druck erwiderte.

Jetzt nicht ablenken lassen!, dachte er verzweifelt. *Und alle diese Gedanken in die Tiefen des Unterbewusstseins verbannen. Niemand brauchte sie zu lesen, wenn sie eins wurden – wie schon einmal.*

Es gelang ihm, sich ganz auf die kommende Aufgabe zu konzentrieren. Nur einmal schweiften seine Gedanken erneut ab, als er ein spöttisches Kichern Wurghs zu vernehmen glaubte. Dann entspannte er sich.

»Fertig!«, flüsterte Sam.

»Fertig!«, murmelte François.

»Fertig!«, hauchte Anna nach einer Pause.

Aissa schloss die Augen.

»Jetzt!«, befahl er.

Er spürte den Schwindel, der ihn packte und über einem bodenlosen Abgrund rotieren ließ. Wie aus weiter Ferne drang Keuchen, Wimmern und Stöhnen an sein Ohr. In kreatürlicher Reaktion wollte sein Körper sich aufbäumen.

Doch da ließ die imaginäre Hand los. Haltlos taumelte er, dann begann der rasende Sturz in den Abgrund.

Sein Körper aber lag starr und steif auf dem Boden – wie die Körper der Gefährten. Glanzlos blickten die Augen zur Decke. Dumpf gluckste es in den schmalen Behältern.

Der Roboter Ben blickte mit glühenden Augenlinsen seinen Herrn an und begann die verstreichenden Sekunden zu zählen …

Wie schon einmal – war es einen Tag, eine Woche oder eine Ewigkeit her? – begann sich allmählich eine Vorstellung zu formen. Nur waren die Menschen diesmal darauf vorbereitet.

Ich bin wir – wir sind ich!, raunte es unhörbar. *Ich bin Aissa, Sam, Anna und François zugleich. Ich bin das WIR!*

Wurgh …?

Ja, ich bin bei euch.

Die Gedanken des Thutas hatten die geistige Vereinigung der Menschen gleich einem reißenden Strom mitgerissen. Der Therapie-Projektor ergriff sie, formte sie um und baute die Gedankenbrücke über den Abgrund von Raum und Zeit.

Dem WIR erschien es noch immer wie der Sturz in einen finster gähnenden Schlund. Aber die Individuen waren nicht länger allein. Zwar existierten noch Spuren ihrer individuellen Daseinsformen, aber es gab keine Einzelwesen mehr, nur noch die geschlossene geistige Form des WIR.

Irgendwo am unsichtbaren Ende des Abgrunds erschienen tanzende Glutpunkte. Plötzlich schien sich die Fortbewegungsebene um neunzig Grad zu drehen. Aus dem Sturz wurde ein sanftes Dahingleiten.

Es ist wie damals, dachte das WIR, *und dennoch nicht genauso.*

Jedes Mal ist es ein wenig anders, antwortete Wurghs Geist.

Das WIR entsann sich, dass es Wurghs dritte Reise in die andere Dimension war.

Im nächsten Augenblick waren die tanzenden Glutpunkte heran. Sie wuchsen dem WIR entgegen gleich sich entfaltenden Blüten. Vielfarbig schimmernde Wolken schwebten empor, sandten grelle Dissonanzen aus, schrumpften zusammen und erloschen mit einem schrillen Misston. Eine der »Blüten« nahm plötzlich den ganzen Raum ein. Das WIR stürzte hinein und versank in einem Meer undefinierbarer Empfindungen. Tonfontänen schillerten in goldüberhauchtem Schwarz, violette Schatten huschten mit seltsamen abgehackten Klagelauten vorüber, ein Abgrund zerriss mit dem Laut einer zerspringenden Harfensaite.

Von fern tauchte das Oval einer farblosen Linse auf. Die Ränder bewegten sich konvulsivisch, dehnten sich einmal über das ganze Universum aus, näherten sich ein andermal so weit, dass sie sich berührten. Dann wieder schwangen sie im gleichen Rhythmus wie ein dumpfes, an Trommelwirbel erinnerndes Tremolo.

Und dann – Stille …

Aus dem Nichts stieg Panik auf, wie ein vielköpfiges Ungeheuer, schlang seine imaginären Fangarme um das WIR und marterte es mit der Furcht vor dem Verlorensein.

Wurgh!

Pause. Dann ein hysterisches Gelächter, das abrupt abbrach.

Wurgh! Der Ruf fand keine Resonanz.

Undeutliches Wimmern.

Ein unartikulierter Schrei.

Wo bin ich? Wo seid ihr?

WIR sind bei dir, Wurgh. Aus den Trostsuchenden waren Tröster geworden. *Halte aus!*

Wo sind wir?

WIR wissen es nicht. Aber irgendwann muss auch das Nichts ein Ende haben.

Rotes Leuchten erfüllte plötzlich die undeutbare Dimension.

Rot – Gefahr!

Niemand antwortete dem jähen Gedanken. Das rote Leuchten wurde greller und greller – und dann brach ein chaotisches Gedankeninferno über das WIR und über Wurgh herein. Gleich einer Woge schlug es über ihnen zusammen, begrub sie unter seiner Qual und marterte sie mit den Ausstrahlungen seines Schmerzes.

Schemenhaft tauchte eine schwarze Halbkugel unter ihnen auf, dehnte sich und überspannte eine Hälfte des Universums. In ihr perlten klagende Laute wie schimmernde Fünkchen.

Das WIR und Wurgh begannen nach dem Sucher zu rufen.

Keine Antwort.

Nur die perlenden Laute versanken in der finsteren Kugelschale. Statt ihrer schossen blauweiße Spiralen daraus hervor, brachen sich an einer unsichtbaren Barriere und flossen verlöschend zurück.

Ein einzelner Gedanke stieg aus der Tiefe der dunklen Halbkugel hervor. Aber er vermittelte nur verschwommene Eindrücke von Schmerz, Not und Bedrängnis. Als er das WIR erreichte, verwandelte er sich in einen vibrierenden Ton. Der Ton schwoll an, dumpfe Laute der Leere mischten sich darein. Der Geist des WIR versuchte, sich die verwirrenden, beängstigenden Eindrücke einzuprägen und zu entschlüsseln. Doch da brach der Ton ab. Die Schwärze verwandelte sich in grelles Rot, dann in dunkles, beruhigendes Grün.

Mitten in der beruhigenden Ausstrahlung wölbte sich eine gigantische, silbern schimmernde Blase, dehnte sich und verschlang das Grün, ließ es verblassen.

Ein Furioso wirbelnder Dissonanzen riss das WIR mit sich fort, schleuderte es durch ein linsenförmiges Tor und trieb es auf einer unsichtbaren Brücke über Zeit und Raum zu seinem Ausgangspunkt zurück. Die Dissonanzen verebbten.

Vier menschliche Körper zuckten in grünlichem Licht. Vier Köpfe fielen schlaff zur Seite.

»Sie sind ohnmächtig«, stellte Ben, der Roboter, fest.

Niemand antwortete ihm.

Langsam kehrte das Leben in die schlaffen Körper zurück.

Aissa spürte schmerzhaft den Puls durch sein Gehirn jagen. Gequält verzog er das Gesicht und stöhnte. Seine Brust hob und senkte sich stoßweise. Rasselnd entwich der Atem seinem Mund. Mit Anspannung aller seiner Willenskraft gelang es ihm schließlich, die Augen zu öffnen.

»Wo … bin … ich?«, flüsterte er.

Ein vertrautes Gesicht näherte sich seinem Druckhelm: Bens Gesicht.

»Es ist alles in Ordnung, Sir«, sagte der Roboter. »Sie waren nur ohnmächtig.«

»Mein Kopf!«, ächzte Aissa. »Wie … geht es … den anderen, Ben?«

Die geschickten Finger des Roboters öffneten den Druckhelm. Eisige Luft verschlang dem Kapitän den Atem, verscheuchte aber gleichzeitig etwas von seiner Benommenheit. Er fühlte eine glatte Kapsel zwischen den Zähnen.

»Analgetin«, erklärte Ben. »Zerbeißen Sie die Kapsel, Sir.«

Gehorsam zerbiss der Kapitän die Kapsel des Schmerzlinderungsmittels. Die Flüssigkeit rann ihm widerlich süß die Kehle hinab. Er schluckte krampfhaft. Nach wenigen Sekunden ließ das schmerzhafte Hämmern unter der Schädeldecke etwas nach. Die eiskalte Luft des Kühlraums tat das Ihre. Bald schon vermochte Kapitän Bhugol wieder klar zu denken.

Er klappte den Helm zu und richtete sich halb auf. Links neben ihm lag Sam mit offenem Druckhelm. Der Mathematiker grinste ihm schwach entgegen. Rechts von ihm versorgte der Roboter gerade die Biologin. Annas Gesicht war noch schmerzverzerrt. François, der auf Annas anderer Seite lag, war anscheinend noch bewusstlos.

Aissa verspürte plötzlich so starkes Verlangen nach einer Zigarette, dass er die Kälte des Kühlraums mit in Kauf nahm. Etwas umständlich, denn er trug die dicken Handschuhe seines

Raumanzuges, zündete er sich die Zigarette an. Sam begann ebenfalls zu rauchen. Aissa steckte auch Anna eine Zigarette zwischen die Lippen und gab ihr Feuer. Sie lächelte ihm dankbar zu. Von François kam lautes Stöhnen. Ben hatte soeben seinen Helm geöffnet und versuchte, dem Ersten Offizier eine Analgetin-Kapsel zwischen die Lippen zu schieben.

Kapitän Bhugol rauchte schweigend und mit gesenktem Kopf. Er suchte in seiner Erinnerung – und fuhr zusammen.

»Was war das?«, fragte Anna.

»Was?« Aissa sah die Biologin geistesabwesend an.

»Der Sucher«, murmelte Anna. »Haben wir ihn ›gesehen‹ oder nicht? Was war das für ein Chaos schmerzerfüllter, qualvoller Gedanken?«

François richtete ruckartig seinen Oberkörper auf. Aus weit geöffneten Augen starrte er gegen die Behälter mit der grünlichen Flüssigkeit. Seine Zähne schlugen wie im Schüttelfrost aufeinander.

Ein starker Gedanke war plötzlich in Aissas Gehirn. Er strahlte panische Angst aus.

»Rool!«, sagte der Kapitän scharf.

»Ich fürchte mich«, kam es zurück, unhörbar und doch so klar, als hätte jemand gesprochen. »Wurghs Gedanken sind grauenhaft. Sie machen mir Angst.«

»Beruhige dich!«, flüsterte Anna. »Seine Gedanken spiegeln nur das wider, was wir alle erlebten. Er wird sich erholen wie wir.«

»Habt ihr … mit dem Sucher gesprochen?«

»Mit etwas, das der Sucher hätte sein können«, antwortete Aissa schnell. »Bitte, lass uns ein wenig Zeit, damit wir uns sammeln können. Kannst du Wurghs Geist helfen, Rool?«

»Ich führe ihm etwas von meiner Energie zu, Aissa. Langsam beginnt er sich zu erholen. Nur die Furcht bleibt. Ich glaube, er kommt jetzt zu sich.«

»Aissa …?« Die Frage klang nur wie ein Hauch in Bhugols

Gehirn auf. Aber allmählich hatte er die Gedankenimpulse unterscheiden gelernt.

»Wurgh!«, rief er zurück. »Wir sind alle wieder hier. Wie geht es dir?«

Minutenlang schwieg der Thuta. Dann sagte er gefasst:

»Es gibt keine Hoffnung mehr, nicht wahr? Der Sucher ist tot. Etwas hat ihn getötet. Ich habe es gefühlt.«

Rool begann leise zu weinen.

»Unsinn!«, widersprach der Kapitän in scharfem Ton. Er ärgerte sich, dass Wurgh den Hydro verängstigt hatte. Schließlich handelte es sich um ein Kind. »Wir wissen überhaupt nichts Genaues«, fuhr er fort. »Etwas ist mit dem Sucher geschehen, das ist auch uns klar. Aber dass er tot sein soll – nein, das glaube ich nicht.«

»Die Halbkugel aus völliger Dunkelheit, das war der Sucher …?«, fragte Anna zaghaft. »Und die silbern schimmernde Blase, die …?«

»… die beweist überhaupt nichts!«, fiel Sam ein. »Wir sollten weniger spekulieren als kalkulieren. Ich schätze, der Sucher ist von einem anderen Wesen seiner Dimension angegriffen worden.«

»Von einem Sucher?«, fragte Rool dazwischen.

»Nein!«, erwiderte Sam bestimmt. »Die Sucher leben so voneinander getrennt, dass es zwischen ihnen keine Konflikte geben kann. Aber wer sagt denn, dass es in dieser verrückten Dimension nur eine Sorte intelligenter Wesen gibt.«

»Eben!«, meinte François. »Was war das mit dem linsenförmigen Tor, das uns aufsaugte und hierher zurückschleuderte?«

Aissa blickte den Freund ernst an.

»Ich nehme an, wir denken beide das Gleiche …?«

Aber bevor François antworten konnte, hatte Rool schon in ihren Gedanken gelesen.

»Das kann ich mir nicht vorstellen«, wisperte die Hydrointelligenz unsicher. »Sie haben mir schließlich damals geholfen.«

Anna stieß einen Schrei aus.

»Meint ihr das im Ernst?«, wandte sie sich an François und Aissa.

»Allerdings!«, sagte der Kapitän. »Und die UUM haben auch ein Motiv, den Sucher anzugreifen. Er hatte sie genauso in seinem Netz gefangen wie uns. Nur hatten sie die Macht, sich dafür zu rächen. Ich erinnere daran, auf welche geheimnisvolle Weise diese linsenförmigen Wesen verschwanden.«

»Dann ist alles aus«, flüsterte Wurgh.

»Nein!« Aissa erhob sich taumelnd. »Wir müssen herausfinden, auf welchem Weg die UUM damals unser Kontinuum verlassen haben.«

»Hölle und Teufel!«, fluchte Sam erschrocken. »Willst du ihnen etwa auf dem gleichen Wege folgen?«

»Was bleibt uns anderes übrig!«, murmelte Aissa dumpf.

3.

Die LANCET stürzte wie ein Stein auf den Planetenriesen zu. Der UUM-Planet war zusammengeschrumpft; seine Atmosphäre existierte nicht mehr. Sie lag gleich einem Eispanzer auf der Oberfläche. Der Umfang des Planeten betrug dennoch das Hundertfünfzigfache der Erde. Und immer noch wirkte die Schwerkraft von 5,9 Gravos.

Kapitän Bhugol schaltete die Bremsdüsen erst ein, als UUM nur noch vierhunderttausend Kilometer entfernt war. Die Impulsbündel stachen wie schimmernde Lanzen auf den Planeten ein und zauberten unwirklich scheinende Farbreflexe auf das Eis. Bei einer Distanz von zweitausend Kilometern fiel die LANCET nur noch zehn Meter pro Sekunde. Aissa schaltete zusätzlich die Antigravprojektoren ein.

Senkrecht wie eine Liftkabine glitt der schlanke Körper des Raumfahrzeugs herab. Die Impulswellenbündel brannten abgrundtiefe Löcher in die stahlhart gefrorene Atmosphäre. Dampf und graugrünliche Gasschwaden stiegen auf. Sie verbargen den eingebrannten Schlund vor optischer Beobachtung; aber die Tasterortung machte die Gefahr deutlich sichtbar.

Aissas dunkles Gesicht war mit Schweißperlen bedeckt. Unablässig beobachtete er die Messgeräte für Sinkgeschwindigkeit und Entfernung. Er dachte für einen flüchtigen Augenblick daran, dass sie bedenkenlos die Katastrophe ausnutzten, und ein schwaches Lächeln flog über sein angespanntes Gesicht. Vor der Katastrophe hatte die LANCET nicht auf UUM landen können; der Atmosphärendruck hätte ihre Hülle erbarmungslos zerquetscht. Diesmal gab es diese Schwierigkeit nicht. Die Atmosphäre lag gefroren und von der Schwerkraft zu einer panzergleichen Schicht zusammengepresst auf dem Grunde des ehemaligen Luftozeans.

Aber eine andere Gefahr bestand.

Aissa Bhugol wusste, dass er die LANCET nicht in dem

Schmelzkrater landen durfte. Sie würde in flüssigem Eis versinken und anschließend von den niederregnenden Gasen zugedeckt werden.

In tausend Meter Höhe aktivierte er die Steuerbord-Korrekturdüsen. Das Schiff schwankte und zitterte. Nur allmählich löste es sich aus der anfänglichen Sinkrichtung. Zentimeterweise wanderten die Glutbündel der Impulstriebwerke von dem verhängnisvollen Abgrund weg und brannten eine tiefe Schlucht in das Eis. In hundert Meter Höhe begann die LANCET zu schlingern und zu pendeln. Es sah gefährlich aus, aber dieser Effekt war beabsichtigt und vorberechnet. Durch das Schlingern verflachte sich die Schmelzspur der Triebwerksstrahlen und schuf eine Mulde, in der das Schiff schließlich sanft aufsetzte.

Im Mittelpunkt des von den Landestützen gebildeten Kreises brodelte und kochte ein Krater; doch er war zu eng und zu flach, als dass er der LANCET noch hätte gefährlich werden können.

Aissa lehnte sich aufatmend zurück. Die Klimaanlage seines Raumanzuges summte pfeifend. Er transpirierte am ganzen Körper. Aber er lachte, als er sich den Schweiß von der Stirn wischte.

»Eine Bilderbuchlandung«, gab François neidlos zu. »Perry Rhodan hätte es nicht besser machen können.«

Aissas Gesicht verschloss sich. Zwischen den Brauen bildete sich eine steile Falte.

»Perry Rhodan und die Galaktische Allianz – wie viel Ewigkeiten trennen uns von ihnen …?«

»Tausend und eine …«, gab François zurück.

Samuel Peck schnäuzte sich umständlich in sein rot kariertes Taschentuch.

»Eigentlich haben wir jetzt vieles mit dem Großadministrator gemeinsam«, meinte er leichthin. »Wir können nicht nach Hause – und er kann auch nicht nach Hause. Nur die Gründe sind verschieden. Soviel ich weiß, ist er zu einem Rendezvous mit den Posbis unterwegs. Damit richtet sich der terranische

Vormarsch automatisch in den Leerraum. Eines Tages wird er den Abgrund zwischen unserer Milchstraße und Andromeda überspringen. Dann dürfte Rhodan die Heimat noch seltener sehen als bisher.«

»Du scheinst ausgezeichnet informiert zu sein«, sagte Anna Pastuchaja erstaunt. »Plauderst hier Geheimnisse von galaktischer Bedeutung aus …«

Der Kapitän lachte.

»Unser Dicker hat Beziehungen. Schließlich war er früher Major bei der Galaktischen Abwehr.«

»Und außerdem«, fügte Sam hinzu, »sind Dinge von galaktischer Bedeutung für uns höchstens noch Provinzklatsch. Wir als weit gereiste Forscher …«

»Als weit gereiste arme Würmer!«, warf François zynisch ein.

»Aber, aber!«, mahnte Sam. »Wo wir doch gerade dabei sind, uns die sechste Dimension zu unterwerfen!«

Aissa Bhugol zündete sich eine Zigarette an und ignorierte das Gespräch, das nur ein Ventil für psychischen Überdruck darstellte. Unter gesenkten Augenlidern hervor musterte er die auf Mikrowellenradar geschalteten Panoramabildschirme. In Steuerbord zog sich die Schlucht schnurgerade dahin, die von den Impulsstrahlern ins Eis gebrannt worden war. Die hocherhitzten Schmelzgase regneten bereits wieder ab und füllten den Graben rasch auf. In Backbord lag das unberührte Eis der ehemaligen Atmosphäre. Wie ein glattpolierter Schild erstreckte es sich fugenlos bis zum fernen Horizont.

Seine Stirn umwölkte sich. Bestand überhaupt die geringste Aussicht, unter der mehrere Hundert Meter dicken Eisdecke Spuren der UUM zu finden? Gab es überhaupt Spuren außer den bekannten Kuppelbauten und dem zerstörten Raumschiff? Hatten die UUM eine technische Anlage nötig gehabt, um ins Kontinuum des Suchers einzudringen?

Er sah bald ein, dass sich diese Fragen nicht theoretisch beantworten ließen. Sie würden systematisch suchen müssen – und das mit der bedrückenden Gewissheit, dass der eventuelle Erfolg um so mehr an Bedeutung verlor, je später sie ihn erzielten.

Er drehte sich mit seinem Kontursessel und wollte aufstehen. Sein Blick blieb auf François haften. Der Erste Offizier starrte trübsinnig vor sich hin und kaute auf seiner Unterlippe. Anna sah mitleidig auf ihn herab. Als sie Aissas Blick bemerkte, verwandelte sie sich in die zärtliche Verlobte und strich François über das schwarze Haar. Doch Petit knurrte nur gereizt.

Bhugol schüttelte den Kopf. Die beiden gaben ihm Rätsel auf. Sie machten, wenn sie sich unbeobachtet glaubten, nicht den Eindruck künftiger Eheleute, sondern eher von Menschen, die ihrer Umgebung gegenüber Theater spielten. Manchmal grinste Sam ihm verschmitzt zu, aber Aissa war in diesen Dingen zu naiv, um das deuten zu können.

Er räusperte sich lautstark und erhob sich.

»Anna und François, ihr bleibt in der LANCET, während Sam, Ben und ich mit der Schildkröte die Umgebung erkunden. Unser Landeplatz liegt genau im Mittelpunkt der fünf kartografisch erfassten UUM-Städte. Wenn es etwas zu finden gibt, dann nur hier.«

François Petit sprang impulsiv auf.

»Ich bitte, an der Expedition teilnehmen zu dürfen, Aissa!«

Der Kapitän blickte ihn an. Dann musterte er Anna. Die Biologin verzog ärgerlich das Gesicht.

»Von mir aus«, sagte Aissa schulterzuckend. »Dann bleibt Sam für dich hier. Auf keinen Fall möchte ich einen allein im Schiff lassen.«

Der Mathematiker nickte.

»Mir soll es recht sein, Aissa.«

»Gut. Dir brauche ich ja keine Verhaltensregeln zu geben. Du weißt Bescheid, worauf es ankommt. Höchstens noch eins: Sollte eine Gefahr auftauchen, der ihr mit den Mitteln des Schiffes nicht gewachsen seid, dann startet. Ihr werdet danach schon herausfinden, ob ihr uns noch helfen könnt. – Das ist ein

Befehl!«, fügte er hinzu, als Sam und Anna gleichzeitig zu einem Protest ansetzen wollten.

Samuel Peck grinste.

»Wenn es auf UUM jemals Gespenster gegeben hat, sind sie längst hinter den warmen Ofen gekrochen. Außer Eisspalten und dem Vakuum sehe ich keine Gefahr, Aissa.«

»Abwarten – und dann Witze reißen!«, erwiderte Aissa ernst. Er schloss den Druckhelm, schnallte seinen Waffengurt um und winkte François zu.

Der Roboter Ben stapfte klirrend hinter ihnen her. Am geöffneten Schott wandte er sich noch einmal um und drohte mit dem Finger.

»Schön brav sein! Miss Pastuchaja ist verlobt!«

Er verschwand, bevor die Druckflasche, die Sam ihm nachwarf, ihn erreichte. Mit entschuldigendem Lächeln drehte der Mathematiker sich zu Anna um.

»Bens Humor war schon immer etwas skurril. Zudem hat er in letzter Zeit oft terranische Liebesromane gelesen. Er macht sich vollkommen falsche Vorstellungen von der Moral eines Raumfahrers.«

»Ich finde ihn köstlich«, erwiderte die Biologin lachend.

François ließ die Schildkröte mit hundertsechzig Stundenkilometern Geschwindigkeit über das spiegelglatte Eis jagen. Im Innern des Fahrzeugs minderte der Antigrav die UUM-Schwerkraft auf einen Gravo herab.

Ben saß unbeweglich auf seinem Platz und beobachtete die Instrumente. Für diese Aufgabe war ein Roboter besser geeignet als ein Mensch. Nur darum konnte die Suche mit einer solchen Geschwindigkeit vonstattengehen.

Aissa hockte vor der Feuerschaltung, stets bereit, beim geringsten verdächtigen Anzeichen das Ziel zu erfassen und zu zerstören. Er wusste zwar nicht, ob es auf dem UUM-Planeten überhaupt irgendwelche Abwehreinrichtungen gab – aber nach den letzten Ereignissen hatte er sich vorgenommen, nichts für unmöglich zu halten.

Doch nichts ereignete sich. Das leise Motorengeräusch des Fahrzeugs wirkte einschläfernd. Außerdem hatten die Menschen in den letzten vierundzwanzig Stunden keinen Schlaf gehabt. Dazu kam die ungeheure geistige Anspannung, die die Reise in die Dimension des Suchers erfordert hatte. Zeitweise fühlte Kapitän Bhugol sich innerlich wie ausgebrannt.

Seine Gedanken beschäftigten sich unaufhörlich mit dem Rätsel, das die UUM ihnen aufgaben. In der Tat waren diese schimmernden, durchsichtigen Linsen die eigenartigste intelligente Lebensform, auf die Menschen jemals gestoßen waren. Sie schienen nicht ins normale Universum zu gehören, verfügten aber offenbar über eine menschenähnliche Mentalität, wie Bens Erlebnis vor einer Woche bewiesen hatte. Aissa lächelte unwillkürlich, als er daran dachte, dass sie einen Roboter mit Spiegelfeldprojektionen hatten einschüchtern wollen.

Gleichzeitig gab ihm diese Tatsache zu denken. Wesen, die sich auf psychologische Abwehr eines Gegners beschränkten, konnten nicht von Natur aus bösartig sein. Auch der Angriff mit Ultraschall auf die LANCET änderte nichts am Ergebnis seiner Überlegungen. Die UUM konnten mit bedeutend stärkeren Waffen aufwarten, folglich hatte Ultraschall nur zur Abschreckung gedient.

Aber wie vereinbarte sich das mit ihrem erbarmungslosen Angriff auf den Sucher?

Nach ihren eigenen Aussagen Ben gegenüber hatten sie sich durch das Energienetz keineswegs bedroht gefühlt. Warum aber waren sie dann nicht einfach in ihrer Dimension verschwunden? Noch dazu, wo sie sich sagen mussten, dass ihr Angriff auf den Sucher eine Katastrophe innerhalb des energetischen Netzes hervorrief.

Rache?

War Rache ihr Motiv? Fühlten sie, die sich offenbar allen anderen Intelligenzen gegenüber für haushoch überlegen betrachteten, sich gedemütigt? Aissa Bhugol schüttelte den Kopf.

Das war ein rein menschliches Motiv, das er den UUM da unterschob. Menschen pflegten selten zu verhandeln, wenn sie sich dem anderen überlegen fühlten. Doch beim Menschen resultierte das stets aus einem unterdrückten Minderwertigkeitskomplex. Der wirklich Überlegene, wenn diese Überlegenheit auch auf geistiger Ebene existierte, kannte weder Rache noch Unterwerfung. Schwächere behandelte er mit Nachsicht, mit Gleichwertigen versuchte er, die Interessensphären durch Abkommen abzugrenzen.

Das UUM war und blieb ein Rätsel.

Blieb …? Aissas Augen funkelten plötzlich in fanatischem Glanz. Menschen pflegten nicht vor der scheinbaren Unlösbarkeit eines Rätsels zu kapitulieren!

Er blickte auf die Tasterschirme und sah, wie die Scheinwerfer der Schildkröte einen weiten Kreisbogen beschrieben.

»Wir befinden uns über dem Standort der ersten UUM-Stadt«, meldete Ben. »Von hier beginne ich mit dem ersten Suchkreis, der nach jeder Runde enger wird – bis wir wieder bei der LANCET landen.«

»Verflixter Roboter!«, schimpfte François. »Zur Hölle mit deiner Kaltschnäuzigkeit! Wir suchen, bis wir das gefunden haben, was wir brauchen.«

»Und was suchen Sie, Sir?«, erwiderte der Roboter sanft.

François blieb ihm die Antwort schuldig. Nur das jähe Aufheulen der Motoren zeugte von seinem Zorn.

Aissa zündete sich eine Zigarette an und starrte wieder hinaus auf das stahlharte Eis, das unmittelbar an den Weltraum grenzte.

Ja, was suchten sie eigentlich?

Einen Weg in die Dimension des Suchers?

Er seufzte.

Es würde ihnen nichts nützen, eine neue Möglichkeit der geistigen Reise zu finden. Sie brauchten einen Weg, den sie körperlich begehen konnten – wenn das überhaupt möglich war!

Im ersten Schreck legte er die Hände auf die Waffenschaltung, als Ben den Schrei ausstieß. »Halt!«, hatte der Roboter gerufen.

François Petit reagierte nicht minder heftig. Er bremste die Schildkröte so plötzlich ab, dass der Antigrav die Trägheitsbeschleunigung nicht voll auffangen konnte und alle drei, die beiden Menschen und der Roboter, gegen das Kontrollpult geschleudert wurden.

Glücklicherweise war die positronische Zündung des Kuppelgeschützes noch gesichert, sonst hätte auch noch eine Raketensalve das Rohr verlassen.

Aber niemand machte dem Roboter einen Vorwurf. Beide Männer starrten auf das Eis und suchten das, was Ben zu seinem alarmierenden Ruf veranlasst hatte.

Doch außer den Lichtreflexen, die die Scheinwerferkegel erzeugten, war nichts Auffälliges zu sehen.

François wischte mit dem Handschuh über die blutende Schramme an seiner Stirn und knurrte:

»Vielleicht rückst du endlich mit deiner Weisheit heraus, du Imitation eines Menschen! Oder willst du es für dich behalten?«

Ben lächelte sein täuschend menschenähnliches Roboterlächeln, als bäte er damit um Entschuldigung.

»Ich vergaß die geringe Differenzierungsfähigkeit Ihrer Sehorgane, Sir. Sie können nur eine glatte Eisfläche erkennen, nicht wahr!« Die Frage war rhetorisch gemeint, darum fuhr er fort: »Dabei liegt das Loch nur zweihundert Meter voraus.«

»Jetzt, wo du es sagst, erkenne ich es auch«, sagte Aissa. Er schüttelte den Kopf. »Manchmal bekomme ich direkt Minderwertigkeitskomplexe dir gegenüber, Ben.« Aber er lächelte dabei und strafte sich damit selbst Lügen. »Kein Wunder, dass wir es nicht sofort sahen. Die Wände erzeugen eine Spiegelung und täuschen dadurch eine geschlossene Fläche vor. – Was sagen die Messdaten?«

»Absolut kreisförmig«, meldete Ben. »Durchmesser hundertneunundvierzig Meter und zwölf Zentimeter. Die Tiefe ist von hier aus nicht zu erkennen.«

»Also fahren wir hin!«, sagte François temperamentvoll. »Ich weiß überhaupt nicht, wozu wir uns aufregen. Ein Loch im Eis! Ha! Und wir benehmen uns, als könnte im nächsten Augenblick eine Armee von Ungeheuern daraus hervorkriechen. Lächerlich!«

»Nicht so voreilig!«, warnte Kapitän Bhugol. »Oder kannst du mir erklären, warum sich ausgerechnet auf einem exakt kreisförmigen Fleck keine oder bedeutend weniger Atmosphäre niedergeschlagen hat ...?«

Der Erste Offizier kratzte sich verlegen am Kinn.

»Ja, wenn du es so siehst ...!«

»Man sollte es immer *so* sehen, Sir«, belehrte ihn Ben betont herablassend.

François knirschte mit den Zähnen, aber er beherrschte sich.

»Also, was nun?«, wandte er sich an Aissa.

»Natürlich fahren wir bis zum Rand. Aber mit der nötigen Vorsicht, bitte.«

Ohne noch ein weiteres Wort zu verlieren, entsicherte Bhugol den Zündmechanismus und schwenkte das Geschützrohr auf die kaum wahrnehmbare Öffnung im Eis.

François ließ die Schildkröte anrollen. Im Schritttempo schlich das Fahrzeug auf das Loch zu. Die Atmosphäre in der Führerkabine schien elektrisch geladen zu sein. Kaum wagten die Männer zu atmen. Die geringste verdächtige Bewegung würde zwei Reaktionen auslösen: Petit würde bremsen und den Rückwärtsgang einlegen, Aissa den Feuerknopf drücken. Niemand war gewillt, noch das geringste Risiko einzugehen.

Aber alles blieb ruhig. Fünf Meter vor dem Rand des Loches hielt François die Schildkröte an. Von ihrem erhöhten Standpunkt aus konnten sie mindestens zweihundertfünfzig Meter tief sehen. Der Grund des Loches blieb jedoch unsichtbar.

Aissa blickte den Roboter an und sagte knapp:

»Du bist uns schwachen Menschen in fast jeder Beziehung überlegen, Ben. Also nimm deine Impulskanone und sieh draußen nach!«

»Kanone!«, erwiderte Ben verächtlich, während er sich erhob und die überschwere Handwaffe mit zwei Fingern aus dem Gürtelhalfter zog. »Für mich ist das nicht einmal ein Kanönchen!«

»Du bist heute sehr witzig, wie?«, knurrte der Kapitän. »Man kann gut spotten, wenn man ein Zehntausend-Megawatt-Kraftwerk im Bauch hat.«

Hinter dem Roboter klappte das Innenschott der Schleuse zu.

»Ich schätze, die Maschine will uns heute ärgern«, brummte François wütend.

Aissa lächelte.

»Ihre Logistikschaltung würde das gar nicht zulassen. Ben ist kein Kampfroboter, mein Lieber. Für ihn gelten die Robotgesetze in vollem Umfang. Er würde uns niemals ärgern, nur um uns zu ärgern. Alles, was er jetzt tut, zielt auf eine psychologische Aufmunterung ab.«

»Ob das meiner Galle schadet, ist ihm anscheinend gleichgültig!«, gab François zurück.

Aissa Bhugol winkte ab, als der Roboter im Blickfeld erschien. Er trug einen Raumanzug, obwohl er das nicht nötig gehabt hätte. Aber entsprechend seiner Rolle als psychologischer Assistent des Chefkontakters war ihm menschliches Verhalten zur Gewohnheit geworden. Auch positronische Schaltfelder wurden von der Routine zu festen Verhaltensschemata geprägt.

Ben ging langsam auf das Loch zu, die klobige Impulswaffe lässig in der rechten Hand. Aissa sorgte sich wenig um ihn. Wenn sie es mit organischen Gegnern zu tun hatten, würde Ben immer noch tausendmal schneller reagieren als sie.

Es sah gefährlich aus, als der Roboter unmittelbar am Rand stehen blieb, die Stiefelspitzen über dem bodenlosen Abgrund und den Oberkörper leicht nach vorn geneigt. Aber seine Gleichgewichtsorgane konnten von optischen Eindrücken nicht beeinflusst werden. Schwindel war ihm unbekannt.

Die starke Helmlampe schaltete sich ein, und ein Lichtstrahl schoss in die Tiefe.

»Sechshundert Meter«, drang Bens Stimme ruhig aus dem Lautsprecher des Telekoms. »Unten befindet sich offenbar die alte Planetenoberfläche.«

Aissa holte tief Luft.

»Wie erklärst du dir das, Ben?«

»Überhaupt nicht, Sir. – Einen Augenblick bitte!«

Ben hatte sich bei seinen letzten Worten einige Millimeter weiter vorgebeugt und war unwillkürlich zurückgezuckt. Jetzt streckte er einen Arm aus. Das heißt, er wollte ihn ganz ausstrecken. Doch wenige Zentimeter jenseits des Randes stieß er gegen Widerstand. Es war auch von der Schildkröte aus deutlich zu erkennen.

»Was ist das?«, fragte Aissa.

»Ein unsichtbares Energiefeld«, gab der Roboter ungerührt zurück. »Es kann aber weder vier- noch fünfdimensional sein, denn ich empfange keine Streustrahlung.«

François und Aissa blickten sich an. In ihren Augen schimmerten Triumph und Grauen zugleich.

Sie wussten, dass sie gefunden hatten, was sie suchten.

Aber sie wussten auch, dass nun die eigentliche Gefahr erst begann.

Sie standen am Rande des Abgrunds, der eigentlich überhaupt kein Abgrund war.

Für den menschlichen Verstand ist es schwer zu begreifen, dass etwas unsichtbar bleibt und dennoch existiert. Es war typisch, dass sowohl Kapitän Bhugol wie auch François Petit sich durch Tastversuche davon überzeugten, dass es tatsächlich einen Widerstand gab.

François hatte die Schildkröte bis unmittelbar an den Rand des Schachtes bugsiert. Die starken Scheinwerfer des Fahrzeuges erhellten den Schacht bis zum Grund. Die Männer sahen deutlich die Verwitterungsspuren auf der glasharten Masse aus Ammoniak und den verschiedensten Verbindungen, ein

Zeichen, dass der Schachtboden tatsächlich identisch war mit der Uroberfläche des UUM-Planeten.

»Also schön«, sagte François nach einer Weile, »ich akzeptiere die Tatsache, dass sich innerhalb des Schachtes ein sechsdimensionales Energiefeld befindet. Anders wäre auch nicht zu erklären, warum die gefrorene Atmosphäre diesen Platz ausgespart hat. Aber wie erklärt ihr euch, dass es keine Maschinen gibt, die jenes Feld erzeugen?«

»Die Maschinen könnten tief unter dem Schachtgrund liegen«, antwortete Ben.

»Oder«, fügte Aissa hinzu, »sie befinden sich überhaupt nicht hier, sondern dort, wo das Energiefeld steht …«

François lachte unsicher.

»Mir ist nicht nach Scherzen zumute, Aissa.«

»Mir auch nicht. Ich versuche nur, eine logische Begründung für das Phänomen zu finden. Erinnere dich an das Netz des Suchers. Wir tauften es Wirkungskugel, weil sich das eigentliche Netz überhaupt nicht in unserer Dimension befindet, sondern nur von der Dimension des Suchers her auf unser Kontinuum einwirkt. Auch hier spüren wir zwar die Wirkung, aber von Maschinen ist nichts zu sehen. Folglich …«

»… gibt es gar keine Energiekuppel auf UUM«, spann François den Gedanken zu Ende. Er schüttelte sich. »Das ist multidimensionale Logik. Ich denke lieber darüber nach, wie wir in die unsichtbare Kuppel hineinkommen.«

»Wenn ich recht habe, mein Lieber«, erklärte Aissa mit Bestimmtheit, »dann kommen wir hier genauso wenig hinein, wie wir aus dem Netz des Suchers herauskommen. Aber ich kann mich irren. Darum werden wir es auf einen Versuch ankommen lassen.« Er wandte sich zu Ben.

»Du holst den großen Desintegrator aus dem Wagen und bringst eine Druckflasche voll Sauerstoff mit.«

Der Roboter kletterte durch die Schleuse und tauchte gleich darauf mit den beiden Gegenständen wieder auf. Kapitän

Bhugol legte die Sauerstoffflasche auf den Boden und richtete das Auslassventil auf eine Stelle im Eis. Er bezeichnete die Stelle mit einer Handbewegung.

»Ich weiß, die Sache sieht primitiv aus. Aber es sollte genügen, wenn Ben in seinem Schacht ab und zu den Impulsstrahler mit Minimalleistung aktiviert. Dadurch steigt das vom Desintegrator erzeugte Gas nach oben. Mit einem dünnen Sauerstoffstrahl werden wir es von dem Schacht weglenken, sodass es sich nicht wieder als Eis über Ben absetzen kann.«

Der Erste Offizier wiegte den Kopf.

»Warum wollen wir den Schacht hier graben, Aissa.? Lasse Ben direkt neben dem Wirkungsfeld beginnen, dann erspart er sich ein Drittel der Arbeit.«

»Ausgezeichnet!«, erwiderte Aissa. Er drehte die Druckflasche erneut. »Also, fangen wir dort an. Los, Ben!«

Der Roboter zögerte keine Sekunde. Er setzte den schweren Desintegrator sehr geschickt ein. Dennoch brauchte er zweieinhalb Stunden, um einen senkrechten Schacht in das Eis zu strahlen. Er schwebte dabei dicht über seinem abwärts »wandernden« Arbeitsplatz; der Antigravgenerator seines Raumanzuges hielt ihn trotz der starken Schwerkraft.

Den Schacht von neuem Eis freizuhalten, erwies sich als ziemlich schwierig. Dennoch war der Durchmesser zum Schluss groß genug, um einen Menschen einigermaßen bequem hindurchzulassen. Nachdem Ben am Grunde noch eine drei Meter durchmessende Höhle geschaffen hatte, ließen sich die beiden Männer von ihren Antigravs abwärts tragen.

»Soweit wären wir«, sagte François ein wenig spöttisch. »Wie geht es weiter?«

Aissa lehnte sich gegen die unsichtbare Mauer, die eigentlich gar nicht vorhanden war – jedenfalls nicht in diesem Raum und in dieser Zeit.

»Wir brauchen Gewissheit. Ben, du musst noch ein wenig tun. Führe einen Gang unmittelbar unter der Energiekuppel entlang!«

Der Roboter verstand. Wieder betätigte er den Auslöseknopf des Desintegrators. Wieder krochen Streifen molekularen Gases über den Boden. Der Robot verschwand in dem neu geschaffenen Loch.

Die Männer brauchten nicht lange zu warten. Schon nach zehn Minuten tauchte Ben wieder auf.

»Ich bin bis zum Mittelpunkt der Grundfläche vorgestoßen«, berichtete er sachlich. »Es gibt keinen Weg hinein. Jedenfalls nicht für materielle Körper.«

»Schluss des Dramas!«, kommentierte François trocken. »Lassen wir uns in Rools Stadt häuslich nieder und verbringen wir dort einen mehr oder weniger beschaulichen Lebensabend.«

Aissa stieß sich von der unsichtbaren Wand ab und schüttelte den Kopf.

»Ich wusste gar nicht, dass du ein solcher Pessimist bist, François«, sagte er tadelnd.

»Aber du hast doch gehört: Wir kommen nicht körperlich hinein – und geistig können wir nichts ausrichten.«

»Natürlich habe ich es gehört. Aber die ganze Zeit über wälze ich dieses Problem bereits.« Er lächelte. »Ich wette, dass wir uns innerhalb der nächsten vierundzwanzig Stunden dort drinnen befinden.« Er schlug mit der Faust gegen die unsichtbare Mauer. »Auf der anderen Seite des Universums …«

Aissa Bhugol blickte ungeduldig auf die Schaltwand der Schiffspositronik. Ununterbrochen gingen Kontrolllampen aus und an, wanderten dreidimensional wirkende Linienmuster über die Schaltfeldschirme. Das Summen der Nebenaggregate bildete eine unsichtbare Geräuschkulisse zu der lautlosen Arbeit des positro-mechanischen Gehirns.

Samuel Peck stand vor dem Gerät und vollführte Bewegungen, die an die Beschwörungsgesten eines mittelalterlichen Magiers erinnerten. Sein Kahlkopf schimmerte rosa, und der schüttere Haarkranz klebte schweißnass am Schädel.

Kapitän Bhugol sog sparsam an seiner Zigarette. Seinem Gesicht war die nervöse Unruhe, die ihn beherrschte, nicht anzusehen. Zu gern wäre er neben Sam getreten und hätte ihm geholfen. Doch ganz abgesehen davon, dass der Mathematiker sich eine Einmischung in seinen ureigensten Arbeitsbereich auch vonseiten seines Chefs energisch verbeten hätte – gegen einen Samuel Peck war er bestenfalls ein Stümper.

Sam hatte eine Schule hinter sich, wie sie wenige genießen können. Er war zehn Jahre lang – solange, wie seine Dienstverpflichtung lief – bei der Galaktischen Abwehr gewesen; fünf Jahre davon hatte er als Einsatzagent zugebracht. Danach, als sich eine Herzschwäche bemerkbar machte, war er zur Einsatzplanung versetzt worden. Er hatte klein anfangen müssen, trotz seines achtjährigen Studiums der Kyberno-Mathematik. Aber er war innerhalb dreier Jahre zum Leiter des Rechenzentrums der Abwehr aufgerückt.

Allan D. Mercant, der Chef der Galaktischen Abwehr, hätte gern gesehen, wenn Sam seine Dienstzeit um weitere zehn Jahre verlängerte. Aber Samuel Peck war es leid gewesen, Tag für Tag immer nur Innendienst zu tun. Er war nur zu einer Hälfte Kyberno-Mathematiker, die andere Hälfte gehörte der Raumfahrt. Lächelnd hatte er Allan D. Mercant seinen Nachfolger vorgestellt, einen achtunddreißigjährigen Oberleutnant, den er systematisch für die Aufgabe des Leiters erzogen hatte. Mit ruhigem Gewissen und einem fantastischen Zeugnis war er ausgeschieden.

Doch anstatt die angebotene Professur an der Space Academy Terrania anzunehmen, war er zum Team Kapitän Bhugols gestoßen. Mitglied eines Kontakter-Teams war die richtige Lebensaufgabe für ihn; dass er dabei finanziell zehnmal besser abschnitt als jeder Professor der Space Academy, interessierte ihn nur am Rande.

Was die Raumfahrt anbetraf, so waren bisher alle seine Wünsche vollauf erfüllt worden. Als Kyberno-Mathematiker jedoch bot sich ihm erst heute die Aufgabe seines Lebens.

Kapitän Bhugol hatte nicht mehr und nicht weniger zu wissen verlangt, als die Beantwortung der Frage, ob sich bei Kopplung des Therapie-Projektors mit dem Transmitter der Andro-Lenkzentrale Wurghs eine Möglichkeit ergäbe, das sechsdimensionale Feld der Kuppel auf UUM körperlich zu durchdringen. Ferner wollte Aissa Bhugol genau über das »Wie« Bescheid wissen.

Samuel Peck beschäftigte die Schiffspositronik seit vier Stunden mit der Konkretisierung der Fragestellung. Er wünschte manchmal, die riesige Rechenanlage der Galaktischen Abwehr zur Verfügung zu haben. Dennoch kam er gut voran.

Aissa Bhugol fuhr auf, als die Kontrolllampen der Positronik erloschen und Sam sich schnaufend in seinen Schwenksessel fallen ließ.

Aber der Mathematiker ließ sich nicht aus der Ruhe bringen. Umständlich entnahm er seinem Etui eine dunkle Zigarre, und genauso umständlich zündete er sie an. Erst als die ersten blauen Rauchringe zur Decke stiegen, drehte er sich mitsamt seinem Sessel um.

»Eins zu null«, bemerkte er trocken.

Ärgerlich wölbte Aissa die Brauen.

»Eins zu null für wen …?«

Sam lächelte listig aus seinen Schweinsäuglein. Er blies kunstvoll einen neuen Rauchring in die Luft und sagte dann:

»Für die Positronik natürlich. Sie hat es tatsächlich fertiggebracht, die notwendigen Fragen klar zu formulieren.«

Erleichtert atmete der Kapitän auf.

»Du solltest nicht zu bescheiden sein, Sam. Ohne dich hätte es der Kasten bestimmt nicht geschafft.«

»Oh!«, sagte Sam und klopfte beinahe zärtlich gegen die Verkleidung der Maschine. »Das solltest du nicht sagen. Sie ist eine brave, alte Kaffeemühle und …«

»Schluss!«, sagte Aissa energisch. Sam konnte stundenlang über die Vorzüge und Nachteile der verschiedenen Positroniken sprechen, wenn man geduldig zuhörte. »Wie ich dich kenne, weißt du jetzt schon, ob eine reelle Chance besteht?«

»Natürlich. Sonst wären die Fragen nicht formulierbar gewesen. Jetzt geht es nur noch um das ›Wie‹.« Er seufzte und verfiel wieder in seinen Jargon, den er sich im Umgang mit Agenten und Ganoven aller bekannten Welten angeeignet hatte. »Das wird ein verdammt dicker Hund, Boss. Gewiss, Wurgh hat mir ein ganzes Fass voll Details beschrieben und Funktionen erklärt. Aber ob die Suppe nachher auch kocht, das weiß nur des Teufels Großmutter.«

Aissa lächelte nachsichtig.

»Du könntest sie ja einmal fragen, nicht wahr?«

Sam winkte ab. »Wenn ich auch nur die Hälfte von dem verstanden habe, was ich der Positronik nachher löffelweise eingeben muss, dann kann ich einer Ente die Raumfahrt beibringen.«

Vom Schott her kam dunkles, angenehmes Lachen.

»Das wäre ja einmal etwas anderes«, rief Anna. Rasch wurde sie wieder ernst. »Habe ich recht, wenn ich annehme, dass das Problem so gut wie gelöst ist?«

»Selbstverständlich«, erwiderte Aissa. »Sam muss nur noch ein paar unwesentliche Details berechnen.«

Samuel Peck stieß einen heiseren Schrei aus, der an den ersten Krähversuch eines Junghahns erinnerte, dann warf er sich mitsamt seinem Sessel herum.

Im nächsten Augenblick jagten sich wieder die bunten Lichterfolgen der Kontrolllampen, Schaltfeldbilder flimmerten und blitzten. Sams Kopf verschwand hinter einer Wolke blauen Dunstes.

Nur hin und wieder drang unterdrücktes Gemurmel daraus hervor.

»Vielen Dank, Anna«, sagte Aissa und erhob sich. »Du kamst gerade zur rechten Zeit. Sam hätte sonst mindestens eine Stunde gebraucht, bevor ich ihn wieder an die Arbeit bekommen hätte.«

Sie lächelte, und wieder war es Aissa, als funkelten im

Hintergrund ihrer Augen tausend kleine Teufelchen. War es Spott, Ironie – oder etwas ganz anderes …?

Kapitän Bhugol lockerte seinen Kragen und starrte unverwandt zur Positronik, als wüsste er nicht, dass erst in frühestens zwei Stunden mit einem Ergebnis zu rechnen war.

4.

An der Besprechung nahmen vier Menschen, zwei Fremde und ein Roboter teil.

Die beiden Fremden hielten sich außerhalb der LANCET auf. Es waren Rool und Wurgh.

Samuel Peck erstattete Bericht.

»… hat der Therapie-Projektor Rools die Fähigkeit, unseren Geist in die Dimension des Suchers zu versetzen. Es geht jedoch bei unserer geplanten Aktion nicht lediglich um eine geistige Kontaktaufnahme mit dem Sucher, sondern darum, ihm gegen seine Feinde, die UUM, zu helfen – falls wir das überhaupt vermögen. Darum müssen wir sowohl geistig wie auch körperlich in jenes sechsdimensionale Kontinuum reisen. Aus den positronischen Berechnungen geht hervor, dass der Therapie-Projektor sich funktionell mit dem Andro-Lenkgerät Wurghs koppeln lässt. Dadurch entstünde ein Gerät, das ich als ›Andro-Hyper-Projektor‹ bezeichnen möchte.«

Er sog ein paar Mal an seiner erkalteten Zigarre, betrachtete stirnrunzelnd seine Berechnungen und fuhr dann fort.:

»Sie erinnern sich, dass Wurgh nicht berechtigt ist, uns seine Andro-Lenkzentrale zur Verfügung zu stellen, damit wir arteigene Androinds von uns schaffen. Diese Androinds – in gewisser Beziehung den Kunstgeschöpfen gleichwertig, die wir Androiden nennen – werden nach dem Vorbild des Lenkzentralen-Benutzers aus Fremdmaterie innerhalb einer fremden Umwelt geschaffen. Dazu bedarf es keines Transmitter-Empfängers, denn es wird dabei nicht die Materie, sondern nur der Muster-Kode versetzt. Es handelt sich bei diesem Gerät also um ein Geheimnis, das mindestens so wichtig ist wie das der verloren gegangenen Fiktiv-Transmitter des Wanderer-Wesens.

Nun, angesichts der Lage, in der sich Wurghs Rasse befindet, war er bereit, das Verbot zu durchbrechen. Wir müssen uns nur verpflichten, von dem Wissen, das wir von der Benutzung der

Lenkzentrale profitieren, keinen privaten Gebrauch zu machen. Wir dürfen dieses Wissen auch nicht an Dritte weitergeben …«

Er sah aufmerksam von einem zum anderen und registrierte mit Genugtuung das zustimmende Lächeln seiner Schicksalsgefährten.

»Ich freue mich, dass wir in dieser Hinsicht übereinstimmen«, sagte er bedächtig. »Es wäre uns als Menschen unwürdig gewesen, Wurgh zu erpressen. Damit können wir zum praktischen Teil übergehen.«

Missbilligend betrachtete er die erkaltete Zigarre. Dann zündete er sie umständlich wieder an. Auf seinem Gesicht zeigte sich ein undeutbares Lächeln. Er blickte zu Aissa Bhugol.

»Unser Chef hat ja bereits seine Erfahrungen mit Androinds. Es gibt jedoch zwei markante Unterschiede: Erstens benutzte Aissa seinerzeit nicht seinen Androind – dazu war Wurgh nicht bereit – und zweitens befand sich sein Geist in einem Androind, der noch innerhalb unseres Kontinuums weilte. Dadurch war die ganze Angelegenheit ohne jedes persönliche Risiko. Als Aissas Androind damals starb, kehrte sein Geist – oder der Teil seines Geistes, der den Androind steuerte – augenblicklich in den eigenen Körper zurück.

Das ist bei Verwendung des Andro-Hyper-Projektors nicht möglich. Hierbei wird nicht nur ein Teil des Geistes in den Androind versetzt, sondern der gesamte Geisteskomplex des Benutzers. Eine Rückführung – und damit Wiederbelebung des eigenen Körpers – ist nur möglich, wenn der entsprechende Androind körperlich in unser Kontinuum zurückkehrt.«

Er drückte gedankenlos seine Zigarre aus.

»Habe ich mich einigermaßen verständlich ausgedrückt?«

»Eine Zusatzfrage!«, sagte Anna Pastuchaja schnell.

»Bitte!«

»Wie sollen die Androinds in unser Kontinuum zurückkehren. Dort – in der Dimension des Suchers – gibt es meines Wissens keinen entsprechenden Andro-Hyper-Projektor …?«

Sams Gesichtszüge nahmen plötzlich eine ungewohnte Weichheit an.

»Nein, Anna. Es …«

Die Biologin hob die Hand, und Sam Peck verstummte.

»Dann möchte ich darum bitten, an der Aktion teilnehmen zu dürfen.«

Sie sah sich nach dem Kapitän um und warf ihm einen flehenden Blick zu, in dem unterschwellig noch etwas anderes mitschwang als nur die sachliche Bitte.

Aissa rutschte unbehaglich auf seinem Sessel hin und her.

»Das geht nicht. Aber ich wäre einverstanden, wenn François ebenfalls zurückbliebe. Ich sehe ein, dass die Chancen …«

»Einen Augenblick!«, warf François mit ungewohnter Schärfe ein. »Es nützt überhaupt nichts, wenn *ich* zurückbliebe. Wir sollten bei dieser Gelegenheit eine Angelegenheit klären, die sich sonst vielleicht niemals mehr klären lässt.«

»Nein!«, rief die Biologin. François zuckte die Schultern und lehnte sich resignierend zurück.

Aissa Bhugol hob verwundert die Brauen.

Zu Anna gewandt, sagte er:

»Die alte Aufteilung bleibt also bestehen. Wenn ich auch, verd…« Er schluckte den Rest hinunter, »… wenn ich auch nicht klarsehe, was hier eigentlich gespielt wird. Doch private Angelegenheiten sind in unserer Lage sekundärer Natur. Also, Sam …!«

Sam räusperte sich und warf Anna einen verschmitzten Blick zu. Aissa kam es vor, als verbargen die Gefährten etwas vor ihm, das nur noch für ihn ein Geheimnis war.

»Ich würde Annas Bitte unterstützen, aber die Chancen sind durchaus nicht so schlecht, dass wir weiter darüber diskutieren müssten. Es gibt natürlich in der fremden Dimension keinen AHP, aber der Sucher dürfte nicht auf einen Andro-Hyper-Projektor angewiesen sein, wenn er unsere Androinds zurückschicken will.«

»Leider«, warf die Biologin sarkastisch ein, »ist der Sucher im Augenblick völlig machtlos.«

Sam seufzte und warf einen Blick zur Decke der Zentrale.

»Gerade das wollen wir ja ändern, meine Liebe. Wenn unsere Aktion Erfolg hat, ist der Sucher wieder so mächtig wie zuvor. Er wird unsere Androinds zurückschicken – und wir können unseren Geist zurückerhalten. Natürlich besteht auch die Möglichkeit eines Misserfolgs. Dann wird der Sucher wahrscheinlich von den UUM vernichtet. In diesem Falle gäbe es für unsere Androinds keine Rückkehr mehr. Unsere Körper, die wir zurücklassen, würden für ewig unbelebt bleiben; das heißt, die rein animalischen Lebensfunktionen blieben erhalten – jedenfalls bis zu einem gewissen Minimum – nur würden ›wir‹ uns unserer Existenz nicht mehr bewusst sein.«

»Weshalb nennst du das Kind nicht beim Namen«, fuhr die Biologin auf, »warum sagst du nicht, dass ihr dann in der Lage von Körpern wärt, denen man das Gehirn herausoperiert hat und die man mit einer Art ›Cyborg-Aggregat‹ am ›Leben‹ erhält?«

»Warum sollte man bekannte Tatsachen allzu oft nennen?«, gab der Mathematiker zurück. »Wir kennen unser Risiko, und wir sind bereit, es auf uns zu nehmen. Schließlich hatte auch Wurgh damals etwas geopfert. Sein Körper ist nicht mehr vorhanden, jedenfalls nicht in der ursprünglichen Form. Er befindet sich in aufgelöster Form in dem Hydro-Körper Rools; nur der Geist ist scharf abgegrenzt erhalten geblieben. Dieses Opfer hat der Thuta für uns alle gebracht.«

Aissa erhob sich.

»Wir haben nicht die Zeit, sie für Diskussionen zu verschwenden. Niemand wird gezwungen, an der Aktion teilzunehmen. Wer also zurücktreten möchte, sollte das jetzt sagen. Ich persönlich würde es keinem übel nehmen.«

Er sah François an.

Der Erste Offizier lächelte nur ironisch.

Sam winkte energisch ab.

»Wer die Suppe eingerührt hat, sollte sie auch auslöffeln. Folglich komme ich mit. Dabei bleibt es.«

»Nun«, flüsterte Aissa grimmig, »hoffentlich bereut ihr es später nicht.« Er wandte sich der Biologin zu. »Du bleibst zurück. Wurgh wird versuchen, geistigen Kontakt mit unseren Androinds zu halten. Das sollte eigentlich nicht so schwierig sein. Vielleicht kannst du uns auf diesem Wege mit einigen Hinweisen unterstützen.«

»Und ich, Sir?«, fragte Ben, der Roboter.

Aissa lächelte.

»Du kommst natürlich mit, Ben. Du bist der Einzige von uns, dem dabei nichts zustoßen kann. Da du keinen Geist im menschlichen Sinne besitzt, bleibst du sowohl hier aktionsfähig als auch ›drüben‹.«

»Keinen Geist!«, empörte sich der Roboter. »Ich kann schneller denken als Sie alle zusammen und …«

»Stopp!«, unterbrach der Kapitän. »Du verwechselst positronische Reaktionen mit einem absolut immateriellen Fluidum.«

Er griff nach seinem Raumanzug.

»Beginnen wir mit den Vorbereitungen. Wenn wir uns beeilen, könnten wir Wurghs Andro-Lenkzentrale in vier Stunden hier haben.«

»… und eine Stunde später in der Hölle sein …«, murmelte Sam.

Ihre Gesichter zeigten nur noch finstere Entschlossenheit, als sie von Thuta zurückkehrten. Der ehemals erdähnliche Planet war zu einer eisbedeckten, licht- und wärmelosen Kugel geworden. Viele Thutas hatten es nicht verstanden, sich ihrer Arbeitsroboter richtig zu bedienen und waren elend zugrunde gegangen. Tausende der Würfelhäuser waren zu Gräbern für ihre Bewohner geworden.

Aissa brachte Wurgh diese Nachricht so schonend wie möglich bei.

Alles, was der Thuta dazu sagte, war:

»Das ist die Quittung für unsere bisherige Sorglosigkeit. Niemals wird es auf Thuta wieder so werden, wie es war. Aber es wird nicht schlechter sein, sondern besser. Meine Schwestern und Brüder werden wieder lernen, das Leben selbst zu meistern.«

Wenn es jemals einen neuen Anfang geben sollte!, wollte Aissa hinzufügen, unterließ es jedoch.

Die Kopplung beider Geräte war einfacher, als sie es sich vorgestellt hatten. Energie war in der Raumstadt mehr als genug vorhanden, sodass sie keine Zeit für den Einbau energiesparender technischer Raffinessen verschwenden mussten.

Wie Sam es vorhergesagt hatte, war der Andro-Hyper-Projektor nach einer Stunde harter Arbeit einsatzbereit.

Jetzt erst, nach langer Pause, meldete Rool sich wieder.

»Worauf soll ich den Therapie-Projektor-Teil des Gerätes einstellen? Auf die Dimension des Suchers?«

»Nicht direkt!«, wehrte Aissa ab. »Unsere Androinds sollen schließlich nicht irgendwo im leeren Raum des fremden Kontinuums entstehen – ganz abgesehen davon, dass wir Materie brauchen, aus denen sich die Pseudokörper aufbauen lassen.«

»Sie sollen hinter dem unsichtbaren Energiefeld des UUM-Planeten ›entstehen‹?«, fragte Wurgh.

»Ja.«

»Einverstanden. Dort gibt es ganz sicher Materie. Außerdem kann ich meinen Teil des Geräts besser auf ein nahes als ein unendlich weit entferntes Ziel einstellen.«

François räusperte sich.

»Ich bin gespannt darauf, was wir hinter der Energiekuppel auf UUM finden werden. Von außen war nichts zu sehen.«

»Du bist ein schlauer Junge«, erwiderte Aissa sarkastisch. »Wie hättest du etwas sehen wollen, was sich in einem anderen Kontinuum befindet!«

Er zündete sich eine Zigarette an.

»Also, meine Herren, legen wir noch eine kleine Besinnungspause ein. Danach ziehen wir wieder unsere Raumanzüge an. Die Lufterneuerungsanlagen kommen mit dem Inhalt der beiden Druckflaschen zweihundert Stunden aus. Konzentrate, Wasser und Wassertabletten reichen etwas länger, aber das ist unwesentlich. Wir dürfen nicht erwarten, am Ziel einen Planeten – oder gar einen Sauerstoffplaneten – vorzufinden.«

»Wir sollten nicht vergessen, genügend Energiemagazine für die Impulswaffen mitzunehmen«, warf François ein.

Aissa zuckte mit den Schultern.

»Wenn es nur nach mir ginge, würden überhaupt keine Waffen mitgenommen. Ein Gegner, dem nicht einmal der Sucher gewachsen ist, kann nicht mit Brachialgewalt besiegt werden. Nur auf den Geist kommt es an. Aber natürlich werden wir jeden möglichen Vorschlag berücksichtigen.« Er lächelte. »Meine Kommandogewalt gilt nur für dieses Kontinuum.«

Sie rauchten ihre Zigaretten, als wäre die Expedition in die fremde Dimension nur ein kleiner Ausflug. Dennoch klangen die Scherzworte, die zwischen ihnen hin- und herflogen, nicht ganz echt.

Danach aßen sie eine warme Mahlzeit, die für lange Zeit die Letzte sein sollte – oder vielleicht überhaupt die letzte ihres Lebens …

Dann streiften sie sich wortlos die schweren Raumanzüge über, überprüften die Mikro-Antigravprojektoren und die Luftversorgung und gingen dann mit schwerfällig wirkenden Schritten auf die Zusatzkammer des Andro-Hyper-Projektors zu.

Die Biologin hatte sich bis zum letzten Augenblick meisterhaft beherrscht. Nun, als die Männer sich anschickten, die Übertragungskammer zu betreten, konnte sie nicht mehr an sich halten. Sie weinte still vor sich hin.

Samuel Peck reichte ihr die Hand.

»Kopf hoch, Mädchen. Ich werde *ihn* schon wieder heil zurückbringen. Du weißt ja: Unkraut vergeht nicht.«

Energisch wischte sich Anna die Tränen aus dem Gesicht. Sie beugte sich schnell vor und gab Sam einen schallenden Kuss auf die Wange.

Verlegen blinzelte der Mathematiker und Ex-Agent. Dann kletterte er in die enge Kammer und legte sich in die mit Kabelanschlüssen gespickte Sitzschale.

Anna drückte auch François die Hand und küsste ihn auf die Wange. Aissa bemerkte den Wangenkuss zwischen den beiden Verlobten mit Befremden. Noch mehr jedoch befremdete ihn wenige Sekunden später die Umarmung, die ihm zuteilwurde. Völlig verwirrt spürte er Annas Kuss auf seinen Lippen und hörte ihre Stimme.

»Hals- und Beinbruch, alter, dummer Brummbär! Vielleicht lernst du ›dort‹ das Denken. Dann wäre die Aktion wenigstens zu etwas nütze.«

Sie schob ihn in die Übertragungskammer hinein und wandte sich ab.

Ben betrat die Kammer zuletzt. Er überprüfte noch einmal alle Anschlüsse, dann ließ er sich behutsam in seine besonders verstärkte Sitzschale sinken. Aissa Bhugol brauchte fast eine Minute, bevor er seine Verwirrung überwunden hatte. Er fühlte sich als Opfer eines Komplotts, aber seine Naivität in solchen Dingen war beinahe grenzenlos. So kam er auch diesmal nicht hinter das Geheimnis, das nur für ihn allein noch eins war.

»Fertig?«, fragte er endlich mit rauer Stimme.

»Fertig!«, meldeten die Gefährten zugleich.

»Wurgh, Rool. Wir sind bereit.«

»Es ist gut, Aissa«, kam die Antwort. »Wir beginnen jetzt. Kommt gut zurück.«

Aus den miteinander gekoppelten Geräten drang lautes Summen. Energieströme wurden aufgenommen, umgeformt, gerichtet und gespeichert. Dann legte sich hellblaues Flimmern über die winzige Kammer.

Als es erlosch, brach unheimliche Stille über den Ort herein.

Die Atemzüge der Männer, eben noch laut und deutlich zu vernehmen, waren verstummt …

Anna stürzte zum Eingang der Übertragungskammer und blickte auf die starr und steif in den Sitzschalen liegenden Männer. Sie zitterte am ganzen Körper.

Nach einer Weile wandte sie sich um und sah mit angstvoll geweiteten Augen auf die hohen, schmalen Behälter, in denen die grüne Körperflüssigkeit Rools und Wurghs gluckste.

»Wurgh …?«

»Madam …?«, kam ein Gedankenimpuls wie aus weiter Ferne.

»Haben … Sie … Verbindung … mit ihnen?«, flüsterte die Biologin stockend.

Wurgh schwieg eine Zeit lang, als müsse er sich die Antwort sorgfältig überlegen. Dann kam seine Antwort – und ließ alle verzweifelten Hoffnungen zusammenbrechen:

»Ich kann sie nicht erreichen, Madam. Ihre Gedanken entglitten mir, als die Übertragung beendet war.«

»Mein Gott!« Anna schluchzte. »Wohin hat die Maschine sie geschleudert?«

»Beruhigen Sie sich«, erwiderte der Thuta. »Das Kontinuum des Suchers ist groß, beinahe unendlich. Ich werde meinen Geist hineinschicken und weitersuchen. Und ich werde sie finden.«

Anna nickte.

»Sie *müssen* sie finden, Wurgh!«

Der Schock wich grenzenloser Verwunderung.

Aissa Bhugol kniete nieder, den Impulsstrahler immer noch schussbereit in der Armbeuge. Seine Hände betasteten den Boden, auf dem er stand. Die Syntho-Rezeptoren seiner hermetisch dichten Handschuhe übermittelten ihm die Illusion direkter Berührung. Der Boden bestand offenbar aus porösem Gestein. Unzählige Risse liefen hindurch. Aber das Gestein »fühlte« sich im Übrigen genauso an wie Gestein auf der Erdoberfläche.

Er richtete sich wieder auf und versuchte, den bläulichen Nebel mit den Augen zu durchdringen. Das erwies sich als unmöglich. Alles, was er mit seinem angestrengten Starren erreichte, war, dass ihm seine Netzhäute wankende Schattengestalten vorgaukelten. Er gab den Versuch auf und blickte seine Gefährten an.

Samuel Peck stand unbeweglich wie eine Statue an dem Fleck, an dem er zum Vorschein gekommen war. François lief, seinem Temperament entsprechend, ununterbrochen hin und her, schlug mit den Absätzen seiner Stiefel gegen den Boden und versuchte, den Nebel mit wedelnden Handbewegungen zu vertreiben.

Nur Ben schien über den Dingen zu stehen. Er stand ein wenig abseits und sah den Männern ungerührt zu.

Aissa lachte unsicher.

»Da wären wir, Männer«, sprach er ins Mikrofon der Helmfunkanlage. »Keine Aufregung. Das Experiment scheint gelungen zu sein.«

François stellte seine überflüssigen Bewegungen ein und fuhr ruckartig herum.

»So …?«, dehnte er. »Gelungen? Ich fürchte eher, wir sind in unserer Dimension geblieben. Wäre der Nebel nicht, könnte man glauben, auf einem Felsplateau der irdischen Sahara zu stehen.«

»Sie haben recht, Sir«, bemerkte Ben.

»Du hast bessere Augen als wir«, sagte Aissa. »Was bemerkst du sonst noch, das an einen Planeten unseres Kontinuums erinnert?«

»Die Schwerkraft und die einfallende Sonnenstrahlung, Sir. Beides erinnert ebenfalls an die Erde, auch wenn man die Sonne nicht sieht.«

»Also missglückt!«, kommentierte Sam.

»Durchaus nicht«, berichtigte der Roboter ihn. »Es gibt nämlich etwas, das auf keiner Welt unseres Kontinuums vorkommt: Sie selbst, Sir …«

»Ich … selbst?«, rief Sam verblüfft. »So einmalig bin ich nun auch wieder nicht. Wenn du schlechtere Scherze …«

»Keineswegs!«, widersprach Ben. »Außerdem meinte ich nicht nur Sie allein, sondern uns alle. Sehen Sie sich doch einmal genau an! Wo in unserem Kontinuum treten Menschen als schattenhafte, leuchtende Gebilde auf?«

Aissa schluckte und blickte an sich herab.

Aber er konnte keine Veränderung bemerken. Noch immer lag der Raumanzug an seinem Körper an; und es war ein Raumanzug – nichts anderes. Auch daran, dass er zwei Arme und zwei Beine besaß, hatte sich nichts geändert. Er trat näher an Sam heran und starrte durch dessen Helmscheibe. Er sah keinen leuchtenden Schemen, sondern das Gesicht des Mathematikers, wie er es kannte.

Langsam drehte er sich zu Ben herum.

»Beschreibe uns näher!«, forderte er ihn mit mühsam beherrschter Stimme auf.

»Da gibt es nicht viel zu beschreiben, Sir«, erwiderte Ben. »Ihre Erscheinung ist zu undeutlich, zu verwaschen, als dass ich Einzelheiten erkennen könnte. Außerdem fließen die schemenhaften Konturen laufend ineinander, formen sich um und nehmen groteske Formen an.«

»Er spinnt«, sagte François tonlos. »Seine Positronik hat unter der Versetzung gelitten.«

»Das hat sie nicht!«, erklärte Samuel Peck mit Bestimmtheit. »Dazu fehlt jeglicher Grund. Ich glaube Ben. Ja, es wäre mir unglaublicher erschienen, wenn wir in einem sechsdimensionalen Kontinuum als naturgetreue Androinds herausgekommen wären. Die fremde Umgebung hat uns umgeformt, weil wir in der alten Gestalt nicht existenzfähig wären. Nur wir Menschen allein merken es nicht, weil unsere Wahrnehmungsorgane ebenfalls und von den gleichen Einflüssen umorientiert wurden. Nur Bens fünfdimensional arbeitende Positronik durchschaut die Illusion, wenn ich auch nicht glaube, dass er uns in der tatsächlichen Gestalt sieht. Dazu müsste er sechsdimensional denken können.«

»Grauenhaft!«, stöhnte François.

Aissa, der sich von dem ersten Schreck rasch erholt hatte, lachte leise.

»Das wäre es also! Schön, wir sind nicht so ausgefallen, wie unsere Originale das sich vorstellten. Ich halte das für einen Vorteil. Die Hauptsache ist doch, dass wir uns in der neuen ›Gestalt‹ so bewegen können, als wären wir echte Androinds. Alles andere zählt nicht.«

Er hängte sich die Impulswaffe um – oder vielmehr das, was er für seine Impulswaffe hielt – und legte die Hand auf den Schaltknopf des Mikro-Antigravgeräts.

»Fangen wir an. Irgendwo sollte mehr zu sehen sein als nur dieser Nebel.«

Er irrte sich nicht. Aber bald würde er wünschen, weniger neugierig gewesen zu sein.

Es war wie ein Albtraum.

Die Männer und der Roboter hatten ihre Mikro-Antigravgeneratoren auf maximale Leistung geschaltet und flogen in fünf Meter Höhe.

Aissa starrte durch die Helmscheibe auf den Nebel und fragte sich, woraus dieses unbeweglich »stehende« Gas bestünde. Es wich ihren mit rund hundert Stundenkilometern dahinjagenden Körpern nicht aus. Es wurde auch nicht verdrängt, sondern verhielt sich wie absolut masselose Energie. Wenn Aissa nach unten blickte, kam ihm ihr Flug noch gespenstischer vor. Der seltsame Nebel war dicht genug, auf diese kurze Entfernung den Boden völlig zu verdecken. Dadurch erweckte es den Anschein, als kämen sie nicht einen Zentimeter vorwärts.

NIGHTMARE hatte François den fremden Planeten getauft. Er war sich dabei klar darüber gewesen, dass es unbestimmt war, ob sie sich überhaupt auf einem Planeten befanden. In dieser verrückten Dimension schien alles möglich zu sein, was im Einstein-Universum als Ausgeburt einer kranken Fantasie erschienen wäre. Aber niemand konnte sich vorstellen, dass es eine andere Existenzform von Welten als die für alle Planeten charakteristische Kugel- oder Ellipsoidenform geben könnte.

Drei Stunden lang waren sie schon unterwegs. Nichts hatte sich geändert. Der Nebel war geblieben – und auch die Bodenbeschaffenheit, wie Bens empfindliche Messgeräte auswiesen. Aissa kamen Zweifel, ob sie jemals das eigentliche Ziel erreichen würden. Theoretisch konnte Nightmare sich entgegengesetzt des gesuchten Brennpunkts befinden. Doch dann sagte sich der Kapitän, dass sie in die Kuppel der UUM hineinprojiziert worden waren. Auch die Diskuswesen selbst mussten den gleichen Weg in die sechste Dimension genommen haben. Wenn sie für den Überfall auf den Sucher verantwortlich waren, dann war Nightmare der Brennpunkt der Ereignisse.

Als die vierte Stunde ebenfalls ereignislos verstrich, meldeten sich die Zweifel erneut.

Aber sie wurden sehr rasch beseitigt, auf eine Art, die niemand erwartet hatte.

Der Nebel lichtete sich ein wenig. Dennoch gab es keinen Anhaltspunkt, ob man nur bis zu dem wieder aufgetauchten Boden sehen konnte oder noch viel weiter. Samuel Peck machte gerade den Vorschlag, Ben vorauszuschicken und an ihm die Sichtweite festzustellen, da tauchte rechts von ihnen eine bizarre Säule auf.

Die Säule verschwand aus dem Blickfeld, bevor sie anhalten konnten. Doch Bens Warnruf veranlasste die Männer, ihre Geschwindigkeit stark zu drosseln. Gerade rechtzeitig genug. Immer mehr der bizarren Säulen tauchten auf. Sie wirkten im ersten Augenblick wie gigantische Stalagmiten. Ihr Durchmesser betrug am Boden etwa zehn Meter, während er an der Spitze – Ben maß Höhen zwischen zwanzig und fünfzig Metern – nur noch einige Zentimeter war.

Aissa Bhugol geriet fast in Gefahr, der Romantik der fremdartigen Szenerie zu erliegen.

Da kam der Angriff.

Die Männer waren von vornherein im Nachteil, weil die »Stalagmiten« ihre Aufmerksamkeit gefesselt hatten und sie höllisch aufpassen mussten, nicht mit einer der solide wirkenden Säulen zu kollidieren.

Von einer Sekunde zur anderen wimmelte es neben und über den Säulen von diskusförmigen, farblosen und durchsichtigen Gebilden, die etwa drei Meter horizontal durchmaßen.

»UUM!«, gellte Bens Schrei in den Helmempfängern.

»Bremsen und neben der nächsten Säule niedergehen!«, befahl Aissa. »Im Übrigen abwarten. Nicht die Feindseligkeiten zuerst eröffnen!«

Ungehindert landeten sie neben der nächsten, etwa fünfzehn Meter durchmessenden Säule. Die UUM schwebten gespenstisch lautlos heran wie riesige, platt gedrückte Seifenblasen. Ihre wahren Absichten ließen sich noch nicht erkennen.

»Du hast ihre Sprache in deiner Positronik verankert, Ben«, sagte Aissa. »Sprich sie an. Frage sie, was sie von uns wollen.«

Er hörte das charakteristische Knacken, als der Roboter den Außenlautsprecher einschaltete. Über seinen Helmempfänger hörte er Bens Worte mit. Schon glaubte er, die UUM würden verhandeln wollen. Sie waren zum Stillstand gekommen und bildeten jetzt einen engen Kreis um die Raumfahrer.

Da spürte er, wie etwas nach seinem Geist griff.

Es war ein Gefühl, als hätte ihm jemand bei vollem Bewusstsein die Schädeldecke geöffnet und tastete nun mit nassen, unangenehm kalten Händen sein Gehirn ab. Er sträubte sich gegen den jäh aufgetauchten Wunsch, auf den nächsten UUM zuzugehen und seinen freien Willen aufzugeben.

Fast hätte er zu spät erkannt, was vorging.

Die UUM versuchten sie parapsychisch zu beeinflussen!

Aissa reagierte wie ein Automat. Der Impulsstrahler in seiner Armbeuge ruckte nach oben. Ein fingerstarker Strahl erfasste den nächsten UUM und ließ ihn in einem schillernden Funkenregen vergehen. Auch Sam und François konnten sich aus dem geistigen Zwang lösen. Ein Diskus nach dem anderen verging. Aber immer mehr schienen durch den Nebel heranzuschweben.

Der Augenblick kam, in dem Aissa sich nicht mehr gegen die Willensbeeinflussung wehren konnte. Mit schweren Schritten, so, als ginge er durch zähen Leim, wankte er auf die UUM zu. Beinahe zum Greifen nahe war er einem der zart leuchtenden Gebilde.

Da schleuderte ihn etwas mit elementarer Wucht zurück. Dunkelheit senkte sich über seinen Geist.

Aus!

Das war alles, was er noch zu denken vermochte.

Als er wieder zu sich kam, wollte er sich aufrichten. Aber eine Kraft, die stärker war als er, drückte ihn wieder auf den Boden.

Aissa Bhugol wandte den Kopf und starrte auf einen runden, schwarzen Gegenstand.

»Uh!«, brachte er stöhnend hervor. »Noch ein Mann aus Afrika!«

»Verhalten Sie sich bitte still!«, sagte eine energische Stimme. »Ich muss erst Ihren Raumanzug untersuchen.«

Aissa rollte sich zur Seite und entging den nachgreifenden Händen. Mit einem Ruck richtete er sich auf und blickte die über und über geschwärzte Gestalt vor sich an.

»Ben!«, flüsterte er schwach. »Was haben sie mit dir gemacht? Oder bist du durch einen Kamin gestiegen?«

»Sie sehen nicht viel besser aus, Sir«, erwiderte Ben und griff erneut zu. »Halten Sie endlich still, sonst muss ich Gewalt anwenden!«

Aissa sah ein, dass er gegen die Stärke eines Roboters keine Chance hatte. Geduldig ließ er seinen Raumanzug untersuchen.

Nach einer Minute richtete Ben sich auf und zog ihn auf die Beine.

»Glück gehabt, Sir. Als der UUM explodierte, wurden Sie gegen die Säule geschleudert. Ich hatte nicht geglaubt, dass der Anzug das ohne die geringste Beschädigung aushalten würde.«

»Terranische Qualitätsarbeit!«, knurrte Aissa. »Wie geht es den anderen, Ben?«

»Bewusstlos, Sir. Aber sonst sind sie offenbar in Ordnung.«

»Offenbar?«, krächzte eine heisere Stimme. »Wir *sind* in Ordnung, du Blechhaufen!«

Eine schwankende Gestalt tauchte in Aissas Blickfeld auf. Es war Sam.

»Ich dachte schon, die UUM hätten uns erwischt«, sagte er grimmig. »Wie kommt es, dass wir noch frei herumlaufen?«

»Das wundert mich auch, Sir«, erwiderte Ben anzüglich. Der Roboter konnte alle Spielarten menschlicher Gefühle in seine mechanische Stimme legen, wenn er wollte. »Sie zum Beispiel«, fuhr er fort, »wollten eines dieser Wesen umarmen. Ich konnte es im letzten Augenblick verhindern, sonst lebten Sie wahrscheinlich nicht mehr. Der UUM hatte plötzlich eine Öffnung an der Unterseite.«

»Huh!« Sam kicherte. »Wollte er mich etwa fressen?«

»Ich traue den Brüdern alles zu«, erklang die noch recht schwache Stimme François' in den Helmempfängern. Der Erste Offizier erhob sich taumelnd. Ben eilte ihm entgegen und stützte ihn.

»Also, Ben«, sagte Aissa, als sie alle beisammenstanden, »nun berichte einmal ganz sachlich, was überhaupt geschehen ist. Ich weiß nur noch, dass die UUM mich geistig beeinflussten und dass ich auf eines dieser Monstren zulief.«

»Die UUM gingen sehr geschickt vor …«, begann der Roboter.

»Aber eben nicht geschickt genug für dich, was?«, warf François bissig ein.

»Halb und halb«, deutete Ben an. »Ich übermittelte ihnen Ihre

Frage, Sir.« Er wandte seine geschwärzte Helmscheibe Aissa zu. »Sie schienen auch darauf einzugehen. Jedenfalls fing einer von ihnen an, mir etwas zu erklären. Leider konnte ich ihm nicht bis zu Ende zuhören. Sie, meine Herren, begannen plötzlich zu schießen. Ich begriff das nicht sofort. Erst als ich Ihre Benommenheit und Ihre unsicheren Bewegungen bemerkte, begann ich den Sachverhalt zu durchschauen. Ich ahnte, dass die UUM Sie parapsychisch beeinflussten. Auch da war es beinahe schon zu spät. Sie stellten nacheinander das Feuer wieder ein und liefen auf die Angreifer zu.

Glücklicherweise ahnten die UUM nichts davon, dass ich ein Roboter war. Sie wurden vollkommen überrascht, als ich das Feuer eröffnete. Mein Impulsstrahler« – er hob die überschwere Waffe hoch – »wurde mühelos mit ihnen fertig.« Er schwieg eine Weile, dann sagte er leise: »Der Rest floh. Das ist alles, Sir.«

»Hm!«, machte Aissa nachdenklich.

Er hätte froh sein sollen über ihren ersten Sieg. Aber er war es nicht. Etwas an der ganzen Geschichte missfiel ihm, ohne dass er hätte sagen können, was.

»Jetzt wissen wir also hundertprozentig Bescheid«, sagte François voller Genugtuung. »Die UUM sind die Wesen, die den Sucher bedrängen. Sie rechneten wohl kaum damit, dass wir ihnen auf ihrem Weg folgen, sonst hätten sie sich sicher besser auf unseren Empfang vorbereitet.«

Aissa nickte.

Unmotiviert sagte er zu Ben:

»Du solltest dir deine Helmscheibe abwischen, auch wenn dich der Ruß nicht behindert.«

Er lächelte ein wenig, als der Roboter umständlich einen Lappen aus seinem Anzug zog und eifrig damit über seine Helmscheibe fuhr.

Dann wechselte er erneut das Thema.

»Ich muss dir recht geben, François. Dennoch wäre ich froh, Ben hätte den UUM zu Ende anhören können. Vielleicht war die

›Erklärung‹ nur ein Ablenkungsmanöver, um uns in Sicherheit zu wiegen – vielleicht aber auch nicht. Wir sind trotz unseres Erfolges noch nicht viel schlauer. Wie sollen wir auf dieser Nebelwelt die UUM wiederfinden, wenn sie sich vor uns verbergen? Und vor allem: Wie finden wir den Sucher?«

»Wir hätten unsere gute, alte LANCET mitnehmen sollen!« Sam seufzte.

»Leider passte sie nicht in die Übertragungskammer, Sir«, gab Ben ernsthaft zurück.

François und Aissa lachten.

Sam erwiderte knurrig:

»Ich pfeife auf die Weisheiten eines Robots! Was nun? Entweder warten wir, ob die UUM noch einmal angreifen – oder wir gehen sie suchen!«

»Ganz recht!«, stimmte Aissa ihm zu. »Gehen wir sie suchen.«

5.

Anna Pastuchaja konnte das Zittern ihrer Knie nicht ganz verbergen, als sie in dem bereitstehenden Sessel Platz nahm.

Sie bemühte sich, nicht in die Übertragungskammer zu sehen, in der die entgeistigten Körper der Gefährten wie tot dalagen. Es war nicht dieser Anblick allein, vor dem sie zurückschreckte, sondern die Furcht, die er in ihr hervorrief: die Furcht, die Gefährten könnten auf ewig verschollen bleiben.

»Nur ruhig!«, klang Wurghs Stimme in ihrem Geist auf.

Anna blickte schaudernd auf die hohen Hydro-Behälter. Irgendwo in dieser kolloidalen Flüssigkeit der Hydrointelligenz schwamm der aufgelöste Körper des Thutas. Nur sein Geist gehörte ihm noch ganz allein; er war weder aufgelöst noch von Rools Geist einverleibt worden.

»Ich habe Angst!«, flüsterte sie.

»Warum?«, gab Wurgh erstaunt zurück. »Schließlich ist es nicht das erste Mal, dass unser Geist in die fremde Dimension projiziert wird. Uns kann dabei nichts zustoßen.«

Anna schüttelte den Kopf. Die Hände verkrampften sich in ihrem Schoß.

»Das ist es nicht«, erwiderte sie. »Ich fürchte mich nicht vor der Reise des Geistes, sondern vor dem, was wir dort zu ›sehen‹ bekommen werden.« Mit trotziger Gebärde warf sie den Kopf zurück. »Aber man soll den Tatsachen nicht ausweichen. Ich bin bereit, Wurgh!«

Der Thuta verzichtete darauf, etwas zu versprechen, was er nicht versprechen konnte. Nur noch schwaches Murmeln sickerte in Annas Geist, beruhigend und zuversichtlich. Dann verschwamm die Umgebung vor ihren Augen. Wieder hatte sie den Eindruck, in einen unendlichen, schwarzen Abgrund geschleudert zu werden.

Disharmonische Tonfetzen brausten vor ihr her wie ein Höllengespann. Ihr Geist fühlte die Nähe von Wurghs Geist.

Unsichtbare Fühler streckten sich zwischen ihnen aus, umklammerten sich, beieinander Schutz suchend.

Ein grellweißer Punkt tauchte unter ihnen in der Finsternis auf, dehnte sich aus und wurde zu einem wasserhellen, strahlenden Ring. Sanftes Plätschern wie von einem Springbrunnen erklang, untermalt von unendlich trauriger Musik. Dazwischen explodierten Töne, als zerschlüge eine imaginäre Axt eine ebenso imaginäre Harfe.

Anna und Wurgh wurden von einem unwiderstehlichen Sog gepackt und durch den strahlenden Ring gerissen. Unsichtbare Wesenheiten, so wirbelten sie über die Abgründe von Zeit und Raum.

Vollkommene Stille.

Hastig kreiselnde Farben an den Horizonten.

Eine halbkugelige Leuchterscheinung spannte sich unter der Stille. Rosa Flecken tanzten, unruhig zitternd, darüber hin. Tiefschwarze Spiralgebilde stießen zwischen sie, löschten sie aus. Aber immer neue rosige Flecken tauchten aus der Tiefe.

Ein hallender Akkord brach sich an unsichtbaren Wänden. Sein Echo kehrte geisterhaft hohl zurück, schwang zwischen dem Nichts und der Tiefe hin und her, wurde leiser, erhob noch einmal seine Stimme – und verlosch wie eine Kerze im Sturm.

Grauen.

Was war das, Wurgh?

Unsicheres Lachen.

Eine Illusion.

Schrilles Kreischen – dumpf hallende Töne wie von näherkommenden Schritten.

Keine Illusion. Ich …

Anna und Wurgh zugleich:

Das war der Sucher! Was ist geschehen? Was geschieht?

Ein Schrei – grauenerregendes Gurgeln – ein leiser Akkord.

Kampf! Not! Ich bin in Not!

Wir wollen dir helfen. Was können wir tun?

Verzweiflung.

Nichts. Ihr habt hier keine Macht. Flieht!

Erschrecken. Resignation.

Unsere Gefährten sind hier. Sie müssen hier sein. Können sie dir helfen? Sie sind körperlich in deine Dimension gekommen.

Schweigen.

Angst.

Anna und Wurgh zugleich:

Melde dich!

Ausstrahlung von furchtbarer Qual.

Ich kann nicht. Wo sind eure Gefährten? Schluss, sie greifen schon wieder an. Wenn ich nur wüsste, wer …

Knirschen wie zerreißendes Metall. Schrilles Pfeifen. Tiefschwarze Spiralgebilde lösten sich aus einer silbern schimmernden Wolke, stießen auf Milliarden von rosa Flecken zu. Wirbelndes Durcheinander.

Anna und Wurgh fühlten sich in dieses Durcheinander hineingerissen. Sie wollten sich sträuben – und begriffen, was der Sucher gemeint hatte, als er sagte: Ihr habt hier keine Macht!

Schon glaubten sie, mitten in dieses unbegreifliche Inferno hineinzustürzen. Doch der Abgrund war groß – zu groß, als dass sie ihn noch in dieser Epoche der Ewigkeit hätten überbrücken können. Mitten zwischen der Tiefe und dem Nichts tauchten sie in bläulichen Nebel, schwammen hindurch; und trafen plötzlich auf vertraute Gedanken.

Die Gedanken erzählten von einer Welt der Albträume, von einer Umwandlung der Existenzformen – und von den UUM.

Bevor Anna und Wurgh die Gedankenströme festhalten konnten, waren sie hindurch. Zurück blieben nur Leere und unerfüllbare Wünsche.

Waren das …? Wurghs Frage kam zögernd.

Sie waren es, jubelte Anna. Es waren die Gedanken von Aissa, Sam und François. Sie leben, und sie weilen ganz in der Nähe, Wurgh.

In einer Nähe, die nach Ewigkeiten misst, Madam.

Hier gelten andere Maßstäbe. Für diese Dimension sind sie dem Sucher sehr nahe. Und sie kennen jetzt den Gegner. Es sind die UUM.

Sie befinden sich auf einer Welt, einem Planeten also. Warum haben wir nichts von dieser Welt gesehen, Madam?

Wir sind … hindurchgegangen, Wurgh. Bedenke, dass wir nicht körperlich hier weilen. Unser Geist hat jene Welt durchquert, so wie der Schall durch Nebel hindurchgeht. Vielleicht der bläuliche Nebel – vielleicht war das die Welt, wie wir sie als geistige Wesenheiten wahrnahmen …?

Und wo sind wir jetzt? Was bedeutet dieses wogende Nichts vor uns?

Ich weiß es nicht, Wurgh. Ich weiß nur, dass wir weitersuchen müssen!

Das wogende Nichts nahm die Gedankenströme der beiden so unterschiedlichen und doch so verwandten Wesen auf.

Und durch das Nichts glitten plötzlich schattenhafte, diskusförmige Gebilde heran …

»Da war etwas!«, schrie François.

Aissa legte dem Gefährten beruhigend die Hand auf die Schulter.

»Auch ich habe es gespürt. Es war wie eine Traumerinnerung – und doch noch mehr. Ist es möglich, dass …? Nein, das kann nur eine Halluzination gewesen sein!«

»Es war keine Halluzination.« Sam trat mit schweren, unbeholfen wirkenden Schritten näher. »Die Gedanken waren die von Anna und Wurgh. Sie suchen uns.«

»Ich habe es gefühlt«, murmelte Aissa. »Aber sie haben uns nicht gefunden. Wie mögen sie hierher – nach Nightmare – gekommen sein?«

»Leider konnte ich nichts wahrnehmen, Sir«, warf Ben ein. »Aber wenn die geistigen Wesenheiten von Miss Pastuchaja und Wurgh in der Nähe sind, dann ist auch der Sucher nicht weit. Entsinnen Sie sich, dass der Gedankenstrom bisher stets in die Nähe des Suchers gelenkt wurde …?«

»Ja!«, erwiderte Aissa dumpf. »Damit steigen unsere Chancen. Auf! Suchen wir weiter!«

Sie schalteten die Mikro-Antigravgeneratoren ein und schwebten davon, hinein in das Meer gigantischer »Stalagmiten«. Unbeweglich hing der bläuliche Nebel neben, über und unter ihnen, hüllte sie ein wie ein Tuch und ließ sie gleichzeitig hindurch, als wäre er nur eine Vorspiegelung.

Nach einer Stunde wurden die Säulen zusehends kleiner, bis der »Stalagmitenwald« völlig zurücktrat und einer gläsern schimmernden Sandfläche Platz machte. Der Sand befand sich in ständiger Bewegung. Es war, als befände er sich in einem riesigen Sieb, das von jemandem hin- und hergerüttelt wurde. Ein hauchdünner, diamanten glitzernder Staubschleier lag über allem.

Aufmerksam beobachtete Aissa die Bewegungen des Sandes – oder dessen, was sie für Sand hielten, obwohl es mehr wie fein gemahlenes Glas aussah.

Nichts von einem Luftzug war zu spüren; dennoch wogte der Sand ununterbrochen hin und her. Irgendetwas musste ihn bewegen, sagte sich der Kapitän. Wenn es nicht der Wind war, was dann?

Fast zugleich mit Ben stieß er einen Warnruf aus.

Der bläuliche Nebel hatte sich stärker gelichtet – und am Horizont tauchten smaragdgrüne Leuchtspiralen auf. Die Spiralen reflektierten das Licht einer unsichtbaren Sonne. Sie drehten und wanden sich in einem unirdischen Tanz, während Lichtreflexe über sie hinwegflossen, als würden sie mit leuchtendem, vielfarbigem Wasser überschüttet.

Sanft setzten die Männer und der Roboter auf dem Sand auf. Wachsam lauerten sie auf eine Reaktion der wogenden Massen. Aber der Sand verhielt sich wie normaler Treibsand. Sie begannen einzusinken, vermochten sich aber mithilfe der Antigravgeneratoren auf der Oberfläche zu halten.

Vorsichtig glitten sie zu Boden und brachten ihre Impulswaffen in Anschlag. Sie hatten das Empfinden, als schwämmen sie wie Korkstückchen auf einer leicht bewegten See.

Die Leuchtspiralen schienen ihr Kommen nicht zu beachten. Niemand wusste, ob es sich um Lebewesen oder um eine Naturerscheinung handelte.

»Sie greifen weder an, noch gehen sie weg«, murmelte François. »Eigenartig.« Samuel Peck wandte den Kopf.

»Soll ich einmal hinübergehen, Aissa? Ich habe so das Gefühl, als ob sie überhaupt nicht reagieren würden.«

»Gefühle täuschen – und ganz bestimmt auf Nightmare!«, warnte Aissa.

»In diesem Fall höchstwahrscheinlich nicht, Sir«, meldete sich Ben. »Ich würde sagen, dass wir Pflanzen vor uns haben – oder doch das, was auf dieser Welt äquivalent unseren Pflanzen ist.«

»Einen Fotoapparat müsste man mithaben!«, bemerkte François sarkastisch. »Himmel! Wenn ich mir zu Hause die Gesichter vorstelle! Ein ganzer Wald aus tanzenden Spiralen …!«

»Optimist!«, knurrte Sam verächtlich.

Der Roboter erklärte völlig ernsthaft:

»Eine Kamera aus unserer Dimension würde sicher etwas völlig anderes aufnehmen, als wir zu sehen vermögen, Sir.«

Aissa hatte sich unterdessen für die Art des Vorgehens entschieden.

»Du gehst hinüber, Ben! «, entschied er. »Aber halte dich etwas nach rechts, damit wir dir notfalls Feuerschutz geben können. Wenn die ›Bäume‹ nicht feindlich reagieren, solltest du einen von ihnen berühren.«

»Jawohl, Sir!«, sagte Ben steif und marschierte los.

Es sah grotesk aus, wie er fast über den welligen Sand dahinschwebte: ein humanoider Roboter mit einem Nettogewicht von elfeinhalb Zentnern. Seine Füße berührten kaum den Boden – oder nur eben soviel, dass er flache Abdrücke hinterließ. Auch er kam ohne aktivierten Antigrav nicht aus. Der Treibsand hätte ihn innerhalb weniger Minuten verschlungen.

Der Roboter schlug einen weiten Bogen und näherte sich dem »Wald« von rechts. Unentwegt beobachteten die Männer. Ihnen wäre keine verdächtige Bewegung der Leuchtspiralen entgangen.

Aber nichts regte sich. Die irrlichternden Spiralen drehten sich in skurrilem Tanz, schienen jedoch dabei stets auf derselben Stelle zu bleiben. Es hatte den Anschein, als klebte ihr schmal auslaufendes unteres Ende fest im Boden.

Aissa fragte sich, warum die UUM noch nicht wieder aufgetaucht waren. Zwar hatten sie eine Niederlage erlitten, aber er war sicher, dass diese Wesen bessere Möglichkeiten kannten als den plumpen Frontalangriff.

Er packte die Waffe fester und kniff ein Auge zusammen, damit er sein Ziel fest im Reflexvisier hatte.

Wie, wenn der Wald eine Falle darstellte …?

Unentwegt stapfte Ben weiter auf die Spiralen zu. Seinen überschweren Impulsstrahler hielt er schussbereit. Diese Roboterwaffen waren eigentlich schon kleine Geschütze, dachte der Kapitän. Ein einziger Schuss konnte bei maximaler Leistungsabgabe einen kleinen Berg fortblasen.

Aissa hielt unwillkürlich den Atem an, als der Roboter die erste Reihe der »Bäume« erreichte.

Ben blieb stehen. Nur sein Kopf drehte sich langsam.

Im Helmempfänger krachte es, als der Roboter sich meldete.

»Keine Veränderung, Sir«, sagte er gelassen. »Die Bäume lösen sich nicht von ihren Plätzen. Aber noch besteht die Möglichkeit, dass wir es mit wandernden Pflanzen zu tun haben. Ich werde es ausprobieren, Sir.«

Aissa sah, wie Ben langsam zwischen zwei Spiralen trat. Der Roboter verharrte einige Sekunden. Dann berührte er mit der Hand den rechts von ihm stehenden »Baum«. Ohne Ergebnis. Etwas schneller drehte er sich um und stieß heftig gegen die andere Spirale. Sie bog sich in der Mitte ein, kehrte aber rasch in die normale Lage zurück.

Aissa schluckte, als der Roboter seine Impulswaffe über die Schulter hängte und mit beiden Händen eine Spirale umspannte. Er wusste, welche Körperkraft Ben entfalten konnte.

Bens Rücken beugte sich. Dann bog er sich etwas durch. Es

gab einen Knall, der selbst auf die etwa fünfhundert Meter Entfernung noch deutlich zu hören war – dann hing die »Pflanze« frei in der Luft. Der Roboter hielt sie mit ausgestreckten Armen von sich ab und blickte in das Loch, das sie im Boden hinterlassen hatte.

Mit der Leuchtspirale ging etwas Erschreckendes vor.

Sie wurde immer dunkler, bis nur noch ein matter Schimmer außer dem nahezu absoluten Schwarz auszumachen war. Ben hatte es ebenfalls bemerkt. Behutsam ließ er die Pflanze wieder in ihr Loch zurücksinken, scharrte mit den Füßen Sand heran und stampfte ihn fest.

Das Schwarz der Pflanze wich ganz allmählich einem heller und heller werdenden Grau, wurde zu Blau, dann zu Rot und schließlich zu Gelb. Eine Minute später wurde das Gelb vom ersten smaragdgrünen Schimmer verdrängt. Die Spirale begann sich schüchtern zu drehen, während ihre Farbe immer mehr zum normalen Ton überging.

»Was sagen Sie nun, Sir?«, fragte Ben. »Sind es Pflanzen oder sind es UUM?«

Aissa lachte rau.

»Mir scheint, du hast meine Gedanken gelesen, wie? Natürlich sind es Pflanzen. Dein Versuch hat es bewiesen. Bleib dort. Wir kommen.«

Die Männer erhoben sich und ließen sich vom Antigrav bis zum Waldrand tragen.

Von dort allerdings wirkten die Gebilde immer noch bedrohlich und geheimnisvoll. Trotz ihrer anscheinend völligen Harmlosigkeit hätte Aissa den Wald normalerweise umgangen. Doch von Horizont zu Horizont zog sich lückenlos die Mauer der Leuchtspiralen hin.

Ben schritt voran. Er würde jede auftauchende Gefahr zuerst bemerken. Aissa folgte ihm mit fünf Schritt Abstand, dann kamen François und Sam.

Sie waren noch keine zwei Schritt weit eingedrungen, als ihre

Außenmikrofone ein seltsam helles Singen und Klingen übertrugen. Es war, als raunten geisterhafte Stimmen ihnen etwas zu: eine Warnung oder eine Drohung.

Ben erklärte das Phänomen. Das Geräusch kam vom wandernden Sand, und die eigenartigen Pflanzen verstärkten die sonst unhörbaren Töne und warfen sie vielfach zurück.

Dennoch wurden sie das Gefühl nicht los, durch eine Gruft voller toter Seelen zu gehen. Und selbst der Roboter wurde stutzig, als das Klingen zum ohrenbetäubenden Dröhnen wurde.

Aber da war es fast schon zu spät …

Etwas, das weder wahrzunehmen noch vorstellbar war, hatte sie eingeschlossen und von ihrer Umwelt isoliert.

Es ist das Nichts, hatte Wurgh dazu gemeint.

Aber Anna wusste, dass diese Definition keine Definition sein sollte, sondern nur als Vergleich gedacht war. Solange das Universum bestand, gab es kein absolutes Nichts. Das sagte der Verstand. Das Gefühl jedoch reagierte anders. Wenn es nichts mehr gab, was wahrgenommen werden konnte, so wollte es dem Verstand einreden, und wenn auch nichts da war, das die Wahrnehmung behinderte, dann existierte nichts mehr.

Es war gut, dass der Verstand sich gegen das Gefühl gewehrt hatte.

Aber im Endeffekt nützte es auch nichts mehr.

Die glasig durchsichtigen, schimmernden Diskusse waren urplötzlich da. Nichts hatte ihr Kommen angekündigt – und nichts gab es, das sie abwehren konnte.

Sie können uns nichts anhaben!, dachte Anna voll verzweifelter Hoffnung. *Wir sind nicht wirklich hier, sondern nur geistig.*

Ist der Geist nicht wirklich?, fragte Wurgh mit bitterer Ironie.

Er ist wirklich, aber man kann ihn nicht fangen, hoffte Anna weiterhin. *Geist ist das einzig Freie im Universum.*

Sie wusste nicht, mit welcher Geschwindigkeit sie und Wurgh durch die fremde Dimension »fielen«. Nur daran, dass die UUM, die so plötzlich aufgetaucht waren, nur langsam aufholten, war zu erkennen, dass die Geschwindigkeit alle menschliche Vorstellungskraft überstieg.

Für kurze Zeit glaubte Anna sogar, dass sie den schimmernden Diskuswesen entfliehen könnten. Aber dieser Glaube hielt nicht lange an. Wurgh und sie besaßen keine Möglichkeit, ihre Geschwindigkeit oder Fallrichtung zu beeinflussen. Die UUM dagegen manövrierten mit beinahe lässiger Eleganz und kamen unaufhaltsam näher.

Anna wunderte sich, dass sie die Hyperwesen so sah, wie Ben sie beschrieben hatte, nachdem er damals von der UUM-Welt zurückgekehrt war. Doch dann sagte sie sich, dass Wesen, die mit sechs Dimensionen manipulierten, ihre Erscheinungsform überall und jederzeit konstant zu halten vermochten. Fast ergriff sie etwas wie Bewunderung für die eigenartige Schönheit der durchsichtigen Wesen, ihre absolut symmetrische Körperform und die Leichtigkeit, mit der sie sich bewegten. Erst als sie daran dachte, dass die UUM die Katastrophe im Netz des Suchers verschuldet hatten, konnte sie sich von dem zauberhaften Bann lösen.

Mit Entsetzen nahm sie wahr, dass einige der Hyperwesen sie bereits überholt hatten.

Von Wurgh kam ein Gedankenimpuls der Furcht.

Da wuchs Anna über sich hinaus.

Was ist das schon: sterben? Gewiss, es ist schade, dass wir nun auf ewig getrennt sind, Wurgh. Aber war unser Leben nicht reich genug?

Vielen Dank!, kam es zurück.

Anna ließ die Erinnerungen wie ein Kaleidoskop an sich vorüberziehen. Ihre Jugend im schönen Riga, die Sommer in der sibirischen Taiga, die Ausbildung im Institut für Exobiologie auf dem Mars, das Praktikum auf dem Ara-Planeten Tolimon, der Start mit der LANCET, das Netz des Suchers, Wurgh, Rool, Sam, François – und Aissa. Nur schade, dass Aissa vielleicht niemals erfährt, welcher List François und ich uns bedienten, um …

Ein schimmernder Diskus tauchte wie ein Berg neben ihr auf. Angsterfüllt starrte sie ihn an.

Etwas Unheimliches ging mit dem UUM vor.

Seine Konturen verschwammen, das Leuchten wurde diffuser – und dann war es nicht mehr irgendwo außerhalb Annas Geist, sondern wölbte sich gleich einer Kugelschale unendlicher Ausdehnung um sie herum.

Sie war gefangen.

Plötzlich fand sie ihre Ruhe wieder. Sie bemerkte, dass ihr nichts geschah, und schöpfte wieder Hoffnung. Aber vielleicht konnte der UUM ihr – da sie nur Geist war – wirklich nichts anderes anhaben, als dass er sie gefangen hielt. Und wenn, was war damit gewonnen? War eine ewige Gefangenschaft nicht ebenso schlimm, ja schlimmer noch als der Tod? Was würde mit ihrem Körper geschehen, wenn die Verbindung zum beseelenden Geist abriss? Würde er absterben, verwesen, zu Staub zerfallen – oder ewig auf die Rückkehr des Geistes warten …?

Fragen, auf die es keine Antwort gab.

Sie spürte nichts von irgendeiner Bewegung. Sie erhielt auch keine Verbindung mehr mit Wurgh. Das Innere des UUM war für sie gleichbedeutend mit einer Gruft, in der man sie lebend bestattet hatte.

Und plötzlich war alles ganz anders!

Die scheinbar unendliche Kugelschale schwand. Anna nahm verschiedene Gegenstände oder Aggregate wahr, wenn auch noch undefinierbar. Und sie erkannte, dass sie relativ zu ihrer Umwelt stillstand.

Wo sind wir?, kam eine Frage wie ein Hauch angenehm warmer Luft.

Wurgh …?, fragte Anna zaghaft zurück.

Ich bin es. Sind wir frei – oder befinden wir uns nur in einem neuen Gefängnis?

Ist das im Augenblick nicht gleich? Wir sind wieder zusammen. Das ist allein schon eine Gnade.

Ein unartikulierter Schrei. Dann:

Ich kann mich bewegen! Nach meinem eigenen Willen bewegen!

Anna hatte bereits eine scharfe Erwiderung bereit. Sie äußerte sie jedoch nicht. Aber obwohl sie Wurghs Mitteilung nicht glaubte, versuchte sie sich behutsam zu bewegen.

Und es gelang.

Es war eine eigenartige, ihr völlig neue Art der Fortbewegung und der Orientierung. Es war ihr, als brauchte sie nur den entsprechenden Befehl zu denken, und schon befand sie sich dort, wohin sie sich gewünscht hatte. Demzufolge waren die ersten Bewegungen ruckhaft und unausgeglichen. Allmählich erst lernte sie, durch eine fortlaufende Kette von Befehlsimpulsen langsam dahinzuschweben. Doch weder sich selbst noch Wurgh vermochte sie wahrzunehmen. Daran hatte sich also nichts geändert. Dennoch wussten beide in jedem Augenblick genau, wo sich der andere »befand«.

Sie entsannen sich wieder ihrer eigentlichen Aufgabe.

Ich weiß nicht, was das ist, worin wir uns aufhalten, erklärte Anna.

Es erscheint alles so fremd. Aber wir können nicht ewig hierbleiben.

Fliehen wir!, schlug Wurgh vor. *Vielleicht gelangen wir ebenso leicht durch die Wände wie durch diesen Planeten, auf dem die Gefährten sind.*

Nein!, erwiderte Anna fest.

Erst müssen wir wissen, wo wir sind und wer sich sonst noch hier aufhält.

Wurgh stimmte ihr zu.

Vorsichtig bewegten sie sich an dem entlang, was sie für eine Wand hielten, bis sie unter einer gewölbten Decke schwebten. Sie konzentrierten sich – und hatten im nächsten Augenblick die Decke durchdrungen. Es war überhaupt nicht schwer gewesen. Im Stillen frohlockten sie, wenn sie auch nicht begriffen, warum man sie in dieses »Gefängnis« gesteckt hatte, das für ihren Geist keins war.

Sie glitten durch Gänge, schwebten in Schächten empor, kamen an gigantischen Aggregaten vorüber und durchquerten Säle mit unaufhörlich blitzenden Lichtern.

Nach langer Zeit fanden sie sich endlich anderen Wesen gegenüber.

Die Fremden beachteten sie nicht, und Anna und Wurgh mussten sich erst daran gewöhnen, dass sie für Wesen mit »normalen« Wahrnehmungsorganen nicht existierten.

Vier Wesen standen in einer niedrigen Halle, die entfernt an die Kommandozentralen terranischer Raumschiffe erinnerte. Doch die vier Wesen waren keine Terraner. Ihre Gestalten waren so bizarr, dass sich kein Vergleich fand, sie zu beschreiben. Zudem schien es, als veränderten sie ihre Körperformen unaufhörlich – wenn auch nur geringfügig. Manchmal hatten sie sogar entfernte Ähnlichkeit mit Humanoiden.

Aber Anna und Wurgh fanden wenig Zeit, auf Äußerlichkeiten zu achten.

Sie lasen einen Wirrwarr fremdartiger und zugleich seltsam vertrauter Gedanken.

Und diese Gedanken waren so entsetzlich, dass sie vorübergehend die Fähigkeit jeglicher Wahrnehmung verloren …

Sie drosselten den Empfang ihrer Außenmikrofone. Aber die undefinierbare Atmosphäre Nightmares leitete den Schall so gut, dass das Dröhnen weiterhin ihre Ohren marterte.

Ben war stehen geblieben.

»Was ist los?«, fragte Aissa. »Hast du etwas Verdächtiges entdeckt?«

»Nein, Sir«, übertönte Bens Stimme die anderen Geräusche. »Aber dieses Dröhnen ist nicht normal.«

»Vielleicht hört es von selbst auf, sobald wir aus dem Wald heraus sind«, warf Sam ein. Aissa zuckte die Schultern.

»Vielleicht. Los, Ben! Weiter! Aber etwas schneller. Wir wollen versuchen, den Wald bald hinter uns zu bringen.«

Der Roboter begann zu laufen. Mit weiten Sätzen sprang er zwischen den dichtstehenden Leuchtbäumen hindurch. Sandwolken stäubten hoch, wo sein Fuß den Boden berührte. Die Männer schalteten ihre Anzug-Antigravgeneratoren auf höhere Leistung und folgten Ben mit der gleichen Geschwindigkeit.

Die Bäume schienen immer heller zu leuchten. Und auch das Dröhnen nahm an Lautstärke zu. Es trieb die Männer fast zum Wahnsinn. Sie sahen keine Möglichkeit, das Geräusch von ihren Gehörnerven fernzuhalten. Sie mussten es ertragen. Aber sie fühlten, dass sie es nicht mehr lange aushalten würden.

Aissa sah rote Ringe vor seinen Augen kreisen. Das Blut pulste schmerzhaft in den Schläfen. Rein mechanisch nur bewegten sich die Beine noch.

»Verdammt!«, hörte er wie von ferne Sams Stimme. Der Mathematiker musste wahrscheinlich brüllen wie ein Stier, sonst wäre er überhaupt nicht zu hören gewesen. »Verdammt!«, wiederholte Sam. »Warum steigen wir nicht auf? Dann wären wir doch schnell aus diesem dreimal verfluchten Wald heraus!«

Aissa fühlte sich versucht, der Forderung nachzugeben. Sie erschien berechtigt und ihre Erfüllung gefahrlos. Aber etwas, das älter war als die Intelligenz des Menschen, warnte ihn.

Die instinktive Furcht, die Deckung zu verlassen, rettete ihnen das Leben.

Sie fühlten den riesig anmutenden Schatten mehr, als sie ihn wirklich sahen. In dem Augenblick, als er über sie hinwegglitt, wurde das Dröhnen absolut unerträglich. Die Männer taumelten und stürzten zu Boden, sinnlos schreiend vor Qual.

Über ihnen aber schwand der Schatten, als wäre er nie gewesen. Das Dröhnen ließ allmählich nach. Doch es wurde abgelöst von infernalischem, explosionsartigem Getöse, das die Gehörnerven nicht weniger strapazierte.

Mit unendlicher Mühe gelang es Aissa, seinen Kopf zu drehen. Er sah schwankende Leuchtbäume, deren Wipfel sich fast bis zum Boden neigten – und er sah unzählige smaragdgrüne Trümmerstücke über die geduckten Wipfel wirbeln. Er hörte aus dem Inferno das Zerbrechen der Bäume heraus, erkannte das Stakkato explosionsartiger Geräusche wieder, die von entwurzelten Leuchtbäumen kamen, und sah Tausende von Trümmerstücken herabregnen und sich schwärzlich verfärben.

Deutlich war die breite Gasse der Verwüstung zu erkennen, die der Schatten auf seiner Spur zurückgelassen hatte.

Aissa wunderte sich nur, dass er noch lebte. Einige Trümmer der Bäume hatten seinen Raumanzug getroffen und waren gegen seinen Helm geprallt. Doch die Wirkung stand in keinem Verhältnis zu den Geräuschen, die dabei entstanden. Sie war gleich null.

Plötzlich und unerwartet brach beinahe absolute Stille herein. Nur das geisterhafte Raunen des wandernden Sandes war noch zu vernehmen, sonst nichts.

Ben lief bereits zwischen den Männern hin und her und untersuchte ihre Raumanzüge, bevor die Männer begriffen, dass sie dem Tode noch einmal entgangen waren.

»Das war knapp!«, sagte Samuel Peck tonlos. »Ein Glück, dass du nicht auf mich gehört hast, Aissa.«

Kapitän Bhugol lächelte ironisch.

»Auf Forderungen, die von Flüchen begleitet werden, höre ich grundsätzlich nicht, Sam …«

Der Mathematiker versuchte zu lachen. Es gelang ihm nicht.

»Na schön, ich habe mir allzu heftig Luft gemacht. Entschuldige bitte. Aber nun verrate mir, warum du wirklich nicht auf mich hörtest!«

»Instinkt!«, verriet François. »Nennt mich meinetwegen naiv, aber ich hatte bei diesem Dröhnen unwillkürlich das Bedürfnis, mich an den Boden zu ducken wie ein Junghase.«

»Mir ging es ähnlich«, gab Aissa zu. »Unser Verstand ist nicht jeder Situation gewachsen. Oft ist der Instinkt verlässlicher. – Aber es konnte auch genau umgekehrt sein, dass die Rettung oben und der Tod unten gewartet hätten.«

François drehte sich zu Ben um.

»Warum hast du nicht zur Flucht nach oben geraten, alte Blechhaut? Bei dir kann es doch kaum am Instinkt gelegen haben, oder?«

»Ich besitze keinen Instinkt, Sir«, antwortete der Roboter förmlich. »Sich nach einem Instinkt richten, hieße für intelligente Wesen zudem, Russisches Roulette spielen.«

»Ach du heiliges Kanonenrohr!«, ächzte Sam. »Wo hat er nur diesen Ausdruck aufgeschnappt?«

»Aus Ihrer Privatbibliothek, Sir«, entgegnete Ben ungerührt. »Sie erlaubten mir neulich, mir einige uralte Bücher auszuleihen.«

»Die Bücher müssen wirklich uralt gewesen sein«, bemerkte François anzüglich. Aissa räusperte sich durchdringend.

»Kehren wir in die Wirklichkeit zurück, meine Herren. Schließlich sind wir eben erst angegriffen worden. Was nun, wenn sich das Gleiche wiederholt?«

»Ich glaube nicht an einen Angriff, Sir«, widersprach Ben mit Nachdruck. »Niemand hat eine Waffe gegen uns eingesetzt.«

»Ach, du grüne Neune!«, entfuhr es Sam. »Sag das noch einmal!«

»Niemand setzte eine Waffe gegen uns ein, Sir. Der Zwischenfall, der Ihnen fast das Leben kostete, scheint durch eine Verknüpfung von Zufällen entstanden zu sein.«

»Seltsame Zufälle«, murmelte Aissa skeptisch. »Hast du vielleicht auch erkannt, was das für ein Schatten war?«

»Jawohl, Sir. Es war ein Raumschiff.«

»Ein Raumschiff!« Sam stöhnte. »Du hast wohl nicht alle …«

»Ein Raumschiff, Sir«, wiederholte Ben stereotyp. »Und wenn meine Positronik noch funktioniert, handelte es sich dabei um eine Space-Jet terranischer Konstruktion …«

6.

Der Schalter klickte schwach, als der Mann den Ton-Bild-Speicher der Bordpositronik aktivierte. Teilchenströme ordneten sich innerhalb eines technischen Wunderwerks zu komplizierten Strukturen, die sich ununterbrochen veränderten und mit unsichtbaren Kräften auf einen winzigen Speicherkristall einwirkten.

»30. Juni 2114 – Erdzeit. Berichterstatter Perry Rhodan, Großadministrator des Solaren Imperiums. Ort der Berichterstattung: die Space-Jet SJ-33T vom Flaggschiff der Solaren Flotte THEODERICH, zur Zeit auf einem unbekannten Planeten innerhalb eines Raumes, der offensichtlich nicht zum bekannten Einstein-Kontinuum gehört. Besatzung der Space-Jet: Oberleutnant Isabella Monta und Leutnant Holk van Dreesen, beide Angehörige der Galaktischen Abwehr, sowie die Sergeanten Brian Folk und Laim Taillon. Passagiere: John Marshall, Chef des Solaren Mutantenkorps und Telepath, Teleporter Ras Tschubai und ich, der ich gleichzeitig Leiter dieser Expedition bin.«

Perry Rhodan warf einen kurzen Blick auf die Bildschirme der Rundumerfassung. Die SJ-33T stand in einer von schwarzen Felsenriffen eingerahmten Senke. Der Boden der Senke bestand aus einem unbekannten Material, das rein äußerlich wie feinster Marmor wirkte und von bläulich schillernden Blattpflanzen bedeckt war, die sich in unaufhörlicher Bewegung befanden. Der Himmel war nicht zu sehen; weder Sterne noch eine Sonne konnten ausgemacht werden. Dennoch betrug die Lufttemperatur in Bodennähe sechsunddreißig Grad Celsius, wenn die Atmosphäre nach den bisherigen Untersuchungen auch nicht für Menschen atembar zu sein schien.

Rhodan hatte schon viele seltsame Welten gesehen; aber eine wie diese war auch ihm so fremd, dass er keinen Vergleich fand.

»Vor vier Stunden noch befanden wir uns im vertrauten Einstein-Kontinuum. Am 28. Juni 2114 Erdzeit landete die THEODERICH auf einem Planeten mit dem Namen TAPHORS PLANET. Taphors Planet ist eine Springerwelt, war jedoch zeitweilig von einem akonischen Sonderkommando besetzt. Die Akonen hatten versucht, Kontakt mit einem Raumschiff der Posbis zu bekommen, das sie im Zuge einer verräterischen Intrige zu Taphors Planet dirigiert hatten. Die Posbis sind Roboter, aber mit lebendem und denkendem Bioplasma ausgestattet, das in einer sogenannten ›hypertoyktischen Verzahnung‹ mit ihrem positronischen Gehirn verbunden ist. Es gelang uns auf Taphors Planet, als die rechtmäßigen Verhandlungspartner von den Posbis anerkannt zu werden und einige wertvolle Informationen zu erhalten, mit denen wir uns in Zukunft vielleicht alle Posbis zu Freunden machen können.

Doch das ist nur die Vorgeschichte.

Zwei Tage nach unserer Landung auf Taphors Planet sichteten zwei patrouillierende Beiboote des Abwehrschiffes FEDORIA eine ungewöhnliche Erscheinung. Die Erscheinung schien achtzig Lichtstunden von Taphors Planet bewegungslos im Raum zu hängen und bestand aus einem violett schimmernden Ring von einer halben Lichtsekunde Durchmesser. Nachdem sich die Beibootkommandanten mit Oberst Nike Quinto, dem Chef der Abteilung III, in Verbindung gesetzt hatten – Quinto befand sich an Bord der FEDORIA –, flog eines von ihnen durch den violett schimmernden Ring hindurch, während das andere in Warteposition ›hinter‹ dem Ring stand. Dabei ergab sich ein unbekanntes Phänomen. Das erste Beiboot verschwand in jenem Augenblick, in dem es den Ring durchstieß. Es tauchte auch nicht bei Beiboot eins auf. Aber nach fünf Minuten kehrte es auf demselben Wege zurück, auf dem es verschwunden war, und zwar ›vor‹ dem Ring. Die Besatzung berichtete nach ihrer Rückkehr zu Taphors Planet einstimmig, dass sie sich nach Durchfliegen des Ringes in absolutem Nichts befanden. Für sie war nicht nur das Einstein-Kontinuum verschwunden, sondern überhaupt alles. Nur der Ring blieb, wenn er auch nicht mehr violett, sondern bläulich schimmerte. Der Kommandant des Bootes tat das einzig Richtige, was er in dieser Situation tun konnte. Er wendete und durchflog den Ring in umgekehrter Richtung – und kam im Normalraum heraus.

Der violett schimmernde Ring aber blieb.

Nachdem Nike Quinto mir über das Phänomen berichtet hatte, beschloss ich, diese Sache genauer zu untersuchen. Es schien ungefährlich zu sein, den Ring zu durchfliegen, wie das Experiment mit dem Beiboot bewiesen hatte.

Unsere Überlegungen gingen dahin, dass wir uns ein ›Loch‹ in der Struktur unseres Kontinuums nicht erlauben könnten. Schon einmal war durch ähnliche Erscheinungen die Existenz der galaktischen Völker bedroht worden: durch das Auftauchen der Druuf. Wir mussten den Ring genauer untersuchen und so lange bewachen, wie er existierte.

Jefe Claudrin, der Kommandant der THEODERICH, stellte mir auf meinen Befehl eine Space-Jet zur Verfügung und beorderte zum Schutz der Aktion zwölf Beiboote vom Typ Kaulquappe vor und hinter den Ring. Nike Quinto gab mir als Kommandantin der Space-Jet den außerordentlich tüchtigen und erfahrenen Oberleutnant der galaktischen Abwehr, Isabella Monta, sowie Leutnant Holk van Dreesen mit. Die beiden anderen Besatzungsmitglieder sind von der Stammbesatzung der Jet. Ich hielt es für angebracht, zwei Mutanten mitzunehmen: den Telepathen John Marshall und den Teleporter Ras Tschubai. Eine solche Zusammensetzung hat sich oft bewährt.

Dennoch kam alles völlig anders als erwartet.

Unser Flug zum Ring erfolgte durch den Hyperraum, da Space-Jets vorläufig noch nicht über Lineartriebwerke verfügen. Eine halbe Lichtstunde vor dem Ring kehrten wir mit unserer Eskorte in den Normalraum zurück. Die ersten Untersuchungen liefen an. Sie brachten ein enttäuschendes Ergebnis. Der Lichtring konnte zwar optisch erfasst werden, aber weder mit den Mikrowellenortern, den Impulstastern noch den empfindlichen Strukturmessgeräten war etwas auszumachen. Es hatte den Anschein, als bestünde der Ring nicht aus Materie. Eine Unmöglichkeit in unserem Universum!

Wir schlossen daraus, dass der Ring nicht innerhalb unseres Kontinuums existierte, sondern in einem anderen Raum. Die einzige Möglichkeit, zuverlässige Messergebnisse zu erzielen, bestand folglich darin, diesen ›anderen‹ Raum aufzusuchen.

Ich befahl den Kommandanten der Beiboote, in Warteposition zu bleiben und unsere Rückkehr abzuwarten. Da bereits schon einmal ein Raumfahrzeug durch den Ring geflogen und unversehrt zurückgekehrt war, sah ich kein Risiko in einer Wiederholung. Leider täuschte ich mich.

Wir passierten ungehindert ›das Tor zum Nichts‹, wie wir es nannten. Danach liefen die Ereignisse so schnell ab, dass der Bericht mehr Zeit beansprucht als die Ereignisse selbst.

Als wir den Ring passierten, erwarteten wir absolutes Nichts. Stattdessen tauchte vor uns die riesige Scheibe eines bläulich schimmernden Planeten auf. Wir befanden uns bereits so dicht über der Oberfläche, dass wir dem Ring keine Aufmerksamkeit mehr widmen konnten. Aber die automatisch laufenden Kameras haben eindeutig bewiesen, dass der Ring in dem Augenblick verschwand, in dem wir hindurch waren.

Glücklicherweise zeigte sich Oberleutnant Monta als ein Pilot, wie man sie nur sehr selten findet. Mit durchschnittlichem oder auch überdurchschnittlichem Können allein wäre uns keine glatte Landung gelungen. Aber Isabella Monta schien im Augenblick der höchsten Gefahr eins mit der Space-Jet zu werden. So jagte das Fahrzeug durch einen undefinierbaren, undurchsichtigen hellblauen Nebel dicht über einem felsigen Boden dahin. Die eingeschalteten Schutzschirme retteten uns, als plötzlich hohe Felssäulen auftauchten. Monta verzichtete darauf, die Jet hochzuziehen und ein Absacken zu riskieren. Sie blieb weiterhin dicht über der Planetenoberfläche und bremste vorsichtig ab.

Der blaue Nebel wurde lichter und verschwand völlig, als

wir eine von weißem Sand bedeckte Ebene erreichten. Monta konnte stärker abbremsen. Wir waren bereits aus der unmittelbaren Gefahr heraus, als ein seltsamer ›Wald‹ auftauchte. Millionen sich drehender Spiralen standen wie festgewurzelt mit dem Sandboden. Leider waren wir noch so tief, dass unsere Schutzschirme die höchsten Wipfel berührten. Der Sog tat ein Übriges. Wir zogen eine Gasse der Verwüstung hinter uns her.

Etwa zweihundert Kilometer hinter dem seltsamen Wald war die Gefahr vorüber. Oberleutnant Monta zog die Jet hoch und hielt nach dem Ring Ausschau. Er war nicht mehr zu sehen. Darum setzte sie unser Fahrzeug in der Senke auf, in der wir uns auch jetzt noch befinden.

Augenblicklich sind wir dabei, unsere unmittelbare Umgebung zu untersuchen. In etwa vier Stunden wollen wir starten und versuchen, den Ring wiederzufinden. Gelingt uns das nicht, gibt es nur eine Möglichkeit. Wir müssen den Planeten genau erkunden. Vielleicht gibt es hier intelligente Lebewesen; wenn nicht, suchen wir außerhalb des Planeten weiter.

Für die, die eventuell nach uns kommen und uns helfen können, spreche ich diese Nachricht in den Speicher. Gleichzeitig werden Aufnahmen der näheren Umgebung gespeichert. Bevor wir den Planeten verlassen, werden wir einen Punkt auf dem höchsten Felsenriff durch peiltechnische und radiologische Spuren markieren und eine Kapsel mit dem Speicher zurücklassen.«

Perry Rhodan schaltete das Gerät aus.

Einen Herzschlag lang blickte er auf die vier Menschen und die beiden Kampfroboter, die sich in der Senke befanden. Die Roboter standen Wache, während die Menschen Boden- und Pflanzenproben sammelten, die einfallende Licht- und Wärmestrahlung maßen und die Atmosphäre zu analysieren versuchten.

Perry Rhodan verschloss den Helm seines Raumanzugs und schnallte sich den Waffengurt um. Dann ging er zur Schleuse.

»Unmöglich!«, sagte Aissa Bhugol. »Wenn du tatsächlich ein Raumschiff – und noch dazu eine Space-Jet terranischer Konstruktion! – gesehen haben willst, dann funktioniert deine Positronik tatsächlich nicht mehr richtig.«

»Das kann man überprüfen, Sir«, gab Ben ruhig zurück.

Samuel Peck nickte.

»Sogar ziemlich schnell. Ich werde das übernehmen, Aissa.«

Der Kapitän nickte. Sam war der geeignetste Mann für dergleichen Dinge. Positroniken stellten für ihn kein größeres Geheimnis dar als ein Fernsehapparat für einen Fernsehtechniker.

Sam öffnete die Magnetklappe auf dem Rückenteil von Bens Raumanzug. Die darunterliegende Kombination besaß ebenfalls eine Öffnung. Die »Haut« aus Bioplastik kam zum Vorschein. Sams Finger fuhr über die Imitation einer Operationsnarbe, und ein quadratischer, fünfzehn mal fünfzehn Zentimeter großer Hautlappen klappte herab. Darunter kam eine Platte aus Metallplastik zum Vorschein, die Sam ebenfalls entfernte. Ein Miniaturschaltpult lag offen vor seinen prüfenden Augen. Der Mathematiker löschte die bewussten Reaktionen des Roboters. Danach schaltete er einen Prüfkreis nach dem anderen ein. Grüne Lämpchen leuchteten in rascher Reihenfolge auf und verloschen wieder, sobald der nächste Prüfkreis geschlossen wurde.

Nach zehn Minuten drehte Samuel Peck sich um und sagte bedeutungsvoll:

»Ben ist vollkommen in Ordnung!«

Während der Mathematiker Ben in den alten Zustand versetzte, grübelte Aissa über die Bedeutung der Erkenntnis nach.

Eine terranische Space-Jet war über Nightmare aufgetaucht. Diese Tatsache war so überwältigend und schien von solcher Tragweite zu sein, dass Aissa immer wieder von Zweifeln beschlichen wurde.

Wie konnte ein Raumschiff aus dem Einstein-Kontinuum in ein sechsdimensionales Kontinuum überwechseln? Weder im Solaren Imperium noch innerhalb der bekannten Galaxis existierten Geräte, die mit Rools Therapie-Projektor oder Wurghs Andro-Lenkzentrale vergleichbar waren. Bisher war kein Mensch weiter ins Unbekannte vorgedrungen als bis in den fünfdimensionalen Hyperraum – und auch das nur als entmaterialisierte, passive Wesenheit.

Außerdem, sagte sich der Kapitän, liegt Nightmare nicht »neben« der heimatlichen Galaxis, sondern viele Millionen Lichtjahre davon entfernt. Es gab im Solaren Imperium noch nicht die technischen Mittel, transgalaktische Reisen zu unternehmen.

Das Fazit seiner Überlegungen lautete: Die vermeintliche Space-Jet war kein terranisches Fahrzeug gewesen. Es musste sich um ein Raumschiff handeln, das einer Space-Jet völlig glich, aber von einer fremden Rasse erbaut worden war.

Er äußerte diese Meinung offen, und Ben bat um Zeit zum Nachdenken. Nach zweieinhalb Sekunden lag bereits das Ergebnis vor. Er sagte:

»Wir wissen so gut wie nichts um die Struktur des sechsdimensionalen Kontinuums. Es kann durchaus sein, dass zwei Orte, die im Einstein-Kontinuum Millionen oder Milliarden Lichtjahre voneinander entfernt sind, im Kontinuum des Suchers unmittelbar nebeneinander liegen. Mit welchen Mitteln ein terranisches Raumschiff aktiv in die sechste Dimension eindringen kann, darüber besitze ich allerdings keinerlei Informationen.«

Samuel Peck hatte bei dem Wort »aktiv« aufgehorcht. Er fuhr auf dem Absatz herum und starrte dem Roboter ins Plastikgesicht. Er, der mit Positroniken sozusagen auf du und du stand, wusste um die Bedeutung der Begriffe von Robotern.

»Du hältst es also für möglich«, flüsterte er mit vor Erregung heiserer Stimme, »dass die Space-Jet die Versetzung als passives Objekt erleiden musste …?«

»Das ist eine der Möglichkeiten, Sir«, bestätigte Ben. »Doch wie gesagt: Ich besitze keinerlei Informationen darüber, ob mit terranischer Technik ein aktives Eindringen in …«

Aissa winkte ab.

»Ein aktives Eindringen ist mit terranischen Mitteln *nicht* möglich! Es gibt also zwei Möglichkeiten: Entweder wurde eine terranische Space-Jet von einer uns unbekannten Kraft in diesen Raum gezogen – oder die vermeintliche Jet ist ein Raumfahrzeug unbekannter, hier beheimateter Intelligenzwesen. –

Ja, bitte!«, sagte er, als François den Arm hob.

»Ich plädiere für die erste Möglichkeit!«, erklärte der Erste Offizier kategorisch. »Ich möchte meinen Standpunkt mit einem indirekten Beweis verteidigen. Nehmen wir an, ich hätte unrecht und das Raumfahrzeug gehört einer auf Nightmare beheimateten intelligenten Rasse. Diese Leute, so sollte man meinen, kennen sowohl ihren Planeten als auch alle für die Raumfahrt in ihrer Dimension wichtigen Faktoren. Sie wüssten genau, mit welcher Geschwindigkeit, in welcher Höhe und mit welcher Schutzschirmstärke man sich bewegen muss, um unangenehme oder auch nur unerwünschte Begleiterscheinungen zu vermeiden. Haben sie das getan? Sie flogen in sehr geringer Höhe, mit einer für diese Höhe unangebrachten Geschwindigkeit und außerdem mit anscheinend voll aktiviertem Schutzschirm. Die Gefahr eines Absturzes war ungemein groß. Außerdem zogen sie eine Gasse der Verwüstung hinter sich her. Alles dies spricht dagegen, dass das Raumschiff Intelligenzen gehörte, die hier beheimatet sind. Sie hätten sich vernünftiger benommen, weil sie die Bedingungen ihrer Welt kannten.

Damit scheidet die zweite Möglichkeit also aus.

Terraner dagegen, die ohne ihr Wissen und gegen ihren Willen plötzlich in ein fremdes Kontinuum gerissen werden und sich einer fremden Welt gegenübergestellt sehen, könnten zu diesem scheinbar unsinnigen Tiefflug gezwungen sein.«

»Hm!«, machte Aissa nachdenklich. »Deine Logik wirkt bestechend. Ich finde keinen fundierten Einwand dagegen.«

»Ich auch nicht«, meldete sich Sam.

»Alle bekannten Fakten sprechen für Mister Petits Schlussfolgerung«, sagte Ben.

Aissa holte tief Luft.

»Also besteht unsere nächste Aufgabe darin, die Space-Jet zu suchen und Verbindung mit ihrer Besatzung aufzunehmen.«

Das geisterhafte Raunen des wandernden Sandes erstarb nahezu völlig, als die drei Männer und der Roboter den seltsamen Wald verließen.

Sie stellten fest, dass der Sand vor ihnen sich nicht bewegte, sondern zu lang gezogenen Flachdünen erstarrt war. Überdeutlich hob sich die geradlinig verlaufende, etwa hundert Meter breite Spur von der Umgebung ab. Es sah so aus, als wäre hier ein schwerer Gegenstand durch den Sand geschleift worden.

Die Männer wussten es besser.

Die scheinbare Schleifspur stammte von dem ungeheuren Sog, der von dem Raumschiff und seinem Schutzschirm ausgegangen war, während es im Tiefflug dahinraste. Die Spur führte bis zum Horizont – und es war durchaus möglich, dass sie irgendwo dahinter abrupt endete, weil das Schiff steil hochgezogen worden war.

Dennoch befahl Aissa größte Eile und maximale Geschwindigkeit. Gleichzeitig stiegen sie auf fünfzig Meter Höhe. Dann schossen sie davon, der deutlichen Spur nach.

Ringsum herrschte beinahe unwirkliche Stille. Diese Gegend des Planeten Nightmare erschien friedlich. Kein UUM ließ sich sehen. Dennoch wurde Aissa das Gefühl nicht los, dass sie fortwährend beobachtet wurden, dass ihre Gegner etwas planten, was ein menschliches Gehirn nicht zu erraten vermochte.

Als nach fast zwei Stunden ereignislosen Fluges dunkle, scharf gezackte Klippen am Horizont auftauchten, befahl der Kapitän, auf einen Meter Höhe herunterzugehen. Eine neue Umgebung konnte auf dieser Welt gleichbedeutend sein mit neuen Gefahren.

Sie beobachteten die Klippen so konzentriert, dass sie etwas anderes beinahe nicht bemerkt hätten.

Die Spur brach plötzlich ab.

»Also doch!«, murmelte François enttäuscht. »Sie haben den Flug stabilisiert und sind in den Raum geschossen. Aus! Sie wissen nichts von uns – und wir werden niemals erfahren, ob sie Terraner waren.«

Aissa ballte die Fäuste. Die Enttäuschung übermannte ihn und erfüllte ihn mit Zorn auf das Schicksal, das ihnen einen neuen Streich gespielt hatte. Doch sehr rasch gewann er die kalte Überlegung zurück.

Sie hatten sich mit den Tatsachen abzufinden. Schließlich war in ihrem Plan kein terranisches Raumschiff einkalkuliert gewesen. Sie standen also lediglich wieder in der alten Ausgangsposition.

»Ausschwärmen und die Klippen anfliegen!«, befahl er. »Waffen feuerbereit halten. Aber nur im Notfall davon Gebrauch machen. Nach Möglichkeit nicht sehen lassen!«

Dicht über dem Boden glitten sie auf die schwarzen Klippen zu. Ihre Geschwindigkeit hatten sie auf ein Minimum vermindert. Sie wussten nicht, was hinter jenen gezackten Felsen auf sie wartete; aber sie wollten sich nicht wieder überraschen lassen.

Die Klippen ragten nur etwa vier Meter über den welligen Sand. Nacheinander landeten sie an ihrem Fuß und begannen mit dem Aufstieg. Nur Ben war auf Aissas Befehl unten geblieben. Er sollte ihnen Rückendeckung gegen die Sandwüste hin geben.

Aissa Bhugol erreichte den Kamm zuerst. Schlangengleich wand er sich zwischen scharfkantigen Felszacken hindurch, bis er freies Blickfeld hatte.

Was er zu sehen bekam, verschlug ihm die Sprache. Sein Herz hämmerte wie wahnsinnig, und sekundenlang verschleierte sich sein Blick.

Er sah nach links und rechts und bemerkte, dass die Gefährten in der gleichen Haltung erstarrt waren wie er eben auch.

Doch dann entdeckte er die beiden Kampfroboter.

Die mächtigen, zweieinhalb Meter großen Maschinen mussten mit ihren empfindlichen Ortungsgeräten die Bewegung zwischen den Klippen bemerkt haben. Einer von ihnen blieb mit erhobenen Waffenarmen stehen, sodass er die im Tal befindlichen Menschen einigermaßen deckte, der andere kam mit langen Schritten auf die Klippen zu. Die Mündungen seiner beiden Waffen, eines Desintegrators und eines Impulsstrahlers, drohten zu den Raumfahrern herüber.

Die Menschen im Tal begannen plötzlich auf die Space-Jet zuzulaufen. Nur einer nicht. Dieser eine stellte sich neben den sichernden Kampfroboter und blickte genau zu Aissas Versteck.

Der Kapitän wusste, dass er keine Zeit hatte, die Sendefrequenz der anderen zu suchen. In wenigen Sekunden würde einer der Roboter ihn erreichen. Es war nicht vorauszusehen, wie er reagierte. Das hing von seiner Programmierung ab. Aber ganz gleich, wie sein Programm auch lautete, er würde nicht ohne ausdrücklichen Befehl auf einen waffenlosen Mann schießen, der sich offen zu erkennen gab.

Aissa richtete sich langsam auf. Dabei löste er seinen Waffengurt, hob ihn mit spitzen Fingern an und ließ ihn deutlich sichtbar für den nahenden Roboter fallen.

Im ersten Augenblick war keine positive Reaktion zu erkennen. Der Kampfroboter marschierte weiter. Seine Waffen drohten noch immer. Zusätzlich schwenkte eines der beweglichen Impulsgeschütze der Space-Jet auf die Klippen ein.

Doch dann blieb der Kampfroboter etwa fünf Meter vor den Klippen stehen. Der Mann neben dem anderen Roboter hob den Arm und winkte. Er musste gleichzeitig damit dem ersten Roboter einen Befehl gegeben haben, denn dieser senkte die Waffen und zog sich einige Schritte zurück.

Nun zögerte Aissa nicht länger.

Er kletterte über den Klippenrand nach unten und sah sich den wartenden Kampfroboter an. Es war eine typisch terranische Ausführung, genau wie die Space-Jet auch.

»François, Sam! Ihr könnt nachkommen. Aber lasst eure Waffen vorläufig zurück.«

Ben erwähnte er nicht. Im Falle einer Überraschung wollte er ihn als Rückendeckung behalten.

Aissa setzte sich erst wieder in Bewegung, als die Gefährten ihn erreicht hatten. Stumm schritten sie auf den einzelnen, hochgewachsenen Mann zu, der seinen Platz neben der Kampfmaschine verlassen hatte und ihnen entgegenkam. Dabei hielt er beständig die Hand unterhalb seines Druckhelms – und kurz darauf erfuhren die Raumfahrer den Grund dafür.

»Hallo!«, klang eine harte, doch nicht unangenehme Stimme plötzlich in ihren Helmempfängern auf. »Welche Überraschung, auf der anderen Seite des Universums Terraner zu finden!«

»Die Überraschung ist ganz bei uns«, erwiderte Aissa. Er wusste, der andere hatte seine Sendefrequenz gefunden und konnte ihn hören. »Allerdings wussten wir schon seit gut zweieinhalb Stunden von Ihrer Existenz.«

Der andere lachte leise.

»Natürlich! Eine Space-Jet ist nicht zu übersehen, wenn sie im Tiefflug die ›Bäume‹ abrasiert.«

In diesem Augenblick standen sie sich gegenüber: Aissa und der andere.

Der Kapitän streckte die Hand aus und sagte mit ironischem Unterton:

»Herzlich willkommen auf Nightmare!«

Sein Blick fiel durch die Helmscheibe des Gegenübers und wurde starr. Er blinzelte, weil er seinen Augen nicht traute. Das Bild blieb: die eisgrauen Augen, das beinahe asketische Gesicht, die schmalen Lippen, die vielen kleinen Fältchen um die Augen – und die kleine Narbe auf dem rechten Nasenflügel. Aissa hatte dieses Gesicht schon oft gesehen, allerdings bisher nur auf den Bildschirmen seines Fernsehgerätes.

Dieses Gesicht gehörte Perry Rhodan, dem Großadministrator des Solaren Imperiums!

»Na, dann brauche ich mich wohl nicht mehr vorzustellen«, sagte Perry Rhodan trocken.

Aissa schluckte und merkte erst jetzt, dass er den Großadministrator immer noch anstarrte.

»Sir …!«

Er ergriff die ausgestreckte Hand und fühlte den kräftigen Druck. Langsam gewann er seine Ruhe und Kaltblütigkeit zurück.

»Aber ich muss mich wohl vorstellen«, erwiderte er im gleichen ironischen Tonfall. »Mein Name ist …«

»Halt!«, unterbrach Rhodan ihn. »Lassen Sie mich raten.« Um seine Augen erschien die Andeutung eines Lächelns. »Vor ungefähr zehn Tagen erhielt ich eine ungewöhnliche Meldung. Sie kam von einem schweren Kreuzer, der in einem Raumsektor hinter dem Perseus-Arm Patrouille flog. Der Kommandant berichtete von einer seltsamen Erscheinung. Es sah so aus, als wäre ein kugelförmiger Raumsektor von anderthalb Lichtjahren Durchmesser plötzlich undurchsichtig geworden. Der Kreuzer befand sich, relativ zur galaktischen Ebene gesehen, über diesem Sektor. Die Optiken und Hyperortungsinstrumente zeigten plötzlich einen ›Schatten‹ an, der wie ein gigantisches Loch über die Milchstraßenebene wanderte.

Der Kommandant wollte diesen Schatten verfolgen, konnte jedoch die Geschwindigkeit nicht mithalten.«

Perry Rhodan sah den Kapitän aufmerksam an.

»Wir haben im Imperium eine ausgezeichnete Registratur über die Raumfahrt. Jeder Start eines Raumschiffes, jede Landung und jedes angeflogene Ziel wird darin verankert und lagert abrufbereit. Der Kommandant des Schweren Kreuzers meldete die Beobachtung im Perseus-Sektor ebenfalls der Registratur, damit diese herausfände, ob sich zur gleichen Zeit an diesem Ort beziehungsweise auf den Bahnorten des ›Schattens‹ ein Raumschiff befunden hätte. Das war reine Routine. Genauso wäre er verfahren, hätte er eine Nova beobachtet.

Die Registratur fand heraus, dass sich ein terranisches Kontaktschiff auf dem Weg zum Perseus-Arm befände – und einer der Bahnorte lag zeitlich genau dort, wo dieses Schiff zwecks Orientierung den Zwischenraum verlassen sollte.

Dieses Schiff hieß LANCET. Sein Kommandant war Kapitän Aissa Bhugol. Habe ich recht, Kapitän Bhugol?«

»Ja … jawohl, Sir!«, stammelte Aissa.

»Himmelkreuzdonnerwetter!«, entfuhr es Sam. »So ein Gedächtnis möchte ich auch haben!«

Perry Rhodan lächelte nachsichtig und begrüßte die Gefährten Aissas mit festem Händedruck.

»Nun«, sagte er, »werde ich meinen Robotern befehlen, Ihre Waffen zu holen, die Sie in den Klippen zurückgelassen haben.«

»Nicht nötig, Sir«, wehrte Kapitän Bhugol schmunzelnd ab. »Wir haben selbst einen Roboter. Er wartet hinter der Klippe. Gestatten Sie, dass ich ihn damit beauftrage.«

Rhodans Lächeln vertiefte sich.

»Sie sind ein sehr vorsichtiger Mann, Kapitän«, sagte er anerkennend.

Nachdem Aissa Ben verständigt hatte, legte Perry Rhodan ihm die Hand auf den Arm.

»Ich hoffe, Sie sind nicht zu erschöpft. Ich möchte gern einen Bericht von Ihnen haben. Wir wissen nämlich nicht«, fügte er etwas hilflos hinzu, »wo wir uns befinden …«

Aissa Bhugol beendete seinen Bericht mit den Worten:

»Unsere Aussichten, dem Sucher zu helfen, sind nicht sehr groß. Aber wenn Sie sich entschlössen, uns dabei zu unterstützen, sähe es schon anders aus.« Er wandte sich Perry Rhodan zu. »Das ist meine Bitte an Sie, Sir: Stellen Sie uns die SJ-33T zur Verfügung, dann werden wir die UUM finden, falls es auf Nightmare noch welche gibt.«

Perry Rhodan nickte bedächtig.

»Das bedarf Ihrer Bitte nicht, Kapitän. Ich nehme an, wir sind genau wie Sie verloren, wenn es uns nicht gelingt, dem Sucher zu helfen.«

Aissa lächelte höflich und zündete sich die Zigarette an, die John Marshall ihm angeboten hatte. Er ließ seinen Blick durch die Zentrale der Space-Jet schweifen und musterte schweigend die Begleiter des Großadministrators.

Da war Ras Tschubai, der Teleporter. Tschubai glich ihm, Aissa, fast völlig. Nur der Blick seiner Augen wirkte tiefgründiger, als hätte er einen Zipfel der Ewigkeit schauen dürfen. Kein Wunder, der Teleporter gehörte zu den wenigen Menschen, denen eine Lebensverlängerung gewährt worden war.

John Marshall, der Chef des Mutantenkorps, war ebenfalls groß und schlank. Seine Gesichtszüge wirkten etwas weich, doch die Augen straften diesen Eindruck Lügen.

Besonders lange ruhte Aissas Blick auf Isabella Monta. Sie war zweifellos eine Schönheit, und man sah ihr nicht an, dass sie außerdem noch Agentin und Oberleutnant der Galaktischen Abwehr war. In ihren Gesichtszügen und den Augen war eindeutig maurisches Blut zu erkennen; sie vereinten spanische Eleganz und maurisches Feuer in sich.

Leutnant Holk van Dreesen dagegen wirkte wie ein lang aufgeschossener, blasierter Playboy. Sein Gesicht war nichtssagend, und wenn er sprach, dann in einem derart gelangweilten Tonfall, dass es beinahe einschläfernd wirkte.

Die beiden Sergeanten der Stammbesatzung waren guter Durchschnitt: fähige Raumsoldaten eines mächtigen Imperiums.

»Wir brechen morgen auf«, sagte Rhodan nach einer Pause. »Morgen nach terranischer Zeitrechnung natürlich.« Er blickte zur Uhr. »Das wäre in etwa zwölf Stunden. Bis dahin können sich die Männer der LANCET ausruhen und das Innere und Äußere Ihres Körpers ein wenig pflegen.«

Komisch, dachte Aissa bei sich, als er die ihm zugewiesene Kabine betrat, *er hat überhaupt keine Verwunderung über unsere Erlebnisse gezeigt. Dieser Rhodan scheint schon mehr gesehen zu haben, als wir uns vorstellen können.*

Aber das traf nur zum Teil zu.

Perry Rhodan hatte lediglich aus Rücksicht auf die Erschöpfung der Raumfahrer geschwiegen.

Jetzt trat er dicht heran an den Rundsichtschirm. Sinnend schaute er auf die fremdartige Landschaft. Einige Minuten verstrichen. Niemand sagte ein Wort.

Unvermittelt wandte Rhodan sich um. Wie oft in ähnlichen Situationen glich sein Gesicht einer starren, undurchdringlichen Maske. Nur noch Marshall, Tschubai, Isabella Monta und van Dreesen waren anwesend.

»Nun, wie denken Sie über diese Geschichte …?«, fragte Rhodan gedehnt.

John Marshall drückte seine Zigarette aus.

»Das ist die seltsamste, unheimlichste und gefährlichste Sache, in die wir je geraten sind, Sir. Wenn ich bedenke, dass Bhugol, Petit und Peck eigentlich nicht selbst hier sind, sondern nur das, was sie ihre persönlichen Androinds nannten …« Er ließ das Ende des Satzes in der Luft hängen.

Aber Rhodan verstand ihn auch so.

»Die Projizierung des Körpers und Geistes in ein sechsdimensionales Kontinuum …!« Ras Tschubai seufzte. »Dagegen ist Teleportation nichts.«

Leutnant Holk van Dreesen gähnte.

»Im Grunde genommen gibt es doch gar nichts Neues. Der Planet jedenfalls sieht wie Tausende von anderen Welten aus.«

»Mit einer ›winzigen‹ Einschränkung, Leutnant«, fiel Isabella Monta sarkastisch ein. »Nightmare hat eine Atmosphäre, eine Oberfläche und eine Pflanzenwelt, die nicht ein Atom eines bekannten Elements aufweisen. Zudem scheint der Planet völlig im Nichts zu schweben. Er besitzt keinen Tag und keine Nacht, keine Sonne und keinen Sternenhimmel. Dennoch ist es hier relativ hell und erträglich warm. Sehr alltäglich, Leutnant van Dreesen, nicht wahr?«

»Na schön«, gab der Leutnant widerwillig zu, »es ist ein wenig anders als sonst. Aber warum sich darüber aufregen, wenn es wichtigere Probleme gibt.«

Perry Rhodan lachte trocken.

»Das ist auch ein Standpunkt. Aber es ist durchaus nicht der richtige«, fügte er hinzu. »Wenn wir den bevorstehenden Kampf nicht nur überstehen, sondern gewinnen wollen, müssen wir zuerst Klarheit über die Beschaffenheit unserer Umwelt haben.«

Er strich sich mit der Hand über das Haar.

»Oberleutnant Monta hat bereits die wichtigsten Fakten genannt. Ich möchte nur noch das hinzufügen, was der Roboter Ben über unsere derzeitige Erscheinungsform sagte. Seine Wahrnehmungsorgane sehen uns als schattenhafte, leuchtende Gebilde an, während wir uns selbst sehen und fühlen wie immer.«

»Das wäre ja auch noch schöner!«, platzte Isabella Monta impulsiv heraus.

Alle lachten – außer van Dreesen.

Rhodan räusperte sich und fuhr fort:

»Ben gab allerdings selbst zu, er könne durch die Struktur dieses Kontinuums ebenso getäuscht werden wie wir. Nur wirkt sich der Umwelteinfluss eben bei ihm anders aus. Das bedeutet, kurz gesagt, wir wissen nicht, wie wir selber und unsere Umwelt *wirklich* beschaffen sind.«

»Aber wir wissen, dass alles an uns noch genauso gut funktioniert wie immer!« Isabella errötete und sah einen Augenblick lang verwirrt aus. Dann fügte sie rasch hinzu: »Wir können mit unseren Händen greifen, mit den Augen sehen, mit den Ohren hören und mit den Füßen laufen. Auch unsere technischen Mittel wirken in gleicher Weise wie sonst. Wir sind also auch der neuen Umwelt gewachsen.«

»Sie haben mir das Wort aus dem Mund genommen, Madam«, sagte Rhodan mit feinem Lächeln.

»Verzeihung, Sir!«, erwiderte Isabella.

»Nicht nötig, Madam.« Rhodans Gesicht verfinsterte sich.

»Was mir an der ganzen Geschichte nicht recht gefällt, das sind die UUM. Sie passen irgendwie nicht hinein in die Rolle, die man ihnen zuschreibt.«

»Vielleicht spielen sie eine Doppelrolle«, murmelte John Marshall. »Einmal helfen sie den Menschen, ein andermal greifen sie sie an. Oder es gibt zwei Gruppen von UUM mit unterschiedlichen Ansichten. Während die einen friedlich sind, wollen die anderen die Vernichtung des Suchers und der von ihm abhängigen Wesen.«

Perry Rhodan schüttelte den Kopf.

»Eines will mir nicht einleuchten: Warum leben Bhugol, Petit und Peck noch? Hyperwesen, die eine so mächtige Intelligenz wie den Sucher in Gefahr bringen konnten, sollten mit drei Raumfahrern und einem Roboter spielend leicht fertig werden.«

Marshall zuckte mit den Schultern.

»Vielleicht bemerkten sie, dass ihnen von den Raumfahrern ohnehin keine Gefahr drohte. Sie werden zudem wissen, Fremde leben hier nur solange, wie ihr mitgebrachter Luftvorrat reicht.«

»Oh!«, stöhnte van Dreesen plötzlich.

»Wie bitte?«, fragte John Marshall.

»Ich dachte an Ihre Begründung, Sir«, erwiderte der Leutnant. »Sie meinen, die UUM haben die Raumfahrer als ungefährlich eingestuft und deshalb laufen lassen?«

»Stimmt!«

Van Dreesen stöhnte erneut.

»Nun, uns werden sie nicht laufen lassen. – Wir sind nämlich im höchsten Grade gefährlich.«

Als Aissa Bhugol erwachte, wusste er im ersten Augenblick nicht, wo er war. Er starrte in die Dunkelheit, lauschte auf das schwache, aber stetige Summen, das von überallher zu kommen schien, und entdeckte den rötlich leuchtenden Knopf neben dem Kopfende seines Bettes.

Als er den Finger darauf drückte, ging das Licht an. Im Nu

fielen ihm die Ereignisse des letzten Tages wieder ein. Er beugte sich nach unten. François' Bett war leer. Gegenüber lag Sam und schnarchte leise. Ben war nicht zu sehen.

Aissa sprang auf den Boden. Es gab ein klatschendes Geräusch. Sam unterbrach sein gedämpftes Konzert, brummte unwillig und wälzte sich auf die andere Seite.

Der Kapitän öffnete die Tür zum Waschraum, duschte, rasierte sich und putzte sich gründlich die Zähne. Danach fühlte er sich frisch und ausgeruht. Er verließ die Kabine, schaltete das Licht aber aus, denn es war noch ziemlich früh.

Seine gute Laune verflog mit einem Schlag, als er in der Hauptzentrale ankam. Außer François und Oberleutnant Monta war niemand anwesend, und François schien das weidlich auszunutzen. Mit temperamentvollen Gebärden schilderte er der lauschenden Schönen von seinen Abenteuern auf fremden Welten. Isabella schien gar nicht zu bemerken, dass er dabei den Arm um ihre Schulter gelegt hatte.

Aissa räusperte sich.

François fuhr herum und bekam einen roten Kopf. Doch er fasste sich rasch.

»Ah! Noch ein Frühaufsteher! Wie geht es dir, Aissa?«

»Gut!«, erwiderte der Kapitän knapp. Leiser fügte er hinzu: »Hoffentlich trifft das auch für dich zu, mein Junge!«

François lachte nervös.

Isabella Monta hatte dem unterschwelligen Disput der beiden Männer mit gewölbten Brauen zugehört.

Jetzt runzelte sie die Stirn und sagte betont aggressiv: »François hat mir viel Interessantes aus Ihrer gemeinsamen Arbeit berichtet. Er kann furchtbar spannend erzählen.« Lächelnd wandte sie sich dem Ersten Offizier der LANCET zu und schenkte ihm einen betörenden Augenaufschlag. »Bitte, erzählen Sie mir noch mehr, François. – Möchten Sie auch zuhören, Kapitän? Oder kennen Sie die Geschichten schon auswendig?«

Aissa blickte seinen Ersten Offizier durchdringend an.

»Soviel ich auf den Bildschirmen erkennen kann, sind Rhodan und Marshall bereits draußen. Wie wäre es, wenn wir ihnen noch etwas berichteten, was wir gestern vergessen haben?«

»Vergessen …?«, echote François.

»Jawohl – vergessen! Wo hatten wir nur unsere Gedanken, als wir den geistigen Kontakt mit Anna und Wurgh ausließen …?«

François war sofort auf den Beinen. Er schluckte.

»Ja, wo hatten wir nur …?«

Aissa ließ einen vielsagenden Blick zwischen Isabella Monta und François hin- und herwandern. Er räusperte sich und neigte ein wenig den Kopf.

»Sie entschuldigen bitte, Madam. Wir müssen uns leider verabschieden.«

»Hör mal, Aissa …«, begann François, als sie aus der Schleuse traten, wieder in ihre Raumanzüge gehüllt.

Aissa Bhugol tat, als hörte er nichts. An Erklärungen war er nicht interessiert.

François seufzte. Da hatte er sich eine schöne Sache eingebrockt. Und der, um dessentwillen er das getan hatte, war ahnungslos und machte ihm auch noch indirekte Vorwürfe …

Sie holten Rhodan und Marshall kurz vor den Klippen ein. Die beiden Männer drehten sich um.

»Hallo! Schon so früh auf den Beinen!«, rief Rhodan. »Sie können es wohl nicht erwarten?«

»Uns ist etwas eingefallen, was wir gestern ausließen, Sir«, sagte Aissa. »Es handelt sich da um eine Sache, die Mister Marshall eigenartig vorkommen wird, da wir ja keine Telepathen sind wie er …«

»Sie machen mich neugierig, Kapitän«, sagte Marshall.

Aissa berichtete von dem kurzen Kontakt mit Annas und Wurghs Geist, den sie nach dem Überfall der UUM hatten.

»Das ist allerdings verwunderlich«, meinte John Marshall. »Nur ein Telepath kann die Gedanken anderer Menschen wahrnehmen.«

»Wenn der andere kein Mensch und ein besonders starker Telepath ist, kann auch ein ›Normaler‹ seine Gedanken erkennen«, widersprach Aissa, der an Rool dachte. »Aber was den speziellen Fall angeht, haben Sie natürlich recht. Es handelte sich nicht um einen geistigen Kontakt im Sinne von Telepathie. Es gab keine Verständigung. Wir fühlten nur, dass die Gedanken der Gefährten für den Bruchteil einer Sekunde bei uns waren. Das war alles. Anna und Wurgh befinden oder befanden sich ja nicht körperlich hier, sondern nur als geistige Wesenheiten. Als solche haben sie während ihres Gedankenfluges offensichtlich unsere Körper durchdrungen, und nur während dieser Zeit spürten wir sie.«

»Ich verstehe«, erwiderte Marshall. Im Gesicht des Telepathen war zu lesen, wie sehr ihn diese Nachricht erregte. »Sie als Nichttelepathen konnten natürlich weder einen richtigen Kontakt bekommen noch eine andere Art geistiger Verbindung halten. Aber mir müsste das möglich sein – vorausgesetzt, Miss Anna und Wurgh befinden sich in diesem Kontinuum und sind räumlich nicht zu weit entfernt. Auch die Leistung eines Telepathen muss vor den großen kosmischen Entfernungen kapitulieren.«

»Sie sollten es dennoch versuchen, John«, warf Perry Rhodan ein.

Marshall nickte.

»Selbstverständlich, Sir.«

Über seiner Nasenwurzel bildete sich eine steile Falte. Er wandte sich wieder an Aissa und François. »Sie berichteten, dass Sie in Rools Stadt einwandfreien telepathischen Kontakt mit der Hydrointelligenz und dem Thuta halten konnten, obwohl Sie anscheinend nicht aktiv daran beteiligt waren. Dann sollten zumindest Fragmente des spezifischen Gedankenmusters von Wurgh in Ihrem Gedächtnis gespeichert sein. Es wird schwierig sein, da heranzukommen, weil Sie sie nicht bewusst aufnahmen. Aber wenn Sie sich völlig entspannen könnten, müsste ich die

Fragmente finden. Das würde die Suche nach Miss Anna und Wurgh bedeutend erleichtern.«

Aissa und François entspannten sich, so gut es ging. Sie machten dabei die gleiche Erfahrung wie viele andere vor ihnen. Es war relativ leicht, nicht zu denken; aber es fiel sehr schwer, überhaupt keinen Gedanken zu haben.

John Marshall schloss die Augen. Er stand völlig unbeweglich, die Stirn gefurcht, die Lippen zusammengepresst, die Fäuste geballt – ein Bild höchster Konzentration.

Doch schon nach weniger als einer Minute entspannte er sich wieder.

»Danke, meine Herren«, sagte er mit flüchtigem Lächeln.

»Sie haben sich ganz ausgezeichnet gehalten. Wurghs Gedankenmuster lag sozusagen offen vor mir. Jetzt kommt alles darauf an, ob Ihre beiden Gefährten noch in der Nähe sind.« Er wandte sich Rhodan zu. »Ich möchte darum bitten, den Kontaktversuch im Schiff zu unternehmen, Sir. Falls ich den Aufenthaltsort der beiden geistigen Wesenheiten anpeilen kann, sollten wir starten und näher herangehen. Dazu darf ich mich höchstwahrscheinlich nicht vom Platz bewegen, da sonst meine Konzentration leidet.«

Perry Rhodan stimmte sofort zu. Sie kehrten zur Space-Jet zurück. Unterdessen waren die anderen ebenfalls aufgewacht und hatten sich in der Zentrale versammelt. Rhodan wies sie an, ihre Plätze einzunehmen, damit man unter Umständen sofort starten konnte.

John Marshall schnallte sich in seinem Kontursitz an und lehnte sich weit zurück. Den Druckhelm hatte er geöffnet, und man hörte seine tiefen Atemzüge, als er sich konzentrierte. Nach einigen Sekunden traten feine Schweißperlen auf seine Stirn. Das Gesicht verzerrte sich vor Anstrengung fast zur Fratze.

Eine Viertelstunde verging.

Die übrigen Anwesenden wagten kaum zu atmen, um den Telepathen nicht zu stören. Offenbar waren Anna und Wurgh weit entfernt. Fast schien es, als würde es selbst einem so fähigen Telepathen wie Marshall nicht gelingen, den räumlichen Abgrund zu überbrücken.

Doch dann, nach weiteren zehn Minuten, öffnete John Marshall die Augen. Sein Blick wirkte, als wäre er in weite Ferne gerichtet, und auch die Anspannung seiner Züge wich nicht, als er sagte:

»Sie befinden sich in einer gigantischen Kugel, offenbar einem Raumschiff. Von dort geht die Bedrohung des Suchers aus. Anna und Wurgh konnten in den Gedanken der Besatzung lesen. Es waren grauenhafte Gedanken, wie sie nur ein krankes Hirn hervorbringen kann …«

»Sagten Sie ›Hirn‹ …?«, fragte Rhodan bedeutungsvoll.

»Ja, und ich meinte es wörtlich«, erwiderte Marshall leise und mit verkrampftem Lächeln. »Bei der Besatzung der Kugel, die offenbar mit einem ungeheuer großen Raumschiff identisch ist, handelt es sich um Wesen aus unserem Kontinuum – nach ihrem Aussehen und ihren Gedanken zu schließen. Mehr wussten auch Miss Anna und Wurgh nicht.«

Er richtete sich plötzlich steil auf.

»Aber die Katastrophe nähert sich dem Höhepunkt. Die Fremden wollen eine neue Waffe einsetzen und den Sucher damit völlig willenlos machen. Wir sollten sofort starten. Vielleicht können wir noch helfen.«

Perry Rhodan stellte keine weiteren Fragen. Mit gedämpfter Stimme gab er seine Anweisungen. Oberleutnant Isabella Monta bewies, dass sie durch die Schule der Galaktischen Abwehr gegangen war. Ihre Fragen an John Marshall kamen so knapp und präzise, dass der Telepath nur mit Zahlen oder mit Ja und Nein zu antworten brauchte.

Fünf Minuten später wusste Oberleutnant Monta, welchen Kurs sie einzuschlagen hatte.

Die Space-Jet hob ab und schoss in steilem Flug hinein ins Nichts …

7.

Sie fühlten sich wie Mikroben, die auf einem vom Herbstwind hin und her gewirbelten Blatt hängen und die Kapriolen ihres »Fahrzeugs« nicht begreifen.

Für ihre Sinne existierte keine Umgebung. Auch die Ortungsgeräte versagten. Sie zeigten nur hin und wieder fünfdimensionale Streufelder an, die von höherdimensionalen energetischen Einflüssen stammten. Allein die Wirkung der unbekannten Einflüsse war zu spüren, wenn auch nicht an einem Bezugspunkt messbar.

Die SJ-33T taumelte durch ein absolutes Nichts. Doch dieses Nichts war nur relativ zu den Sinnen der Besatzung. In Wirklichkeit war das sechsdimensionale Kontinuum ebenso reichhaltig in den Formen seiner Existenz wie der Einstein-Raum.

Aissa Bhugol beobachtete aufmerksam die Leistungsanzeigen der Triebwerke und die Kapazitätsschwankungen des Schutzschirmes. Daraus war zu ersehen, dass die Jet sich innerhalb unsichtbarer und nichtmessbarer Kraftfelder bewegte. Unaufhörlich wechselte der energetische Widerstand. Einmal war er so groß, dass den Triebwerken einfach die Energie weggesaugt wurde, ein andermal heulten die Triebwerke im Leerlauf, weil das Raumschiff von anderen Einflüssen über einen gewaltigen Abgrund von Raum und Zeit gerissen wurde – mit einer Geschwindigkeit, die den eigenen Schub zu einem Nichts degradierte. In solchen Augenblicken war eine Steuerung nicht möglich.

Manchmal flammten die Schutzschirme unvermittelt in wechselnden Farbtönen auf. Ein andermal erschienen auf der Außenfläche jener energetischen Hülle rotierende Lichtflecken oder winzige, stechend helle Punkte.

Oberleutnant Monta und Leutnant van Dreesen verhielten sich angesichts der unaufhörlichen navigatorischen Schwierigkeiten mustergültig. Sie verloren nicht eine Sekunde lang die Ruhe, selbst wenn nach einem solchen Sturz über einen Abgrund der Kurs völlig neu bestimmt werden musste.

John Marshall dagegen schien sich mehr und mehr dem Zeitpunkt zu nähern, an dem er psychisch und physisch zusammenbrach. Er versicherte zwar, dass die Jet sich allmählich der Position Annas und Wurghs nähere, aber allzu oft verlor er den Kontakt und musste von Neuem mit der Suche beginnen.

Als Aissa sich eine neue Zigarette anzündete, warf Perry Rhodan ihm einen ironischen Blick zu.

»Nervös, Kapitän?«

Aissa tat einen hastigen Zug. Dann wies er mit weitausholender Gebärde auf die dunklen Bildschirme.

»Wenn Sie diesen Vergleich gestatten, Sir: Wir befinden uns in der Lage eines masselosen Neutrinos, das sich innerhalb unseres Kontinuums bewegt. Wenn dieses ›Elementarteilchen‹ wahrnehmen und denken könnte, würde es ebenfalls glauben, in einem Nichts zu fliegen. Für ›es‹ existieren bei uns weder interstellare Staubwolken noch Planeten; es durchdringt sie, ohne davon aufgehalten zu werden. Wie sollte es jemals ein Ziel finden, das noch viel kleiner als ein Planet ist?«

»Ein ausgezeichneter Vergleich«, sagte Perry Rhodan. »Behalten Sie ihn in Ihrem Gedächtnis. Vielleicht können unsere Wissenschaftler etwas damit anfangen; vielleicht kommen sie eines Tages zu der Erkenntnis, dass Neutrinos gar nicht zu unserem Kontinuum gehören, sondern Sendboten einer anderen Dimension sind.«

In die Augen des Großadministrators trat ein harter Glanz.

»Aber wenn meine Ansicht zutrifft, dann werden wir unser Ziel finden – und auch sehen …«

Er sagte nichts weiter über seine Ansicht; und Aissa zerbrach sich fast eine Stunde lang den Kopf darüber, was Perry Rhodan gemeint hatte. Er kam jedoch zu keinem Ergebnis.

Nach dieser Stunde begann sich an Steuerbord plötzlich eine Art silbrig schimmernde Nebelbank zu zeigen. Sie lag flach und schmal mitten im Nichts, und manchmal liefen grelle Schauer über sie hin. Dann sah es aus, als bewegte der Wind die Oberfläche eines gigantischen Weizenfeldes.

Die Nebelbank verlief nicht genau parallel zum Kurs der Space-Jet. Die Entfernung verringerte sich zwar nur allmählich, aber es bedurfte keiner positronischen Berechnung, um vorauszusehen, dass sie den Kurs an einem Punkt der Unendlichkeit kreuzen würde.

Perry Rhodan stellte die Berechnung trotzdem an.

Das Ergebnis war verblüffend und erschreckend zugleich.

Der berechnete Kreuzungspunkt stimmte genau mit den Angaben überein, die John Marshall über die Entfernung Annas und Wurghs machte …

Die Spannung an Bord der SJ-33T stieg ins Unerträgliche. Niemand gab sich der Illusion hin, man könnte mit einem Gegner, der dem Sucher weit überlegen war, leicht fertig werden.

Perry Rhodan ließ den Kurs der Jet verändern. Sie stieg relativ zu dem eigenartigen Nebelstrahl um eine Million Kilometer. Niemand fragte nach dem Grund des Befehls. Jeder konnte sich denken, dass der Nebel etwas mit dem gigantischen Raumschiff zu tun hatte, von dem Anna und Wurgh berichteten. Es wäre ausgesprochen leichtsinnig gewesen, sich dem Ziel auf der gleichen Ebene zu nähern.

John Marshall erholte sich nach und nach. Er berichtete, dass es ihm jetzt keine große Mühe mehr bereitete, Kontakt mit Anna und Wurgh zu halten. Die energetische Kapazität der beiden geistigen Wesenheiten musste durch den Aufenthalt im sechsdimensionalen Kontinuum eine Aufladung erfahren haben. Nur so war der Kontakt über die gewaltige Entfernung hinweg überhaupt möglich gewesen.

Schwerer fiel es dem Telepathen schon, den Gedankeninhalt Annas und Wurghs zu lesen. Seine knappen Bemerkungen erzählten von einem gedanklichen Wirrwarr, der offenbar von

Furcht und übergroßer Erregung herrührte. Marshall begann um den klaren Verstand der beiden Wesenheiten zu fürchten, als sie ihm berichteten, dass die Fremden ihre Gestalt beliebig wechseln konnten. Er glaubte es nicht. Nur Perry Rhodan schien ernsthaft darüber nachzudenken.

Als das Ende des Nebelstrahls sichtbar wurde, befahl Rhodan die Verzögerung des Fluges. Erst jetzt machte sich eine Schwierigkeit bemerkbar, mit der man nicht gerechnet hatte. Die Hyperortung versagte. Anscheinend vermochten die überlichtschnellen Taststrahlen zwar vom Normalraum aus den Hyperraum zu durchqueren, nicht aber von einem höherdimensionalen Kontinuum.

Man würde auf einfach lichtschnelle Taststrahlen und auf die Optik angewiesen sein. Es war möglich, dass die Mittel des Gegners nicht dieser Beschränkung unterlagen.

»Tschubai«, sagte Rhodan. »Wir werden Sie einsetzen müssen. Ich glaube nicht, dass wir mit normalen Waffen die geringste Chance hätten. Sie nehmen eine Arkon-Bombe aus dem Lagerraum und stellen sie auf die breiteste Wirkung ein. Sobald wir nahe genug am Gegner sind, springen Sie. Die Zündung darf nicht später als eine Sekunde nach Ihrer Rückkehr erfolgen. Haben Sie noch Fragen?«

Tschubais schwarzes Gesicht wurde grau.

»Wir befinden uns in einer Dimension, deren Auswirkungen auf Teleporterimpulse wir nicht kennen, Sir. Hoffentlich komme ich unter diesen Umständen überhaupt in das feindliche Schiff.«

Rhodan nickte.

»Die gleichen Überlegungen habe ich seit unserem Start von Nightmare angestellt, Ras. Ich unterschätze die Gefahr nicht, in die ich Sie schicken muss. Sie könnten theoretisch im Hyperraum herauskommen. Von dort aus würden Sie jedoch ins Einstein-Kontinuum geschleudert. Ihre Aussichten, innerhalb des Normalraums zu überleben, sind nicht schlechter, als von hier aus in den Normalraum zurückzukommen. Wenn wir Sie nämlich nicht einsetzen – fürchte ich –, dann haben wir schon so gut wie verloren.«

»Jawohl«, murmelte Tschubai.

»Aber ich will Sie zu nichts zwingen«, wehrte Rhodan ab. »Wenn Sie es für zu riskant halten, zu springen, dann bleiben Sie bitte an Bord. Wir werden uns schon etwas anderes einfallen lassen.«

»Nein, Sir.« Tschubai lächelte wieder. »Sie könnten sich wahrscheinlich nichts anderes einfallen lassen, das die gleichen Aussichten hätte wie mein Einsatz. Ich springe.«

Er wollte zum Lagerraum hinabsteigen. Aber Aissa wehrte ab. Der Kapitän befahl Ben, die schwere Arkon-Bombe zu holen.

»Nicht, dass ich glaubte, Sie könnten sie nicht transportieren«, erklärte er dem Teleporter, »aber Sie sollten jetzt Ihre Kräfte schonen. Beim kommenden Einsatz werden Sie wahrscheinlich alle Energie brauchen.«

»Danke!«, erwiderte Ras Tschubai einfach.

»Achtung!«, rief Oberleutnant Monta von ihrem Platz aus. »Fremdes Objekt in der Normalortung.«

Obwohl sie völlig ruhig gesprochen hatte, zitterte ihre Hand ein wenig, als sie zum kleinen Schirm der Normalortung wies.

Eine silbrig schimmernde Kugel war darauf zu erkennen. Sie wirkte imponierend, aber erst, als die Maße am unteren Rand des Schirmes erschienen, begriffen die Menschen, worauf sie sich da eingelassen hatten.

Die Silberkugel besaß einen Durchmesser von zwanzigtausend Kilometern.

»Das ist kein Schiff, das ist ein Planet!«, rief Aissa.

»Von der Größe her ja«, erwiderte Perry Rhodan. »Aber kein Planet hat diesen silbrigen Schimmer. – Was sagen die Massetaster und Mikrowellenorter, Madam?«, wandte er sich an Isabella.

»Die Masse ist um vierzig Prozent geringer als die eines gleich großen Planeten aus fester Materie, Sir. Die Mikrowellenorter melden Metallplastik unbekannter Zusammensetzung. Offenbar handelt es sich bei dem Oberflächenmaterial um kristallfeld-intensivierten Terkonitstahl, der molekular verändert wurde.«

Kristallfeld-Intensivierung war ein Verfahren, das auch bei Terranern und anderen Rassen der heimatlichen Galaxis bekannt war. Man wandte es an, um hochwertiges Metallplastik gegen Korrosionseinflüsse verbindungsaktiver Giftatmosphäre von Stützpunktwelten zu schützen. Außerdem diente es in beschränktem Umfang als Schutz vor Desintegratorbeschuss. Größerer Verwendung waren jedoch Grenzen gesetzt, weil Kristallfeld-Intensivierung kaum vorstellbare Energiemengen verschlang.

Jeder an Bord der SJ-33T konnte durch eine Überschlagsrechnung zu einer Vorstellung von dem Energieaufwand kommen, den der Gegner trieb. Um die Hülle eines planetengroßen Raumschiffes mit diesem Schutz zu versehen, waren Trillionen von Gigawatt pro Sekunde nötig. Die Technik der Fremden musste Verfahren der Energieerzeugung kennen, die die Fusionsprozesse innerhalb einer Sonne zu einem lächerlich primitiven Verbrennungsvorgang degradierten.

Und mit einem solchen Gegner wollten sie es aufnehmen – zehn Menschen und ein winziges, dreißig Meter durchmessendes Raumschiff.

»Wir leben nur noch, weil sie uns nicht gesehen haben!«, kommentierte van Dreesen die Messergebnisse.

»Ich denke«, sagte François, »sie haben uns längst gesehen. Aber würden wir einer Fliege Beachtung schenken, die zum Angriff auf unsere Space-Jet ansetzt …?«

Perry Rhodan lachte humorlos.

»Sie haben es genau getroffen, Mister Petit. Es wäre unwahrscheinlich, wenn wir annähmen, die Fremden hätten uns noch nicht entdeckt. Viel wahrscheinlicher ist, dass sie in uns keine Gefahr sehen. Wenn man außerdem bedenkt, wie stark sie sich auf die Aktion gegen den Sucher konzentrieren müssen, so ist der Schluss einfach: Sie halten uns für harmlos, folglich verschwenden sie ihre kostbare Zeit nicht an uns.«

»Genau das melden Anna und Wurgh, Sir«, bestätigte John Marshall. »Sie haben das, was Sie sagten, in den Gedanken eines der Wesen erkannt.«

Ras Tschubai erhob sich und lächelte maskenhaft.

»Wenn sie ihre Täuschung bemerken, wird es zu spät für sie sein. – Können wir noch zehn Millionen Kilometer herangehen? Ich möchte sicher sein, die Entfernung wirklich in einem Sprung zu überbrücken.«

Isabella sah Rhodan fragend an. Der Großadministrator nickte bestätigend.

Die SJ-33T erhöhte ihre Geschwindigkeit wieder und jagte auf die gewaltige Kugel zu.

Selbst in der Normaloptik war sie bereits als heller Lichtfleck auszumachen.

Ras Tschubai wartete geduldig, bis Perry Rhodan die neue Einstellung der Arkon-Bombe mit der Bordpositronik errechnet hatte. Arkon-Bomben erzeugten bei Normaleinstellung einen unlöschbaren Atombrand für Elemente über der Ordnungszahl zehn. Voraussichtlich hätte das genügt, um das Silberschiff in eine Sonne zu verwandeln. Aber Rhodan wollte ganz sichergehen. Wenn der Gegner technisch so überlegen war, wie es die Kristallfeld-Intensivierung der Schiffshülle vermuten ließ, kannte er vielleicht Mittel und Wege, den Atombrand in ein Isolierfeld zu hüllen und einzudämmen. Deshalb sollte die Arkon-Bombe soviel wie möglich der bekannten Elemente angreifen und zünden.

Endlich lagen die neuen Einstellungen vor. Sie waren einmalig – genauso einmalig wie der Einsatz, der Ras Tschubai bevorstand. Es erwies sich als nahezu unmöglich, die errechneten Einstellungen praktisch vorzunehmen. Perry Rhodan und Ras Tschubai gelangten bald auf einen toten Punkt. Erst als Samuel

Peck eingriff, konnten die Kombinationen der Zündwirkung koordiniert werden.

Rhodan wischte sich den Schweiß aus der Stirn und sagte mit einem anerkennenden Blick auf Sam:

»Ich wette, Sie hätten die ganze Arbeit allein geschafft – und in der halben Zeit. Ein Mann wie Sie wäre der ideale Leiter des Rechenzentrums der Abwehr. Wie ist es damit?«

Samuel Peck blinzelte, als hätten ihn Rhodans Worte in Verlegenheit gebracht.

»Sir«, sagte er bescheiden, »ich möchte Sie bitten, so etwas niemals Solarmarschall Mercant gegenüber zu erwähnen. Ich bin froh, dass er mich damals freigegeben hat, und möchte nicht mit neuen Angeboten bestürmt werden.«

»Das, was Sie ihm anbieten wollten, war der gute Sam bereits«, erläuterte Aissa schmunzelnd.

»Oh! Das habe ich schon begriffen«, erwiderte Rhodan. »Wenn ich erstaunt dreinsah, so nur wegen Pecks Optimismus.«

»Wieso …«, begann Sam.

Perry Rhodan lachte.

»Nun, in unserer Lage darum zu bitten, ich möchte Mercant nichts über Sie verraten, ist etwa der Gipfel von allem, was ich an Optimismus bisher erlebte.«

»Vielleicht hat er nur gedankenlos dahergeredet«, bemerkte van Dreesen blasiert.

»So wie Sie etwa jetzt, wie?«, konterte Sam und fuhr betont harmlos fort: »Wie lange sind Sie denn schon bei der Galaktischen Abwehr, Leutnant?«

»Etwa acht Jahre.«

Samuel Peck nickte grinsend.

»Und Sie leben immer noch, was? Nun stellen Sie sich einmal vor, Sie Grünschnabel, was geschehen wäre, hätte ich meine Aufgaben im Rechenzentrum mit so wenig Hirn gelöst wie Sie …? Ihre Knochen würden längst irgendwo verfaulen, was allerdings kein großer Verlust für die Menschheit sein dürfte.«

»Möglich«, gab van Dreesen ungerührt zu. »Aber dann müssten Sie jetzt ohne mich mit den Fremden fertig werden …«

Sam brach in homerisches Gelächter aus. Doch dann brach er ab, blickte den Leutnant verblüfft an und zwinkerte ihm schließlich versöhnlich zu. Er hatte mit dem Instinkt des ehemaligen Abwehrmannes herausgefunden, dass van Dreesens scheinbare Blasiertheit nur Maske war.

»Fertig!«, meldete Isabella Monta ruhig. »Relativ zum Silberschiff hängen wir unbeweglich im Raum. Die Entfernung beträgt nur noch eine Million Kilometer.«

Aissa warf einen Blick auf den Bildschirm. Die silberne Kugel erschien nun auch in der Normaloptik so groß wie etwa der Vollmond von der Erde aus. Sie wäre allerdings unsichtbar gewesen, wenn der silberne Schimmer nicht von innen herausgekommen wäre. Auch das war ein technisches Rätsel für die Menschen. Aber es änderte nichts am festgelegten Einsatzplan.

John Marshall sollte Anna und Wurgh berichten, sie möchten sich aus dem anderen Schiff in den Raum zurückziehen. Auch geistige Wesenheiten konnten möglicherweise Schaden erleiden, wenn ein planetengroßes Raumschiff zur Nova wurde. Anna und Wurgh sollten jedoch nicht zur Space-Jet kommen, obwohl ihnen das möglich gewesen wäre. Es bestand die Gefahr, dass die Jet durch eine Abwehrreaktion der Fremden vernichtet wurde.

Danach würde Tschubai springen.

Nach seiner Rückkehr wollten sie mit der Jet fliehen und sich so weit wie möglich von der Silberkugel entfernen. Sie mussten Lichtgeschwindigkeit erreichen, bevor die gesamte Silberkugel vom atomaren Verschmelzungsprozess erfasst worden war. Andernfalls würde die Strahlung die Space-Jet verbrennen.

Das – und die Zeit, während der Tschubai sich am Ziel orientierte – würden die kritischsten Augenblicke sein.

Perry Rhodan erhob sich und stellte sich neben Tschubai. Der Afro-Terraner stand seitlich neben dem Podest für die Sitze der Zentrale-Besatzung und hielt die gefährliche Bombe mit beiden

Händen umfasst. Er hatte seinen Druckhelm bereits geschlossen. Rhodan schaltete seinen Helmfunk ein, legte Tschubai die Hand auf die Schulter und sagte:

»Machen Sie Ihre Sache gut, mein Lieber. Ich drücke die Daumen und wünsche Ihnen Hals- und Beinbruch.« Er holte tief Luft. »Und nun los!«

Dort, wo eben noch der Teleporter und die Bombe gestanden hatten, stürzte die Luft grollend in das entstandene Vakuum.

Und im selben Augenblick wurde die SJ-33T von einem flimmernden Nebelstrahl erfasst …

Ras Tschubai hatte sich nach John Marshalls Angaben auf den Raum konzentriert, in dem sich Anna und Wurgh zuerst befunden hatten.

Als er materialisierte, war es vollkommen dunkel. Er entsann sich, dass geistige Wesenheiten nicht auf eine Beleuchtung angewiesen waren. Anna und Wurgh hatten einfach nicht daran gedacht, Marshall auf diese Besonderheit des Ortes hinzuweisen.

Tschubai schaltete seine Helmlampe an. Er sah eine Fülle unbekannter Aggregate an den Wänden. Von irgendwoher kam beständiges Dröhnen. Erstaunt stellte der Teleporter fest, dass es eine Sauerstoffatmosphäre gab, die der Terras fast völlig glich.

Er hätte die Bombe zünden und zur Space-Jet zurückkehren können. Ein unbestimmtes Gefühl hielt ihn davon ab. So, wie Anna und Wurgh die Dunkelheit dieses Raumes nicht bemerkt hatten, konnten ihnen auch Beobachtungsanlagen entgangen sein. Was, wenn die Gegner ihn längst entdeckt hatten und die Bombe sofort nach seinem Verschwinden aus dem Schiff brachten? Die technischen Mittel dazu traute er ihnen zu.

Er musste die Bombe weiter im Innern der Silberkugel deponieren, nicht in einem der Außenräume. Je weiter im Mittelpunkt er die Vernichtungswaffe absetzte, desto schwieriger müsste ein Hinausschaffen sein – auch für eine überlegene Technik.

Kurz entschlossen teleportierte er noch einmal.

Er materialisierte in einer kugelförmigen Kammer – und konnte nur mit größter Anstrengung einen Sturz verhindern. Kniend umklammerte er die Arkon-Bombe. Seine Helmlampe war noch immer eingeschaltet, er konnte die Umgebung gut erkennen.

Der kugelförmige Raum durchmaß etwa vier Meter, seine Innenwandung war völlig glatt. Weder eine Tür noch die Schachtverkleidung einer Lufterneuerungsanlage waren zu sehen. Tschubai warf einen kurzen Blick auf den Analysator an seinem Handgelenk und pfiff durch die Zähne. Der Raum war luftleer.

Der Teleporter überlegte. Wenn er seinen letzten Sprung richtig kalkuliert hatte, musste er sich etwa im Zentrum der Silberkugel befinden. Es war Zeit, die Bombe zu zünden und wieder zu verschwinden.

Dennoch zögerte er noch.

Es erschien unwahrscheinlich, dass ein Raum völlig ohne Zugang und Anschluss an die Luft- und Lichtanlage des Schiffes sein sollte. Doch wenn es so war, dann gab es einen Grund dafür. Tschubai zauderte, seine Aufgabe zu beenden, bevor er diesen Grund kannte. Es hing zu viel vom planmäßigen Verlauf der Aktion ab.

Er legte die Bombe nieder und versuchte, sich an der nach außen gebogenen Wand aufzurichten. Dabei machte er eine seltsame Entdeckung. Er hatte geglaubt, nach seiner Wiederverstofflichung nach »unten« gefallen zu sein, dorthin, wohin der Zug der künstlichen Schwerkraft wirkte. Jetzt aber musste er sich eines anderen belehren lassen. Er konnte die Wand »hinaufkriechen«. Noch mehr: Auch wenn er sich aufrichtete, vermochte er die Wand hinaufzugehen. Er lief einmal um die Wandung, dann wusste er Bescheid.

Die künstliche Schwerkraft wirkte gleichmäßig nach außen!

Theoretisch war das unmöglich. Mit entsprechendem technischem Aufwand und genügend Energie konnte ein solcher Effekt jedoch erzeugt werden. Nur, so überlegte Tschubai, würde das niemand ohne gute Gründe tun. Dieser Raum musste innerhalb der Silberkugel eine besondere Bedeutung haben.

Plötzlich fuhr Ras mit einem entsetzten Schrei herum.

Jemand hatte zu ihm gesprochen. Jemand hatte gesagt:

Du hast recht.

Langjährige Schulung und Erfahrung ließen den Teleporter die Sinnestäuschung erkennen. Niemand hatte gesprochen. Die Worte waren direkt in seinem Bewusstsein aufgetaucht, so, als hätte er sie selbst gedacht. Ras wusste, was das hieß. Jemand benutzte hypnosuggestive Kräfte, um sich verständlich zu machen.

»Wer bist du?«, fragte Tschubai. Er hoffte, der andere möchte auch über telepathische Fähigkeiten verfügen, damit er seine Gedanken lesen konnte. Ras sprach sie nur deshalb zusätzlich laut aus, damit sie aus seinen anderen Gedanken klar herausragten.

Seine Hoffnung erfüllte sich.

Ich bin nur ein Teil meines Ganzen. Aber das ist unwichtig, denn ich werde bald nicht mehr sein.

»Wie meinst du das?«, fragte Ras und ahnte doch schon, wie die Antwort ausfallen würde.

Das, was du eine Bombe nennst, wird mich vernichten, sobald seine Energie frei wird. Aber keine Sorge. Ich verrate meinen ›Herren‹ nichts davon. Sie würden es womöglich verhindern.

Ras Tschubai hatte das Gefühl, als flösse Eiswasser statt Blut durch seine Adern. Das Fremde wusste, was er vorhatte. Menschlichem Geist erschien es undenkbar, dass ein Wesen seine Rettung fürchtete und nicht seinen Tod.

Ich erleide Schlimmeres als den Tod, nistete sich ein neuer Gedanke in seinem Hirn ein. *Die ›Herren‹ haben mich von meinem Ganzen gelöst und aktivieren mein Sein nur durch Zellvibratoren. Eigentlich existiert von mir nur noch der Schmerz – und auch der gehört nicht mehr mir allein. Meine Schmerzausstrahlungen werden verstärkt und gebündelt und dienen zur Unterwerfung anderer Wesen. Der Tod wäre mir Erlösung.*

Ras vernahm die Worte, und sie stürzten ihn in einen Zwiespalt der Gefühle. Die Silberkugel musste vernichtet werden. Aber rechtfertigte das die Vernichtung eines offenbar harmlosen Wesens? Auch dann, wenn dieses Wesen seinen eigenen Tod herbeisehnte, durfte er, Ras, diesen Wunsch als Rechtfertigung ansehen?

»Nein!«, sagte Ras Tschubai leise, aber bestimmt. »Niemand hat das Recht, ein Wesen zu töten, das ihn nicht bedroht. Selbst wenn du es wünschst, ich darf es nicht tun. Es muss einen anderen Weg geben, die ›Herren‹ – wie du sie nennst – auszuschalten.«

Es gibt keinen anderen Weg, du Narr! Der fremde Gedanke bohrte sich wie ein glühendes Eisen in Tschubais Gehirn. *Und du musst dich beeilen. Die ›Herren‹ haben Verdacht geschöpft. Sie richten den Strahl eines Paraprojektors auf das Raumschiff, aus dem du kommst.*

»Nein!«, rief Ras voller Ratlosigkeit und in Gewissensqual.

Da griff das seltsame Wesen stärker zu. Es setzte seine Parakräfte ein. Unter hypnosuggestivem Zwang taumelte Ras Tschubai auf die Bombe zu und presste den Daumen auf den Zündknopf.

In vier Sekunden würde sich der heiße Tod unaufhaltsam nach allen Seiten ausbreiten.

Tschubai konzentrierte sich auf die Space-Jet – und entmaterialisierte.

Er fand sich in einem Meer des Schmerzes wieder.

Der flimmernde Nebel war so schnell gekommen, dass es kein Ausweichen gegeben hatte.

Die Menschen in der SJ-33T konnten nur mit schreckgeweiteten Augen zusehen, wie sich ihr Schiff mit diesem seltsamen Nebel füllte. Er war durch den Schutzschirm und durch die Terkonitstahlhülle des Schiffes gedrungen, als existierten sie nicht.

Und nun füllte er nicht nur das Schiff, sondern auch die Raumanzüge.

Doch er war nicht allein gekommen; der Nebel hatte eine Welle grausamen Schmerzes mitgebracht.

Wie durch einen Schleier hindurch sah Aissa den Großadministrator zum Steuerpult springen. Aber mitten im Sprung verzerrte sich Rhodans Gesicht. Er stürzte und rollte die Treppen des Podestes herab. Das alles erkannte Aissa, während er selbst zum Steuerpult lief. Er wusste, dass sie fliehen mussten. Doch er kam nicht einmal so weit wie Rhodan. Der Schmerz jagte durch seinen Körper. Schreiend brach er zusammen, stolperte über Sams Körper und wälzte sich hilflos am Boden.

Der Roboter Ben stand ratlos dabei und blickte von einem zum anderen. In seinem positronischen Gehirn jagten sich die lichtschnellen Impulse, wurden Gedächtnisstrukturen »abgefragt«, Vorstellungen assoziiert und Schlüsse gezogen.

Der flimmernde Nebel, so erkannte Ben, war die Ursache der Anfälle, von denen die Menschen betroffen wurden. Die Schreie und Zuckungen deuteten auf starke physische Schmerzen hin. Doch offenbar war der Nebel immateriell, sonst hätte er den Schutzschirm und die Schiffswandung nicht durchdringen können. Immaterielles erzeugt aber keinen physischen Schmerz, jedenfalls nicht direkt. Es konnte höchstens über den Geist und die Nervenbahnen indirekt auf den Körper einwirken. Folglich musste der Schmerz nachlassen, sobald die Quelle ausgeschaltet war.

Etwas Ähnliches – nämlich geistige Beeinflussung – hatte Ben schon auf Nightmare erlebt. Aber dort waren die UUM selbst anwesend gewesen; er hatte seine Herren befreit, indem er die Hyperwesen vernichtete oder in die Flucht schlug. Aber hier – wo war hier die Quelle des Übels?

Diese Überlegungen hatten die ungewöhnlich lange Zeit von vier Sekunden beansprucht. Danach wusste der Roboter, was er zu tun hatte.

Er war mit einem einzigen Sprung vor dem Pilotenpult. Krachend schlugen seine Füße auf den Boden. Mit einem Ruck hatte er den Sessel Isabellas so gedreht, dass die Pilotin ihm nicht mehr im Weg war. Schon wollte er die Triebwerke aktivieren und die Space-Jet nach oben reißen, als ihm Ras Tschubai einfiel.

Tschubai war zur Silberkugel teleportiert. Er würde nicht an eine beliebige Stelle teleportieren, wenn er zurückkehrte. Er musste die Jet finden, sonst war er verloren.

Folglich durfte sich das Raumschiff nicht von seinem Platz bewegen.

Ben wandte sich um und beobachtete wieder die Menschen. Sie wanden sich noch immer in grässlichen Krämpfen, aber nichts deutete darauf hin, dass ihr Leben schon jetzt bedroht war. Sie würden warten müssen. Für einen Roboter war das eine einfache Rechnung: Wenn er alle Menschen retten konnte, würde er warten, bis er diese Möglichkeit realisieren konnte. Die anderen mussten eben solange leiden. Nur wenn die anwesenden neun Menschen unmittelbar in Lebensgefahr schwebten, hätte er den einen geopfert.

Genau sechs Minuten vergingen.

Während der letzten Minute waren die Menschen merkwürdig still geworden. Sie wimmerten nur noch leise, aber sie begannen allmählich, sich wieder für ihre Umgebung zu interessieren. Nur gefielen dem Roboter ihre Blicke nicht. Menschen mit derartig stumpf glotzenden Augen und abgehackten Bewegungen waren nicht mehr Herr ihres Verstandes. Ben begriff die Gefahr. Er zog seinen Schockblaster und wartete. Wer sich den Kontrollen näherte, würde geschockt werden.

Und endlich – nach Ablauf der sechsten Minute – tauchte Ras Tschubai wieder auf!

Ben kümmerte sich nicht darum, dass der Teleporter im selben Augenblick schreiend zusammenbrach. Er schaltete. Die Triebwerke röhrten ohrenbetäubend. Ein heftiger Ruck fuhr durch die Space-Jet, als Ben den Schubhebel bis zum Anschlag vorstieß.

Im nächsten Augenblick wurde die Jet noch mehr durchgerüttelt. Ben hatte den Schubhebel wieder zurückgezogen und bremste die erreichte Fahrt ab.

Grund dafür waren die Tausende und aber Tausende diskusförmiger, schimmernder Gebilde, die scheinbar aus dem Nichts erschienen und den Ausblick auf die Silberkugel verdeckten.

Ben eröffnete das Feuer aus dem vorderen Impulsgeschütz.

8.

Aissas Bewusstsein tauchte aus einem Abgrund auf, in den es von etwas anderem, Schrecklichen, verdrängt worden war.

In Erwartung der nächsten Schmerzwelle biss er die Zähne zusammen. Doch der Schmerz blieb aus. Nur die Erschöpfung fiel förmlich über ihn her.

Aissa wehrte sich mit allen Kräften dagegen, die ihm noch verblieben waren. Es gelang ihm, die Augen offenzuhalten. Mühsam richtete er sich auf und taumelte gegen das Podest der Steuersessel. Seine Knie wollten nachgeben. Er biss die Zähne zusammen und griff nach der Drehstütze des nächsten Sessels. Millimeterweise zog er sich hoch. Eine laute Stimme ließ ihn zusammenzucken. Im nächsten Augenblick war er wieder zurückgerutscht. Ärgerlich wandte er sich um.

Ben war bereits da und griff ihm hilfreich unter die Arme.

»Sie dürfen sich jetzt nicht anstrengen, Sir. Offenbar sind Sie physisch und psychisch stark erschöpft. Ich bringe Sie in Ihre Kabine.«

»Zuerst … die … Frau!«, lallte Aissa.

»Oberleutnant Monta ist bereits versorgt, Sir«, erwiderte Ben.

»Dann versorge jetzt den Großadministrator!«

Doch Bens Robotgesetze kannten keine Rangunterschiede, jedenfalls nicht hinsichtlich der Hilfeleistung. Er antwortete seinem Herrn nicht, sondern legte ihn sich über die Schulter und trug ihn in eine Kabine.

»Es ist alles in Ordnung, Sir«, erklärte er dazu. »Sie müssen sich jetzt erholen.«

Aissa brachte nur einen Seufzer zuwege, dann schlief er ein.

Als er erwachte, fühlte er sich besser. Er setzte sich auf, streckte die Zehen aus dem Bett und grübelte nach. Ras Tschubais Auftrag fiel ihm ein, die drohende Silberkugel von der Größe eines Planeten, der Nebel – und der Schmerz. Er entsann sich auch Bens Bemerkung, es wäre alles in Ordnung.

»Nichts ist in Ordnung!«, brummte er und sprang auf.

In der Meinung, dass alle anderen noch schliefen, schlich er im Dunkeln aus der Kabine. Er war noch ziemlich benommen. Nur darum übersah er die beiden Gestalten, die unmittelbar neben dem Lifteinstieg standen. Es gab einen ziemlich heftigen Aufprall. Aissa sah Sterne vor seinen Augen und hörte einen unterdrückten Fluch.

Verblüfft starrte er hinter den beiden her, die im Lift verschwanden.

Der eine war François gewesen, und der andere eine Frau.

Und an Bord der SJ-33T gab es nur eine Frau – Oberleutnant Isabella Monta.

Aissa ballte die Fäuste.

Er begriff nicht, warum sein Erster Offizier so etwas tat. Schließlich war er mit Anna verlobt. Einen Herzschlag lang übermannte ihn der Grimm. Er wollte dem Paar nach und François die amourösen Gedanken herausprügeln. Doch dann sagte er sich, dass es im Augenblick Dringenderes zu erledigen gäbe.

Erst als er die Zentrale betrat, sah er seinen Irrtum von vorhin ein. Er hatte geglaubt, als Erster erwacht zu sein – oder doch zumindest als Dritter hinter François und Isabella. Dabei war er der Letzte.

Perry Rhodan wandte sich bei seinem Eintritt um und lachte ihm entgegen. Er lachte! Aissa begriff überhaupt nichts mehr.

»Nun, Kapitän, haben die beiden Sie geweckt?« Er warf einen Blick auf die Agentin und François. »Sie wollten unbedingt nach Ihnen sehen.«

»Ja, natürlich«, murmelte Aissa. »Sie haben mich wirklich geweckt.« Er warf François einen solchen Blick zu, dass dieser erbleichte.

Dann räusperte er sich. »Bevor ich einschlief, behauptete mein Roboter, es sei alles in Ordnung. Das kann ich mir gar nicht vorstellen, da wir doch von dieser ›Nebelwaffe‹ außer Gefecht gesetzt worden waren.« Er sah sich suchend um und entdeckte Ben. »Vielleicht würdest du dich einmal näher erklären! Wie kommt es überhaupt, dass ich so lange geschlafen habe, länger als alle anderen? Hast du mir ein Sedativum gegeben?«

»Aber ich bitte Sie, Sir!«, sagte Ben mit gut gespielter Entrüstung. »Jeder erhielt die gleiche Behandlung. Aber Sie waren als Einziger aus der Ohnmacht erwacht und hatten bei dem Versuch, zum Steuerpult zu kommen, Ihre letzten Kraftreserven verbraucht. Deshalb schliefen Sie jetzt am längsten.«

»Alles andere haben uns Ben und Tschubai bereits in groben Zügen berichtet«, bemerkte Rhodan. »Es kann aber nichts schaden, wenn wir nun einen ausführlicheren Bericht erhalten. Am besten beginnt Ben damit.«

»Ich habe nichts ausgelassen, Sir!«, wandte der Roboter ein. »Aber gut, Menschen lieben eine ausgeschmückte Schilderung.«

Perry Rhodan schmunzelte.

Und Ben begann zu erzählen.

Nachdem er die Ereignisse bis zum Auftauchen der UUM geschildert hatte, fuhr er fort:

»Ich hätte wahrscheinlich keine Chance gegen die UUM gehabt, wenn sie mit physischen Mitteln angegriffen hätten. Vielleicht aber wandten sie nur wieder psychische Beeinflussung an, und dagegen bin ich bekanntlich immun.

Es sah für einige Sekunden sehr kritisch aus. Ich konnte nicht fliehen, da mich die UUM zu sehr beschäftigten. Aber jeden Augenblick musste die Silberkugel explodieren. Doch es kam alles ganz anders – alles! Die Silberkugel begann plötzlich von innen heraus ultrahell zu glühen. Sie blähte sich dabei jedoch nicht auf. Das Glühen dauerte etwa eine Minute an, dann erlosch es. Es blieb nichts zurück. Die Silberkugel war verschwunden. Offensichtlich konnte es in dieser Dimension nicht zu einem Ausbruch vierdimensionaler Energien kommen. Es ist möglich, dass der eigentliche Energieausbruch im Normalraum beobachtet wurde.

Ich halte das aber für unwesentlich. Wesentlicher erscheint mir das Verhalten der UUM. Bevor die Silberkugel verschwand, wimmelte es von ihnen rings um die Space-Jet. Am stärksten konzentrierten sie sich jedoch zwischen uns und dem Silberschiff. Aber nach dem Verschwinden der Kugel rasten sie plötzlich davon. Vielleicht hatte sie der Verlust ihres Raumschiffes demoralisiert, aber mir will das nicht einleuchten …«

»Mir auch nicht«, sagte Perry Rhodan. »Ich habe eine gewisse Vermutung. Trifft sie zu, ergibt sich ein völlig anderes Bild. Trifft sie aber nicht zu, können wir wieder fast von vorn beginnen.«

Ein betretenes Schweigen breitete sich aus.

Es wurde plötzlich von Marshalls Stimme unterbrochen.

»Etwas bereitet sich vor«, sagte er in die Stille hinein. »Ich fange wirre Gedanken eines absolut fremdartigen Wesens auf. Eigentlich sind es weniger Denk-, sondern Gefühlsimpulse. Es ›hört‹ sich so an, als erwachte etwas Gigantisches aus einer Art Albtraum. Mehr kann ich leider noch nicht sagen.«

»Wir sollten fliehen, Sir!«, sagte Ras Tschubai nach einer Pause.

Perry Rhodan schüttelte den Kopf.

»Wir bleiben! – Lauschen Sie weiter, John.« Er holte tief Luft. »Vielleicht ›hören‹ Sie die Bestätigung für meine Vermutung. Und wenn nicht – wir können sowieso nicht fliehen.«

Gewaltige Raum-Zeit-Felder krümmten sich nach innen. Hyperdimensionale Masse-Strukturen zogen sich zusammen. Gravitationsenergie wurde umgewandelt und einem für Menschen unbegreiflichen Stoffwechsel zugeführt. Verbrauchte Energie kehrte zur Dimension des gegenwärtigen Ursprungs zurück – irgendwo in einer Galaxis des vierdimensionalen Raum-Zeit-Kontinuums würden die Observatorien ungeheure Energieausbrüche registrieren, galaxiengroße Kaskaden und Fontänen einer Energie, die aus dem Nichts zu kommen schien …

Der *Sucher* wusste nichts davon, denn noch war sein Bewusstsein in den künstlichen Krümmungsfeldern gefangen, in die die Schmerzwellen des Paraprojektors es gezwungen hatten.

Nur die unbewussten, unwillkürlichen Reaktionen eines hyperenergetischen Organismus liefen annähernd normal ab. Ein gigantischer Gesundungsprozess setzte ein. Auf gravoenergetischen Reaktionsbahnen liefen unbewusste Erinnerungen, wurden zu reinigenden Träumen umgebildet und von parapsychischen Wellen davongetragen.

Das Unterbewusstsein des Suchers reinigte sich selbst. In gleichem Tempo schritt der Regenerationsprozess des gravophysischen Organismus voran.

Und dann, ganz allmählich, lösten sich die unsichtbaren Bewusstseinsbahnen aus dem Krampf der künstlichen Krümmungsfelder. Die Erinnerung setzte ein. Doch es kam zu keiner Schockreaktion; das Wahnsinnige rief keinen Wahnsinn hervor, denn das Trauma war durch den Kanal hektischer Albträume abgeleitet worden.

Doch auch die bloßen Fakten überwältigten das Wesen fast. Es zitterte noch bei dem Gedanken, dass es schon so gut wie besiegt worden war. Der Feind war aus der Dimension des gegenwärtigen Ursprungs gekommen. Aber nicht nur der Feind; die Helfer entstammten der gleichen Daseinsebene. Und das war etwas, was den Sucher fast noch mehr verwirrte als der Gedanke an seine überwundene Ohnmacht. Wesen, die er für winzig und machtlos gehalten hatte, waren stärker gewesen als sein Bezwinger.

Der Sucher begriff, dass er längst noch nicht alles über den unheimlichen Kampf wusste. Er tat einen weiteren »Atemzug«. Wieder krümmten sich gewaltige Raum-Zeit-Felder, zogen hyperdimensionale Masse-Strukturen sich zusammen, wurde verbrauchte Energie ins vierdimensionale Kontinuum abgestoßen.

Die Kraft des Suchers wuchs. Er begann, das Wirkungsnetz im gegenwärtigen Ursprung zu regenerieren.

Zugleich streckte er seine Gedankenfühler aus – und traf auf die Gedankenfühler eines Wesens, das nicht Geist, sondern körperlich war, obwohl es dem vierdimensionalen Kontinuum entstammte. Der Sucher begann zu ahnen, dass in der Dimension des gegenwärtigen Ursprungs eine Kraft im Werden war, die Gegenwart, Vergangenheit und Zukunft zugleich umspannte – aber auch Gut und Böse, dass Drohung und Hilfe der gleichen Kraftquelle entstammte – und entstammen würde …

Er würde bei dem kommenden »Gespräch« darauf achten müssen, dass er die Ebene des Zukünftigen nicht berührte – denn, so erkannte er mit Grauen, dann hätte in der Vergangenheit das Böse gesiegt.

»Es ist der Sucher«, flüsterte John Marshall. »Er war in meinem Geist – und ist wieder zurückgewichen, als hätte er sich gefürchtet.«

Aissa schüttelte den Kopf.

»Wenn es wirklich der Sucher war, dann zog er sich nicht aus Furcht zurück. Dieses Wesen kennt uns Menschen. Er wird nur erstaunt gewesen sein, es mit einem Telepathen zu tun zu haben.«

»Aber Sie haben doch sonst auch geistigen Kontakt mit ihm gehabt!«, warf Perry Rhodan ein.

»Nicht ich, Sir«, wehrte Aissa ab, »nur das WIR, unser vereinigter Geistesstrom, der über die Gedankenbrücke in diese Dimension kam. Marshall jedoch ist anders. Sein Körper und Geist sind vereinigt, dennoch kann er Gedanken aussenden und auffangen.«

»Er kommt zurück«, meldete der Telepath. »Achtung! Ich werde jetzt nicht berichten können. Der Gedankenstrom des Suchers wird übermächtig. Ich muss mich ganz auf die telepathische Unterhaltung konzentrieren.«

John Marshall sank in seinen Kontursitz zurück und schloss die Augen. Sein Atem ging ruhig und gleichmäßig wie bei einem Schlafenden. Nur hin und wieder lief nervöses Zucken über die Lider.

Zehn Minuten später schlug Marshall die Augen wieder auf.

Er holte ein paar Mal tief Luft, dann sagte er mit vibrierender Stimme:

»Der Sucher berichtet, dass er sich von dem Überfall erholt hat. Er wäre dabei, das Wirkungsnetz im gegenwärtigen Ursprung zu regenerieren. Aber er ist sehr erstaunt, dass wir körperlich erscheinen konnten. Er dankt uns für unsere Hilfe.«

Perry Rhodan sprang auf. Dann sank er langsam wieder auf seinen Platz zurück.

Es war offensichtlich, er konnte seine grenzenlose Überraschung nicht verbergen. Nur allmählich beruhigte er sich, wurde wieder zum stets beherrschten Mann, der über den Dingen stand.

»An diese Möglichkeit hatte ich nicht gedacht«, gab er freimütig zu.

Alle Anwesenden blickten ihn verblüfft und fragend an. Ihr Geist konnte dem Gedankensprung Rhodans nicht folgen. Nur Aissa Bhugol lächelte verstehend. Er ahnte, worauf die Bemerkung des Großadministrators sich bezog.

»Also wusste der Sucher nichts von den UUM!«, stellte er fest.

Perry Rhodan warf ihm einen anerkennenden Blick zu.

»Sie ahnten es also auch, Kapitän! Wie kamen Sie zu dieser Schlussfolgerung?«

Aissa wurde wieder ernst.

»Der erste Verdacht kam mir, nachdem die UUM meine kleine Gruppe ›angegriffen‹ hatten. Ich sah einfach keinen Anhaltspunkt dafür, dass sie schlechte Absichten verfolgten. Sie hatten uns geistig beeinflusst – gewiss. Aber keinem von uns hatte diese Beeinflussung geschadet. Außerdem – aber das erkannte ich erst später – fehlte den UUM jegliches Motiv für einen wirklichen Angriff. Wir, François, Sam, Ben und ich, hätten ihnen überhaupt nicht gefährlich werden können, falls sie die Feinde des Suchers wären. Wir wussten das damals nicht; die UUM mussten es gewusst haben.«

»Einen Augenblick!«, warf François entrüstet ein. »Warum haben sie uns dann überhaupt geistig beeinflusst, wenn sie kein Motiv besaßen?«

»Oh!« Aissa lächelte voller Sarkasmus. »Ein Motiv besaßen sie schon. Ich nehme an, sie wollten uns zur Passivität zwingen, damit wir nicht in eine Gefahr hineinstolperten, der wir nicht gewachsen waren.«

»Soweit stimmen unsere Schlüsse überein«, bemerkte Rhodan. »Darf ich nun fortfahren?«

Aissa nickte.

»Ich baue sozusagen auf Ihrem Erlebnis auf, Kapitän Bhugol«, begann Perry Rhodan lächelnd. »Die UUM hatten Sie für kurze Zeit unter geistiger Kontrolle. Es wäre nur natürlich, wenn sie in dieser Spanne Ihren gesamten Geistesinhalt erfassten – und darüber nachdachten.

In Ihrem Gedächtnis war zweifellos ein Hinweis über die Mutanten des Solaren Imperiums enthalten. Die UUM erkannten, dass das, was sie selber bislang vergeblich versucht hatten – nämlich den Gegner des Suchers zu vernichten – für Wesen mit Parakräften relativ leicht sein musste. Einer von Ihnen muss außerdem über meinen Aufenthaltsort Bescheid gewusst haben ...«

Samuel Peck grinste breit.

»Das war ich, Sir.«

Rhodan drohte dem Mathematiker mit dem Finger. Aber es war zu erkennen, dass er es nicht ernst meinte.

»Nebenbei gesagt handelte es sich um ein Staatsgeheimnis ersten Ranges. Ich will hoffen, dass der Informationskanal nur für Sie offen ist.«

Samuel Peck nickte bestätigend.

Rhodan fuhr fort: »Die UUM hatten nicht viel Zeit für die Anknüpfung von Verhandlungen. Sie wussten jedoch aus Ihrem Gedächtnisinhalt über einen wesentlichen Zug der Terraner – und von mir. Terraner sind sehr wissbegierig, schlossen sie. Folglich müssen wir ihnen ein Rätsel aufstellen und sie in unsere

Dimension locken. Sie wussten weiter, dass sich in meiner Nähe meist einige Mutanten aufhielten, und spekulierten darauf, dass ich mir erstens das Rätsel selbst ansehen würde und zweitens einige Mutanten mitbrächte. Ihr Rätsel war ganz auf diesem Wissen und den entsprechenden Kalkulationen aufgebaut.

Es gelang ihnen, uns in dieses Kontinuum zu locken. Danach schloss sich die Falle. Schon das erschien mir verdächtig, denn das Beiboot, das den Leuchtring zuerst durchstieß, konnte unbehelligt zurückkehren. Man brauchte also nicht irgendwelche Terraner, sondern vor allem Mutanten.

Die UUM sorgten dafür, dass wir mit Kapitän Bhugols Gruppe zusammentrafen. Von ihm erfuhren wir alles, was notwendig war, uns zu einem aktiven Einsatz herauszufordern. Es behagt mir nicht, wie mühelos die UUM unser Verhalten lenkten. Doch das sollten wir ihnen nicht übel nehmen. Sie haben schließlich einige ihrer Individuen freiwillig geopfert, um uns den rechten Weg finden zu lassen.

Dann tauchte die Silberkugel auf. Aus Annas und Wurghs geistigem Bericht wussten wir, dass die Besatzung der Kugel aus menschenähnlichen Wesen bestand. Folglich war der eigentliche Angreifer nicht identisch mit den UUM.

Leider gab es weder für das eine noch für das andere stichhaltige Beweise, solange die Ereignisse noch liefen. Darum handelte Ben in gutem Glauben, als er das Feuer auf die UUM eröffnete, die nur gekommen waren, um uns vor dem Schmerzfeld der sogenannten ›Herren‹ zu schützen. Als der Sucher gerettet war, verschwanden sie.«

Er schwieg einige Minuten lang, und keiner wagte, das Schweigen zu unterbrechen.

Endlich sagte er:

»Die UUM müssen sehr selbstlose und hilfsbereite Wesen sein – und mächtige Wesen dazu, obwohl sie gegen die Silberkugel nichts ausrichten konnten …«

»Das waren im Großen und Ganzen auch meine Gedanken

dazu, Sir«, meinte Aissa. »Nur eins ist mir immer noch unklar: Was für Wesen waren das, die den Sucher beinahe unterworfen hätten? Woher kamen sie – und warum griffen sie überhaupt an?«

Perry Rhodan zuckte mit den Schultern.

Mitten in die eingetretene Stille schrillten die Alarmglocken. Die Menschen fuhren herum und starrten auf die Bildschirme.

Rings um die Space-Jet schwebten Millionen von UUM. Ihre diskusförmigen Körper glänzten und gleißten, als würden sie von Tausenden Sonnen beschienen. Sie wogten auf und ab wie eine zusammenhängende Masse.

Und dann klang eine gewaltige Stimme im Geist der Menschen auf:

Die Feinde des Suchers waren auch eure Feinde. Nur darum konnten wir euch zu Hilfe holen. Die ›Herren‹ waren die Abtrünnigen einer großen Rasse, die in den Ebenen der Zeit existiert. So, wie es überall Gut und Böse gibt, so verkörperten die Abtrünnigen das Böse innerhalb ihrer Rasse. Indem ihr sie auslöschtet, habt ihr euch selbst einen großen Dienst erwiesen. Diese Tat gibt euch eine Chance, den Kampf gegen den Rest der Abtrünnigen zu gewinnen – mehr aber auch nicht. In einer Zeit, die ihr nach Jahrhunderten messt, werdet ihr die letzte Auseinandersetzung zu bestehen haben. Vielleicht erhaltet ihr noch einige Hinweise aus dem Strom von Raum und Zeit, aber kämpfen müsst ihr selbst.

Mehr dürfen wir euch nicht sagen, sonst würden die Zeitebenen in Verwirrung geraten …

Die Menschen lauschten noch immer in sich hinein, als die Stimme längst verklungen war. Als sie nach einigen Minuten aufsahen, waren die UUM verschwunden.

»Die Abtrünnigen …«, murmelte Perry Rhodan gedankenvoll. »Wer sind sie? Was verbirgt sich hinter diesem Namen? Er ruft Erinnerungen hervor, aber diese Erinnerungen sind nur gefühlsmäßige Prägungen von etwas Großem – und etwas Schrecklichem …«

»Was es auch sei«, sagte John Marshall ebenso leise, »in wenigen Jahrhunderten werden wir es erfahren.«

Rhodan schüttelte den Kopf.

»Ich fürchte, das Rätsel der UUM ist viel größer. Wir werden in einigen Jahrhunderten vielleicht einen Zipfel vom Mantel der Zeit heben können; die Suche aber wird weitergehen – ewig ...«

Sie hatten einen Sieg errungen – aber noch kannten sie keine Möglichkeit der Rückkehr. John Marshall versuchte seit zwei Stunden, geistigen Kontakt mit dem Sucher zu bekommen. Vergebens.

Aissa Bhugol hatte eine längere Unterredung mit Perry Rhodan. Diese beiden Männer – ein Unsterblicher und ein Sterblicher – fanden viele gemeinsame Züge an sich. Zudem verband sie das Erlebnis jenseits ihrer eigenen Dimension. Sie tauschten viele Erfahrungen aus, und jeder konnte dem anderen etwas geben.

Als sie ihr Gespräch beendeten, vermisste Aissa seinen Ersten Offizier. Eine drohende Falte bildete sich über seiner Nasenwurzel. Sofort sah er sich nach Isabella Monta um. Auch der weibliche Oberleutnant der Abwehr war nicht in der Zentrale.

Aissa lachte grimmig – und ein wenig traurig.

Erst vor einer halben Stunde hatten Anna und Wurgh sich verabschiedet. Sie waren geistig in der Space-Jet gewesen, wenn auch nur für Sekunden. Ein unwiderstehlicher Zug riss sie zurück – zurück in das Netz des Suchers, wo ihre Körper warteten. Warum hatte er der Biologin nicht reinen Wein über diesen François eingeschenkt? Verdiente der Casanova es denn, dass man ihn schonte? Aissa schüttelte betrübt den Kopf.

Nicht wegen François hatte er geschwiegen, sondern wegen Anna. Aber das verpflichtete ihn dazu, die Angelegenheit unter vier Augen zu bereinigen – und zwar jetzt, bevor es zu spät dazu war!

Entschlossen wandte der Kapitän sich um und sprang in den Schacht des Antigravlifts. Aber er stieg nicht in Deck drei aus, wo die Mannschaftsräume sich befanden. Aissa glaubte Isabella Monta richtig einzuschätzen. Diese Frau mochte noch so heißblütig sein, vielleicht sogar verliebt in François; aber er glaubte nicht, dass sie Dinge tat, die ihrem Ruf schadeten. Niemals würde sie ihn mit in ihre Kabine nehmen, und sei es nur zu einem Plauderstündchen. Folglich kam nur ein neutraler Ort infrage.

Aissa freute sich, dass er die Agentin richtig eingeschätzt hatte. Sie saß mit François auf dem Heckaufbau eines Shifts im hell erleuchteten Laderaum. Im nächsten Augenblick allerdings stieg in Aissa die heiße Wut hoch. Beide hielten sich bei den Händen, und es sah so aus, als schmiedeten sie Pläne für eine gemeinsame Zukunft.

Wahrscheinlich, so sagte sich der Kapitän, weiß Isabella nichts von Annas Rolle. Aber François war ein Schuft, doppeltes Spiel zu treiben.

Er zwang sich, äußerlich ruhig zu erscheinen und ging auf die beiden zu.

»Madam!«, sagte er mit einer angedeuteten Verbeugung. »Es tut mir leid, aber ich möchte Ihnen Mister Petit jetzt entführen.« Er warf François einen undurchsichtigen Blick zu. »Ich habe mit dir zu reden!«

François presste die Lippen aufeinander. Er glitt auf den Boden und half Isabella herab.

»Entschuldige, Liebling«, murmelte er. »Da kann man eben nichts machen.«

Isabella Monta musterte Kapitän Bhugols große, sehnige Gestalt. In ihre Augen trat plötzlich ein Schimmer von Angst und Panik. Sie wandte sich zu François um und stieß hervor:

»Du solltest ihm alles erzählen, François! Oder willst du dich nur auf Rücksicht auf …«

Der Erste Offizier der LANCET packte sie an den Schultern und schob sie sanft in Richtung Antigrav.

»Ich pflege mein Wort zu halten, Isabella.«

Die Agentin zuckte die Schultern und ging davon. Auch Aissa

wandte sich in Richtung Antigrav. François folgte ihm mit verschlossenem, blassem Gesicht.

Aissa Bhugol ließ den Ersten Offizier in seine Kabine eintreten und schloss hinter ihm die Tür. Dann wandte er sich um. Er blieb mit über der Brust verschränkten Armen stehen und blickte den Freund stumm an. François erwiderte den Blick offen.

Aissa spürte, wie er unsicher wurde. In François' Blick lag weder Falsch noch die Andeutung eines schlechten Gewissens. Und er kannte den Freund zu genau, als dass er hätte glauben können, er wolle ihm nur Theater vorspielen.

Er räusperte sich.

»Jetzt wollen wir einmal von Mann zu Mann reden, François. Ehrlich gesagt: Ich begreife deine Handlungsweise nicht. Du bist mit Anna verlobt, und gleichzeitig flirtest du mit Miss Monta, versprichst ihr vielleicht die Heirat. Ich möchte jetzt von dir wissen, was du dir dabei denkst! Warum handelst du wie ein Schurke?«

François zuckte zusammen. Seine Augen funkelten.

»Unterlass bitte diese Ausdrücke, Aissa! Im Übrigen fordere ich dich hiermit auf, dich aus meinen privaten Angelegenheiten herauszuhalten!«

Aissas Blick verdunkelte sich.

»Privatangelegenheiten? Ich will dir sagen, was eine Privatangelegenheit wäre! Wenn du dir irgendwo auf einem Planeten zwei, drei oder auch vier Freundinnen zulegtest, dann wäre das deine Privatangelegenheit. Aber hier liegen die Dinge ganz anders. Anna gehört zu unserem Kontakter-Team, mein Junge. Sie ist nicht irgendein Flittchen, sondern unser aller Kameradin, die wir achten – und der wir helfen werden, wenn sie in Not gerät, so wie sie uns geholfen hat. Mit ihr kannst du nicht machen, was du willst. Du bist mit ihr verlobt, hast ihr also Treue und die Ehe versprochen. Welcher Teufel reitet dich, dass du nun Isabella Monta den Hof machst? Du betrügst beide, mein Lieber.«

Er ballte die Fäuste.

»Jetzt will ich dir etwas sagen. Aber höre mir gut zu! Du entscheidest dich jetzt und hier, welchen Kurs du steuern willst. Entweder beichtest du Isabella alles und heiratest Anna nach der Rückkehr – oder du löst die Verlobung mit Anna. Im letzteren Fall kannst du deine Sachen aus der LANCET holen – und dann auf Nimmerwiedersehen verschwinden. Hast du mich verstanden?«

François' Gesicht lief blaurot an. Seine Züge verzerrten sich.

»Von dir lasse ich mir überhaupt keine Vorschriften machen, du … du grüner Junge! Hättest du Augen im Kopf, würdest du nicht so unsinniges Zeug schwatzen. Aber du bist ja in solchen Dingen ein Säugling, der …«

»Schluss!«, brüllte Aissa.

Beide Männer starrten sich sprungbereit an. Es fehlte nur noch ein winziger Funke, um die Explosion auszulösen.

Jemand räusperte sich hinter Aissa laut und energisch.

Der Kapitän fuhr herum und ließ verlegen die Fäuste sinken.

»Mister Marshall …?«

John Marshall schob sich herein. Er tat, als merkte er nichts von der Spannung.

»Glück gehabt, meine Herren!«, rief er und rieb sich die Hände. »Der Sucher hat sich gemeldet. Er hat die Verhältnisse innerhalb seines Wirkungsnetzes stabilisiert. Jetzt ist er in der Lage, uns körperlich zurückzubringen.«

»So!«, sagten Aissa und François gleichzeitig. Es klang nicht sehr begeistert.

Marshall überhörte es geflissentlich. Er setzte sich auf eines der freien Betten und steckte sich eine Zigarette an.

»Ach, da fällt mir gerade etwas ein, Mister Bhugol. Hm! Es wäre mir lieb, wenn ich Sie unter vier Augen sprechen könnte. Ist das möglich?«

»Natürlich!«, knurrte François. Er stapfte hinaus und schmetterte die Tür hinter sich zu, dass die Wände zitterten.

Der Mutantenchef lächelte ironisch und wechselte abrupt das Thema.

»Es ist zwar nicht Ihr eigener Körper, den Sie da benutzen«, sagte er gedehnt. »Dennoch sollten Sie auch mit Ihrem Androind vernünftig umgehen. Sie wissen: Nur dann kann Ihr Geist in den richtigen Körper zurückkehren, wenn der Androind wohlbehalten im normalen Kontinuum ankommt ...!«

Aissa verzog das Gesicht.

»Ich hätte daran denken sollen, dass Sie Telepath sind, Mister Marshall. Aber ich ahnte nicht, dass Sie unsere Gedanken belauschen.«

»Verwenden Sie nicht so harte Ausdrücke!«, wehrte Marshall ab. »Ich meine es doch nur gut mit Ihnen. Sehen Sie: Sie tun Ihrem Freund unrecht. In Liebesdingen sind Sie eben doch reichlich naiv, sonst hätten Sie die typisch weibliche List längst durchschaut.«

Kapitän Bhugol atmete schwer. Ganz allmählich ging ihm ein Licht auf. Aber an soviel Glück konnte er noch nicht glauben.

»Doch, doch!«, sagte John Marshall. »Glauben Sie ruhig daran. Und machen Sie Mister Petit keine Vorwürfe, dass er sich verpflichtet fühlt, ein Versprechen unter allen Umständen zu halten. Die betreffende Dame allerdings hätte eine kleine Lektion verdient, auch wenn Ihre eigene Dummheit schuld an dem Plan ist.«

»Oh! Ich ...!« Aissa stöhnte, und er wusste nicht, ob vor Ärger oder vor Erleichterung. Kopfschüttelnd fragte er: »Mit dieser Lektion – wie meinten Sie das, Mister Marshall?«

»Sagen Sie ruhig John zu mir, Aissa.«

»Vielen Dank, John. Die Lektion ...?«

Der Telepath lächelte wie ein Verschwörer.

»Also, dann hören Sie einmal gut zu, Aissa ...«

9.

Die Space-Jet raste aus dem scheinbaren Nichts auf eine pulsierende rote Wolke zu und verschwand.

Oberleutnant Monta riss den Schubhebel zurück und schaltete die Triebwerke auf Leerlauf. Rotes Licht ergoss sich von den Bildschirmen in die Zentrale.

»Der Sucher hat den Mund ziemlich voll genommen«, nörgelte Leutnant Holk van Dreesen. »Ich kann mir nicht vorstellen, dass er den zwangsläufig entstehenden Zeitverlust ausgleicht.«

»Ihre Vorstellungskraft bedarf wohl der Schulung«, spottete Isabella Monta.

»Aber bedenken Sie doch!«, wandte van Dreesen ein. »Wir werden uns wochenlang in diesem komischen Wirkungsnetz aufhalten müssen, weil der Sucher uns nicht auf dem direkten Weg zurückbringen kann. Wenn er schon nicht fähig ist, räumliche Distanzen zu ignorieren, wie will er dann den Ablauf der Zeit anhalten?«

»Sie haben anscheinend nichts begriffen«, warf Aissa ein. Der Kapitän saß zwischen Monta und van Dreesen und rauchte mit sichtlichem Genuss. »Der Sucher kann den Ablauf der Zeit ebenso wenig anhalten wie wir. Für uns werden etwa vierzehn Tage vergehen. Aber während dieser vierzehn Tage bewegen wir uns, zeitlich gesehen, in einer zu unserer Galaxis gegengerichteten Strömung. Räumlich werden wir in der Nähe von Taphors Planet herauskommen – zeitlich dagegen einen Tag nach dem Start des Großadministrators.«

»Also doch Zeitreise?«, fragte van Dreesen skeptisch.

Aissa lächelte geduldig.

»Nein! Sehen Sie, diese Dinge kann man nur durch Vergleiche veranschaulichen, da sie sonst absolut abstrakt sind. Stellen Sie sich zwei entgegengesetzt fließende Zeitströme vor. Beide fließen in die Zukunft, was den materiellen Inhalt der Ströme betrifft. Zugleich aber fließt jeder – vom Standpunkt des anderen Stromes betrachtet – in die Vergangenheit. Ein Mensch, der von einem Zeitstrom zum anderen überwechselt, gelangt trotzdem nicht in seine Vergangenheit, sondern in eine fremde Gegenwart, die in eine ebenso fremde Zukunft führt. Nun existieren im Universum aber nicht nur zwei Zeitströme. Es gibt unzählige davon. Sie fließen in alle möglichen Richtungen und mit unterschiedlichen Geschwindigkeiten.«

Er sog an seiner Zigarette und dachte scharf nach. Selbst ihm fiel es schwer, den abstrakten Sachverhalt anschaulich zu machen, indem er von »Zeitströmen« statt von hyperfrequenten Strukturkrümmungen, von Fließrichtungen anstatt berührungslosem Durchdringungen und von einem »Zeitstromwechsel« statt von Ladungsschwankung der Existenzebene sprach.

»Stellen wir uns weiterhin vor, wir würden mit vielmillionenfacher Überlichtgeschwindigkeit im Raum versetzt, ohne den Raum tatsächlich zu durchqueren. Das ist schwer vorstellbar, anders jedoch nicht zu veranschaulichen. Wir blieben noch immer im gleichen Zeitstrom; nur würden wir an einem räumlichen Punkt landen, der Millionen Jahre in der Vergangenheit an diesem Punkt existierte. Umgekehrt würden wir nichts vorfinden, weil unsere Zukunft noch nicht geprägt ist. Sie sehen also, van Dreesen, auf diese Weise kämen wir nicht zum Ziel.«

Holk van Dreesen räusperte sich und bemerkte spitz:

»Alles, was ich bisher ›sehe‹, bestätigt meinen Verdacht. Es gibt keine Zeitreise!«

»Sie sind ein kluger Junge«, erwiderte Aissa ernst. »Aber Sie haben die verschiedenen Zeitströme vergessen. Der Sucher hat Folgendes mit uns vor: Er bringt uns in einen Zeitstrom, der schneller fließt als der unsere und …«

»Vorhin haben Sie gesagt, dass uns das nicht in unsere, sondern in eine völlig fremde Zukunft führt!«, rief van Dreesen empört.

Aissa seufzte.

Doch dann lächelte er hintergründig.

»Umwege lassen sich eben manchmal nicht vermeiden!«

Er zwinkerte Isabella zu und registrierte erheitert, wie die Agentin errötete.

»Auf dem schnelleren Zeitstrom erreichen wir selbstverständlich nicht *unsere* Zukunft. Aber wir überholen unsere Gegenwart. Vielleicht denken Sie jetzt, wir brauchten nur an dem gewünschten Punkt unserer Gegenwart in unseren Zeitstrom überzuwechseln – und alles wäre in Ordnung. Leider ist das Problem komplizierter. So genau lässt sich der Punkt des Zeitstromwechsels nicht bestimmen. Wir würden entweder hinter oder vor unserer Gegenwart herauskommen und ein Paradoxon hervorrufen. Wir müssen also unsere Gegenwart überholen. Danach springen wir auf einen entgegengerichteten Strom um und eilen zu unserer Gegenwart zurück. Wir warten jedoch nicht, bis wir unsere Gegenwart im Zeitstrom erreicht haben, sondern wechseln vorher in unseren vorbestimmten Zeitstrom um. Während unsere Geschwindigkeit durch die Gegenwart unseres Stromes allmählich kompensiert wird, treffen wir mit unserer Gegenwart zusammen und vereinigen uns mit ihr. Alles, was der Sucher dabei beachten muss, ist: Wir sollen – relativ zu unserem vorbestimmten Zeitstrom – nicht mehr als ein oder zwei Tage Zeit verlieren; und wir dürfen auf gar keinen Fall Zeit gewinnen, sonst wären wir niemals im Kontinuum des Suchers gewesen und hätten ihm nicht helfen können.«

»Interessant!«, bemerkte van Dreesen tonlos. »Du meine Güte!« Er fuhr sich mit beiden Händen durch seine flachsblonden Haare. »Wenn ich die Wahl hätte, entweder ›Zeitstromforscher‹ oder Paranoiker zu werden, ich würde mich für Paranoiker entscheiden. Beides läuft schließlich darauf hinaus, dass man auf Staatskosten in eine Heilanstalt verfrachtet wird. Nur braucht man sich als Paranoiker nicht zusätzlich anzustrengen …«

Aissa Bhugol stand auf und klopfte dem Leutnant auf die Schulter. »Glücklicherweise stehen Sie nicht vor dieser Entscheidung, van Dreesen. Sie haben sich bereits entschieden – für das Leben eines Phlegmatikers.«

Isabella Monta lachte, und auch Holk van Dreesen stimmte schließlich mit ein.

Nach einiger Zeit schüttelte der Leutnant den Kopf und murmelte:

»Wie hat er das eigentlich gemeint? Gibt es nun die Zeitreise oder gibt es keine …?«

Die rote Wolke schien kein Ende zu nehmen. Seit vier Stunden jagte die Space-Jet antriebslos dahin, von einer stärkeren Kraft über die Abgründe von Raum und Zeit getrieben.

John Marshall rief in kurzen Zeitabständen nach dem Sucher. Doch das geheimnisvolle Wesen meldete sich nicht mehr.

Plötzlich wurde das Rot der Wolke – oder was es immer auch war – dunkler und dunkler. Schwarze Schatten tauchten auf und schienen mit streifigen Gliedmaßen nach dem winzigen Raumschiff zu greifen. Im Frontschirm wurde ein dunkler Punkt sichtbar. Er vergrößerte sich schnell, und bald erschien er den Menschen wie ein finsterer Abgrund, in den sie unaufhaltsam hineinstürzten.

Perry Rhodan drehte sich mit skeptischem Gesicht zu Aissa um.

Aissa lächelte.

»Wir dürfen dem Sucher vertrauen, Sir. Während unserer Gedankenreisen haben wir viel erlebt und sind tief in den Geist des Suchers eingedrungen. Falschheit oder Bosheit ist ihm fremd. Das gibt es nur im gegenwärtigen Ursprung.«

Der Großadministrator senkte den Kopf. Es hatte ihn zutiefst getroffen, dass die Besatzung der Silberkugel aus menschenähnlichen Wesen bestand. Gewiss, es waren mit Sicherheit keine Terraner gewesen; aber die Artverwandtschaft aller äußerlich humanoiden Wesen ließ sich nicht leugnen, mochten ihre Wiegen auch durch unvorstellbare Entfernungen getrennt sein. Und Rhodan wusste genau, dass die »Abtrünnigen« prinzipiell auch hätten Menschen sein können. Es gab jedenfalls keinen Grund, eine andere Rasse als böse und die eigene als gut anzusehen. In jeder Rasse war beides vereint – und sogar in jedem einzelnen Menschen.

Er blickte auf, als die Bildschirme sich völlig verdunkelten. Der schwarze Abgrund hatte sie endgültig verschlungen. Nur manchmal zogen grellfarbige Streifen an den Schirmen vorbei – so rasch, dass das Auge die einzelnen Farben nicht trennen konnte.

»Ich ›höre‹ Töne«, flüsterte John Marshall. »Es klingt, als streiften wir in rasendem Vorbeiflug die Schallwellen, die von Milliarden verschiedener Orchester erzeugt werden.«

Perry Rhodan lehnte sich zu dem Telepathen und fragte:

»Erkennen Sie einen Zusammenhang zwischen den farbigen Streifen und der Dunkelheit …?«

Marshall nickte.

»Aber es lässt sich nicht beschreiben, Sir. Es ruft Empfindungen hervor, die ich nicht zu deuten vermag.«

»Ähnlich erging es uns, als wir, geistig vereint zum WIR, ins Kontinuum des Suchers eindrangen. Unser Sprachschatz enthält nicht die treffenden Bezeichnungen, wenn man nicht Ausdrücke wie ›grellblauer Akkord‹ oder ›dumpf tremolierendes Rosa‹ verwenden will. Auch kann man mit den körperlichen Sinnen nur Andeutungen wahrnehmen, niemals aber das Ganze. Ich fürchte, dazu ist auch John nicht fähig, denn er kann sich nicht von seinem Körper lösen wie das WIR damals.«

John Marshall nickte. Dann seufzte er.

»Ich beneide Sie um dieses Erlebnis, Aissa. Sie haben die Ewigkeit geschaut – ja, Sie waren zeitweise ein Teil dieser Ewigkeit.«

Aissa schloss die Augen und lächelte.

»Sie täuschen sich, John. Wir alle, auch Sie, sind in jedem Augenblick ein Teil der Ewigkeit; und die Ewigkeit liegt nicht nur in der höheren Dimension des Suchers, sondern überall: in den Sternen, den Planeten und Monden, im blauen Himmel der Erde …«

»Und in den Augen schöner Frauen!«, warf van Dreesen ein und gähnte.

Perry Rhodan schüttelte den Kopf und murmelte so, dass der Leutnant es nicht verstehen konnte:

»Wenn ich nicht wüsste, dass dieser Kerl einige Einsätze meisterte, vor denen sogar ich Angst bekommen hätte – ich würde ihn für einen Mann mit psychischen Defekten halten.«

»Manchmal habe ich das Empfinden«, sagte Marshall, »als wollte er uns allesamt auf den Arm nehmen. Ich wünschte, ich könnte ihn einmal in einer gefährlichen Situation beobachten.«

»Beschreien Sie es nicht!«, brummte Holk van Dreesen.

John Marshall riss die Augen weit auf.

»Der Kerl hat Ohren wie eine paycarsische Wüstenmaus! Was hören Sie eigentlich nicht, Leutnant?«

Van Dreesen bohrte mit dem Finger im Ohr.

»Wie bitte, Sir …?«

Marshall gab es auf. Anscheinend gab es nichts, was den Leutnant aus der Ruhe bringen konnte.

Einige Minuten später verschwand die Finsternis schlagartig von den Schirmen. Sie blieb nicht etwa hinter dem Schiff zurück, sie war einfach nicht mehr da.

François sprang von seinem Platz auf. Sein Gesicht strahlte vor Freude und Begeisterung.

»Wir sind da! Wir sind endlich wieder im Netz des Suchers!«

Aissa Bhugol drückte betont langsam seine Zigarette aus. Mit nachsichtigem Lächeln musterte er den Freund. Dann wandte er seine Aufmerksamkeit den Bildschirmen zu.

Durch die schwach erhellte Dunkelheit des Raumes flimmerten und rotierten bunte Lichtmuster. Es sah aus, als wären die verschwommenen Leuchterscheinungen an einer gigantischen Glocke aufgehängt – einer Glocke von anderthalb Lichtjahren Durchmesser.

Aissa räusperte sich.

»Es ist doch seltsam«, bemerkte er mit belegter Stimme, »wie sehr man an einer Umgebung hängen kann, in die man gegen den eigenen Willen verbannt wurde …«

Leutnant Holk van Dreesen, der als Navigator fungierte, knurrte etwas Unverständliches. Dann sagte er mit dem üblichen Phlegma:

»Ihrer Meinung nach, Kapitän Bhugol, sollten wir im Netz des Suchers zwei Planeten und eine Raumstadt vorfinden …?«

Aissa regte der pomadige Ton auf.

»Warum fragen Sie mich, Mann? Lesen Sie die Anzeigen der Hypertaster ab und Sie *wissen* es!«

»Das tue ich die ganze Zeit über«, murmelte van Dreesen halblaut. »Seltsamerweise finden die Hypertaster überhaupt nichts. Wenn man sich auf diese Geräte verlassen kann, dann befindet sich im Netz des Suchers nicht einmal eine Stecknadel …«

»Eher glaube ich, dass man sich nicht mehr auf Ihre Augen verlassen kann!« Aissas Stimme triefte vor ätzendem Spott.

Er begab sich mit energischen Schritten zu van Dreesens Platz und schob die Hände des Leutnants fort. Dann betrachtete er den kreisenden Elektronenstrahl auf der 4-D-Scheibe, hielt die Bewegung der Tasterstrahlen an, ließ sie umgekehrt verlaufen, modulierte die Intensität und beobachtete unablässig die Anzeigen. Nach weniger als einer Minute drehte er sich um und sagte tonlos:

»Ich muss mich bei Ihnen entschuldigen, Leutnant. Sie hatten recht. Die Space-Jet ist das einzige messbare Objekt im Netz des Suchers.«

Er zuckte bedauernd mit den Schultern, als er Rhodans erstaunten Blick auf sich ruhen sah.

»Tut mir leid, Sir. Das ist das Netz des Suchers, dennoch fehlen die Planeten und Rools Stadt. Ich habe keine Erklärung dafür.«

»Aber das kann doch gar nicht sein!«, schrie François voller Panik. Er zwang sich gewaltsam zur Ruhe. »Schön, UUM, Thuta und Rools Stadt könnten an ihre Heimatpositionen zurückgekehrt sein – mag es noch so unwahrscheinlich klingen. Aber dann müsste zumindest die LANCET auf uns warten.«

»John!«, befahl Rhodan. »Versuchen Sie, Kontakt mit dem Sucher zu bekommen!«

Aissa schüttelte den Kopf.

»Das ist zwecklos, Sir«, erklärte er. »Von unserem Kontinuum zum Kontinuum des Suchers gibt es keine geistige Verbindung. Das ist nur möglich, wenn beide Partner sich im gleichen Kontinuum befinden.«

»Marshall kann es trotzdem versuchen«, erwiderte Perry Rhodan hart. »Ich habe die Ahnung, als sei jemandem ein ganz gewaltiger Fehler unterlaufen. Wenn es so ist, stehen wir vor einem neuen Rätsel – und wir werden es kaum aus eigener Kraft lösen können.«

Der Ruck kam so unerwartet, dass alle, die nicht angeschnallt auf ihren Plätzen saßen, von den Füßen gerissen und gegen das Steuerpult geschleudert wurden.

Im selben Augenblick wimmerte der überlastete Andruckabsorber, schrillte der Absorberalarm.

Und im nächsten Augenblick war alles wieder vorbei.

Aissa hielt sich den rechten Ellenbogen und pfiff durch die Zähne, um den Schmerz zu kompensieren. François und Rhodan halfen einander auf die Beine und rieben sich die Stirn; sie waren mit den Köpfen zusammengeprallt. Samuel Peck dagegen steckte zwischen der Oberfläche des Steuerpodestes und der Sitzfläche eines Kontursessels. Er kam aus eigener Kraft weder vor noch zurück. Ben half ihm schließlich heraus, indem er den Sessel mit einer Schulter hochwuchtete und den Mathematiker mit der Hand hervorzog.

»Was war das?«, fragte François erschrocken.

»Nichts, Sir«, rief van Dreesen von seinem Platz herab. »Keine Ortung, weder Masse- noch Energieanzeige, keine Strahlung, auch keine Gravitation. Nur die Verzögerung wurde vom Flugschreiber registriert.«

»Ausgezeichnet!«, stieß Sam hervor, während Ben seine zerschundene Nase behandelte und Wundplasma darüber sprühte. »Jetzt kann wenigstens niemand behaupten, wir hätten alles nur geträumt.«

»Das dürfte ohnehin nicht möglich sein«, spöttelte François. »Mit deiner Nase …«

Sam fuhr erzürnt herum. Dann begann er zu grinsen.

»Ben!«, fauchte er den Roboter an. »Nimm den Impulsstrahler und entferne die Beule von Mister Petits ›Hohlraumabdeckung‹!«

Der Roboter bewies, dass er auf menschlichen Humor eingehen konnte, auch wenn er selbst nicht in den Bahnen eigenen Humors empfand.

Er zog seinen klobigen Impulsstrahler und marschierte auf François zu.

Der Erste Offizier sprang entsetzt zurück – und stürzte kopfüber in den Antigravschacht.

»Okay!« Samuel Peck grinste noch breiter. »Gut gemacht, Ben. Jetzt wollen wir versuchen, dieses Phänomen zu ergründen.«

Er trat zu van Dreesen und streckte die Hand aus.

»Geben Sie mir das Diagramm des Flugschreibers sowie die Diagramme für Absorberbelastung und Triebwerksschub!«

»Bitte sehr!«, erwiderte der Leutnant gelangweilt und hielt ihm die diamagnetischen Scheiben mit den aufgedruckten Speicherbahnen hin. »Ich wusste, dass Sie sie brauchen würden.«

»Sie werden es nicht glauben, Leutnant«, erwiderte der Mathematiker ernsthaft. »Aber ich wusste, dass Sie die Diagramme schon bereit hatten.«

Er griff zu und legte die Scheiben in die Aufnahmefächer der Bordpositronik. Während er mit beiden Händen auf den Programmierungstasten herumarbeitete, blickte er über die Schulter zurück und sagte:

»Alles, was es gibt, unterliegt auch ganz speziellen Naturgesetzen. Folglich auch die bewusste Verzögerung. Da andererseits alles eine Ursache haben muss, sollten wir selbst mit einer so kleinen Rechenmaschine wie dieser den Zusammenhang zwischen Naturgesetz, Ursache und Wirkung herausbekommen.«

Lange bevor Samuel Peck seine Berechnungen beendet hatte, kam Kapitän Bhugol ein Gedanke. Er besprach sich mit Perry Rhodan. Der Großadministrator erteilte daraufhin Oberleutnant Monta den Befehl, die Koordinaten innerhalb des Suchernetzes anzufliegen, in denen sich UUM, Thuta und Rools Stadt hätten befinden müssen, wenn alles mit rechten Dingen zugegangen wäre.

Isabella Monta blickte zwar erstaunt drein, sagte aber nichts. Da die theoretische Position von Thuta am nächsten lag, steuerte sie dorthin. Sie führte eine Kurztransition über zehn Lichtwochen durch. Danach hätte Thuta nur noch eine Lichtstunde entfernt sein müssen. Aber die Hypertaster zeigten nur absolutes Nichts an.

»Fliegen Sie mit halber Lichtgeschwindigkeit bis auf zehn Lichtminuten heran!«, befahl Rhodan. »Dann verzögern Sie auf ein Prozent der Lichtgeschwindigkeit.«

Die sechs hinteren Projektionsfelddüsen stießen grell glühende Impulswellenbündel aus. Das infernalische Dröhnen der Energieerzeuger drang bis zur Zentrale hoch und ließ die Instrumente klirren.

Samuel Peck brummte unwillig.

Er rechnete auf vier Kanälen gleichzeitig. Die Positronik der SJ-33T arbeitete, wie sie wahrscheinlich noch nie gearbeitet hatte. Ununterbrochen spien die Ausgabesektoren hauchdünne Symbolstreifen aus, glühten die roten, grünen, gelben und blauen Lampen über dem Teilergebnis-Mischsektor und summten die Warnsignale für Überbelastung.

Oberleutnant Monta schaltete die Hecktriebwerke ab und bremste mit den sechs Bugtriebwerken. Ab und zu gab sie kurze Korrekturstöße mit den insgesamt sechs Backbord- und Steuerbordfelddüsen, je nach den Daten, die Leutnant van Dreesen ihr übermittelte.

Es wirkte gespenstisch, wie Pilotin und Navigator sich darum bemühten, keinen Meter von einer rein theoretisch existierenden Planetenposition abzuweichen.

»Noch fünf Minuten«, meldete Isabella Monta.

Perry Rhodan nickte mit verkniffenem Gesicht. Er starrte einige Sekunden lang auf den leeren Frontbildschirm, dann befahl er:

»Anschnallen und Kontursitze zurückklappen!«

Samuel Peck begann zu fluchen. Er schaltete wie wahnsinnig an der Positronik.

»Ich brauche noch zehn Minuten!«, schrie er heiser. »Sie können doch jetzt nicht …«

»Doch, wir können!«, entgegnete Rhodan ungerührt. »Auch für Ihre Berechnungen dürfte es vorteilhaft sein, wenn Sie noch einige Fakten hinzubekämen.«

Der Mathematiker knurrte unwillig. Aber er legte den Schalter um, der die Positronik auf den Beharrungskreis verbannte, und sprang zu seinem Sitz.

Kaum war er festgeschnallt, durchfuhr ein Ruck die Space-Jet.

Die SJ-33T kam innerhalb weniger Sekunden zum völligen Stillstand. Unbeweglich hing sie an einer Stelle im leeren Raum, und sie bewegte sich auch nicht, als Oberleutnant Monta den Schubhebel bis zum Anschlag vorstieß.

Samuel Peck begann zu lachen. Zwischendurch schnappte er nach Luft, und seine Hängebacken zitterten über dem Kragen.

»Nein!«, rief er. »Das ist einfach fantastisch!«

Er wandte sich an Perry Rhodan. »Sie haben wirklich nicht zuviel versprochen, Sir. *Das* ergibt in der Tat einige wertvolle Fakten für meine Berechnungen!«

Er machte Anstalten, zur Positronik zurückzukehren.

»Hören Sie endlich auf, nur noch auf dem Umweg über die Maschine zu denken, Mister Peck!«, sagte Rhodan unwillig. »Versuchen Sie, das Problem mit Ihrem organischen Denkapparat zu lösen.«

Sam machte ein verblüfftes Gesicht.

»Das ist auch eine Möglichkeit«, gab er zu. »Hm! Ich würde sagen, dass wir uns anfänglich täuschen ließen. Das Netz des Suchers ist nur scheinbar leer. In Wirklichkeit existieren sowohl Thuta als auch UUM und Rools Stadt. Wir können sie nur nicht sehen – aber wir fühlen sie, wenn wir hindurchfliegen wie bei UUM oder hängen bleiben wie bei Thuta ...«

»Das sind genau meine Gedanken«, erklärte Perry Rhodan. »Darum befahl ich auch den Anflug auf Thuta. Leider rechnete ich nicht damit, dass wir innerhalb eines unsichtbaren Planeten stecken bleiben könnten – noch dazu so absolut, wie es jetzt den Anschein erweckt.«

»Wie?«, fragte John Marshall. »Glauben Sie tatsächlich, wir befänden uns innerhalb Thutas? Wie ist das möglich, wenn der Planet für uns nicht existiert?«

»Das ist die Frage, die wir noch klären müssen. Ich denke, Mister Peck könnte seine Berechnungen nunmehr fortsetzen. – Und rechnen Sie gut, Mister Peck, sonst kommen wir niemals aus dieser Falle heraus!«

»Als ob ich jemals schlecht gerechnet hätte!«, brummte Sam beleidigt. Er schnallte sich los und stapfte mit grimmigem Gesicht auf die Positronik zu.

Aissa Bhugol zündete sich eine Zigarette an und dachte über das Phänomen nach.

Wie können zwei Planeten, eine Raumstadt – und ein Raumschiff – in einem Kontinuum nebeneinander existieren und doch füreinander unsichtbar bleiben?

Er glaubte nicht an eine Heimtücke des Suchers. Andererseits hatte das rätselhafte Wesen aus der sechsten Dimension ihnen versprochen, sie in das Netz zurückzubringen und dafür zu sorgen, dass innerhalb ihrer Heimatgalaxis nicht mehr als ein Tag verging, während sie zurücktransportiert wurden.

In dem Versprechen klaffte eine Lücke, stellte Aissa fest. Der Sucher hatte nichts davon gesagt, dass sie die Gefährten innerhalb des Netzes antreffen würden. Aber jeder an Bord der Space-Jet hatte das als selbstverständlich angenommen.

Doch vielleicht war das gar nicht so selbstverständlich!

Die vergangenen Ereignisse hatten bewiesen, dass auch der Sucher kein allmächtiges Wesen war – trotz seiner zweifellos übermenschlichen Macht. Doch warum hatte er die Menschen nicht auf die Schwierigkeiten hingewiesen, die im Netz auf sie warteten?

Seine Mentalität ist anders als die unsere, sagte Aissa sich. Lag darin des Rätsels Lösung? War der Sucher davon ausgegangen, dass die Menschen um die Schwierigkeit wussten? Und warum hatte er ihnen nicht gesagt, dass er das Problem für sie lösen würde?

Darauf gab es nur eine Antwort. Aissa erschrak, als er das erkannte.

Sie selbst mussten das Problem lösen – und niemand würde ihnen dabei helfen können.

»Wir werden die Lösung finden«, behauptete Perry Rhodan fest.

»Unsere Mittel sind ein Nichts gegen die Mittel des Suchers«, widersprach Aissa.

»Bis auf eine Ausnahme: die Mutanten! Nur ihre Parafähigkeiten kann der Sucher gemeint haben, als er darauf vertraute, wir würden das Problem allein lösen.«

Aissa lachte bitter.

»Was nützen uns die Mutanten in dieser Lage, Sir? Kann John Marshall etwa gedankliche Verbindung mit Rool oder Wurgh aufnehmen? Vermag Ras Tschubai in die LANCET oder zu Rools Stadt zu teleportieren?«

»Es sieht nicht so aus«, gab Rhodan zu, »dennoch bin ich überzeugt, dass der Weg in die Wirklichkeit über die Mutanten führt.«

Sie sahen auf, als das Arbeitsgeräusch der Positronik erstarb. Samuel Peck raffte einen Stapel Stanzplatten zusammen und wälzte sich schnaufend und keuchend heran.

Er legte sie auf die Stufen zum Steuerpodest und richtete sich wieder auf.

»Fertig, Sir!«, meldete er.

Perry Rhodan nickte ihm aufmunternd zu. Die anderen kamen näher heran, damit ihnen kein Wort des Mathematikers entging.

»Wir haben einen Fehler gemacht«, erklärte Sam. »Einen lächerlich kleinen Fehler nur – aber er verbaut uns den Rückweg zu den Planeten des Netzes und zur Raumstadt.« Er blinzelte aus geröteten Augen ins helle Licht der Instrumentenbeleuchtung. »Eigentlich ist es umgekehrt: Dem ›Inhalt‹ des Netzes ist der Weg in die richtige Existenzebene verbaut. Aber zuerst müssen Aissa, François und ich zur falschen Ebene gelangen, bevor wir den Fehler rückgängig machen können.«

»Es gibt also eine Möglichkeit, den Fehler auszumerzen?«, fragte Rhodan schnell.

Samuel Peck zeigte ein schiefes Grinsen.

»Natürlich, Sir. Wir drei, Aissa, François und ich, brauchen nur in die Raumstadt zu gehen und den Andro-Hyper-Projektor auszuschalten. Theoretisch genügte schon die Übermittlung einer entsprechenden Nachricht an Rool oder Wurgh. Aber wenn sie den AHP ausschalten, bevor wir Androinds körperlich dort anwesend sind, sterben unsere richtigen Körper ab. Mir ist nicht wohl bei dem Gedanken, dass mein Geist ewig in einen Androind eingesperrt bleiben soll. Glücklicherweise dürfte es ebenso schwierig sein, eine Nachricht an Rool oder Wurgh zu übermitteln wie uns selbst dorthin zu transportieren.«

»Ich verstehe nicht ganz«, sagte Aissa. »Was hat der eingeschaltete Andro-Hyper-Projektor damit zu tun, dass wir und beispielsweise die Raumstadt auf unterschiedlichen Ebenen existieren?«

»Die Sache ist eigentlich ganz einfach«, erklärte Sam. »Aber ich gebe zu, erst während der Schlussberechnungen daraufgekommen zu sein. Der Projektor ist auf eine ganz bestimmte Stelle auf UUM einjustiert – und diese Stelle befindet sich innerhalb des sechsdimensionalen Kontinuums. Es gibt nun leider selten völlig einseitige Verbindungen. Wenn ich beispielsweise Luft in einen Kinderballon blase, so strömt gleichzeitig Luft hinein – und heraus. Je länger ich blase, um so stärker wird der Luftdruck innerhalb des Ballons und um so mehr Luft drückt nach außen.

Ähnlich verhält es sich mit der Verbindung, die der AHP herstellt. Nur ist es hier noch krasser. Wir selbst, Aissa, François, Ben und ich, stellten sozusagen die ›Luft‹ dar, die in den sechsdimensionalen ›Ballon‹ geblasen wurde. Der Druck nach innen sank rapide, als wir unser Ziel erreicht hatten. Glücklicherweise wirkte von der anderen Seite nur ein schwacher Gegendruck. Er reichte jedoch aus, nach und nach in das ganze Volumen des Suchernetzes auszustrahlen und den Inhalt, also die Planeten und die Raumstadt, auf eine etwas höhere Existenzebene zu heben.

Wie gesagt, der Gegendruck war schwach, möchte ich hinzufügen. Andernfalls wären die beiden Existenzebenen völlig voneinander getrennt. So sind sie sich derartig nahe, dass wir uns sozusagen in der Ebene Thutas ›festgefahren‹ haben.«

»Aber nicht nahe genug«, fügte Perry Rhodan hinzu, »um von einer Ebene in die andere zu reisen. Stimmt das?«

Sam nickte.

»Und ich sehe keinen Ausweg. Vielleicht kommen Wurgh oder Anna von selbst darauf, wenn wir nicht zurückkehren. Das ist allerdings unwahrscheinlich, weil sie ja nicht bemerken, dass sie auf einer höheren Existenzebene sind. Für sie ist alles normal. Aber wenn wir nicht eintreffen, könnten sie geistig ins Kontinuum des Suchers ›gehen‹ und die Wahrheit erfahren. Doch das nützt uns nichts. Niemals werden sie den Andro-Hyper-Projektor ausschalten, weil sie wissen, was dann mit unseren Körpern geschieht. Die Situation ist ziemlich hoffnungslos für Anna, Wurgh, Rool und die überlebenden Thutas.«

»Weshalb für sie?«, fragte François. »Ist sie nicht vielmehr für uns hoffnungslos?«

Der Mathematiker seufzte.

»Du hast schlecht aufgepasst, François. Ich habe doch eindeutig erklärt, dass nicht sie, sondern wir uns auf der normalen Existenzebene befinden. *Wir* werden zum richtigen Zeitpunkt in unsere Galaxis zurückkehren …«

Betretenes Schweigen trat nach diesen Worten ein. Alle begriffen, dass sie ihre eigene Haut mühelos retten konnten, wenn sie nichts unternahmen. Doch ihr Nichtstun würde einem Menschen, einer Hydrointelligenz und Millionen Thutas ewige Isolation bringen.

Einer nach dem anderen blickte zu Perry Rhodan. Bei ihm würde die Entscheidung liegen. Rhodan registrierte es lächelnd – und zugleich ein wenig ärgerlich.

»Warum erwarten Sie eine Entscheidung von mir?«, fragte er vorwurfsvoll. »Gibt es denn überhaupt eine Entscheidung zu treffen? Ist es nicht unsere selbstverständliche Pflicht, den anderen zu helfen, so gut wir nur können? Was mich betrifft: Ich bleibe so lange im Netz des Suchers, bis wir das Problem gelöst haben – und wenn es zehn Jahre dauern sollte!«

Niemand jubelte. Nur Aissa Bhugol streckte impulsiv die Hand aus – und Perry Rhodan ergriff sie und schüttelte sie kräftig.

Es war Leutnant Holk van Dreesen, der das Schweigen brach.

»Wie lange wollen die falschen Leute sich bei den Händen halten?«, maulte er. »Warum nimmt Ras Tschubai nicht endlich Mister Bhugols Hand und teleportiert?«

»Wohin soll er teleportieren?«, fragte Perry Rhodan gedehnt.

»Na, in diese … diese … Dingsda-Stadt. Wohin sonst? Ich denke, die Leute müssen irgendwie dorthin gebracht werden …?«

Rhodan nickte.

»Es klingt sehr naiv, was Sie da sagen, Leutnant. Aber mir war es seit einigen Minuten klar, dass uns keine andere Möglichkeit bleibt.«

»Aber Sir!«, rief John Marshall. »Das kann doch nicht funktionieren. Ein Teleporter bleibt stets innerhalb seiner Existenzebene.«

»Ich weiß, John.« Perry Rhodan lächelte und wandte sich zu Tschubai. »Nun, Ras …!«

Der Teleporter räusperte sich.

»Was John sagte, trifft nur bedingt zu. Wenn ich teleportiere, komme ich in der gleichen Existenzebene an, von der ich ›abgesprungen‹ bin. Dazwischen liegt ein Aufenthalt in einer höheren Dimension. Diese Tatsache besteht, obwohl die zeitliche Dauer des Aufenthalts unmessbar ist. Ich bin für einen Versuch. Mir kann dabei überhaupt nichts passieren, denn ich würde sofort hierher zurückgeschleudert werden, wenn ich innerhalb eines gefährlichen Mediums ankäme.«

»Vielen Dank, Ras«, erwiderte Rhodan. »Und noch etwas: Der Sucher hat wahrscheinlich von der kleinen Verschiebung gewusst. Ich denke, er berichtete uns nur deshalb nichts davon, weil er wusste, dass wir die Situation meistern würden – mithilfe unseres Teleporters. Das macht mir Hoffnung, meine Herren.«

Ras Tschubai sah sich suchend um.

»Wer möchte zuerst mitkommen?«

»Ich!«, sagte Aissa. Er tippte auf seinen Druckhelm. »Aber wir sollten die Helme schließen. Wenn ich mich nicht irre, kann ein Teleporter sehr wohl im Vakuum materialisieren …«

Tschubai lächelte und klappte den Helm nach vorn.

Eine Minute später verschwanden die beiden Menschen.

Kurz darauf tauchte Ras Tschubai wieder auf – allein und mit ratlosem Gesicht.

Aissa Bhugol fühlte den ziehenden Schmerz, wie er für Transitionen und Teleportationen typisch ist. Im nächsten Augenblick gab es einen so fürchterlichen Ruck, dass er vor Schmerz und Entsetzen schrie.

Er fühlte, dass sein Körper sich materialisiert hatte. Vor der Helmscheibe wogten seltsam fließende Konturen. Alles war verschwommen – und aus dieser Verschwommenheit gellte ein lauter Schrei.

Der zweite Ruck raubte Aissa die Besinnung. Als er zu sich kam, fand er sich in seltsam vertrauter Umgebung. Er lag in seinem Kontursitz an Bord der LANCET …

Vorsichtig richtete er sich auf. Sein Kopf schmerzte noch immer, und auch einige andere Stellen seines Körpers taten ihm weh. Er trug den Raumanzug nicht mehr, sondern nur noch die Kombination. Jemand musste ihn hierhergebracht und hingelegt haben.

Als sich nach einer Minute immer noch niemand sehen ließ, stand er auf. Taumelnd wankte er auf das Schott zu. Er begab sich geradewegs zur Hauptschleuse und lief zielstrebig auf den Gebäudeeingang zu, hinter dem der Flur zum Projektorraum sein musste.

Er lachte erleichtert, als er einen Blick auf das Bild geworfen hatte, das sich ihm bot. Anna stand gebeugt im Projektorraum und hielt Samuel Peck unter den Armen fest. Sie schleifte den massigen Körper zentimeterweise über den Boden. Anscheinend hatte sie Aissas Lachen überhört.

Der Kapitän sprang hinzu.

»Warte! Ich helfe dir!«

Anna sah fassungslos zu, als er sich den Mathematiker über die Schulter warf und davonlief.

»Bleib hier!«, rief er ihr über die Schulter zu. »François wird nicht lange auf sich warten lassen!«

Zehn Minuten später saßen sie alle zusammen in der Zentrale der LANCET: Anna, Aissa, François, Sam – und Ben.

»Wir bekamen einen fürchterlichen Schreck, als Ras Tschubai allein zurückkehrte«, berichtete Sam und zog heftig an seiner Zigarre. »Aber der Teleporter meinte, zwischen dir, Aissa, und der verschobenen Existenzebene bestünde noch immer eine gegenseitige Anziehungskraft. Tschubai selbst konnte nur in der gleichen Ebene materialisieren – aber wir wurden praktisch aus seinem Transportmedium gerissen und von der Stelle angezogen, wo unsere richtigen Körper liegen.«

»Ich kann noch gar nicht fassen, dass ihr alle wieder da seid«, sagte die Biologin. Verstohlen wischte sie sich über die Augen. »Ich glaube, es ist an der Zeit, dass ich eine Sache aufkläre, die … hm … die …«

Aissa sprang auf.

»Wir müssen uns beeilen!«, rief er. »Schließlich schweben die anderen immer noch in Ungewissheit. Und ich denke, wir alle sehnen uns nach unseren richtigen Körpern zurück.«

Anna verzog enttäuscht das Gesicht, und François konnte sich ein schadenfrohes Lächeln nicht verkneifen.

»Also schön!«, erwiderte die Biologin. »Seit zwei Tagen ist alles für die Reprojektion vorbereitet. Fangen wir an.«

Sie traten aus der Übertragungskammer und fühlten sich wie neugeboren. Ihre Androinds waren verschwunden: Sie hatten sich aufgelöst und waren zu dem geworden, woraus sie sich gebildet hatten – zu Materie des Planeten Nightmare jenseits des Universums.

»Eigenartig«, murmelte Sam. »Mir war als Androind ein richtiger Vollbart gewachsen – und jetzt bin ich fast völlig glatt im Gesicht …«

Anna lachte.

»Eure richtigen Körper befanden sich in einem Zustand, der einer Tiefschlafstarre ziemlich nahe kommt. Der Grundumsatz war auf ein kaum messbares Minimum gesunken. Woher sollte dann ein Bart kommen?«

»Dennoch ist es komisch«, versicherte Sam.

»Hm …!«, meinte Aissa lauernd. »Mir ist etwas ganz anderes aufgefallen, Sam. Hast du Anna und François einmal beobachtet? Man sollte meinen, ihre Begrüßung wäre furchtbar stürmisch ausgefallen. Schließlich sind sie doch verlobt …«

»Aissa …!«, begann Anna. »Die Sache ist mir sozusagen aus den Händen geglitten, weil wir so lange getrennt waren. Um so dringender ist es, einen Irrtum aufzuklären, der …«

Wieder ließ der Kapitän sie nicht ausreden. Seine Vorstellung von der Klärung der gewissen Angelegenheit war anders als die Annas – und er wollte die Dinge nach seinem Plan ablaufen lassen, nachdem er lange Zeit nur eine Schachfigur gespielt hatte.

»Man wartet auf ein Zeichen von uns«, unterbrach er sie. »Die anderen wissen nicht, ob die Aktion wirklich gelang. Es wäre grausam, sie länger als nötig in Ungewissheit schweben zu lassen.«

François machte ein bedenkliches Gesicht.

»Die Space-Jet steckt praktisch im Innern Thutas. Hoffentlich wird sie nicht zerquetscht, wenn der Planet plötzlich in die normale Existenzebene zurückkehrt!«

»Das ist ganz ausgeschlossen!«, wehrte Sam ab. »Die verschiedenen Ebenen liegen nebeneinander, nicht jedoch ineinander. Zwei Gegenstände können folglich auch nur nebeneinander ›auftauchen‹. Selbstverständlich simplifiziere ich jetzt. In Wirklichkeit hängt der ›Nebeneinander-Effekt‹ mit der energetischen Verlagerung zusammen. Aber was wichtiger ist: Für die Space-Jet besteht keinerlei Gefahr. Ich habe es durchgerechnet.«

Aissa Bhugol war sehr bleich, als er entgegnete:

»Also gut! Du hast hoffentlich richtig gerechnet, Sam – denn davon hängt das Leben des Großadministrators ab.«

Der Mathematiker erwiderte nichts darauf. Aissa wurde wieder etwas ruhiger. Wenn Sam etwas berechnete, dann konnte man sich bisher immer darauf verlassen.

»Wurgh, Rool!«, rief er. »Habt ihr unser Gespräch verfolgt?«

»Ja!«, antworteten beide zugleich. Dann fuhr Wurgh allein fort: »Wir schalten jetzt den Andro-Hyper-Projektor ab.«

Die Menschen warteten nicht, bis das Arbeitsgeräusch des Geräts verstummt war. Sie eilten hinaus zur LANCET und stellten den Hyperempfänger auf Maximalleistung.

Sie brauchten nicht lange zu warten.

Eine halbe Minute später meldete sich Perry Rhodan und teilte mit, dass die SJ-33T sich im Anflug auf die Raumstadt befände.

Aissa Bhugol legte den Arm um Isabellas Schulter und lächelte die Biologin an.

»Wie meinst du das, wie ich ›darüber denke‹?«, fragte Anna mit halberstickter Stimme. Ihre Augen waren angstvoll aufgerissen, und sie tat Aissa leid. Aber die kleine Lektion hatte sie verdient. Er wollte es jedoch so kurz wie möglich machen.

»Nun …«, entgegnete er scheinbar gelangweilt, »wie würdest du darüber denken, wenn ich mich verlobte …?«

Anna schluckte. Doch dann erwiderte sie tapfer:

»Ich würde euch alles Glück wünschen, Aissa und – Isabella.«

Länger vermochte sie sich nicht zu beherrschen. Sie wandte sich um und wollte davonlaufen.

Aissa riss sie beinahe brutal zurück.

»Willst du mich nicht zu Ende anhören, du dummes Mädchen?«, fragte er lachend. »Wer hat denn gesagt, dass ich mich mit Isabella verloben will …?«

»Aber außer ihr gibt es doch niemanden …«

»Doch!«, erklärte Aissa. »Dich! Es fragt sich nur, ob du einverstanden bist.«

Als Anna sich nach langer Zeit von Aissas Brust löste, war die Verwirrung deutlich von ihrem Gesicht abzulesen.

»Wie hast du erfahren, dass François nur mein Theater mitspielte, um dich eifersüchtig zu machen?«

»Nicht durch ihn. John Marshall las unsere Gedanken, als wir dicht vor einer Prügelei standen. Er deutete die Wahrheit an. Ich muss sagen, dass ich wirklich eine sehr lange Leitung gehabt habe. Allerdings bist du mit deinem Theater entschieden zu weit gegangen, Anna.«

Die Biologin senkte schuldbewusst den Blick.

»Ich weiß, Aissa. Es war grausam – und dumm. Aber du hattest dich so mit verschrobenen Kontakter-Grundsätzen umgeben, dass es einfach keinen anderen Weg gab. Wie soll man an einen Menschen herankommen, der seine Gefühle so eisern im Zaum hält wie ein Roboter?«

Sie schnäuzte sich heftig in ihr Taschentuch.

»Meine einzige Sorge war, du würdest François und mir Dinge zutrauen, die uns nicht zustanden. Vor allem François wurde das gemeinsame Leben auf Thuta zur Hölle. Aber wir mussten uns von euch absondern, sonst hätten wir unsere Rolle nicht einen einzigen Tag spielen können.«

Aissa küsste sie.

»Ich vertraue dir – und auch François.« Er drohte lächelnd mit dem Finger. »Aber du musst mir versprechen, so etwas nie wieder zu tun!«

Sie lachten beide. Dann, als sie sich umdrehten, um zur Zentrale zurückzugehen, sahen sie Isabella und François.

Aissa räusperte sich. Isabella und François fuhren erschrocken auseinander. François lächelte ein wenig verlegen, als er auf Aissa zutrat und ihm die Hand reichte.

»Darf ich euch zur Verlobung gratulieren – zur richtigen Verlobung?«

»Du darfst, mein Junge!«, stieß Aissa gerührt hervor und presste François' Hand. »Aber denke nur nicht, dass ich dich bemitleide, weil du meinet- und Annas wegen Höllenqualen ausgestanden hast.«

»Nicht nötig«, erwiderte François und rieb seine Hand. »Ich bin dafür reichlich entschädigt worden.« Er blickte Isabella an. »Habt ihr etwas dagegen, wenn ich noch eine Frau auf die LANCET bringe …?«

Aissa schmunzelte.

»Da du inzwischen Übung darin hast, wird es dir nicht schwerfallen, mich zu überzeugen. Ich wette, du überrumpelst mich genauso wie damals mit Anna.«

»Wofür du mir heute noch dankbar sein solltest«, ergänzte François grinsend. »Hm! Wie denkst du darüber, dass Isabella als Soziologin zu unserem Team stößt – und als meine Frau, natürlich?«

»Wie ich darüber denke …?« Aissa drehte sich um und zwinkerte Anna zu. »Nun, abgesehen davon, dass du dazu Allan D. Mercants Segen benötigst, werden wir uns wohl entschließen müssen, die LANCET gegen ein größeres Schiff einzutauschen …«

»Aber warum denn?«, fragte François verblüfft. »Wegen einer Person mehr?«

»Dabei wird es nicht bleiben«, gab Aissa zurück. »Und ein wenig mehr Platz und Komfort sollten wir unseren Kindern gönnen, denke ich.«

In unserem zweiten Nachwort wollen wir uns ein wenig mit den »Eigenkreationen« von H.G. Ewers beschäftigen. Sicher, in diesen beiden Romanen ist noch nicht allzu viel davon zu erkennen. Die Crew der LANCET taucht niemals wieder auf, ebenso wenig wie die Fischer, Rool, die Thutas oder das UUM, und insbesondere in »Ein Teil der Ewigkeit« bedient der Autor sich etablierter Handlungsträger wie Perry Rhodan, John Marshall und Ras Tschubai – aber da ist schon noch etwas, mit dem wir uns gegen Ende des Nachworts beschäftigen werden …

Was der Roman aber zeigt, ist die »ungebändigte Fantasie« des Autors, die sich schon in seinen frühesten Werken niederschlug. Mögen die »Vertauschung« der Gesellschaftsstrukturen sowie der Schönheitsideale bei den Thutas aus heutiger Sicht ein wenig altbacken wirken – Rool und das UUM sind nach wie vor kraftvolle Beispiele dessen, was fantasievolle SF leisten kann, und die Kommunikation mit dem »Fischer« wirkt auch heute noch originell.

Horst Gehrmann alias H.G. Ewers war ein großer Freund von Querverbindungen, auch und gerade in PERRY RHODAN. Wir sehen im ersten unserer beiden Romane schon früh ein Beispiel:

»›Sie wundern sich, dass es kein Kugelschiff ist, Anna. Nun, die LANCET ist schon ziemlich alt. Sie wurde nach der GANYMED gebaut, wenn Sie wissen, welches Schiff ich meine.‹

›Ja, ich weiß‹, flüsterte Anna. ›Die GANYMED war das Schiff, mit dem Perry Rhodan vor fast anderthalb Jahrhunderten nach Arkon aufbrach. So alt ist die LANCET schon …?‹

›Anderthalb Jahrhunderte ist ein wenig übertrieben‹, meinte François leicht gekränkt. ›Rhodan brach zwar vor hundertdreißig Jahren nach Arkon auf, aber die LANCET wurde erst rund zehn Jahre später gebaut. Was sind hundertzwanzig Jahre schon für ein solches Schiff! Zugegeben, die Werften kamen bald wieder von dieser Bauweise ab. Aber die heute noch existierenden sechs

Schiffe der GANYMED-Serie sind genauso zuverlässig wie die neuesten Kugelraumer.«‹

Die GANYMED wurde in der Heftromanserie in Band 37 eingeführt und begleitete uns bis Heft 47. Danach verschwand sie aus der Handlung und wurde nur noch ein einziges Mal in Band 75 erwähnt. Dass das von den Springern eroberte Schiff nachgebaut wurde, wissen wir einzig aus »Die Fischer der Ewigkeit«.

Als Perry Rhodan in der Handlung auftaucht, ist dies millimetergenau in die Heftromanserie eingepasst: Laut »Ein Teil der Ewigkeit« wird die LANCET am 20. Juni 2114 entführt. Das ist gegen Ende des Posbi-Zyklus. Die Handlung um Taphors Planet, über dem der Transmitterring geortet wird, findet in Band Nummer 146 der Heftromanserie (»Hinter der Zeitmauer« von Kurt Mahr) statt: Am 25. Juni wird dort ein Kommandoteam eingeschleust, am 29. Juni ist die Serienhandlung auf dieser Welt abgeschlossen – das Eintreffen der THEODERICH auf Taphors Planet wird am Ende des Heftes erwähnt.

Perry Rhodans Tagebucheintrag im Taschenbuch stammt vom 30. Juni. Ewers hatte also den von Scheer laut dem Vorwort zu Band 45 fast schon unübersichtlich angewachsenen Stoff über einen Zeitraum von fast zwei Jahren tatsächlich gut im Griff – und das in einem Zeitalter, wo man derlei Informationen noch manuell nachlesen musste und nicht in der Perrypedia nachschlagen konnte.

Beispiele für »seine« Charaktere wurden im Nachwort zu Band 45 bereits genannt. Ewers' erste Eigenkreation innerhalb der Heftserie aber war das »Dull« in Band 205, »Der Wächter von Andromeda« (August 1965) – erst seinem zweiten Roman für die Heftserie! Im weiteren Verlauf des MdI-Zyklus erfahren wir dann, dass das Dull aus dem »Psi-Roboter« Lucky Log und einem »Zeitauge« namens ANGEKOK entstanden ist und sich, vergleichsweise allmächtig, hinter einer Zeitschleife verbirgt, von wo aus es nach Belieben eingreifen kann.

Lucky Log wiederum ist letztlich mit dem in Band 434 (»Das

Erbe des Ertrusers«) eingeführten Patulli Lokoshan verbunden, einer der frühen »Dauernebenfiguren« von H.G. Ewers. Der Psi-Roboter wird uns bis in den Juli 1987 begleiten, bis zu Heft 1351, »Die Materiequelle«, Patulli Lokoshan sogar noch ein paar Wochen mehr, bis Band 1368 (»IRUNA« vom November 1987). Im Exposé standen die beiden sicherlich eher selten …

In seinem Artikel »Was wäre, wenn …?« im PERRY RHODAN-Werkstattband von 1986 gab der seinerzeitige Exposéautor Ernst Vlcek einen kurzen Einblick in das Ewerssche »Privat-Perryversum« (Seite 225f.):

»Der unbestrittene Meister seines Faches ist jedoch H.G. Ewers, wenn es darum geht, eigene Figuren in die Serie einzubringen und sie dort fest zu verankern. Sie sind dann einfach nicht totzukriegen und steigen irgendwann zu Handlungsträgern auf. Dalaimoc Rorvic und Tatcher a Hainu, die Molekülverformer, Tengri Lethos … sind nur einige wahllos herausgegriffene Namen.«

In der Tat war Tengri Lethos der nächste »große Schlag« des eifrigen Autors. Eingeführt im vorletzten Band des MdI-Zyklus (»Amoklauf der Schläfer«, Mai 1967), wurde er wegen Übermächtigkeit sofort wieder aus der Serie genommen und mit dem Oxtorner Omar Hawk in Andromeda geparkt, wo sie zusammen mit Baar-Lun den zu erwartenden Vernichtungskrieg der Ertruser gegen die Tefroder zu verhindern suchten. Daraus erwuchsen eine Reihe von Taschenbüchern (fünf an der Zahl), zu denen sich noch einmal vier Planetenromane um die »Söhne des Lichts«, deren Gründung Tengri Lethos anregte, und das aus ihnen hervorgegangene »Intergalactic Peace Corps« anschlossen. Und auch Omar Hawk, der umweltangepasste Kolonist von Oxtorne, der Welt mit einer Schwerkraft von 4,8 Gravos, erhielt zwischen 1967 und 1993 sieben Taschenbücher. Einige von ihnen schilderten seine Vorgeschichte und sind grundlegend für die Beschreibung der Welt Oxtorne.

Und dann Rorvic und a Hainu … Eigentlich waren das Voltz-

Figuren, eingeführt in Heft 515, »Die Wächter der Einsamkeit«, im Juli 1971. Auch der zweite Band mit diesen beiden Figuren war für Voltz gedacht, doch der konnte ihn aus Zeitgründen nicht schreiben. Und so landete das spätere »Psychoteam« mit Band 531 (»Die Macht der Sieben«, November 1971) bei H.G. Ewers, der durch seine Figur des Raumkapitäns Nelson (auch das sind wieder zwölf Taschenbücher sowie zwei Heftromane ... und sogar eine STELLARIS-Geschichte vom Juli 2011 – Ewers' letztes im Perryversum angesiedeltes Werk) in den Planetenromanen ausreichende Erfahrungen mit humoristischen Themen gesammelt hatte (wir erinnern uns der im Nachwort zu Band 45 beschriebenen Wette ...). Es sollten seine wohl beliebtesten Figuren werden.

Michael Nagula zitiert in Band 1 von »PERRY RHODAN – Die Chronik« (Seite 342) einen Mailwechsel mit Ewers aus dem Jahre 2002, wo dieser schreibt: »Dalaimoc Rorvic und Tatcher a Hainu wurden mir von Willi Voltz ins Nest und ans Herz gelegt. ... Nun, ja, ich habe die Figuren dann aufgebaut, aber wahrscheinlich völlig anders, als Willi sich das vorgestellt hatte (sich geschüttelt vor Lachen hat er aber!). Ich habe ihnen in den Romanen immer inoffiziell die Hauptrollen untergeschoben, auch wenn sie im Expo nur für Nebenrollen gedacht waren.«

Es sollten insgesamt 56 Romane mit diesen beiden Figuren werden, dann gingen sie im März 1980 in Band 968 (»Exodus der Mutanten« von Clark Darlton) in ES auf. Sie tauchten noch insgesamt fünf Mal als Projektionen der Superintelligenz auf (wobei nur einer dieser Romane von H.G. Ewers verfasst wurde). In Heftroman 2576, »Tor nach Terra«, ließ Rainer Castor die beiden endgültig sterben – das war am 31. Dezember 2010!

H.G. Ewers setzte sich stets sehr leidenschaftlich für die beiden ein. So teilte er Willi Voltz in einem Schreiben vom 26. November 1975 mit (zitiert wieder nach Band 1 der »Chronik«, Seite 343), er hielte sie für »eine ungemeine Bereicherung der Serie« und »fände es gut, wenn diese Tatsache nicht nur von dir offiziell bekanntgegeben würde, sondern wenn Rorvic und a Hainu von dir als Hauptpersonen in die Handlung eines Exposés (hin und wieder) eingebaut würden, damit ich sie nicht immer leise weinend ›unterjubeln‹ muß, was sehr leicht verkrampft wirken könnte. Andere Personen werden ja auch als Handlungsträger erwähnt.« Für Horst Gehrmann waren Rorvic und a Hainu ebenso unverzichtbar für die Serie wie Gucky!

Und letztlich … die Molekülverformer.

Vermutlich gehen diese zurück auf Band 74, »Das Grauen«, 1965 bekanntlich der PR-Erstling von Willi Voltz. Wir erleben sie in Band 92 (»Geheimmission Moluk«) noch einmal, auch wieder bei Voltz als Einzelabenteuer, dann ist erst einmal Ruhe.

Erst später griff H.G. Ewers sie auf, gab ihnen den Namen »Molekülverformer« und »Gys-Voolbeerah« und machte sie insbesondere zwischen den Bänden 783 und 882 zu einem handlungstragenden Element.

Und damit sind wir bei der kryptischen Bemerkung vom Anfang dieses Nachwortes.

Die mysteriösen Feinde des Suchers sehen zwar aus wie Menschen, scheinen aber ihre Gestalt wechseln zu können. Und sie werden bezeichnet als »die Abtrünnigen einer großen Rasse, die in den Ebenen der Zeit existiert«, mit denen noch eine »letzte Auseinandersetzung« bevorstünde.

Könnten sich hier bereits die Molekülverformer angedeutet haben …?

Rainer Nagel

VORSCHAU

Der Weltraum hat nicht nur unendliche Weiten – sondern auch unendliche Zeiten. Und so kann es vorkommen, dass Menschen nicht nur im Raum, sondern ebenso in der Zeit ins Unbekannte verschlagen werden.

Wir folgen zuerst dem Mausbiber Gucky auf einer unfreiwilligen Expedition ins Ungewisse, die durch das geheimnisvolle Schiff eines unbekannten Volkes ausgelöst wird. Zusammen mit einem Major der USO und einem fernen Nachfahren Reginald Bulls muss er sich den Wanderern zwischen den Welten stellen …

Im zweiten Roman werden wir Zeuge einer Fernreise, die in einer Katastrophe endet. Während ihr Raumschiff im Zentrum einer Sonne verdampft, erreichen die Überlebenden der ERNESTO HOFFMANN II mit Mühe einen fremden Planeten. Dort begegnen sie dem Lavaleben – und der schwarzen Macht …

Diese beiden Romane wurden von Klaus Fischer geschrieben. Sie sind seine einzigen Beiträge für den PERRY RHODAN-Kosmos und dementsprechend echte Raritäten. Sie tragen folgende Titel:

GUCKY UND DAS ZEITRAUMSCHIFF

sowie

DIE SCHWARZE MACHT